南游记

张强　刘晗 ◎ 著

中国地图出版社

图书在版编目（CIP）数据

南游记 = An Adventure in South America and Antarctica / 张强，刘晗著. —北京：中国地图出版社，2020.1
 ISBN 978-7-5204-1413-5

Ⅰ.①南… Ⅱ.①张… ②刘… Ⅲ.①随笔 - 作品集 - 中国 - 当代 Ⅳ.① I267.1

中国版本图书馆 CIP 数据核字 (2020) 第 013903 号

策　　划	王　毅
责任编辑	王　毅
地图绘制	姚维娜
出版审订	陈卓宁

南游记

An Adventure in South America and Antarctica

出版发行	中国地图出版社		
社　　址	北京市白纸坊西街 3 号	经　销	新华书店
邮政编码	100054	印　张	23
网　　址	www.sinomaps.com	版　次	2020 年 1 月第 1 版
印刷装订	北京画中画印刷有限公司	印　次	2020 年 1 月北京第 1 次印刷
成品规格	170 × 240mm	定　价	68.00 元

书　　号　ISBN 978-7-5204-1413-5

如有印装质量问题，请与我社发行部联系，如有图书内容问题，请与本书责任编辑联系，联系方式：dzfs@sinomaps.com。

切·格瓦拉之路（巴塔哥尼亚，阿根廷）

美洲豹（潘塔纳尔湿地，巴西）

国家誓言大教堂（基多，厄瓜多尔）

探戈（布宜诺斯艾利斯，阿根廷）

上帝之城（里约热内卢，巴西）

鹰鳐（加拉帕戈斯，厄瓜多尔）

乌鲁斯人的漂浮岛（普诺，秘鲁）

帽带企鹅（南设得兰群岛，南极）

星空(乌尤尼,玻利维亚)

耶稣山日落（里约热内卢，巴西）

大年初六的深夜,
京城异常寒冷,
单总的黑色奔驰商务车,
停在首都机场国际出发大厅前。

行李箱装着全部身家,
机票上没有回程日期,
拥抱送行的友人,
挥别习以为常的过往。

一块神秘的大陆,
一段未知的旅程,
一种全新的生活,
在远方发出召唤。

30多个小时过后,
从冬天飞到夏天,
我们抵达了地球的另一端……

目 录 Contents

巴西
001

我们被抢了	002
里约热内卢：上帝是里约人	005
圣保罗：大城小事	018
巴西利亚：高原乌托邦	021
萨尔瓦多：古城也狂欢	023
阿雷格里港：给我一口马黛茶	026
伊瓜苏：魔鬼的咽喉	028
亚马孙：雨林不是动物园	032
潘塔纳尔：神奇动物在这里	037
巴西美食地图	045

哥伦比亚
049

波哥大：用旅行消除偏见	050
麦德林：我和毒枭有个约会	054
轻轨上的麦德林	059
卡塔赫纳：爱情在这里生长	061
加勒比：四月的一瞬间	066

智利
069

当心那杯饮料！	070
圣地亚哥：寻找安第斯的雪	071
瓦尔帕莱索：大诗人的海景房	072
复活节岛：巨人无声	074
徒步菜鸟勇闯百内	082
百内 W 线徒步全纪录	084
纳塔莱斯港：巴塔哥尼亚烤全羊	090
蓬塔阿雷纳斯：另一个"乌斯怀亚"	091
波韦尼尔：初登火地岛	095

An Adventure in South America and Antarctica

玻利维亚
099

乌尤尼：寒夜追星记	100
天空之镜，天空之境	104
南美屋脊上的极限之旅	109
拉巴斯：女巫、古柯与羊驼肉	117
科帕卡巴纳：这里没有比基尼	122

乌拉圭
125

恼人的签证	126
蒙得维的亚：我看到了山！	127
世纪球场：世界杯在这里诞生	128
埃斯特角城：小心沙中之手！	132
科洛尼亚－德尔萨克拉门托	133

苏里南
139

一个人也要走下去	140
格格不入的"北三小"	141
帕拉马里博：对立与融合	142
科默韦讷河日落	149

圭亚那
151

他乡遇故知	152
机场奇缘	153
乔治敦：海平面下的都城	156
凯厄图尔瀑布：低调的大咖	160

法属圭亚那
165

南美的"欧洲"	166
卡宴：不只是豪车	167
库鲁：探访欧洲航天发射中心	173
可可：深山里的老挝村	174

委内瑞拉
177

"百变"尼尔森	178
卡奈马：一张照片引发的"作死"之旅	183
奥扬特普伊：失落的世界，魔鬼的旅程	186
在天使瀑布里洗个澡	190
天使瀑布：再见钟情	192
玻利瓦尔城：当玻利瓦尔廉价如纸	195
加拉加斯：走进"暴力之都"	197

厄瓜多尔
203

基多，圣诞快乐！	204
赤道之国和它的三座纪念碑	207
加拉帕戈斯：寻找达尔文的足迹	212
海底漫游，与鲨共舞	218
浮潜、海钓与"龙虾三吃"	223
赤道居然有企鹅？！	228
瓜亚基尔：当圣马丁遇到玻利瓦尔	232

秘鲁
237

库斯科：地球的中心点	238
圣谷掠影	243
马丘比丘：天空之城	245
普诺：寻找漂浮岛	249
阿雷基帕：白色之城	251
纳斯卡：巨人的涂鸦	253
利马：南美厨房	258

巴拉圭
263

一眼望三国	264
"偷渡"巴拉圭	265
探秘埃斯特城	268
伊泰普的美丽与哀愁	272

阿根廷
277

用美食治愈换汇之伤	278
布宜诺斯·艾利斯	279
"糖果盒"的正确打开方式	287
卡拉法特：登上"活着的冰川"	289
重走切·格瓦拉之路	292
查尔腾：巴塔哥尼亚的另一面	294
乌斯怀亚：是终点，亦是起点	303

南极日志
309

最后一分钟船票	310
Sea Adventurer 号启航	311
生活在船上	312
相逢即是缘	313
魔鬼西风带	315
第一座冰山	318
登陆南极洲	319
孤独的马可罗尼	321
揭秘欺骗岛	321
追鲸记	323
南极婚礼	326
发自南极的明信片	330
企鹅，企鹅！	331
南极跳水	332
一场南极一场梦	336
重返文明世界	337

后记
338

我们被抢了
——Mario

我们被抢了！在光天化日之下，在里约的市中心。

……

来巴西快一个月了，工作上的千头万绪、生活中的柴米油盐，总算有了点儿条理。好不容易盼来一个空闲的周末，两颗不安分的心早已蠢蠢欲动。

去哪儿浪好呢？按照以往惯例，探索一座城市当然要从市中心开始。于是，阳光灿烂的午后，我们带上相机，穿上Carioca（里约人的别称）标配的Havaianas牌夹脚拖，打车直奔市中心。

形似古罗马高架引水桥的拉帕拱桥是老城区最让人过目难忘的地标。200多年前，奴隶们用花岗岩、石灰、沙土和鱼油垒起了这座宏伟的白色建筑。如今，桥的一端通往现代化的巴西石油大厦，另一端连接着山上波希米亚风格的圣特蕾莎区。古老的黄色有轨电车从桥上叮当驶过，时光也随之倒流百年。

骄阳透过拱形的门洞，在地上画出规则的几何图案。我们在桥边下车，出乎意料的是，偌大的广场居然行人寥寥。18世纪的殖民建筑画满涂鸦，墙角散发着尿味儿。几个小时之后，当夜幕降临，这块以夜店和红灯区著称的地盘将是另一番截然不同的景象。

从一个不起眼儿的巷口拐进去，顺势上行，便来到色彩缤纷的塞拉隆阶梯。依山而建的250多级台阶上，镶满了来自全球60多个国家和地区的超过两万块彩色瓷砖。智利艺术家乔治·塞拉隆为之倾注了毕生的才华和心血，甚至连生命也定格于此，留下这条"彩虹天梯"，成为各国文艺青年的打卡圣地。我们在此逗留一阵，看巴西网红拍摄MV，听扎着脏辫儿的街头艺人弹唱波萨诺瓦，也在纷繁复杂的碎瓷片中，找到了来自中国的元素。

从阶梯下来天色还早，步行穿过广场，前往里约大教堂。远远望去，这座圆锥形的混凝土建筑在高楼大厦的丛林中显得格外突兀。与常见的巴洛克或哥特式教堂不同，这座现代风格的奇特建筑看上去更像一座金字塔。走近细看，教堂侧面的线条和窗格如梯级般汇聚向上，因此得名"天梯教堂"。

"正门在那边，咱们得绕进去，哎……"我被教堂迷得出神，下意识地一扭头，刚刚还跟在身后的刘小可已经躲到了五米开外，神色慌张。再一转身的工夫，两个黑影，确切地说是两个黑人已经近在眼前。我顿感不妙，但为时已晚，其中一个瘦高的家伙从脏乎乎的马甲里拽出一把明光锃亮、30多厘米长、三角形的金属锐器，俗称"刀子"……

光天化日之下，大教堂的门口，我们居然遭遇了抢劫！神啊！你不出来管管吗？

片刻的对峙中，我光速般对周边环境和敌我形势进行了研判，当机立断拿出了退敌之策，大致可以概括为两个字——认怂！原因如下：首先，人数上以一敌二，我处于劣势，且对方持有凶器，"空手夺白刃"显然不是上策；其次，地形上我处于敌人和教堂围栏的夹角中，脱身困难，穿着夹脚拖肯定也跑不快；第三，即便我一人逃掉，刘小可会不会被他们抓住当人质……万一除了刀，他们还有枪……

总之，有一万个理由让我果断喊出了前辈们传授的"三字箴言"：

"Tudo para você！"（都–给–你！）

黑哥们儿收了我递上的100多雷亚尔钞票，慌里慌张地消失在拉帕方向。望着他们远去的背影，我长舒了一口气：还好刚才拼命把背包藏在身后，里边的单反相机没有暴露。

这时，刘小可惊魂未定地跑过来。"你手机好像……"

我一掏兜，手机还真是不在了。

"刚才你掏钱的时候，橙色的手机壳露出来，小个子临走顺手摸去了。"

"唉！想不到出国前买的备用机这么快就要派上用场。"

彩绘玻璃透出绚丽的光影，神圣而肃穆。坐在空旷的教堂里，我们却浑浑噩噩、没精打采。初探里约就遭遇抢劫，确实蛮受打击。但事实上，在巴西被抢就像家常便饭，丝毫不值得大惊小怪。有人一晚上被抢了四次；有的警局报案都得排队；有人发明了手机App，用来标注"我在哪儿被抢"；有人遇到的劫匪比较好说话，还可以讨价还价……这些奇闻趣事听起来像段子，却都是巴西尴尬的现实。

混在南美，治安始终是让人头疼的问题。但再危险的地方也有它的生存之道，再暴力的江湖也有它的游戏规则，只要掌握了这些规矩，大部分风险还是可以避免的。比方说，像里约这样的城市，周末人们都涌向海滩，空荡的市中心恰是最危险的地方。拉帕桥下到教堂周围，瘾君子聚集，罪案频发，即使在白天也要格外小心。反倒是工作日里，市中心人来车往，相对安全。诸如此类江湖经验，有时候交点儿"学费"也是难免的。

对我们而言，"学费"交得早，其实也挺好。此后两年多，我们到南美各处去浪，游走在美丽与危险的边缘，却再也没有被抢过。

里约热内卢：上帝是里约人
　　——刘小可

　　"上帝用六天创造世界，第七天创造了里约。"

　　这句举世闻名的巴西谚语道出了造物主对里约热内卢的万千宠爱。从科科瓦多山的绝壁到面包山的奇岩，从科帕卡巴纳的奔放到伊帕内玛的浪漫，从瓜纳巴拉湾的碧波万顷到蒂茹卡雨林的大树参天……上帝或许也爱上了自己的得意之作，于是他留了下来，屹立在高山之巅，张开双臂庇佑众生，"上帝之城"实至名归。

两山一滩

　　大耶稣像是里约的象征，他奇迹般降临在700多米高的孤峰绝顶，有如腾云驾雾，令人心生敬畏。站在阳台上眺望耶稣是我们初到里约时最喜欢做的事情：晴空下神圣伟岸，云起时缥缈若仙，夜幕中光芒四射，节日里五彩斑斓。

　　上耶稣山朝圣，有多条路线可选：乘汽车沿着狭窄的盘山道蜿蜒而上，在山脚下搭乘古老的小火车穿越丛林，徒步登山密径探险，这几种方式我们都亲身体验。耶稣山本名科科瓦多山，平地突起危峰兀立，38米高的巨型耶稣像就站在山顶的方寸之间。他身披长袍，两臂平展，表情从容淡定，面朝蔚蓝的大西洋，俯瞰世间众生。1931年，重达千吨的超级耶稣像在这个不可思议的位置正式落成，被誉为"世界新七大奇迹"之一。

　　站在耶稣脚下，我忽然领悟了"上帝视角"的含义，里约城360度零死角，风光无限：山间有海，海中有山，城市错落分布在山海之间；蓝天、白云、森林和建筑的色彩混搭在一起，既层次分明，又彼此浸染。如果我是上帝，站在这里，也会舍不得离开。

　　博塔弗戈湾白帆点点，一座状如法棍面包的独石峰矗立海中，与耶稣山遥遥相望。它就是面包山，一整块近400米高的巨岩，浑然天成的绝壁近乎垂直，自古以来无登山之路。想抵达山顶需乘坐缆车，途经乌卡山，扶摇直上。明媚的午后，对坐在面包山顶的露天Bar，点两杯鲜果汁，吹着温和的海风，赏景聊天，静候日落，简直再惬意不过了。

　　然而，无论从耶稣山俯瞰面包山，还是在面包山回望耶稣山，二者皆不可兼得。

面包山（里约热内卢，巴西）

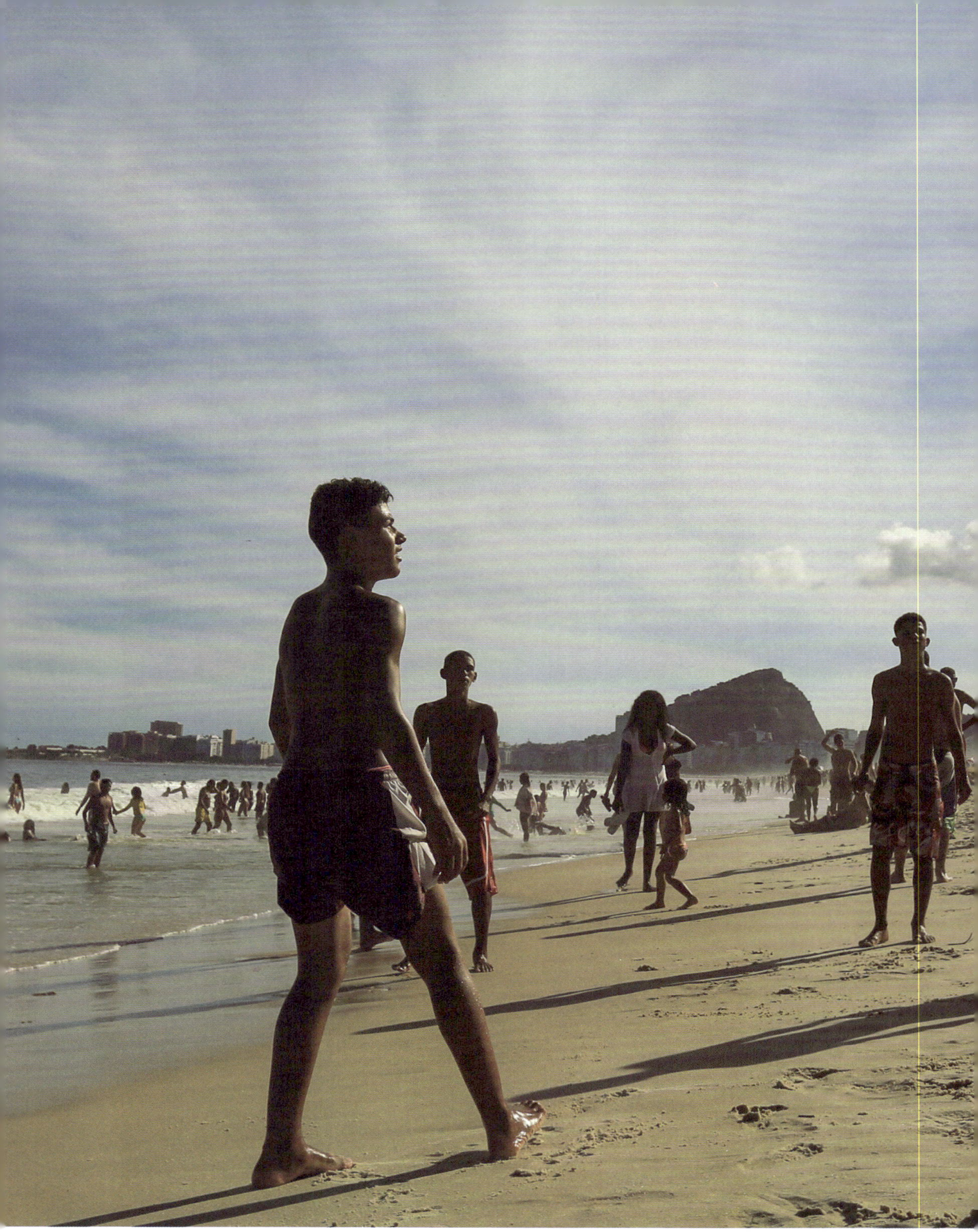

海滩上的足球少年（里约热内卢，巴西）

An Adventure in South America and Antarctica

若想将两山"一网打尽",唯有前往我们的"秘密聚点"——玛塔夫人观景台。这个昼夜免费开放的好地方,位于去往耶稣山的岔路尽头,没有公交可达,对游客不大友好,正缘于此,人少而清净。

站在玛塔夫人观景台,里约的地标之景一览无余。向西看,青山连绵,"耶稣"高高在上;向东看,海湾宁静,映出面包山的柔美倒影;向南看,湖泊海滩的曲线与都市建筑相得益彰;向北看,马拉卡纳大球场和桑巴大道承载着国民引以为傲的信仰与快乐之源。自从"里约一哥"帆仔带路之后,小伙伴们一言不合就开车上山,观星赏月,日出日落,红尘做伴,有你有我。

"耶稣代表着精神的充裕,面包带来了物质的富足",两座山的名字似乎解决了里约的全部问题。然而,上帝赐予里约的不止于此,还有绵延近百公里的顶级海滩,由东向西都是响当当的名字:弗拉门戈、博塔弗戈、科帕卡巴纳、伊帕内玛、莱伯伦、巴哈等,大大小小十余处,孕育出著名的"海滩动物"——里约人。

科帕卡巴纳,地处繁华闹市,呈迷人的新月形,在里约的一众海滩中尤为著名。宽阔平缓的细沙滩上常年"人满为患":沙雕艺术家就地取材塑造出巴西经典;装扮成贝利的表演者把足球颠得出神入化;穿着夹脚拖的商贩叫卖着冰啤酒和五颜六色的沙滩巾;健硕的猛男在足球排球场上赤膊激战;丰胸翘臀的女郎,挂着超省布料的比基尼,古铜色肉体散发着荷尔蒙的气息……

有人说科帕卡巴纳"鱼龙混杂",我跟强哥却最爱这片海滩。从公寓开车过来大约十分钟,花上几个硬币停好车,由东向西在美妙的海景中慢跑,抵达步道终点再原路返回。看到哪家凉亭的冰椰子顺眼,招呼老板砍上两个,吸一口清凉甘甜的椰子水,瞬间元气满格。有时,我们也会约上三五好友一起来到海滩,点上啤酒、薯条、炸鸡,聊到晚风拂面人微醺。

一年一度的跨年焰火是科帕卡巴纳最盛大的庆典,上百万人从12月31日午后开始陆续涌上街头,将大西洋路和不到5公里长的海滩挤得水泄不通。豪华邮轮、游艇停泊在海上,名流富豪与巨星大咖藏身其中。当辞旧迎新的时钟跳至子夜零点,绚烂的烟花绽放在海面上空,科帕卡巴纳顷刻间变成狂欢的海洋,人们载歌载舞,热情相拥,开怀畅饮,纵情庆祝。我们也入乡随俗,像巴西人一样身穿白衣,将鲜花撒入大海献祭海神,光着脚在海滩迎着浪花跳跃七次,祈祷新的一年平安幸福。

作为"两山一滩"的延伸,位于科帕卡巴纳以西的伊帕内玛海滩显得小资而时尚。这里正对着里约的富人区,因为那首风靡一时的《伊帕内玛女孩》而名声大噪。1962年夏天,音乐人汤姆和维尼休斯在伊帕内玛海滩附近的酒吧里喝酒聊天,恰好一位少女从窗外经过。女孩美丽轻盈的身影激发了两人的创作灵感，从而诞生了这首波萨诺瓦名曲。当年的酒吧如今已改名为"伊帕内玛女孩餐厅"，强哥在我生日那天，专门带我去了餐厅打卡，歌谱手稿的复制品作为装饰挂在墙上，席间也有机会听到那首经典的旋律。

黄昏时分，我们爬上科帕卡巴纳与伊帕内玛分界的礁石，只为邂逅一场完美日落。天边的晚霞绚烂至极，火红的夕阳将海面染成金色。

1552年，多梅·德·索萨刚刚到达里约的时候，写下这样一句话："在这里，一切都是上帝的恩泽。"关于里约，没有人比这位葡萄牙殖民者描述得更贴切。

离上帝最近的人
　　　　——Mario

有这样一栋房子，于闹市中坐享上帝视角，看尽繁华又远离喧嚣，依山观海，春暖花开——这是多少人梦想的生活图景。

在里约热内卢，这样的极品居所比比皆是，它们以"高密度联排别墅"的形态出现在连绵起伏的山坡上，将无敌海景与市景尽收眼底。

这样的"豪宅"多少钱一套？

不要钱，就看你敢不敢住。

Favela是这些"空中楼阁"的学名，俗称贫民窟，因为它们的主人大多是生活在社会底层的穷人。如果说上帝就站在耶稣山顶，那这些常年住在半山腰的贫民就是离上帝最近的人。

来到里约不久，我们跟随某墙漆品牌举办的公益活动，第一次走进贫民窟。

在相当一部分人眼中，里约的贫民窟约等于"魔窟"。那里毒品泛滥，黑帮猖獗，疾病肆虐，分分钟有人死于非命。《上帝之城》《精英部队》《速度与激情5》，这些家喻户晓的电影早已将贫民窟的暴力血腥展现得淋漓尽致。但对于寻找刺激的人，危险与神秘交织在一起，便是不可抗拒的诱惑。

铁笼子式的升降机沿着陡峭的山体缓慢爬升，这个介于电梯和缆车之间的古怪交通工具将我们带进了圣玛塔贫民窟。身穿白大褂的工作人员正用滚筒给破败的砖墙刷上缤纷的彩漆，这便是公益活动的主题——多彩之家。

我按捺不住内心的兴奋，开始四下张望。一座真人等高的黄铜雕像摆出傲娇的造型，在烈日下闪闪发光。

"这人有点儿眼熟吧？"戴着黑框眼镜的徐大师说。

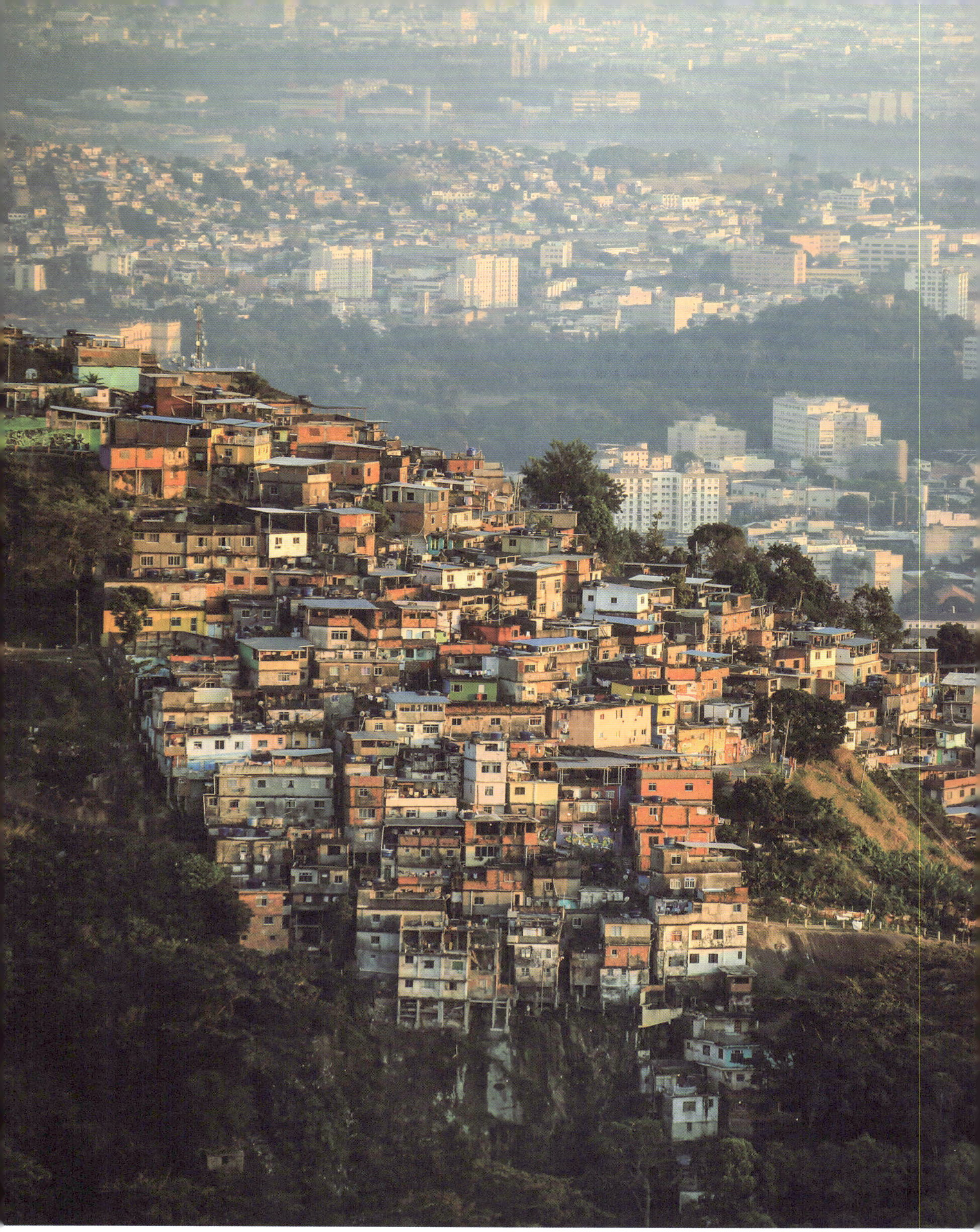

贫民窟与城市（里约热内卢，巴西）

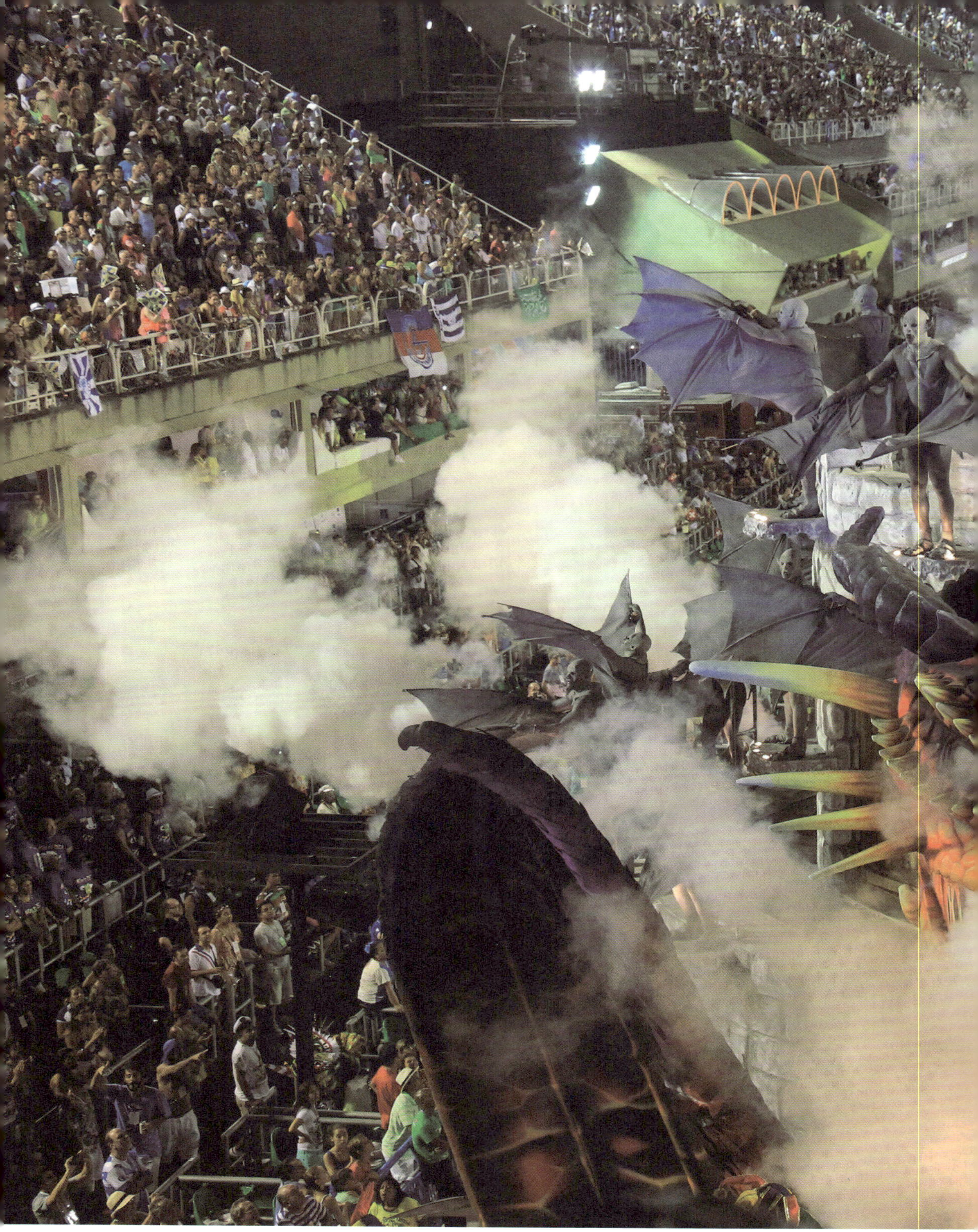

狂欢节（里约热内卢，巴西）

"迈克·杰克逊？"

"没错，他在这儿拍过 MV。"

作为比我早来 5 个月的同事，徐大师显然更了解里约。

令当地居民引以为傲的 MJ 雕像立在视野开阔的观景台前，是圣玛塔贫民窟的地标。这片贫民窟规模不大，地段优越，顺着山坡蔓延的棚户与山脚下的高楼几乎无缝相接，"耶稣"伟岸的身影抬头可见。

进入迷宫般的小巷之前，向导反复叮嘱，要跟紧她的脚步，擅自行动或拍照会有不可预知的风险。事实证明，贫民窟的内部构造比我想象的更加复杂。在如此庞大的 3D 迷宫当中，如果没人带路，很容易迷失在纵横交错的巷道里。但这里没有臭气熏天的垃圾和污水，也没有挎着冲锋枪的毒贩。狭小的空间里，有餐厅、酒馆、商店和运动场。看到我们到来，穿花裙的女店主展示了她的绘画和手工作品，皮肤黝黑的孩子们露出了洁白的牙齿和腼腆的笑容。

"这里住的大多是普通人，从事着正当的工作，比如门卫、保姆、环卫工人、售货员，等等。"

正如向导所说，贫民窟里并不都是穷凶极恶的歹徒，平民百姓占了大多数。19 世纪，随着奴隶制度的废除，大量贫民涌入城市，他们搭起简陋的棚屋，在都市的夹缝中"占山为王"，久而久之，形成了一座座规模令人叹为观止的贫民窟。巴西政府曾试图清除这些"安全隐患"，但均以失败告终，无奈只得承认其合法性。

现如今，相当一部分贫民窟都有军警驻扎，治安状况大有改观。但电影也绝非虚构，一些臭名昭著的贫民窟依旧"卧虎藏龙"。比如，南美最大的贫民窟——罗西尼亚，如怪兽般盘踞在市区通往巴哈新城的穿山隧道之上，据说电影《上帝之城》就是以这里为背景。还有用高架缆车相连的贫民窟群——阿勒芒，虽然是我们的私房景点，但有一次徐大师带朋友过去就碰上了黑帮枪战。

而有些更"高级"的贫民窟，精英部队也没能攻打下来，至今还由黑帮控制。我有两个朋友曾经在这类贫民窟里住过，天天有扛着 AK-47 的黑哥们儿在山上转悠。但据说住在里边的老百姓反倒挺有安全感，因为地头蛇不会动自己的地盘，那些打打杀杀大多是贩毒集团之间的争斗。

但无论如何，贫民窟不能随便进，要么有当地人带路，要么去旅行社报个团，硬闯的后果很严重。我一哥们儿梅老板，有一回跟着车载导航误入贫民窟，没等反应过来，荷枪实弹的毒贩已将他围住。还好梅老板葡语贼溜，一通解释求饶，保住了小命。另一个故事的主角就没那么幸运了，俩意大利老哥退了休骑摩托环游世界，一不小心骑进了里约贫民窟，惨遭乱枪扫射。后来才知道，这俩人的机车服跟里约警察的一模一样，毒贩以为警察上门挑事，于是……你说俩老哥死得冤不冤！

在里约热内卢，极端的富有与极端的贫穷之间，不过是山下到山上的距离。从某种意义上说，这段距离微乎其微。贫民窟不是地狱，也不是天堂，它是上帝脚下芸芸众生的栖居之所，让穷人与富人得以共享同一片天空。

说到这里，有个关于里约的段子，我始终记忆犹新：

海滩上，富翁问穷人。

富翁：你这么穷，为什么不去工作？

穷人：工作能怎样？

富翁：工作能赚钱！

穷人：有钱又怎样？

富翁：有了钱，你就能像我一样躺在沙滩上晒太阳。

穷人：我现在不就跟你一样，躺在沙滩上晒太阳吗？

富翁：……

圣保罗：大城小事
——Mario

从里约热内卢向西南驱车400多公里，就来到巴西第一大城市圣保罗。进城的路堵上俩小时一点儿都不稀奇，这是大都会的常规操作。

圣保罗有多大？大到让人头疼。大区人口超两千万，跟北京、上海同一量级，整个南半球首屈一指。从空中俯瞰，高楼扎堆儿的拥挤不亚于二月的科帕卡巴纳海滩，无边无际的贫民区像野蛮生长的怪兽，肆意蔓延。

圣保罗既不靠山，也不靠海，风景乏善可陈。"南美金融中心"保利斯塔大街富豪云集，摩天大厦鳞次栉比；"闹市绿洲"伊比拉布埃拉公园树影婆娑，承载着当地人略显单调的休闲生活；老皇宫的园林精美大气，独立纪念碑的圣火燃烧不熄，大教堂前人流穿梭……除此之外，偌大个城市，能逛的就只剩博物馆和商场了。

Carioca们（里约人）嫌弃圣保罗枯燥乏味，而精英感十足的Paulista们（圣保罗人）则认为自己更具国际范儿，在他们眼中，"里约就是个海滩"。

由于工作原因，我曾多次到过圣保罗，经历过F1英特拉格斯赛道的引擎轰鸣与风驰电掣，见证过巴西国宝级超模吉赛尔·邦辰的T台最后一舞。至于名目繁多的国际会议论坛，这座城市里每天都在举办。来也匆匆，去也匆匆，就旅游观光而言，圣保罗的确没有充分的理由值得驻足。除了转机之外，如果还有一件事能吸引我们跑一趟圣保罗，那一定是——吃！

巴西烤肉好吃不假，但天天吃也腻！在里约待久了，做梦都能梦见水煮肉片、辣子鸡、涮肉、烤串儿、酸菜鱼……而几百万人口的大里约，仅有可怜的三四家"伪中餐厅"，那些糊弄老外的"中国菜"，根本满足不了正宗国人的口腹之欲。于是，吃货们的目光盯上了圣保罗。

润哥是我司驻圣保罗分舵的舵主，在当地华人圈儿混得风生水起。每到圣城，无论因公因私，热情好客的润哥润嫂都会以家宴款待，山东人拿手的包子、馒头蒸上满满一大锅，蘸着"25街"华人店买来的老干妈香辣牛肉酱，吃得我一个对面食无感的东北人热泪盈眶。

不仅如此，润哥和分舵的葡文担当荀老板也是我们的美食向导，在中日韩各色料理遍地开花的圣保罗，我们这些里约来的"乡下小孩"，每次都能收获惊喜。从东方

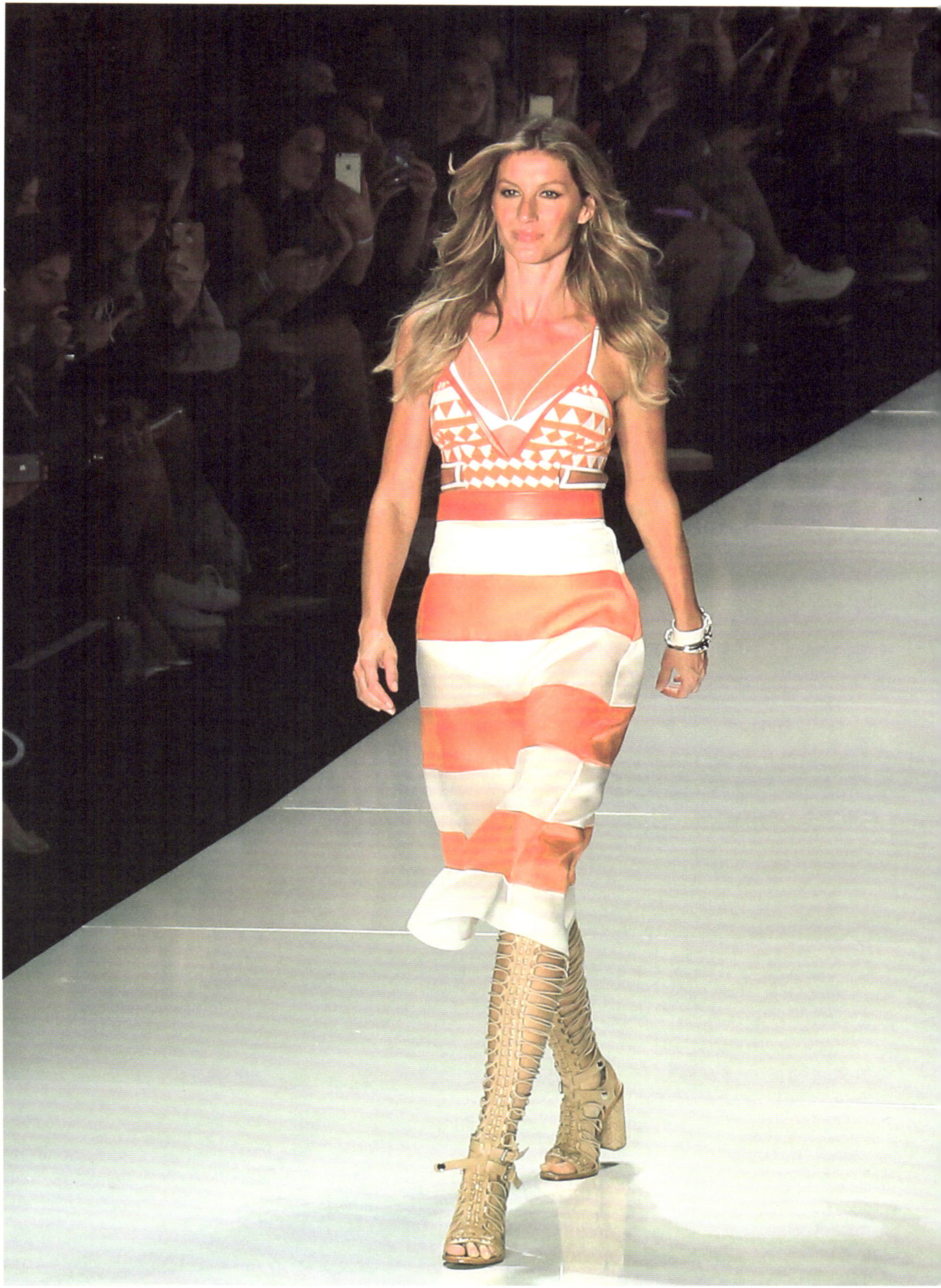

街的日料到韩国街的大酱汤,从精致的上海菜到麻辣的川味馆,隐藏在大街小巷的亚洲美食被我们一一解锁,巴西生活变得越发有滋有味。只是我那刁钻的味蕾,总觉得还差点儿意思。

直到一个月黑风高的夜晚,润哥开着他低调的防弹捷达,带着我和小伙伴们来到了那个地方。在鱼龙混杂的韩国街一带,晚上八九点,大部分店铺已经"闭门歇业"。我们来到一扇紧锁的铁门前,借着门缝透出的灯光,隐约看到墙上的"兰州"二字。

按响门铃,主人"对过暗号",放我们进屋,又将铁门迅速落锁。店内灯火通明,包间里的一桌桌食客都是东方面孔。

"这片治安不好,他们晚上经常锁着门营业。"润哥解释说。

在圣保罗,持枪抢劫犯罪时有发生,曾有华人在饭店举办婚礼时,亲朋好友被匪徒"一锅端",店家小心谨慎也是无奈之举。

老板跟我们寒暄了几句,顺手递过菜单。翻开一看,我立刻两眼放光。大盘鸡、炒面片、牛肉面……这家名叫兰州的餐厅果然主打西北风味儿。最关键的是,他家有我朝思暮想的——烤!羊!肉!串!

随着细长的铁钎从齿间顺畅划过,鲜香有嚼劲儿的羊肉混合着孜然的芬芳在口中绽放,我感觉得到,那熟悉的滋味回来了!是的,再高级的餐厅,再精致的菜肴,也无法替代这融入灵魂的烟熏火燎。那天晚上,我们都喝了不少,聊了很多,驻外生活的酸甜苦辣,工作家庭的阴晴圆缺。人们似乎只有在喝酒撸串儿的时候,才最容易放下戒备,敞开心扉。

人生一串,不过如此。

打那以后,每次来圣保罗,都要找机会跟兄弟们聚上一聚。何以解忧?唯有撸串儿。在这座喧嚣的大城里,这是对我而言为数不多的大事。

巴西利亚：高原乌托邦
——刘小可

> 我不会去巴西利亚，我的家人也不去。
> 即使那里到处是金钱，但生活却不一样。
> 我甘受贫穷，只要能不离开科帕卡巴纳……

这首 Diss 巴西利亚的老歌曾经在里约流行一时。但最终，巴西利亚还是不可逆转地取代了里约热内卢，成为巴西新的首都和政治中心。

波音 737 从瓜纳巴拉湾上空盘旋而过，飞向广袤的中西部高原，窗外一望无际的蔚蓝渐渐变成了荒凉的卡其色。走出机场，天空纯净，阳光灼人，棉花糖状的云朵仿佛触手可及。当地朋友说，这里不分冬夏，只有干湿两季，气候很像东非大草原。

巴西利亚，一座蛮荒中拔地而起的"未来之城"，彰显着 60 年前巴西人的雄心壮志与超前理念。1956 年，时任总统库比契克为了将繁荣带到内陆，大胆将新都选址于此，并用了短短 41 个月将其建成。1960 年 4 月 21 日，巴西首都正式从里约热内卢迁至巴西利亚。

从谷歌地图上不难看出，巴西利亚城区的轮廓好似一架翱翔的飞机。"机头"位于城市东部的三权广场，那里是国家权力中枢所在；"机身"是长 8000 米、宽 250 米的东西向中轴大道，"前舱"集中了政府核心机构，"后舱"分布着文化休闲及运动场所，其中就包括我们预订的酒店；两侧的"机翼"是建有标准化公寓的住宅区；"机翼"与"机身"垂直交会地带是中央车站及商圈。

如此罕见的城市规划，就像在一张白纸上手绘出的蓝图。巴西规划师卢西奥·科斯塔与设计师奥斯卡·尼迈耶完全基于功能逻辑和美学原则进行了一场史无前例的建筑实验，带有鲜明的理想主义和共产主义色彩。

巴西利亚是一座"车轮上的城市"，汽车对当地人的生活极为重要，这里地广人稀，走路可以把人走死。而在科斯塔与尼迈耶的构想中，未来人们出行也是不需要走路的，全城大部分道路都被设计成快速车道，宽阔的柏油路上只见车辆飞驰，不见行人的踪影。大片大片的绿化带中长满了野生的热带水果，诱人的杧果、波罗蜜挂满枝头，直到掉落都无人问津。

我们租了车，一路开到市中心。车窗外的景观跟里约迥然不同，没有破破烂烂的殖民小楼与贫民窟，取而代之的是一座座崭新且造型前卫的现代建筑。这里是尼迈耶的美学世界——忽视那些正确的方方正正的建筑，忽视那些用尺规设计的理性主义，去拥抱曲线的世界，并在其中植入巴西的自然与人文元素。

三权广场国旗飘扬，开拓者铜像形如古老岩画中走出的异族战士，挺立着高大的身躯，向西部拓荒者致敬。议会大厦、总统府和最高法院呈三足鼎立之势。被强哥形象地称为"一双筷子两个碗"的是议会大厦。中间两栋对称的板楼侧面极窄，远看就像两根细细的白色"筷子"。"筷子"的左右，各有一座巨大的白色"碗"形建筑，"碗口"向上的是众议院，寓意广泛听取民意，"倒扣着的碗"是参议院，寓意重大问题要集中。总统府的曲线外饰颇似一条条吊床，以此表达对最早使用吊床的印第安原住民的纪念。最高法院门口的雕像蒙着双眼，警示执法者要严守正义。

尼迈耶偏爱灰白，对水的运用也情有独钟。我们沿着主干道由东向西，依次拜访外交部、大教堂、国家博物馆三座经典建筑。被誉为"水晶宫"的外交部采用玻璃结构，四周水系环绕，仿佛立于湖中，亮灯时异常梦幻。颠覆传统的巴西利亚大教堂主体沉于地下，露出地表的仅是它白色的顶部，16根抛物线状的支柱撑起穹顶，其间用玻璃相接，远看形似印第安酋长的王冠。阳光照耀着清澈的水池，闪动的波光折射到教堂内，明朗而灵动，不同于欧洲教堂的幽暗之风。教堂里的诸神并非立于祭坛上，而是悬于空中，有种从天而降、俯视人间之感。紧邻大教堂的国家博物馆犹如一颗白色的星球，半隐半现。土星光环般的坡道，看上去极具太空感。在巴西利亚这片空旷的红土高原，一切关于外太空的想象都变得更加逼真。

我们用大半天时间瞻仰了世界遗产级的奇异建筑群，此后多日的闲暇便只能去湖边打发。Pontão可以说是巴西利亚最好玩儿的地方，这处精心打造的娱乐休闲半岛位于城南辽阔的人工湖畔，空气湿润，景色宜人。诸多充满设计感的高级餐厅、酒吧云集此地，门前豪车成排，衣着光鲜、妆容精致的男女坐在遮阳伞下把酒言欢，舒适惬意。

不过相比于里约的花花世界，巴西利亚的政商名流们除了湖边的弹丸之地似乎难有选择。60年过去了，里约人依旧不愿意来到巴西利亚生活。昔日的"未来之城"没能如库比契克所愿带动中西部整体崛起，巴西利亚的周边时至今日依旧荒凉贫穷。科斯塔与尼迈耶的美好构想在人类城市发展史上留下了不可磨灭的遗产，但巴西利亚却成为高原中央一座孤零零的"乌托邦之城"。

萨尔瓦多：古城也狂欢
— 刘小可

一年一度的狂欢节期间，世界各地的游客纷纷涌向里约热内卢，只为欣赏一场"地球上最伟大的演出"。占地 8.5 万平方米的桑巴大道上，绚烂的彩车、变幻的方阵接踵而至，丰乳翘臀长腿的舞后争奇斗艳，8 万人的观众席一票难求。而我们却逆向出行，离开里约，飞往巴西东北部城市萨尔瓦多。

刚走出机场，两个皮肤黝黑、包着头巾、身着钟形裙的巴伊亚胖大妈就热情地迎上来，在我们的手腕处缠上缤纷丝带，浓浓的非洲风情扑面而来。萨尔瓦多跟非洲还真有一段渊源。16 世纪，非洲的莫桑比克和安哥拉相继沦为葡萄牙殖民地，殖民者将黑人作为奴隶贩卖到美洲，而萨尔瓦多作为重要港口，成为南美第一个奴隶市场。与非洲奴隶一并而来的还有他们的音乐、舞蹈及饮食文化，桑巴舞便是其中之一。

我们的酒店位于萨尔瓦多老城与新城之间，卸下行囊，打车奔向老城。一段陡峭的断崖将老城分隔为上下两部分，横空出世的拉塞尔达电梯是萨尔瓦多一道独特的风景，也是连接上城与下城最便捷的交通方式。电梯的一端从上城悬崖边探出，另一端矗立在下城的广场上，目测有二十几层楼高，宽敞的梯厢一次可以运载 20 人以上。乘坐电梯来到上城，出门便是绝佳的观景台，阳光、游艇、绿松石色的海水，勾勒出萨尔瓦多港旖旎的热带风情。

萨尔瓦多城市挺美，就是治安出了名的差，光天化日下的抢劫如家常便饭。这次赶上狂欢节倒是不错，老城里满大街都是警察，安全感飙升。

贝鲁利诺广场是上城的中心，整体保持着葡萄牙殖民时期的风貌，色彩丰富而鲜亮的建筑分布在坡度陡峭的鹅卵石街道两旁。拥有两个纯金尖顶的圣弗朗西斯科大教堂尤为醒目，这座巴洛克式建筑内部贴满了金箔和金粉，奢华程度令人咋舌，彰显着昔日都城的荣光。1500 年，葡萄牙探险队从西非海岸南下好望角，途中遇风暴偏离航线，却意外地发现了巴西。1549 年，殖民者在登陆地建起了萨尔瓦多城，巴西的第一个首都由此诞生。

乘电梯回到下城，历史悠久的摩代罗市场是值得一逛的地方，大到乐器、吊床，小到巴伊亚服饰和人偶，每一件都很有特色。我们由此搭车一路向南，抵达新城区的巴哈海滩，远远地就能够望见坐落在海岸线上的圣安东尼诺要塞和灯塔。它们曾经守

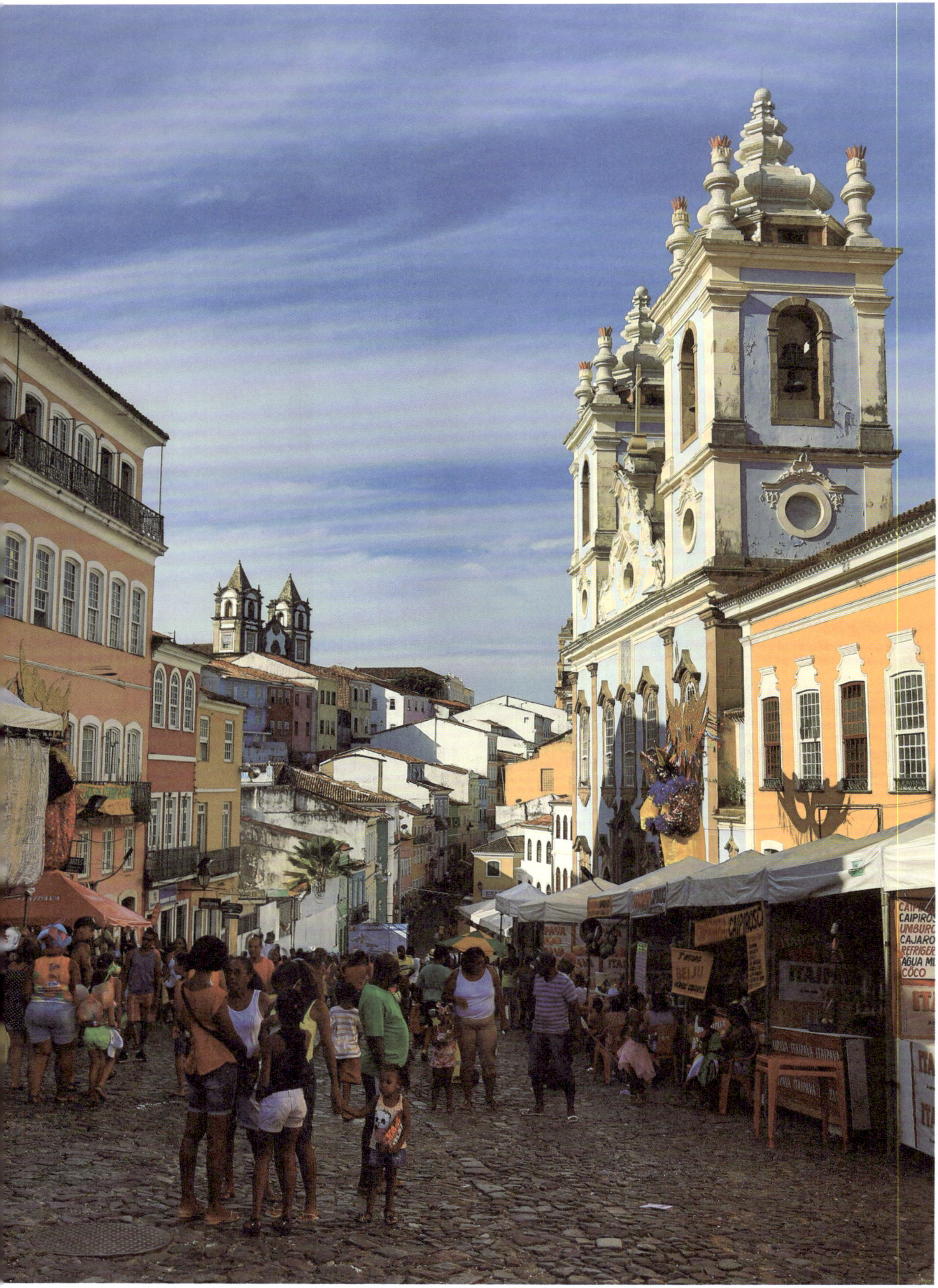

护着萨尔瓦多的安全，如今变身为巴伊亚州海洋博物馆，展示着大航海时代的物品。

强哥到此便迫不及待地奔入大西洋，我则静静地等待着落日的来临。当天边的最后一抹余晖消失，我终于明白为什么葡萄牙人赋予了这座城市一个如此美好的名字——"万圣湾边的圣萨尔瓦多"。

萨尔瓦多不仅是巴西的地理起点，亦是其精神之源。就在里约狂欢节如火如荼之际，萨尔瓦多——这个巴西狂欢节的发源地，也上演着一场全城参与的狂欢盛宴，在大坎普绿荫环抱的广场周围，在贝鲁利诺迷宫般交错的巷子里，在巴哈新城一望无尽的滨海大道上。

狂欢节启动仪式在大坎普广场举行，萨尔瓦多市长将城市钥匙交给狂欢领袖"莫莫王"，象征着全城进入长达一周的狂欢。等候多时的游行团体鱼贯入场，载歌载舞，花样繁多，舞蹈与武术、非洲鼓与印第安弓箭均被融入其中。尾随其后的观众被称为"爆米花"，在拥挤的马路上，他们像爆米花一样跟随着表演者的节奏蹦蹦跳跳。我也尝试着成为其中之一，只跟着跳了十几分钟，就大汗淋漓，败下阵来，而"爆米花"们竟能乐此不疲，直到天明。

本以为彻夜狂欢之后，城市会沉睡到中午，谁知早上八九点，敲锣打鼓声就把我们从梦中震醒，索性起床，去体验老城的狂欢。飘扬的彩带、神秘的面具、Q版的巴伊亚大妈模型，上城处处洋溢着节日的气氛。我们边走边拍，忽然间，一群XXXL号的大头娃娃闯入了镜头。这些人偶足有两米多高，Cosplay着各种卡通角色，伴随音乐的律动跃然前行。这正是萨尔瓦多狂欢节极具特色的巨型人偶表演！调皮的人偶在狭窄的街巷中神出鬼没，挥舞大手挑逗围观群众，男女老少都被唤醒了童心，与人偶们"打成一片"，我们也入乡随俗，乐在其中。

傍晚时分，滨海大道上人山人海，一辆辆改装大卡车载着乐队招摇过市，音乐声震耳欲聋。着装统一的粉丝方阵跟在各自的卡车后面，边走、边歌、边舞，还有路人不断加入，临街的阳台上挤满了观众。这场规模盛大的海边流动演唱会囊括了多元的音乐形式，桑巴、摇滚、雷鬼、电子乐、打击乐，特别是萨尔瓦多独有的"阿西"音乐，备受当地人追捧。我们幸运地混进了贵宾看台，一边享用美酒美食，一边欣赏萨尔瓦多风味儿的狂欢。旁边的土豪姐说，她还是小女孩的时候，就已经是某支"阿西"乐队的粉丝，20多年过去了，热爱始终不变。

夜色渐深，滨海大道灯火通明，人气歌手们不知疲倦地卖力演唱，饮酒作乐的狂欢队伍绵延数公里，一眼望不到边。又是一个不眠之夜！

阿雷格里港：给我一口马黛茶
　　——刘小可

　　状如半个葫芦的小茶壶，一根银色的金属吸管，时不时嘬上一口，一副颇为享受的样子。很多来自南美的球星都被抓拍过这样一幕，比如梅西、苏亚雷斯，甚至还有多人毫无芥蒂地共用一根吸管的场景。

　　小葫芦里到底卖的什么药？这个疑惑当我来到巴西南部才得以解开。

　　借着强哥在阿雷格里港出差之机，我也从里约飞到了"南大河"。此州位于巴西最南端，与阿根廷、乌拉圭接壤，以阿雷格里港市作为首府。飞机降落之际，我看向窗外，城市依河而建，楼宇绿树交错，呈现出一种宜居之感。

　　机场与地铁接驳，这种便捷的交通配置在巴西乃至南美的城市中并不多见，只有一个背包的我便登上了开往市区的地铁。安静有序的车厢内，目之所及白人居多，早已听闻巴西南部生活着大量欧洲后裔，如今一见得到印证。

　　我准时到达接头地点"十一月十五日广场"，熙熙攘攘的人群证明这里是城市的中心，忽起忽落的喷泉为广场增添了几分灵动。在一座年代感十足的啤酒花园里，我发现了强哥，一边喝着啤酒，一边翻看着地图。这座城市没有绝对重量级的景点，却是闲逛的好地方，欧洲移民带来了风韵浓郁的教堂、剧院、纪念碑、博物馆，散落在城区各处，我们如拾珠般探索，一一与其相遇。

　　穿过老城，来到瓜伊巴河岸边。河岸沿线是阿雷格里港天然的休闲娱乐之地。我们坐在河边的草地上，身边是沿河慢跑的青年、专心垂钓的老人、凝神看书的学生、有说有笑的恋人，骑马巡逻的警察威风凛凛……

　　"你注意到那些人了吗？"我按捺不住好奇心发问。

　　今天在公园、广场、河边，已经好多次遇到拿着梅西、苏亚雷斯同款小茶壶的人，他们不仅嘬自己的吸管，吸得"呼噜呼噜"，还经常一群人共用一根吸管，你一口，我一口，轮着嘬！咦……啧啧啧……想到那些画面，我本能地有一点儿嫌弃。

　　"这个嘛……明天带你去个地方！"早我一步来到阿雷格里港的强哥似乎已经知道答案了。

　　第二天中午，我们来到阿雷格里港公共市场。这座淡黄色的古典主义建筑，外观看上去有几分典雅，里面却很接地气。十字形状的街道大致将市场分为果蔬区、肉类区、红酒区、工艺品区，各种口味的餐厅分布其间，其中暗藏不少老字号。比如开创于1927年的Banco 40，这家小店以外形复古、口味经典的冰淇淋为招牌，辅以简餐和饮品。

"这是什么？抹茶？"

我在公共市场中发现了一种绿色粉末，以称重的方式售卖，作为一枚抹茶控，兴趣大增。拣了一点儿放在手心，发现其质地较为粗糙，远不及抹茶细腻。

"这就是你要找的东西！"

强哥说，它叫马黛茶，用一种冬青科植物晾干研磨而成，旁边那些马黛茶壶，叫"库亚"。我仔细观察发现，店内的茶壶分为不同等级：门口悬挂着的是基本款；高级一些的有皮革或织物装饰；而贵重的茶壶被锁在橱窗内，壶身上镶着闪闪发亮的宝石。

"我看他们都用吸管直接吸，不会喝得满嘴渣子吗？"我看看马黛茶，又看看茶壶，还是无法理解这种喝法。

"要跟这个搭配使用，"热情的店主拿起旁边的一根金属吸管，"这个叫'泵吧'，一头是普通吸管，而'奥秘'都在这里。"

我凑近一看，吸管的另一头是个扁圆的"过滤嘴"，上面有许多小孔，刚好可以透过茶水，滤掉茶渣，原来玄机在此。

"库亚"加"泵吧"组合成马黛茶具，再搭配一个热水壶，热爱马黛茶的人都会备上一套，并把这套家什随身携带。据说，喝马黛茶的习惯起源于南美的高乔牛仔，他们是生活在阿根廷、乌拉圭、巴拉圭及巴西南部的草原民族，能骑善射，民风彪悍。

闲暇时，牛仔们围坐在篝火旁，互相交换着"库亚"和"泵吧"，你嘬我来我嘬他，用一杯又一杯的马黛茶，维系着高乔式的手足之情。这种奇特的喝茶方式，逐渐演化成马黛茶文化的精髓。我们看到的那些"你一口，我一口，嘬来嘬去"，都是好朋友之间分享马黛茶的正确方式。

离开阿雷格里港那天，我们精挑细选了一套马黛茶具，如今放在自己家的橱窗里。强哥偶尔也会冲泡一杯马黛茶，装腔作势地吸上一口。

"给我一口马黛茶！"我对强哥说。

伊瓜苏：魔鬼的咽喉
——刘小可

王家卫的电影《春光乍泄》中，何宝荣在地摊上买了一盏旧台灯，黎耀辉觉得很漂亮，灯罩上的瀑布令两人心驰神往，于是相约去寻找。这条瀑布就是伊瓜苏，距离何宝荣和黎耀辉生活的香港非常遥远，地处巴西和阿根廷交界处。

巴阿两国在边境地区各建了一座国家公园，共同保护瀑布，开发旅游资源。说来有趣，巴西一侧仅占瀑布总面积的20%，却拥有80%的核心景观，而阿根廷一侧刚好相反。但正所谓，远近高低各不同，只有巴西、阿根廷两边都去过，才能领略完整的伊瓜苏瀑布。

我们的瀑布之旅从巴西一侧开始。飞机在福斯-杜伊瓜苏上空盘旋时，我看到了水量丰沛的伊瓜苏河。正是这条奔腾的河流遇到断崖形成了大大小小200多条瀑布，令伊瓜苏瀑布问鼎世界最宽。轻装出行的我们，走出机场便坐上了开往伊瓜苏国家公园的公交车，人均只要3个雷亚尔。

公园门口的购票队伍排成蛇形，门票价格亦是不菲，持有"巴西身份证"的我们，幸运地享受了"国民"优惠价。乘坐摆渡车抵达徒步区，一群"迎客"的小家伙拦住了我们的去路。它们翘着毛茸茸的尾巴，长长的鼻子如同说了谎话的匹诺曹，这群萌物学名叫长鼻浣熊，在南美地区比较常见。

循着哗哗的水声，我们不由自主地加快了脚步，一组瀑布群闯入视线。河水从错落的岩壁上泻下，有的宽如银幕，有的好似白练，有的细如一缕青烟……千姿百态的瀑布跟郁郁葱葱的林木交织在一起，横空而出的绚烂彩虹更是锦上添花。初见伊瓜苏瀑布便是一幅美不胜收的画卷。

继续向峡谷深处走去，水声渐响，湿气越来越重。在栈道入口处，一位工作人员摇摇手中的雨衣问我们是否需要，我跟强哥面面相觑：大晴天需要穿雨衣？于是，只给相机套上了防水罩，我们便勇敢地踏上了栈道。

这条栈道长达一公里，行走其上，左手边是奔腾的瀑布，右手边是湍急的河流，我们在水与雾的"洗礼"中，冲到了栈道尽头的观景台。流量惊人的主瀑从崖顶倾泻而下，白浪滔天，水汽弥漫，好似万千妖魔同时狂舞，发出震耳欲聋的嘶吼，"魔鬼的咽喉"绝非浪得虚名。抬头仰望，远远可见对岸人头攒动，那里便是阿根廷一侧的观瀑胜地。

尽管巴西的福斯－杜伊瓜苏与阿根廷的伊瓜苏港看上去近在咫尺，但我们的跨境之旅却颇费了一番周折。清晨，在福斯－杜伊瓜苏公交总站登上国际大巴，一路坐到边境下车，先到巴西边检站盖出境章。然而待我们办好出境手续，刚刚乘坐的巴士已不见了踪影。距离阿根廷边检站还有好远，而下一班车遥遥无期。

眼看着"一日游"要变"半日游"，我们急中生智，在路边竖起大拇指——求搭车！一位热心大叔开着皮卡把我们拉到了阿根廷边检站。工作人员手起章落，我们顺利入境，继续转乘开往瀑布的巴士，终于在中午之前赶到了公园门口。

要想跟伊瓜苏来一次真正的亲密接触，没有什么方式比直接冲到瀑布里更刺激了。穿着速干衣到了阿根廷这边，我们是有备而来，直奔主题。

冲瀑之前，工作人员给每个人发了一件救生衣和一个大号防水袋，我们把背包、单反相机等一切怕湿的物品封入袋中，拿着GoPro，登上了橡皮艇。

小艇沿着峡谷逆流而上，缓缓驶向"魔鬼的咽喉"。两侧的瀑布从绝壁坠下，仿佛《指环王》里的魔幻场景，飞舞的水花打湿了全身，带来阵阵清凉。突然，橡皮艇开始加速，在接近瀑布的一瞬间，沉重的水墙劈头盖脸砸下来，双眼再也无法睁开，耳边响起自己和他人的尖叫声，很快就被雷鸣般的水声覆盖。

就在我感到呼吸困难的时候，小艇退了出来，第一次冲击瀑布宣告成功。没等我回过神来，第二次、第三次挑战接踵而至。当橡皮艇载着我们返回岸边，我恨不能立即去买票追加一次，这种"以身试水"的体验是伊瓜苏瀑布绝对不可错过的打开方式。

大概是遵循了"乐极生悲"定律，我们冲瀑之后再想前往最高处的观景台时，被告知最后一班上山小火车刚刚开走，明明才下午3点而已！带着些许失望走出公园，强哥突然眼前一亮："走，咱们换个更好的视角看瀑布！"

随着直升机稳稳升空，伊瓜苏瀑布的全貌越来越清晰。从空中俯瞰，它呈马蹄形状，又像一个大写字母"U"。数百条瀑布同时坠入深渊，有如千军万马一脚踏空的险象，又似吞噬万物的"魔鬼之喉"，不禁让人怒赞大自然的鬼斧神工。伊瓜苏之旅完美收官！

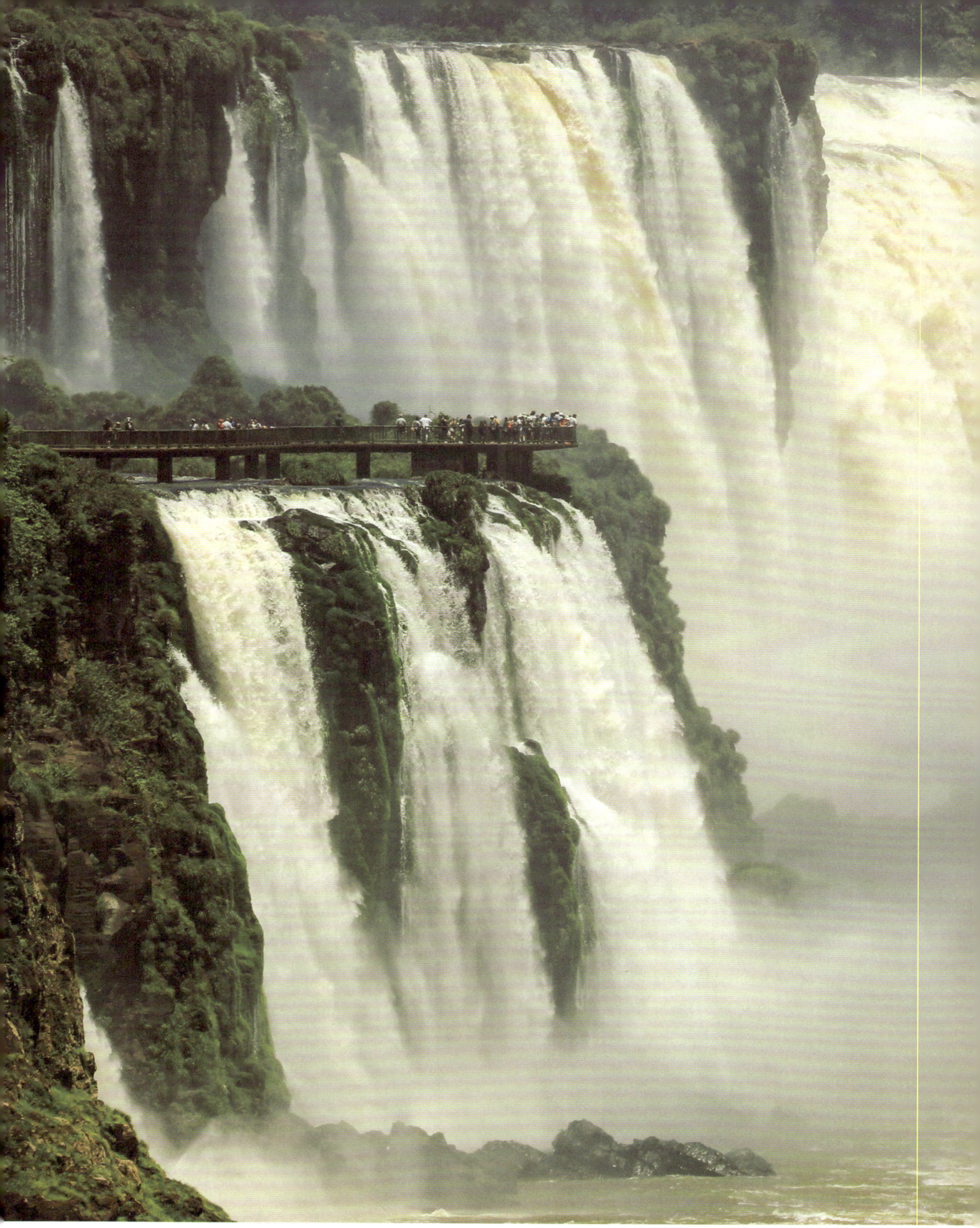

伊瓜苏瀑布(福斯-杜伊瓜苏,巴西)

亚马孙：雨林不是动物园
—— 刘小可

飞机在马瑙斯上空缓缓下降。舷窗之外，黑色的内格罗河与白色的索里芒斯河如两条巨蟒，蜿蜒在无边无际的茂密雨林中。伴随着机舱里的阵阵惊呼，我看到两河交汇处那条清晰的分界线——黑白两色的河水泾渭分明，合而不融。我们的亚马孙之旅就从这举世闻名的奇观开始。

走出马瑙斯机场，潮湿闷热的雨林气息很快令我们汗流浃背。这座巴西亚马孙州的首府之城，是深入雨林腹地的主要门户，内格罗河与索里芒斯河在这里汇入波澜壮阔的亚马孙河干流。

紧邻港口的阿道夫·里斯本市场见证了城市的过往，红黄相间的外墙与精美的铁艺框架还保留着19世纪末的风貌，当年火热的橡胶贸易曾令马瑙斯繁华一时。如今市场里依旧熙熙攘攘，充满地域特色的鱼肉果蔬和手工艺品，吸引了不少游人慕名而来。位于市中心的亚马孙大剧院是马瑙斯人引以为傲的瑰宝，这座粉红色的欧式建筑外观宏伟大气，内部金碧辉煌。我们购票进门，偶遇演员正在排练，便自觉放轻了脚步。

华灯初上，中心广场上烈日的余温依旧灼人，餐馆、冷饮店和小吃摊渐渐热闹起来，民间乐手搞起了Party，我跟强哥大口挖着阿萨伊，憧憬着次日的雨林探险。

扎着小辫的向导埃尔索是土生土长的亚马孙人，外形狂野不羁，谈吐风趣幽默，像是多年未见的老朋友。我们在旅行社见面，随后启程前往他的雨林小屋。清晨的港口忙碌而喧闹，候船时买个早餐，竟犯了选择困难症，热带水果五花八门，每种都能现场榨成果汁。

快艇在浩瀚的亚马孙河一阵疾驶，将我们带到某处码头；换乘皮卡进入丛林，开到某条支流岸边；又上小艇，钻入雨林深处迷宫般的水道，此时的我们早已分不清东南西北，茫然不知被带往何处。

大约中午时分，小艇终于靠岸。引擎熄灭，雨林中的河湾异常安静。遮天蔽日的榕树下，一座深红色的木屋临河而建，底部悬空，门口挂着吊床，两只红色金刚鹦鹉歪着脑袋注视着远方来客。

"欢迎来到埃尔索的小屋！"

向导颇为自豪，他从入行的第一天起，就计划打造自己的雨林木屋，如今终于梦想成真。屋中大约有四间客房，空调淋浴齐备，只是没有网络和手机信号，看来我们要过上三天与世隔绝的日子了。

午餐非常丰盛，埃尔索胖胖的秘鲁裔妻子厨艺了得。饱餐之后，强哥装好长焦镜头，蓄势待发。看着我们准备大干一番的架势，埃尔索一边把独木舟绑在机动船侧面，一边意味深长地说："雨林不是动物园……"

机动船驶过宽阔水域，抛锚在茂密的红树林边。我们小心翼翼地转移到独木舟上。埃尔索划起单桨，小船儿推开波浪，缓缓漂入阴森寂静的雨林。参天的树冠遮住了阳光，耳边只有沙沙的桨声，我感到既恐惧又兴奋。强哥的眼睛一直在搜索，手中的相机时刻待命，然而整整一个下午，除了几只飞鸟和蜥蜴，别无所获。

"亚马孙雨林不是全球物种最丰富的地方吗？为什么见不到动物呢？"

面对我们的疑惑，埃尔索解释说，亚马孙地域辽阔，人类能涉足的仅是它很小的一部分，而大多数动物都生活在更偏远的雨林深处，偶遇它们的几率并不高。

"这就是大自然，跟动物园不一样，你能看到什么，完全取决于大自然给你什么。"

难道是人品问题？我们有些沮丧。

"当然了，亚马孙是不会让你们失望的！"埃尔索笑着说。

次日，我们来到雨林中一户水上人家，主人抱着一只毛茸茸的动物出来迎接。

"呀！这不是《疯狂动物城》里的'闪电'吗？居然在这里见到本尊！"我惊喜万分。

这种南美雨林独有的动物，外形跟猴子相似，但与猴子的矫健敏捷相反，它们动作异常迟缓，大部分时间都在树上睡觉——"树懒"这名字可不是白叫的。我从主人手中抱过树懒，它的爪子紧紧地勾住我的手臂，黏人地趴在我身上赖着不动。

跟树懒一样只在南美得以一见的还有粉色江豚，它们是亚马孙河中最有灵气的珍稀动物。想跟粉色江豚一起游泳，身上不能涂抹防晒霜、驱蚊剂等化学产品，我只好留在岸上担任摄影师，强哥和一群老外下了水。向导将新鲜的鱼举在手中，大家紧张而好奇地观察着水面的动静，不知下一秒会发生什么。突然，一只健硕的江豚跃出水面，叼走了向导手中的鱼，粉红色的身体在空中划出一道美妙的弧线。哇，绝对是世界上颜值最高的江豚。

回到船上，我还在津津乐道江豚的美貌。强哥说，这家伙力气好大，刚才被某一只撞到了胸口，感觉像挨了一记重拳……埃尔索忽然转身"嘘"了一声。

"该准备今天的晚餐啦……"他边说边给大家发放鱼竿和专用鱼饵——新鲜的牛

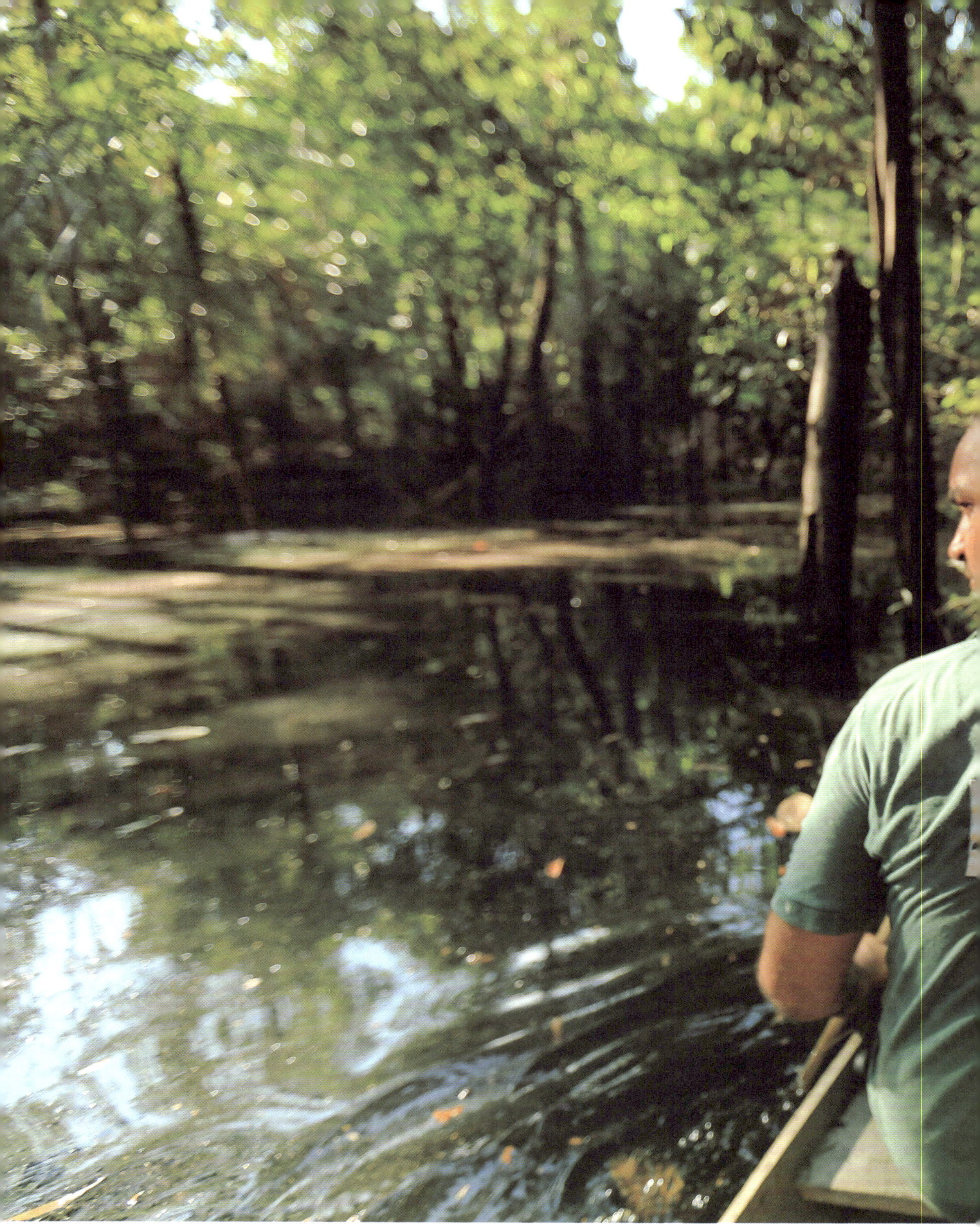

向导埃尔索（亚马孙雨林，巴西）

An Adventure in South America and Antarctica 035

肉。在埃尔索的指导下，我们把牛肉挂在鱼钩上，轻轻放入水中，再用鱼竿快速拍打水面，制造动物落水的假象。不一会儿，鱼线猛地收紧，我立刻提竿，一下子将猎物拽出水面。

"Piranha！"

那是一条食人鱼！正当我尖叫之时，食人鱼身子一抖，居然甩脱鱼钩逃回了水中，牛肉也被它吃掉了。眼看着大家陆续收获了战利品，我懊恼不已。

随着牛肉不断投放，越来越多的食人鱼蜂拥而至。这一次，我的提竿时机把握得更加沉稳，终于有所斩获。食人鱼体形不大，但异常凶猛，到了船上仍不肯束手就擒。埃尔索小心捏住它的上下颚，露出两排恐怖的大牙。这些刀锋般的牙齿杀伤力惊人，一群饥饿的食人鱼很快就能将一头落水的牛撕咬得只剩白骨。我听得心惊肉跳。

当晚，亚马孙风味的食人鱼料理被端上餐桌，因为是自己的胜利果实，吃起来格外鲜美。

夜幕降临，埃尔索召集我们来到河边。他用强光手电一照，点点亮光在水中若隐若现——那是鳄鱼的眼睛！从两只眼睛的间距可以判断一条鳄鱼的大小。我们瞬间来了兴致，看着亮光的轨迹，脑补鳄鱼们在水中游动的画面。

"嘿，瞧瞧这个！"

听到埃尔索的声音，我们立即转身，发现他手中竟然抓着一条鳄鱼，虽然个头很小，还是吓得我后退了两步。

只见埃尔索扼住小鳄鱼的头部，手指轻轻挠着它的肚子。一开始，小家伙还试图反抗，慢慢地，四肢放松下来。埃尔索轻轻把它放在地上，仰面朝天，小鳄鱼竟然一动不动。

"我刚刚施了催眠术，它已经睡着了。"

啊？还有这种新鲜事？我们蹲下来仔细观察，小鳄鱼的肚皮一起一伏，好像真的睡着了……埃尔索用力一拍地面，鳄鱼瞬间惊醒，慌不择路，令人忍俊不禁。

在亚马孙的最后一个清晨，我们早早醒来，倒上两杯鲜榨的番石榴汁。走出木屋，太阳从雨林上空升起，河中有人撒网捕鱼，金色的晨光笼罩着水面，眼前的一切犹如世外桃源。只有真正来过才能知晓——亚马孙并非传说中那般狂野。

潘塔纳尔：神奇动物在这里
　　——刘小可

　　天色渐暗，乌云压境，暴雨将至。
　　"快下大雨了，我们回营地吧……"向导奥斯卡试探着提出建议。
　　"不回！"强哥果断拒绝。
　　进入潘塔纳尔湿地已经三天了，跟许多神奇的动物不期而遇，却始终没有发现我们要寻找的那个终极目标。
　　……

寻找美洲豹

　　潘塔纳尔，地球上最大的湿地，位于南美洲中部，亚马孙以南，覆盖了巴西马托格罗索州与南马托格罗索州的广大地区，西南边缘延伸到玻利维亚和巴拉圭境内，面积相当于1.5个乌拉圭。

　　作为南美野性大自然的两个杰出代表，潘塔纳尔与亚马孙常被拿来比较。亚马孙地大物博，但茂密的雨林将野生动物深深隐藏起来，难觅踪影；而潘塔纳尔是以低矮灌木为主的稀树沼泽，视野开阔，为观赏动物提供了绝佳条件。亚马孙归来，意犹未尽的我们开启了潘塔纳尔之旅。

　　进入潘塔纳尔湿地主要有南北两条线路，我们的探索从北线开始。库亚巴是马托格罗索州首府，也是南美洲地理中心所在地。胖胖的向导奥斯卡开着越野车带我们来到高耸的锥形地理纪念碑前，打卡完毕，一路向南驶上高速，大片的农田和零星的木屋在车窗外飞驰而过。

　　在一个名叫波科内的小镇，我们停车采购补给。奥斯卡从超市拎了两大桶5升的纯净水，"未来三天你们的饮用水就靠它了。"

　　离开波科内继续南下，柏油路变成了土路，木头搭建的大门上写着"Transpantaneira"。奥斯卡说："从现在开始，你们要准备好相机了！"

　　Transpantaneira公路是由北向南纵贯潘塔纳尔湿地的生命线，旱季尘土飞扬，雨季泥泞不堪，路上每隔数百米就有一座木桥，以保证两侧的自然水域不被阻断。十几岁开始做向导的奥斯卡练就了一双"鹰眼"，在他的提示下，野生动物频频跃入视线：前一秒还在瞄准树上的巨嘴鸟，下一秒就要对准水塘中的裸颈鹳，远在草丛深处的沼泽鹿才露尖尖角，近在眼前的水豚一家就出来觅食，数量惊人的凯门鳄栖身在木桥下……行驶在这条公路上，仿佛置身于动物世界中，不知下一秒会与谁偶遇。潘塔纳尔果然跟亚马孙不一样！

中午时分，我们拐进一家生态农场。奥斯卡说，潘塔纳尔地区90%以上的土地归属私人，这令我们颇感意外。私人农场占地辽阔，但仅有少部分土地可用于畜牧开发，其余湿地须保持原貌。据说，这种私人生态保护区模式对遏制砍伐盗猎很有成效，难怪我们吃饭时还能看见美洲鸵鸟在农场里踱步。

经过150公里的颠簸跋涉，我们于傍晚抵达Transpantaneira公路尽头——库亚巴河畔的Porto Jofre。简陋的营地建在河边，房间潮湿，蚊虫肆虐，水质泛黄，自备的饮用水派上了用场。树上挂满了野生杧果，看似青涩，随便剥开一个都香甜可口。来到这个人迹罕至的地方，人们只有一个目的——寻找美洲豹。

美洲豹，也有人称为美洲虎，它有着豹子的花纹，但粗壮的身形更接近老虎，兼具豹的敏捷与虎的力量，是世界第三大猫科动物，南美大陆上的百兽之王。潘塔纳尔湿地是美洲豹频繁出没的地方，尤其在Porto Jofre一带，有很高的目击概率。

由于一路上邂逅动物顺利得出乎意料，次日一早，我们信心满满地踏上了寻豹之旅。然而，从日出到日落，从主河道到小支流，我们乘坐快艇细细搜索库亚巴河沿岸，却遍寻不着美洲豹的踪影。天色已晚，只好垂头丧气地返回营地。5月到11月是潘塔纳尔的旱季，也是观赏野生动物的最佳季节，此时已是旱季尾声，内心的忐忑越发强烈。

第三天清晨，我们早早醒来，奥斯卡和船夫已在河边等待，四人目标明确，成败在此一举。我们一路屏息凝视，紧盯两岸异动。苍鹭和鱼鹰从水面掠过，调皮的水獭在河中探头探脑，岸边的水豚、犰狳、树上的猴子、浣熊都被我们一一发现，唯独不见美洲豹的踪影。

天空阴云密布，暴雨随时可能降临。奥斯卡急着收工，强哥心有不甘，气氛紧张到极点。就在这时，全程一言不发的船夫小哥突然抬手指向岸边，在那片幽绿的丛林中，最美丽的豹纹出现了！还不止一只！我简直不敢相信自己的眼睛。

奥斯卡减慢船速，悄悄地靠上去，在距离目标不到20米的地方，将引擎熄火。只见两只成年美洲豹面朝大河，威武霸气！强哥手中的长焦大炮瞬间火力全开，生怕它们突然跑掉。两只"大猫"倒是相当配合，或卧或立，变换姿势，时而张开大嘴打个哈欠，慵懒中透着野性，还有那唯我独尊的王者风范。

奥斯卡低声说，这两只美洲豹应该是一对情侣。就在此时，狂风大作，骤雨瓢泼，两只豹子先后起身，形影不离，晃着尾巴进入了丛林。在暴风雨来临前的最后一刻，我们成功"捕获"两只美洲豹，实属幸运至极。

畅游天然水族箱

次年3月，我们再度前往潘塔纳尔，这一次选择了南线。从南马托格罗索州首府大坎普出发，向西北深入湿地。雨季的潘塔纳尔泥泞难行，我们跟随向导托尼数次进入丛林，甚至在齐腰深的沼泽中蹚水前进，只为寻找干燥的地面，发现新的动物。

南部的野生动物与北部差异不大，只是鲜有美洲豹的踪迹。上蹿下跳的吼猴，《里约大冒险》的主角蓝紫金刚鹦鹉，以及野猪和狐狸都是我们新的收获，稀有的食蚁兽和貘始终没能现身，留下了不小的遗憾。

在农场，我们骑马、徒步、划独木舟，体验了之前因专注于寻豹而忽略的那些美好，但真正属于南潘塔纳尔独一无二的精彩，还是那颗璀璨的明珠——博尼图。

告别托尼，我们搭乘南下的长途小巴，4小时后抵达博尼图。小城恬静怡人，住宿、用餐、旅行社都集中在一条主街上，只需步行即可访遍各处。博尼图的神奇在于水，郊外茂密的原始森林中分布着梦幻般的河流、天坑与蓝洞，是远近闻名的内陆潜水胜地。我们慕名而来，只为体验那不输海底世界的河中潜水。

在多条可潜水的河流中，我们选择了大热的 Rio da Prata。潜导是个严厉的姐姐，下水前禁止喷涂驱蚊、防晒剂，以保护水质和鱼类。

我们换好潜水服，徒步穿过森林，抵达河流上游，裸露的小腿遭遇蚊子的疯狂攻击，不过天然氧吧的空气还是令人心旷神怡。水晶般清澈的河流在林间蜿蜒流淌，肥硕的鱼儿畅游其中。我们踏着木梯轻轻入水，水温很低，与炎热的天气并不相符，扑腾数分钟后，才算适应。

戴好面罩，咬住呼吸管，埋头入水，随波逐流。两岸森林环抱，水下世界如同画卷在我们的眼前展开，米白的细沙，碧绿的水草，褐色的枯枝，五彩斑斓的鱼群。这些鱼儿有的通体黑色，有的尾鳍泛蓝，有的金鳞闪闪，有的身披霓裳，体形也是千姿百态，或细长，或扁宽，或浑圆……它们似乎把我们当作了同类，毫无顾忌地游弋在身旁，忍不住伸手去摸，鱼儿们又灵活地躲开。

咬着呼吸管的我内心忍不住惊呼：世上竟有如此晶莹剔透的河水！谁说水至清则无鱼？此刻，我们就畅游在巨大的天然水族箱中！

如此异乎寻常的河流究竟是怎样形成的呢？当我们再次下潜，强哥指向河底涌动

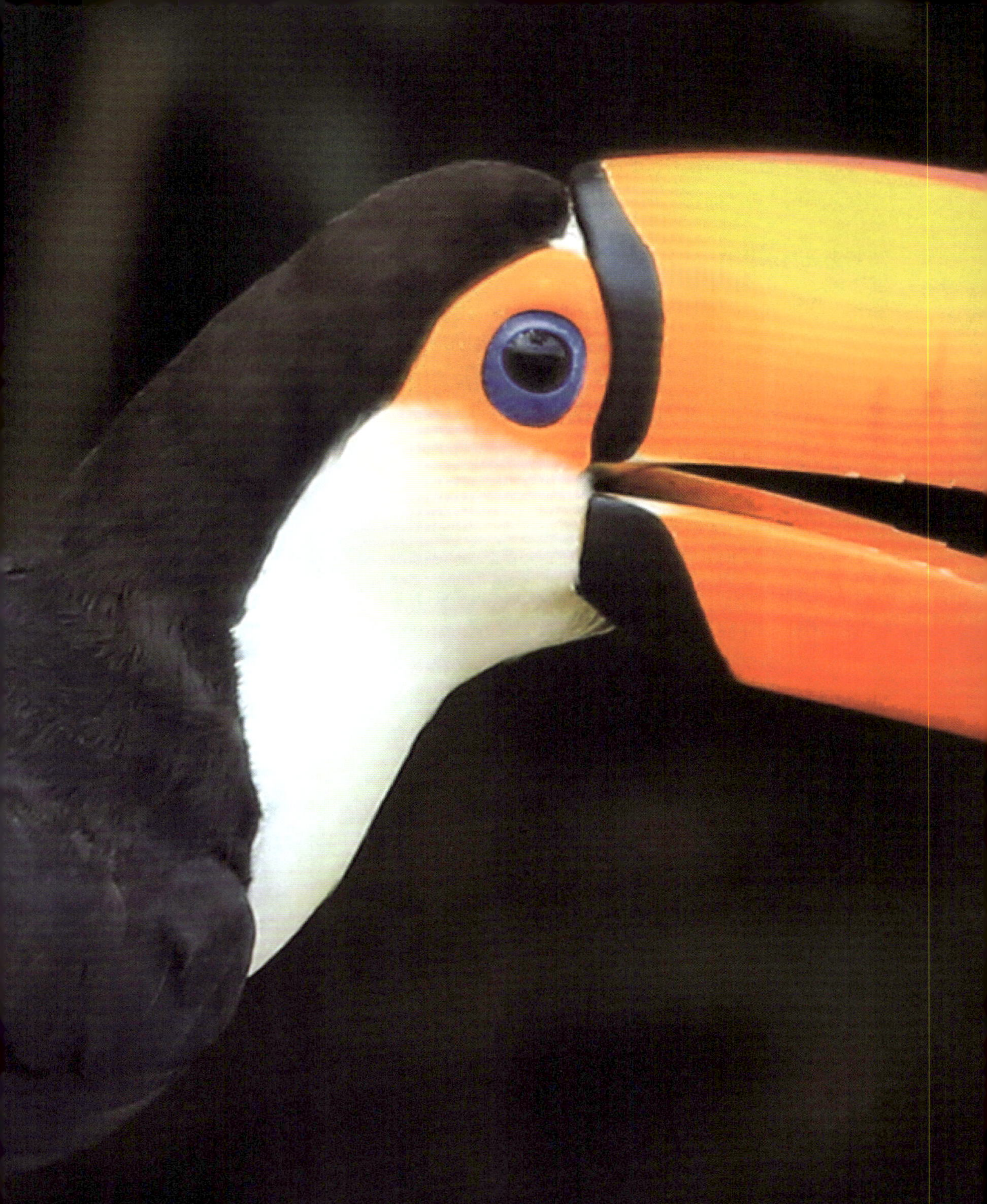

巨嘴鸟（潘塔纳尔湿地，巴西）

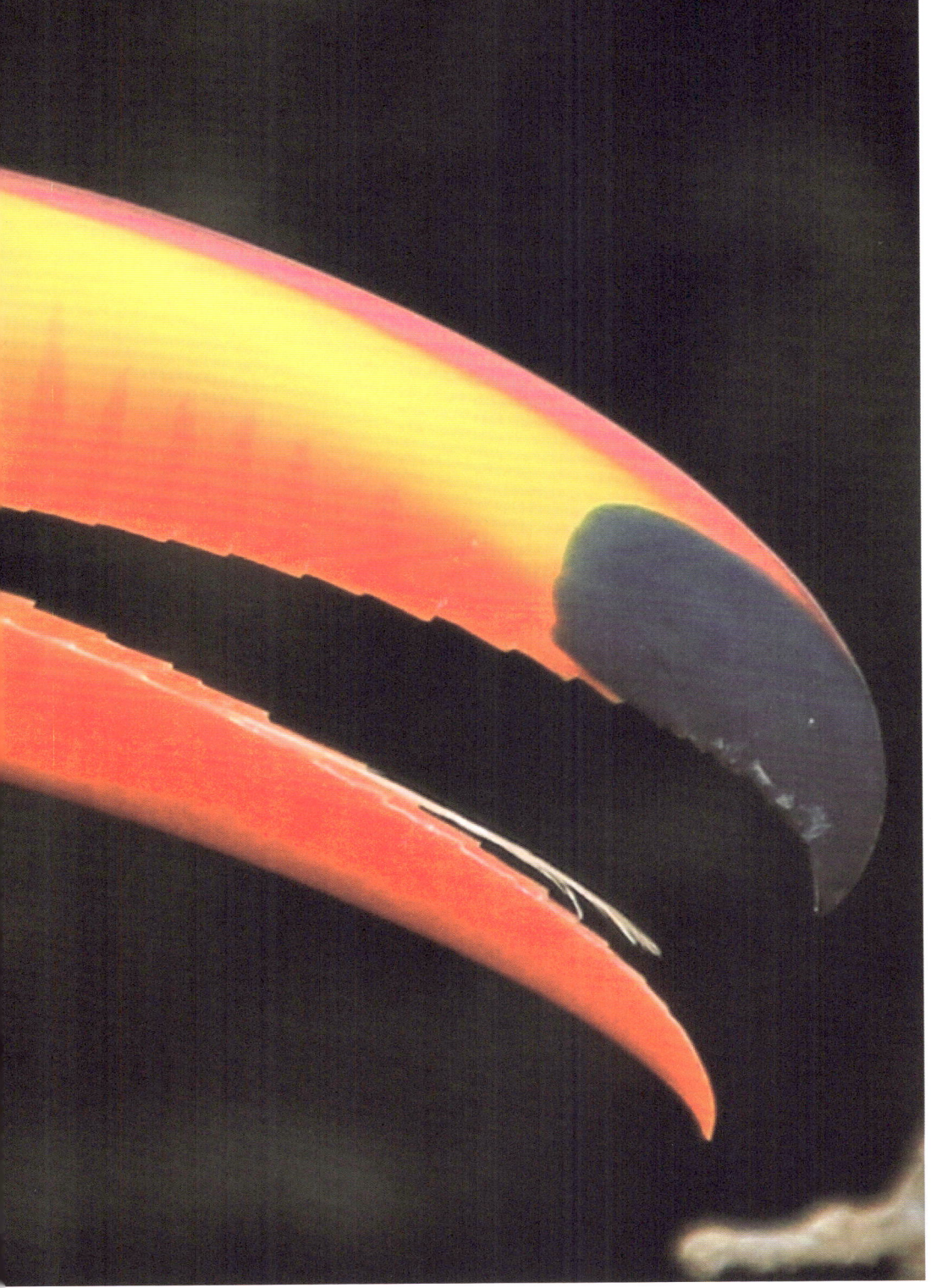

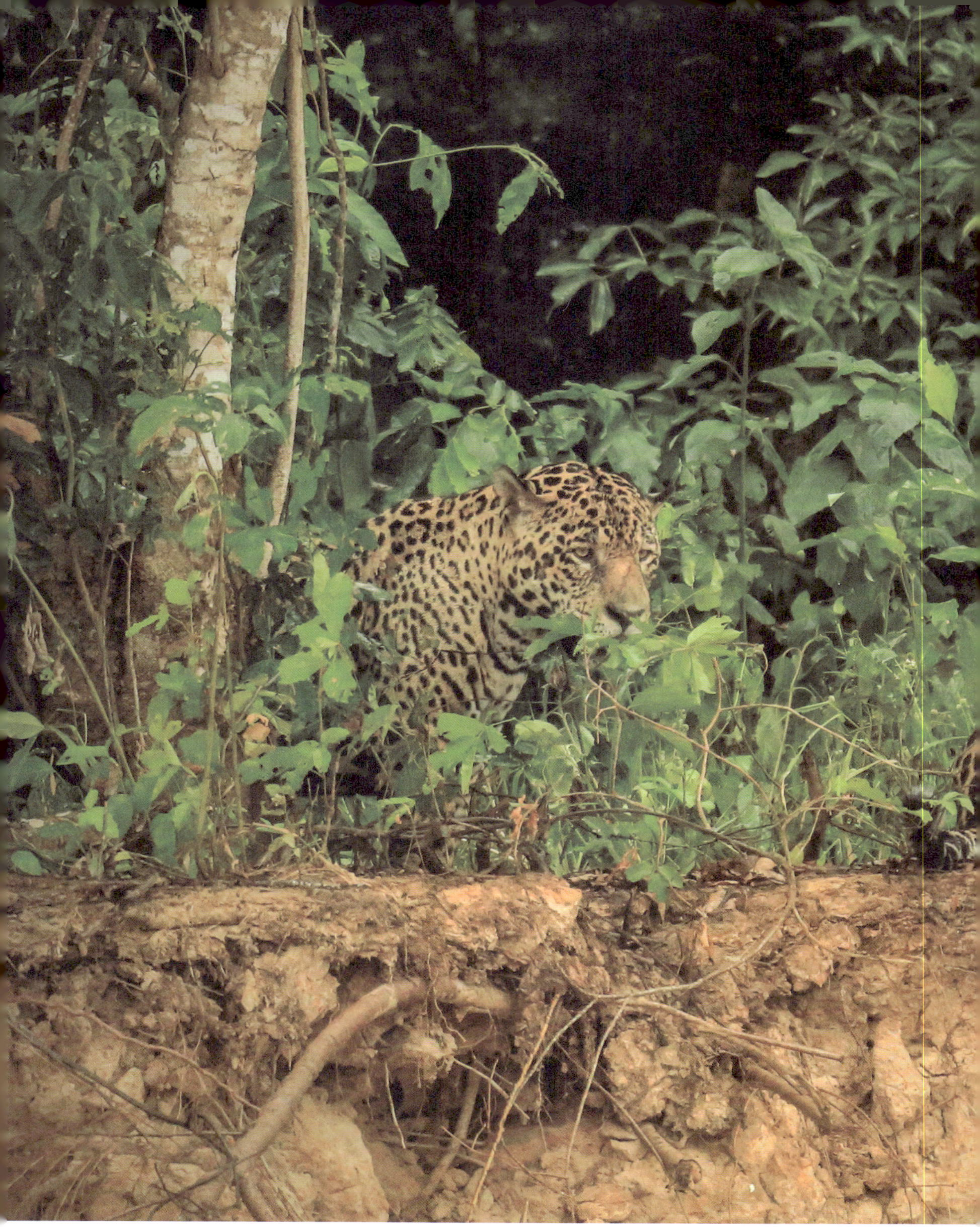

两只美洲豹（潘塔纳尔湿地，巴西）

的细沙——是泉眼！

问渠哪得清如许？为有源头活水来。

汩汩涌出的地下泉水造就了博尼图童话般的美丽河流。

"Bonito！"

"Bonito！"

浮潜结束后，大家纷纷赞叹。"Bonito"（博尼图）在葡萄牙语中就是"漂亮"之意，似乎唯有这种直白的命名，才能展现出这颗南潘塔纳尔明珠的美。

巴西美食地图
——刘小可

南部牛羊成群烤肉香，东部虾蟹生猛味道鲜，西北部河鱼肥美瓜果甜……如此便绘制了一幅巴西美食地图。尽享美食之后，来一小杯特浓的巴西咖啡，口感柔滑微酸，这一餐才算完满。

巴西烤肉

铁钎大块串肉，炉内明火炙烤，只放粗盐调味，随火势翻转，烤至滋滋流油表层微焦，盐粒融化入味，用利刃切割表层以飨食客。这便是巴西烤肉，用最原始的烹饪方式激发出食材本身的美味，在烤肉遍地的南美亦能独树一帜。

受自然条件影响，巴西越往南走，烤肉品质越上乘，以南大河州为最佳。相传18世纪末，南部的牛仔们闲暇时以长剑串肉，置于篝火上烧烤，这种豪放的吃法经过百年传承，演化至今天的模样。巴西人挚爱牛肉，将牛身细分成二十几个部位，每块肉都有专属名称，滋味各不相同，备受食客追捧的当属后臀尖（Picanha）和牛肩峰（Cupim）。初到巴西时，光是在超市里认识牛肉，就花了一番工夫。

吃烤肉前，先以一杯巴西国饮Caipirinha开胃，它用甘蔗酒Cachaca加青柠、糖和冰块调制而成，取一些棕榈芯、甜菜头、西红柿干和沙拉等作为配菜，将桌上的小卡片翻到Sim（是）面朝上，就意味着开餐。侍者端着新鲜出炉的烤肉来回走动，根据食客需求当场切肉，这样的服务无限循环，直到客人将小卡片翻转至Não（否）。

我们在阿雷格里港品尝了地道的南部烤肉，在里约也去过一些很棒的烤肉店，如Porcão（大猪头）和Fogo de Chao（地火）。这样的高级餐厅价格不菲，只能偶尔解馋，平日里吃烤肉会选择经济实惠的公斤饭（Comida a kilo）。这是巴西独创的一种餐饮模式，烤肉、刺身、果蔬、主食随便拿，一律按斤称！不论品种，只称重量，按斤计价，这种简单粗暴的吃法，深受我们这些劳苦大众喜爱。

"东北乱炖" Moqueca

来自大西洋的生猛海鲜——鱼、虾、螃蟹、章鱼、贝类，搭配番茄、洋葱，再加入浓浓的椰浆，大火咕嘟咕嘟炖在一起，辅以棕榈油、盐、辣椒、香草、薄荷等调料，炖出的红红黏黏、热气腾腾的一大锅，便是 Moqueca。

我们第一次吃 Moqueca 是在它的发源地，巴西东北部海滨城市萨尔瓦多。当丰乳肥臀的巴伊亚大妈把这料足汤稠的一大锅往桌上一端，辛辣鲜香的味道扑鼻而来。说来也怪，巴西海岸线漫长，海产丰富，但酷爱吃肉的巴西人，对海鲜的态度简直是暴殄天物，除了炸鱼就是刺身，螃蟹贝类几乎无人问津。这道风味浓郁的"东北乱炖"是我们吃过的最走心的巴西海鲜料理。

巴西人吃 Moqueca，喜欢搭配木薯粉和豆子。相比之下，还是白米饭更合我们心意，鲜香黏稠的红色汤汁浇在软糯可口的米饭上，味道妙不可言，滴上几滴巴西东北部秘制的辣椒酱，简直是绝配。

两盘米饭很快就被我们消灭干净，强哥干脆跟大妈说："把木薯粉和豆子都给我们换成米饭！"

寻味亚马孙

神秘的亚马孙出产不寻常的美食，Açaí、Guaraná、Tacacá……这些奇怪的名字听上去让人一头雾水，一旦尝过却欲罢不能。

深紫色的糊糊看上去像极了暗黑料理，舀一勺入口……清爽酸甜回味无穷！它就是人见人爱的阿萨伊（Açaí），一种产自亚马孙的神奇野果。将阿萨伊研磨成粉，注入糖浆打成冰沙，味道介于蓝莓和可可之间，搭配香蕉片或燕麦，拌着吃口感更佳。

阿萨伊含有丰富的抗氧化成分，被巴西人视为圣品。在里约，售卖阿萨伊的冷饮店遍布大街小巷，我们几乎每天都要吃上一杯。而越往北走，阿萨伊的味道越醇厚，自从在马瑙斯尝过了极品阿萨伊，我们的味蕾也变得越发刁钻。

瓜拉那（Guaraná）是另一种亚马孙特色野果，可以加工成甜果浆，混入阿萨伊冰沙食用，更常见的吃法是制成饮料。在巴西，销量第一的国民碳酸汽水不是可乐、雪碧、北冰洋，而是土生土长的瓜拉那，这种味道清甜的百搭饮品物美价廉，很适合吃烤肉时大量饮用，是家家户户冰箱里的常备饮料。

Tacacá，这个名字太难直译，它是由柠檬、虾干、莲雾叶、木薯等熬制成的热汤，喝一口舌尖发麻，其中的酸爽只有试过才知道。在亚马孙河入海口的贝伦，我们第一次吃到了酸麻的 Tacacá 和莲雾炖鸭，诸多叫不出名字的热带水果，或榨成果汁，或做成手工冰淇淋。混入了阿萨伊、瓜拉那等奇果的亚马孙鲜啤，让每一个暖风沉醉的夜晚都成为美好回忆。

麻辣火锅

对于长期驻外的我们来说，再丰盛的巴西美食，也抵不过一顿麻辣火锅的诱惑。每当有人组起火锅局，小伙伴们总是喜闻乐见，奔走相告。

为了攒一局火锅，我跟强哥会揣上三五张百元雷亚尔大钞，开车到里约仅有的两家亚洲食品店大肆采购。羊肉卷、牛肉片是否有货？跟老板娘预订的蟹肉棒、鱼竹轮、鲜豆腐到了没？麻酱、腐乳、香油、蚝油都是必需品；遇到鲜藕、鲜笋这类稀罕之物，那更是手快有、手慢无。

洗菜、切菜、解冻、调酱，足够忙活一下午，隔壁楼的阿姬、阿丁小两口偶尔也会来帮厨；酒鬼老宋带着没过门的媳妇小杨扛来一箱啤酒；谭老板和筝姐拎了两瓶干红；肥宅厦哥买了大桶瓜拉那；木木提着马黛水果茶；北京姑娘弯弯贡献出私藏的二锅头；徐大师自带专业八级洗碗技能，饭后还有重任留给他。

强哥从冰箱里拿出珍藏的大红袍牛油底料，激动人心的时刻到了。大蒜炝锅，下底料至油锅爆炒，辣椒、麻椒、牛油混合成的浓烈川香，瞬间弥漫了厨房。餐厅里电火锅已经沸腾，加入炒好的底料，众人围坐在一起，推杯换盏，胡吃海喝，叹人生苦短，相逢恨晚，火锅局的漫长战线通常持续到深夜。有时喝光了家里的存酒，仍感意犹未尽，大家相约轮流组局，择日再战。

在遥远的地球另一端，一顿私房麻辣火锅可以深度治愈我们对中国味道的思念。

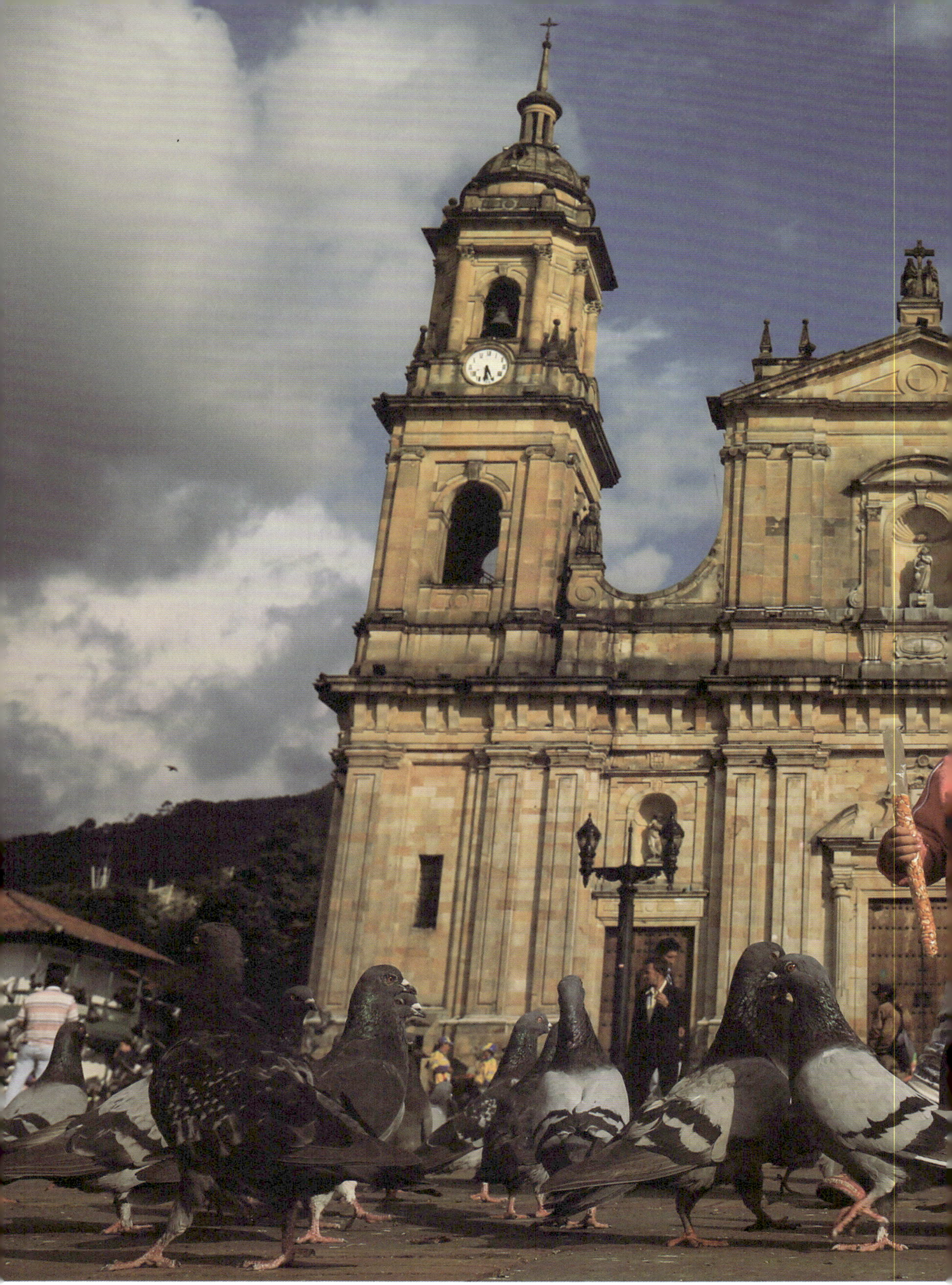

哥伦比亚
Colombia

波哥大：用旅行消除偏见
　　——刘小可

　　波哥大，如同一只雄鹰般栖息于海拔 2600 米的高地之上，冷静地凝视着到访的旅行者，并挑战着他们对这里的固有偏见。三毛曾在书中揭过一段波哥大的"黑历史"，称它是"一个每日都有抢劫、危险和暴行的城市"；马尔克斯则在作品中将波哥大描述成"一个阴冷、多雨、令人厌烦的首都"。所以，当强哥说要去波哥大时，我心里的阴影面积有点儿大。

　　飞机在清晨抵达波哥大，机场完备的设施衬得上它首都的身份。一个小时顺利完成了洗漱、换汇、购买当地手机卡等事宜，我们可以稳稳当当地吃个早餐——两杯黑咖啡加两个甜甜圈，一扫整夜飞行带来的倦意。

　　走出机场，高原城市自带凉意，抬头一望，天色阴沉，打车直奔第一站——玻利瓦尔广场。跟其他城市满广场的人不大一样，这里是满广场的鸽子，我不禁想起那个"梁朝伟喂鸽子"的老段子。

　　"咱们以后可以跟人说，在南美驻外很闲，会临时买张机票，坐一夜飞机，只为到波哥大喂鸽子。"我跟强哥说。

　　"那就喂起来！那边有卖鸽粮的，你去买两包。"

　　波哥大人很会做生意，把玉米粒分装成小袋，卖给每天络绎不绝来此喂鸽子的人。撕开塑料袋，把玉米倒在手心，刚一伸手，几只鸽子呼地扑过来，毫无思想准备的我当场被吓到，手里的玉米撒了一地，鸽子们群起而啄之，秒秒钟扫荡一空。难怪这里的鸽子个个"土肥圆"，伙食实在太好。

　　大概是因为鸽子有"和平使者"的象征之意，初见波哥大竟然没有感觉到危险，反而是一派国泰民安的景象，南美解放者玻利瓦尔的雕像威风凛凛地屹立在广场上。当年赶走西班牙殖民者后，玻利瓦尔正是在波哥大建立了大哥伦比亚共和国，疆域覆盖了今天的委内瑞拉、哥伦比亚、厄瓜多尔和巴拿马。

　　玻利瓦尔广场周围，集中了波哥大政治、经济、文化的精粹，巴洛克式的大教堂、新古典主义的国会大厦、法式风格的市长官，各种流派的建筑混搭在一起。从文艺气息浓郁的拉坎德拉里亚开始，我们拿着地图，探索古典而多元的历史中心区。崎岖的鹅卵石街道两侧林立着剧院、画廊和咖啡馆，大大小小的博物馆多到令人惊叹。

挑两个最感兴趣的认真参观,我选择了波特罗博物馆,强哥选择了黄金博物馆。

费尔南多·波特罗,哥伦比亚本土艺术家,他慷慨地把自己的绘画和雕塑作品捐献给国家,并出资建立了这座两层的博物馆。跟参观其他博物馆鸦雀无声的氛围不同,这个博物馆里弥漫着一种"喜感",原因是波特罗一生都致力于把所有的东西变得"又圆又胖"。站在"发福版的蒙娜丽莎"面前,怎能忍得住笑呢?馆中还展出了波特罗珍藏的毕加索、达利、莫奈等世界名家之作,但到访的人们大多和我一样,更钟情于他本人的作品。或许有点儿不敬,但我还是要说,波大师的作品绝对堪称艺术界的一股"泥石流"。

黄金博物馆则是波哥大名副其实的"金字招牌"。进馆之前看着门口戒备森严的警卫,我脑补了一下在北京逛菜市口百货的场景给自己壮胆,想着咱也是见过金光闪闪大场面的人,深吸一口气开始参观。馆内大约收藏了3万件精美的金制器物,包括宗教祭祀用品、精雕细刻的首饰、日常生活的杯碗盘碟,一件件放射着奇光异彩的金器都出自印第安人之手。正是这些诱人之物,引来了西班牙殖民者的大肆掠夺和疯狂杀戮,所以说黄金既是人神共爱的珍宝,也被视为万恶之源。走出黄金博物馆,我们不约而同地感叹:"真是闪瞎了眼啊!"

屹立在历史中心区之上的蒙塞拉特山是波哥大的城市观景台。山顶颇有景致,隐藏着一座洁白的教堂。登高俯瞰,1700平方公里的首都尽收眼底,整座城市仿佛坐落在一张清晰的坐标网上,我们走过的广场、教堂、街区和博物馆都可以轻易找到。望着眼前这座大都市,我看到了她的积极进取和文化繁荣,并不像三毛、马尔克斯笔下那般危险和压抑。所以说,一场旅行是消除偏见的最好方式。

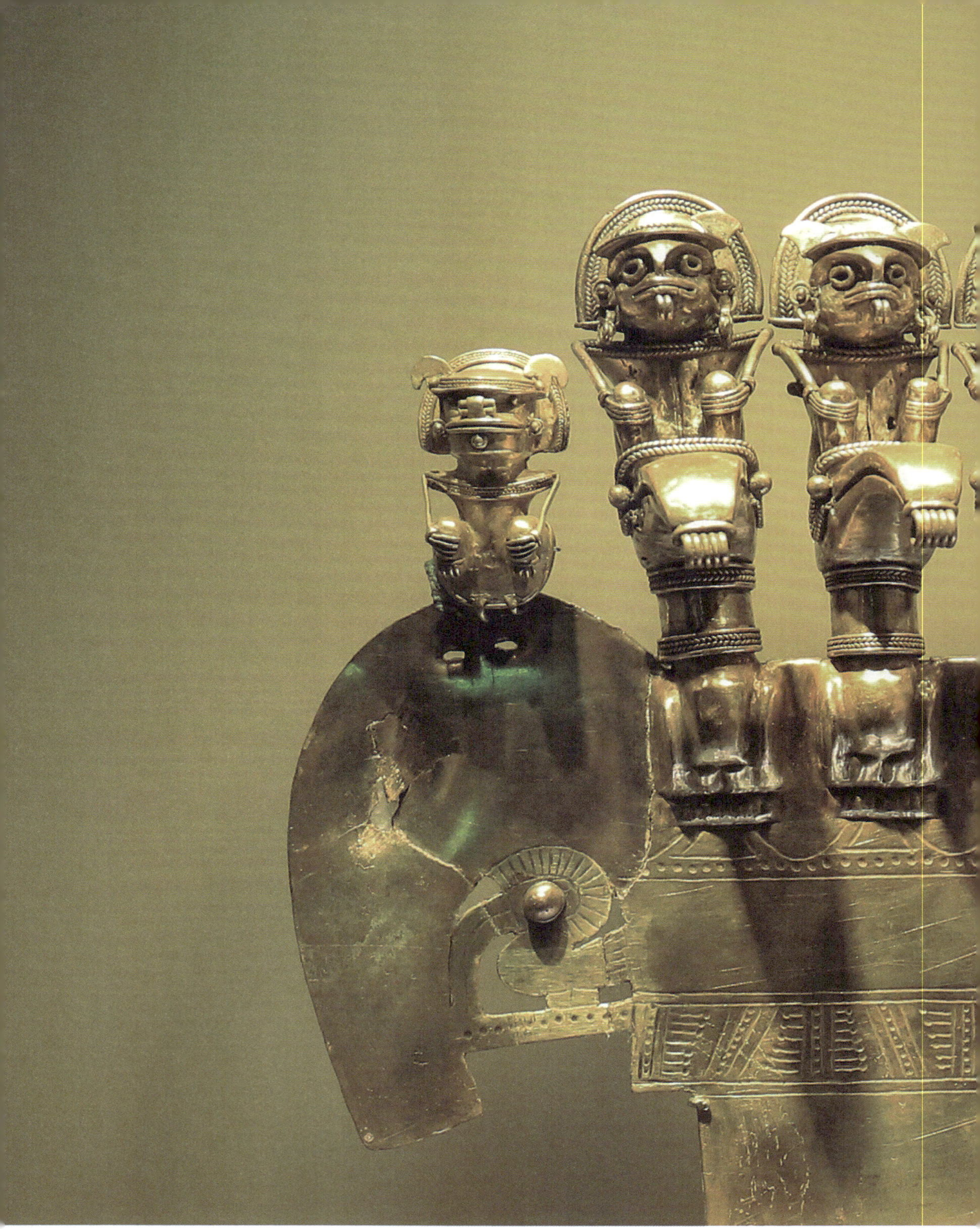

黄金博物馆（波哥大，哥伦比亚）

麦德林：我和毒枭有个约会
—— Mario

老式轿车沿着盘山公路缓缓上行，这个僻静的路段鲜有车辆经过，只见茂密的丛林遮天蔽日。行至一段陡坡前，司机突然一个急转弯，向着杳无人烟的岔路驶去。这条陡峭的石板路通往一处深不可测的私人宅邸，在那道深绿色的铁门背后。

"你说门后会不会有枪指着我们？"我故意渲染气氛。

"切，电影看多了吧？"刘小可假装淡定，但微微颤抖的声音已然出卖了她。

向导下车拨通了大门上的对讲机，那一刻，至少有3秒钟，空气凝结了。

忽听"吱嘎"一声，铁门悠悠地打开了，门后既没有鲜花，也没有武器，石板路空无一人，多少有些出乎意料。车子再次启动，我从后视镜里瞄了一眼，只见大铁门悠悠地关上了。

在第二道铁门前，我们下了车，步行进入院子，别墅的主人在一名随从的陪同下出来迎接。我仔细打量着眼前这位器宇不凡的老人，他个子不高，身穿天蓝色半袖衬衫、米色休闲裤，头戴棒球帽，窄框老花镜背后藏着一双深邃的蓝眼睛，右眼的目光略微有些不自然。

"你好，我是马里奥，这是卡塔琳娜。"我用自我介绍作为开场白。

"欢迎你们，我是罗伯托·埃斯科巴，巴勃罗是我弟弟。"

……

麦德林，哥伦比亚第二大城市，安蒂奥基亚省首府。这里地处热带，是世界著名的咖啡产区。1500米的海拔，四季如春的气候，让这座美丽的山城常年鲜花遍地，咖啡飘香。

然而，时光倒退30年，麦德林这个名字却令人闻风丧胆。谋杀、绑架、炸弹袭击的戏码每天都在上演，在那个黑暗的年代，麦德林到处弥漫着恐怖和死亡的气息，俨然一座人间地狱。这一切罪恶的根源便是毒品，而掌控着毒品贸易及其背后庞大犯罪帝国的人，就是号称"毒枭之王"的巴勃罗·埃斯科巴。我们的哥伦比亚之旅，就从"拜访"这位传奇毒王开始。

飞机在何塞·玛利亚·科尔多瓦国际机场缓缓着陆，这座偏远的机场距离麦德林市区将近40公里，它后来在媒体上频繁曝光，是因为巴西沙佩科人足球队的空难事件。不过在我们抵达之时，悲剧尚未发生。

荷枪实弹的军人，目露凶光的军犬，一丝不苟的搜身安检，麦德林机场层层戒备，让初来乍到的我们嗅到了紧张的空气。虽然臭名昭著的贩毒集团早已覆灭，但在安保问题上，当局丝毫不敢怠慢，更何况哥伦比亚境内还有游击队在活动。

好在城里的氛围要轻松许多。我们按照地图的指引，在一处中产街区内，找到了深藏不露的"黑绵羊"，这家神通广大的青旅能带我们去见那个传说中的神秘人物。

....

"我知道你们是为我弟弟的事而来，我会尽可能回答你们想知道的一切。"老人淡定自若。

跟随他的脚步，我们走进了这栋漂亮的白色建筑。半露天的车库中停放着巴勃罗曾经的座驾，包括保时捷卡宴、摩托车和他心爱的水上摩托艇。当然，这位不可一世的大毒枭生前最著名的座驾，是他从政府军手中夺下的一架配备了响尾蛇导弹的武装直升机，代号"云雀"。

门厅的墙上挂满了罗伯托年轻时的照片和奖章，若没有这些资料，很难想象他曾是一位出色的自行车运动员。而旁边的照片，则是那个永远改变了他命运的人，他的亲弟弟——巴勃罗·埃斯科巴。

"这是巴勃罗，这是我。"顺着老人手指的方向，我看到墙上一张放大版的悬赏通缉令，上面共有大小20个头像，为首的正是他与巴勃罗，悬赏金额达到了惊人的千万美金；其余18位团伙骨干，每人也值两百万美元。看着自己年轻时的照片，年近七旬的罗伯托向我们娓娓讲述了那段不可思议的疯狂人生。

1947年，罗伯托·埃斯科巴出生在麦德林一个穷人家庭。两年后，他有了一个弟弟，巴勃罗。兄弟俩从小性格迥异，沉稳内敛的哥哥沿着正轨发展，个性张扬的弟弟却早早混上了街头。从偷盗墓碑、汽车，到贩卖毒品、杀人越货，巴勃罗·埃斯科巴的犯罪花样不断升级。当新型毒品可卡因出现时，他敏锐地抓住机会，一夜暴富，进而建立了属于自己的毒品犯罪帝国——麦德林集团。

20世纪80年代，巅峰时期的麦德林集团掌控着美国市场上80%的可卡因，每天进账七千万美元。富可敌国的巴勃罗被《福布斯》列为全球七大富豪之一，当选了国会议员，甚至有望成为总统候选人。而此时的罗伯托也改变了人生轨迹，成了麦德林集团的财务总管，巴勃罗的左膀右臂。

在外界看来，巴勃罗·埃斯科巴的崛起源自他的心狠手辣。这位史上最嚣张的大毒枭不仅领导着3万多名训练有素的亡命徒，还拥有战机、坦克、军舰等精良装备，

SE BUSCAN

PABLO EMILIO ESCOBAR GAVIRIA   **ROBERTO ESCOBAR GAVIRIA**

SOLICITADOS POR LA JUSTICIA

A quién suministre información que permita sus capturas, por cada uno se ofrece como recompensa

US $ 10'000.000.oo
DIEZ MILLONES DE DOLARES

"GUSTAVO GAVIRIA" · "LA QUICA" · "ARETE" · "OTTO" · "CARLOS EL NEGRO" · "EL POLLO" · "EL NEGRO PABON" · "GORDO LAMBAS" · "POPEYE"

"CHALO" · "PITUFO" · "VICTOR EL SARCO" · "JHON LADA" · "LA YUCA" · "CACHO CHINO" · "ICOPOR" · "LA GARRA" · "VALENTIN"

y por cada uno de estos prófugos la suma de

US $ 2'000.000.oo
(DOS MILLONES DE DOLARES)

LLAME YA
SANTAFE DE BOGOTA
222 - 5012

LÍNEA ROJA
SANTAFE DE BOGOTA
91 - 287 - 2908
91 - 287 - 2986

GRATIS DESDE CUALQUIER CUIDAD
9800 - 10600
LINEA DIRECTA A MEDELLIN
4611111 - 4611112

SE GARANTIZA ABSOLUTA RESERVA
POR PARTE DEL GOBIERNO DE COLOMBIA Y DE LOS E.E.U.U POSIBILIDAD DE REUBICACIÓN EN EL EXTERIOR

罗伯托·埃斯科巴(麦德林,哥伦比亚)

An Adventure in South America and Antarctica

可与政府军正面抗衡。从总统候选人、司法部长，到抓捕审判他的警察、法官，任何企图对他不利的人，很快就会横尸街头。在长达十多年的时间里，麦德林集团是全世界最血腥、最残暴的犯罪组织。

而对于生活在麦德林的穷人来说，巴勃罗并不是十恶不赦的魔鬼。他在享受帝王般奢靡生活的同时，不忘斥巨资为低收入者修建公寓、学校、医院和教堂，还买下了当地的足球俱乐部。时至今日，仍有麦德林人对巴勃罗心存感激，甚至将他比作劫富济贫的"侠盗罗宾汉"。

1993年12月2日，在美国特工的协助下，哥伦比亚军方终于在一座屋顶上将越狱脱逃的巴勃罗成功击毙，一代毒王结束了充满罪恶与传奇的一生，麦德林集团也随之土崩瓦解。而此时的罗伯托已向政府投降，并在狱中度过了之后十多年的时光。在服刑期间，他收到了一枚匿名邮包炸弹，右眼被炸失明。

听完罗伯托的讲述，隐隐觉得背后发凉，一时难以接受面前这位谦和的老者竟是麦德林集团的二号人物，曾经叱咤风云的大毒枭。但作为巴勃罗的藏身地之一，这栋别墅里的机关暗道和家具上残留的弹孔都在印证着那些真实发生的故事，而这些故事在我们到访几个月后即被搬上荧幕，成为热播至今的美剧《毒枭》。

临行前，我们收了一本罗伯托现场签名的回忆录《王中之王》，书中详细记录了关于巴勃罗的故事，以及麦德林集团的内幕。但关于这位传奇毒枭，仍有许多待解之谜。比如，他的巨额遗产流向了哪里，至今众说纷纭。

在麦德林市中心某处封闭的建筑工地，向导停车让我们匆匆看了一眼，随后在路上介绍说，这里就是当年麦德林集团老巢的所在地，如今被一个神秘的智利商人买下，尚未开发完毕。而政府在此严加看守，以防那些觊觎巴勃罗财富的人做出疯狂的举动。

……

午后的阳光明媚而柔和，行程的最后一站，我们来到麦德林市郊一处绿草如茵的公墓，巴勃罗·埃斯科巴与他的父母并排安葬在墓地的一隅。精致的大理石墓碑前摆满了新鲜的白玫瑰，显然，不久前有人来过这里。

我不禁想起刚刚问罗伯托的最后一个问题："巴勃罗究竟是怎样一个人？"

他回答："本质上，他是个好人。"

轻轨上的麦德林
　　——Mario

　　一杯香醇的哥伦比亚咖啡唤醒麦德林的早晨。回想起前一天的神奇经历，恍然觉得像一场梦，还好有相机里的合影，证明我们与毒枭的会面真实发生过。回味着罗伯托讲述的故事，我们再度出发，深入麦德林的大街小巷，去探索这座传奇之城的前世今生。

　　打开麦德林的正确方式是搭乘轻轨。事实上，这座城市完善的轨道交通体系本身就是一道风景。麦德林坐落在南北走向的山谷之间，地势狭长，全长 26 公里的轻轨南北线与 6 公里的西部支线，撑起了城市交通的骨架；3 条空中缆车线路与轻轨无缝衔接，通往山上的低收入社区；再辅以地面巴士和无障碍设施，几乎能让每一位市民都享受到公共交通的经济和便捷。不仅如此，全程高架的轨道交通，即便在行驶中也不耽误观光，宽敞的站台还能作为观景台。不夸张地说，在麦德林，"脚不沾地"就能把城市看个大概。

　　以轻轨为依托，麦德林的城市布局井然有序。我们所住的南部以 El Poblado 站为中心，周围是商务休闲区，治安环境好，酒店餐厅云集。城市的核心地带位于 San Antonio，横纵两条轻轨在此交会，古典与现代的麦德林在这里相逢。我们花了半天时间在这个区域暴走，人潮汹涌的商业街，风格别致的大教堂，抽象前卫的广场与现代建筑，看得人目不暇接。最有趣的莫过于安蒂奥基亚博物馆前那些费尔南多·波特罗的雕塑。无论猫和老鼠，还是帅哥美女，在他的作品中，都以胖子的形象出现，哥伦比亚国宝级艺术大师用独特的脑回路为我们创造出一个圆润的世界，而麦德林正是他的家乡。

　　乘轻轨一路向北，在"大学"站下车，就来到了科研学术区。这里聚集了几所高等学府，周边配有天文馆、科技馆、植物园等寓教场所，"探索公园"里超大的淡水水族馆尤其合我口味。当轻轨接近尽头，我们壮着胆子坐上了通往 Santo Domingo 山顶的缆车。隔着透明的玻璃，山坡上密密麻麻的红砖房让我想起里约的阿勒芒贫民窟。但与那个动辄枪战的匪穴相反，这片贫民社区的中心，建有令人难以置信的现代化图书馆。我再次对麦德林刮目相看。

　　回到 San Antonio，我们换乘西线轻轨继续探索，城市的运动休闲区集中在"体育场"站北侧。造型奇幻的多功能馆酷似绿色的波浪,据说市民只要付很低的会费就能在这里享受运动的快乐。而体育馆的旁边就是麦德林国民竞技队的主场,这支哥伦比亚足坛传统劲旅当年的老板正是巴勃罗·埃斯科巴。

西线的尽头,也是缆车 San Javier 线的起点。坐上缆车悠悠上行,直至山顶的观景台,我们像旁边那对背着吉他的情侣一样,眺望着这座城市,从夕阳西下,到灯火点点。

二十年,白云苍狗。罗伯托已是花甲老人,巴勃罗只剩"毒王"传说,昔日魔窟麦德林浴火重生,凤凰涅槃。

下山的缆车上,对面坐着两女一男三个当地少年。大概是很少见到东方面孔,他们一直好奇而略带羞涩地偷看我们。

"一起合个影吧!"刘小可突发奇想。

少男少女们一拥而上,欢笑声和"表情包"充满了车厢。下车时,男生摘下自己的橡胶手环,塞进我们手里,还没等我们回赠,三个少年已经笑着跑远了。

"你说他们为什么要送我们礼物?"刘小可懵懵地问。

"是觉得我们长得好看吧。"

"哈哈,臭美!"

麦德林的这个夜晚,风,格外温暖。

卡塔赫纳：爱情在这里生长
——刘小可

　　船长看了看费尔明娜·达萨，在她睫毛上看到初霜的闪光。然后，他又看了看弗洛伦蒂诺·阿里萨，看到的是他那不可战胜的决心和勇敢无畏的爱。

　　"那您认为我们这样来来回回的究竟走到什么时候？"船长问。

　　在五十三年七个月零十一天以来的日日夜夜，弗洛伦蒂诺·阿里萨一直都准备好了答案。

　　"一生一世。"他说。

　　合上《霍乱时期的爱情》，为这场旷日持久的爱恋而感动，为马尔克斯讲故事的能力而惊叹，还为自己曾到访过卡塔赫纳而深感荣幸——弗洛伦蒂诺·阿里萨就是在这里爱了费尔明娜·达萨五十三年七个月零十一天，乃至一生一世。

　　卡塔赫纳，位于加勒比海之滨，拥有完美的古城，以及与马尔克斯的不解之缘……正是这一个个标签，吸引着我们第三次来到哥伦比亚。一踏出机舱门，炎热而潮湿的空气打在脸上，我深深地吸了一口，想必这就是加勒比海的气息，强哥的额头则渗出细密的汗珠。机场距城区仅有3公里，我们迅速钻进一辆出租车，沿着滨海公路很快驶入了古城。

　　车子停在一座白色宅邸前，曾经应该是个富贵之家，如今是评价甚好的家庭旅馆。推开黑色的铁艺门，正对着一段倾斜而上的白色台阶，一级一级地走上去，左手边是前台区，右手边是小庭院。入住的房间安静整洁，木质阳台古朴而典雅，怒放的三角梅花团锦簇，阳台外的古城浓墨重彩。对于来到卡塔赫纳的旅行者，住在古城是不容错过的体验。

　　跟以往的旅行不同，古城并不需要跟着地图行走，只需要凭着直觉穿梭于街头巷尾。我们一人捧一杯哥伦比亚鼎鼎大名的 Juan Valdes 冰咖啡，走起！

　　卡塔赫纳的古城分为内城和外城，前者保存得更为完好。黄色的钟楼大门是通往内城的门户，19世纪才加建的三层钟楼高耸入云，让原本中规中矩的城门变得气势如虹。踏入内城，仿佛时光倒流数百年，回到了16、17世纪那个被西班牙殖民的时代。

这里仍然保持着曾经的风貌，但又十分鲜活：铺满鹅卵石的街道纵横交错，教堂、广场、花园镶嵌其中，两三层的小楼或明黄或深蓝或纯白，"踢踏踢踏"的马蹄声不绝于耳，新老风格的咖啡馆香气四溢。马尔克斯就是在这里写成了名篇《霍乱时期的爱情》，只要用心寻找，小说中的教堂、马车、阳台、广场都可以找到原型，还有地狱般的炎热和潮湿的空气。

大教堂是内城的地标，远远就望见了披着阳光外衣的圆顶，如小说中描述的那么美：阿里萨在费尔明娜嫁为人妻时开启了治疗之旅，但心底的爱又将他带回卡塔赫纳，"黎明，海湾风平浪静，阿里萨看见了被第一抹朝霞染成金色的大教堂的圆顶"，他决心再也不会离开有她的城市，而是一边争取名气和财富，一边既不着急也不张扬地等待。

我们奔着教堂的方向前进，原本安静的街道渐渐热闹起来：有卖画的，每一幅都以古城为创作素材，将街头巷尾的美好用画笔定格；有卖 Wayuu 编织包的，它是当地少数民族手工创作而成，是鲜艳色彩与丰富图案的完美结合，被誉为哥伦比亚的时尚传奇；还有卖小吃的，切好装在一次性塑料杯里的果肉，托在盘子里的甜食，以及一种以奶酪为原材料的烤饼。

"我们买幅画吧！""我想要那个 Wayuu 包！""我想吃这个奶酪饼！"在面对各种诱惑时，我贪心的本性暴露无遗。

强哥立马拒绝了我的前两个要求：第一个是以无法运回国为由，第二个是觉得我只是一时感觉新鲜。最终，只允许我买了一个奶酪饼，我充满期待地咬了一口，不料被烫到了嘴巴，还被那难以下咽的味道给惊到了。特别在卡塔赫纳这个炎热潮湿的天气，感觉像是吃到了一口馊了的主食。

"这是什么鬼？完全无法理解那些排队购买的人啊，都是他们误导了我！"我愤愤然。

强哥早就预料到会是这个结果，幸灾乐祸地看着我。

大教堂旁坐落着绿树成荫的公园，公园的中心屹立着玻利瓦尔跃马举剑的塑像。在加拉加斯领导起义失败后，玻利瓦尔来到卡塔赫纳，于此卧薪尝胆，发表了《卡塔赫纳宣言》。正是这份宣言让他找到了革命的正确方向，进而成功建立了大哥伦比亚共和国。

就在我向强哥卖弄起自己的历史知识时，突然感觉空气中有一丝不和谐的气味，我皱着眉头寻找来源，强哥指指公园外，原来这里还是马车的大本营。曾经马车是古城里重要的交通工具，现在"坐马车逛古城"是充满复古情怀的体验——破旧的马车

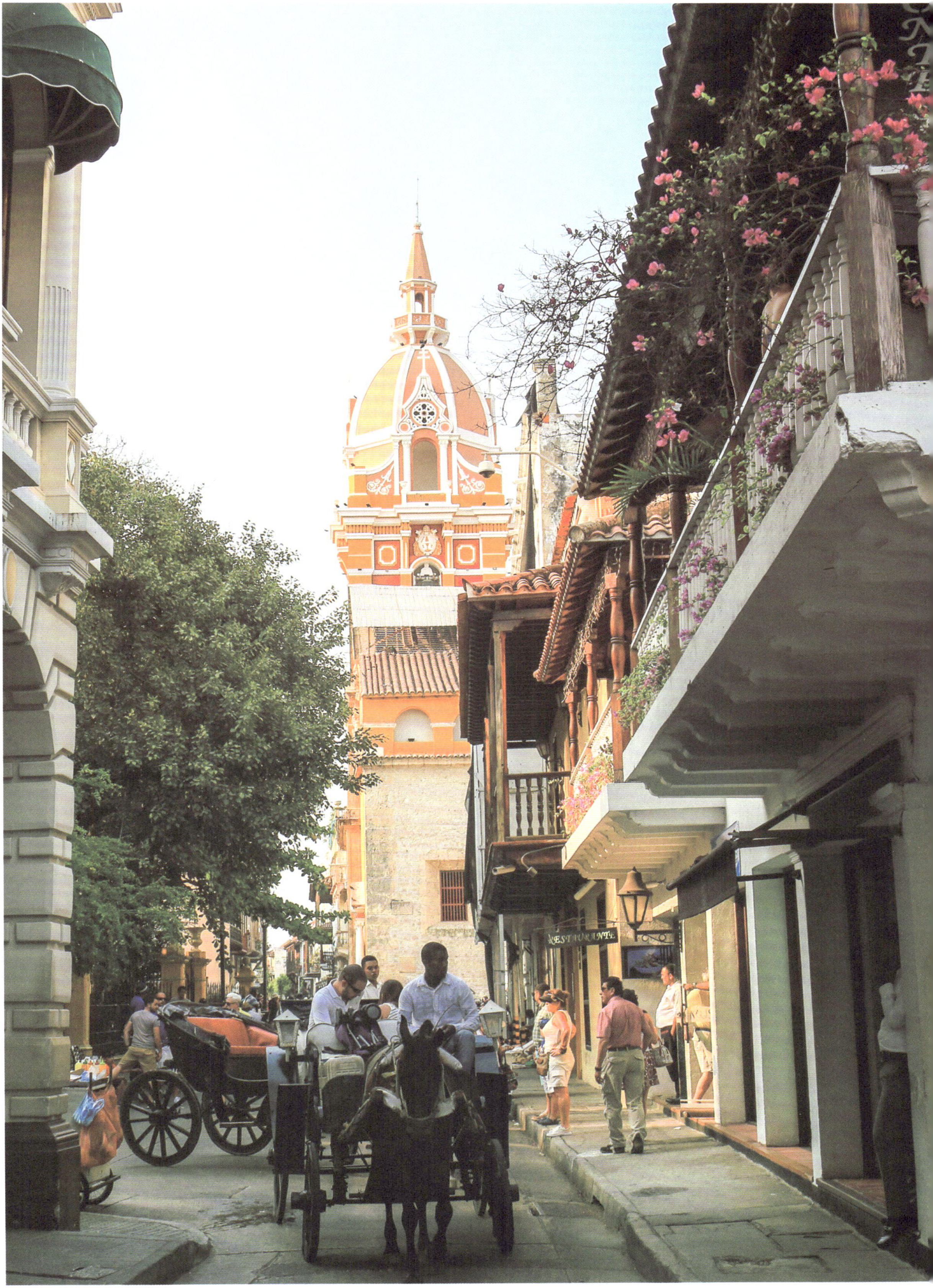
RESTAURANTE

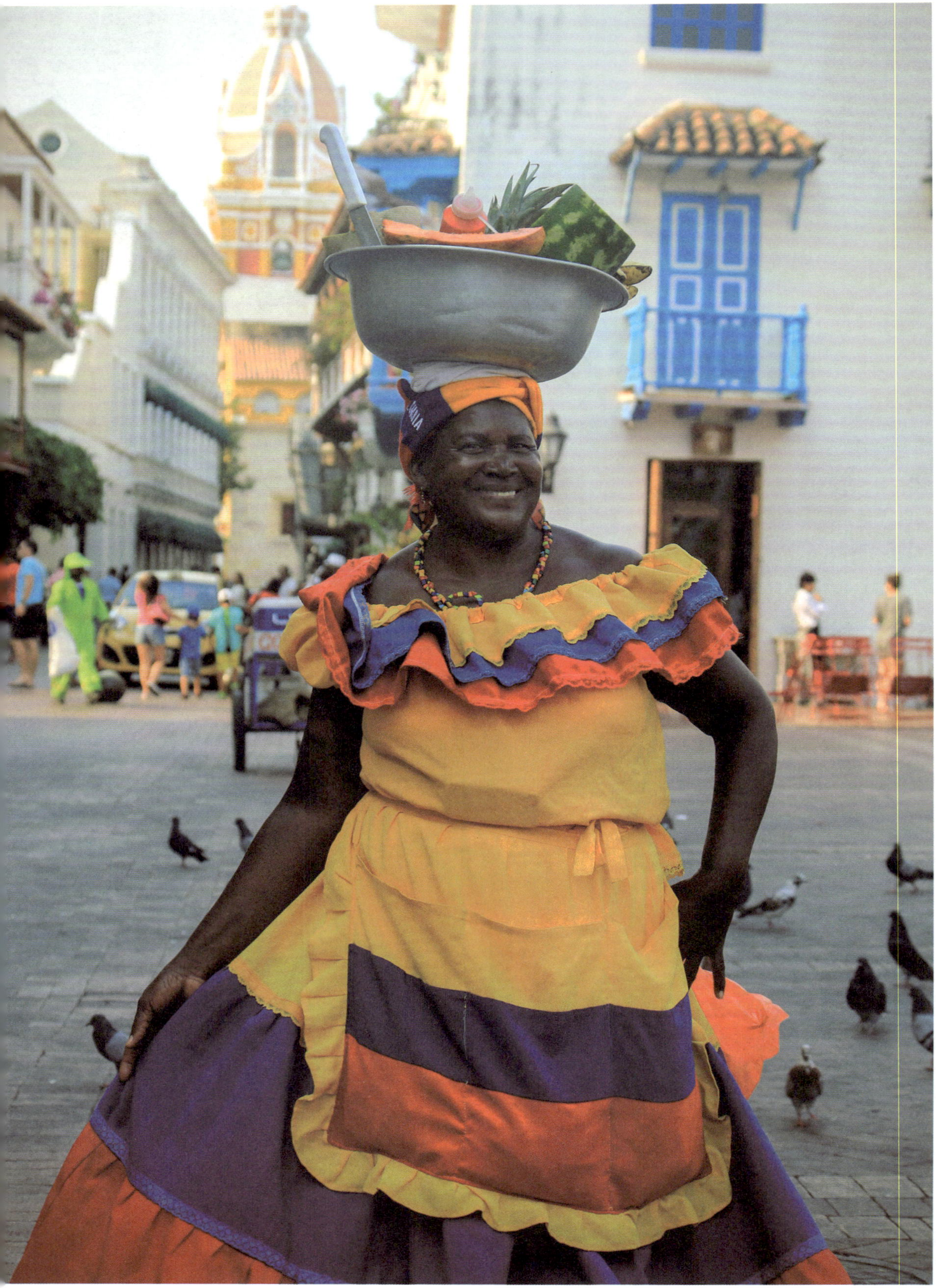

显示出年代感，车夫的白衬衫黑礼帽亦是昔日的样貌。不过此刻我们还不想"走马观花"，不想错过任何微小的美好，乘坐马车的体验还是留到次日吧。

内城的另一个中心是圣多明戈大教堂，斑驳的砖黄色散发着古老的气质，但超高的人气证明它仍然没有被遗忘。教堂前的广场平坦见方，中心散落着几尊波特罗的"胖雕塑"。强哥被卖冰椰子的小贩吸引过去，我则被一位大妈牵引住目光。她身上的连衣裙是哥伦比亚国旗的配色——明黄、深蓝和大红，配上"加勒比黑"的肤色，头上还顶着一盆水果，在人群中十分醒目。

大妈敏锐地发现我在观察她，立即冲过来兜售水果，而我只想给她拍照。

"Ten dollars,"她一边比画，一边挤眉弄眼。

原来大热天如此盛装是为了做生意，我觉得可以理解。

"Five dollars。"

成交！大妈绝对有模特潜质，镜头感极好，一盆水果稳稳顶在头上，双手轻轻提起长裙，笑容灿烂，露出两行洁白的牙齿。

古城四周围绕着厚重的城墙，黄昏时分，当地人和游客都喜欢聚在城墙上，端一杯鸡尾酒，在微风中静候海上日落。历史上，卡塔赫纳是西班牙人储藏黄金珠宝的港口，等待帆船运往欧洲，结果被海盗垂涎，动辄围攻一场。不堪其扰的西班牙人花了两个世纪，精心修建了长达8公里、固若金汤的城墙要塞。然而，当年刀光剑影的军事重地，如今已变成娱乐天堂。

加勒比海的晚风驱散了白天的闷热，卡塔赫纳激情澎湃的夜生活拉开帷幕。震颤灵魂的音乐仿佛从架在要塞上的大炮中发出，美丽的哥伦比亚姑娘舞姿妖娆，酒过三巡的朋友们高谈阔论，相约而来的恋人窃窃私语。

"Ola！"我叫住经过的小贩，买了两罐冰啤酒，跟强哥一人一罐，庆祝我们不虚此行。

加勒比：四月的一瞬间
——刘小可

当马尔克斯在《霍乱时期的爱情》中写下"巴黎的一切都不足以让他用故乡加勒比四月的一瞬间来抵换"时，他不过是借胡维纳尔·乌尔比诺医生之口说出了自己在欧洲游历时对故乡的思念。而我们，既然误打误撞地在四月来到卡塔赫纳，自然不能错过古城之外那一汪诱人的加勒比蓝。

位于卡塔赫纳新城区的港口，周围高楼林立，与古城是截然不同的世界。清晨的码头已是热闹非凡，游客在排队购买船票，旅行社兜售着一日游，卖早餐的人夹杂其中。对于我们这种时间短、要求多的散客，大多数旅行社都一口回绝，只有一个姐姐脑子灵活，帮我们联系到一艘私家快艇，以略高的价格包船出海。

罗萨里奥群岛位于卡塔赫纳西南方35公里，由27座小珊瑚岛组成，其中一些岛屿仅能容下一幢房子。虽然各岛之间航运发达，但并未过度开发，整个区域已作为国家公园保护起来。我们的第一站就是前往这个不错的潜水地点。

两个黑黑的小哥轮流驾驶游艇全速前进，大约一小时后，海水的颜色越来越浅，能见度越来越高，无数次在图片上看到的加勒比蓝终于近在眼前！在我的各种惊呼声中，快艇停在了一片适于浮潜的平稳海域。探头看了一眼海水，透明的碧蓝色，大片的珊瑚礁清晰可见，彩色的鱼群点缀其间。

"还等什么？这可是加勒比啊！"

强哥一边说着，一边投入了大海的怀抱，我也随之跳入水中……

正午时分，烈日灼人。浮潜过后的我们急需补充体力，俩小哥驾船来到一座不知名的小岛，这里供应当地特色的鸡尾酒和海鲜小吃，还有我最爱的冰椰子。多艘豪华游艇停泊在小岛周围，身材火辣、衣着清凉的俊男美女在甲板上把酒言欢，诱人的美食美酒不断地被运送上船，震耳欲聋的音乐声飘荡在天海之间。

"这大概就是所谓'海天盛筵'吧……"我望着游艇上那些美好肉体浮想联翩。

"哎，这才叫生活……"强哥喝了一口加了冰块的莫吉托。

"我们也要度过一个加勒比式的午后。"

小哥心领神会，驶向白沙滩。他们说，那是卡塔赫纳最美的海滩。远远地，一条白色玉带般的沙滩将碧蓝的海水与岸边的茅草屋分隔开来，缤纷的太阳伞如花朵般绽放在海滩上。

炙热的阳光把细腻的白沙晒得滚烫，我们赶紧下水寻找清凉。

"哎呀，硌脚！"

原来水沙相接处，暗藏着大量的白色碎珊瑚，白沙滩的颜色正是来源于此。海浪不停地拍打，时光耐心地雕琢，终将其化为细沙。

我坐回太阳伞下，感受着加勒比的光和热，强哥继续不管不顾地在海里撒着欢儿。这样的瞬间确实比在巴黎暴走更加惬意。

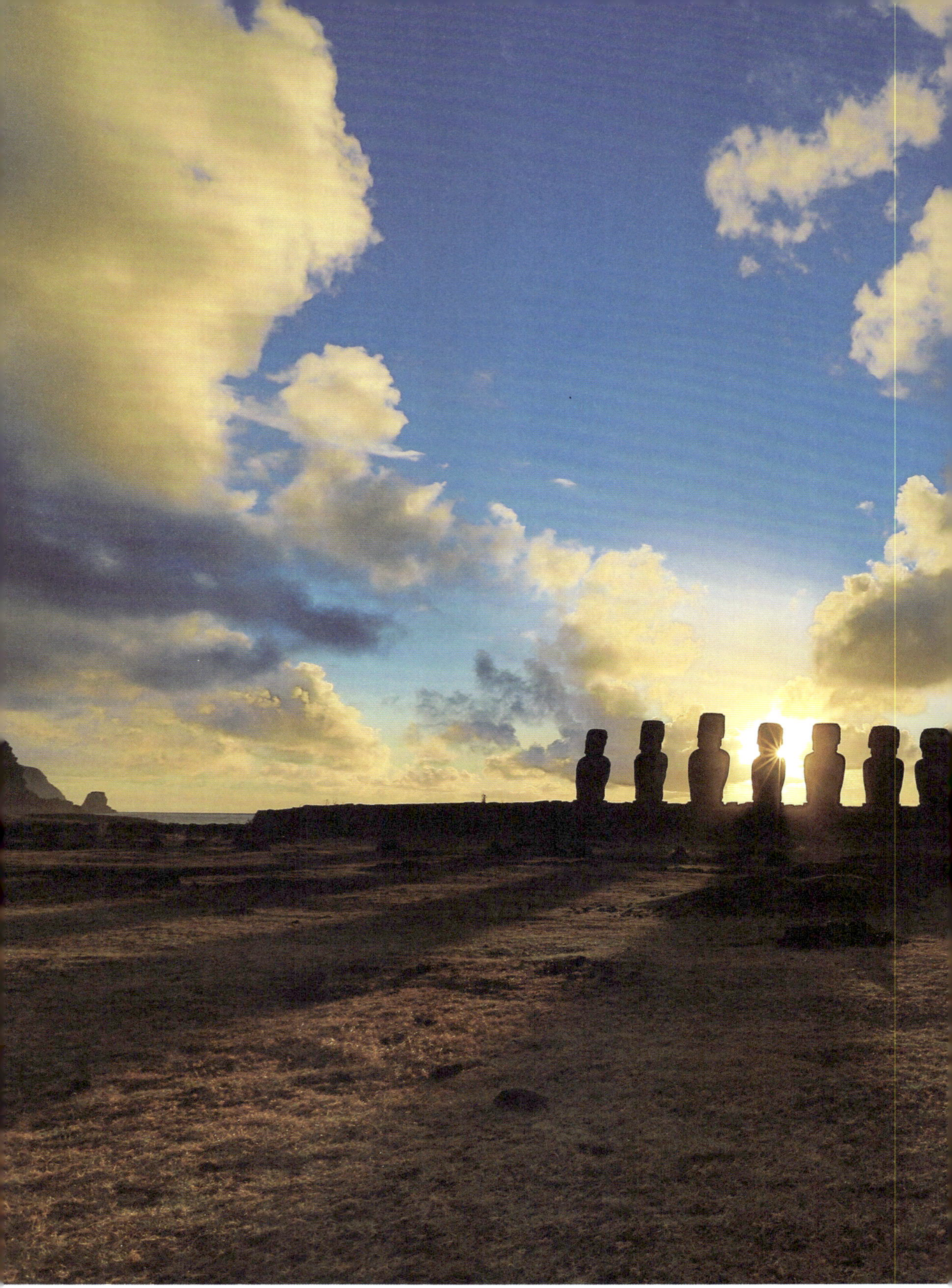

智利 *Chile*

当心那杯饮料！
——刘小可

飞机平稳降落在现代化的圣地亚哥国际机场，随风飘扬的智利国旗预示着我们即将解锁一个新的南美国家。按照惯例，强哥去换汇，我负责看管行李，然后一起寻觅当地手机卡。

初见智利，心情雀跃，我正美美地推着行李小车东张西望，一个黑影从右侧突然经过，撞到了我的肩上。我下意识地抓紧了装有钱和证件的随身小包。只见一个安第斯土著样貌的男子，操着难懂的西语，朝我的身后比比画画。

骗子！我瞬间醒悟，幸好没有转身！这是南美地区流行的一种骗局——往游客身上泼脏水，趁乱顺走贵重物品。

我伸手摸向背后，触到了黏糊糊的液体，果然中招！于是恼羞成怒地看着那个坏人，眼神充满杀气——我已识破你拙劣的伎俩。

"土著男"表情尴尬，灰溜溜地走开了。我脱下外套仔细检查，发现被弄上了咖啡或奶茶之类的饮料。可恶至极！

众所周知，从经济发展到国民素质，智利都是当之无愧的南美强国。因此，在制定旅行计划时，安全问题并未被我列为重点，结果刚到圣地亚哥就被"打脸"。还好，此后的旅程证明，首日的意外实属大醇小疵。

圣地亚哥：寻找安第斯的雪
　　——刘小可

　　智利首都圣地亚哥，一座位于安第斯山脚下的大城市。正如在尼泊尔加德满都可以看到喜马拉雅山的雪，在加拿大温哥华可以看到落基山的雪一样，在圣地亚哥的某些地方，安第斯雪山与繁华都市交相辉映，美不胜收。带着这样的目标，我们在圣城一边"扫街"，一边寻找。

　　圣卢西亚山是市中心的一块高地，通往山顶的小径绿意盎然。拾级而上，同行者大多是晨练的当地人。山顶曾有一座修道院，后来改为军事堡垒，如今仍能看到保存完好的古堡和铜炮。遥望天边，雄伟壮丽的安第斯群峰若隐若现，可惜山顶没有积雪；俯瞰山下，奥希金斯大街横贯全城，车辆川流不息。

　　从圣卢西亚山下来，我们沿着奥希金斯大街向老城区走去，一路欣赏欧式建筑和古老的大学，直到武器广场。自西班牙征服者佩德罗·德·巴尔迪维亚于1541年建城以来，武器广场一直是圣地亚哥的核心所在，四周汇聚着大教堂、博物馆、邮局和市政厅，百余棵高大的棕榈树与灵动的喷泉为夏日的广场带来些许凉意。

　　我们在武器广场发够了呆，溜达着前往不远处的中央市场吃午餐。海鲜是这里的主打，要知道智利是一个拥有漫长海岸线的国家，不乏上等食材。两张亚洲面孔一走进这个铁艺市场，就被大小商家紧盯着。避开中心的游客餐厅，市场周围那些不起眼的位置才是物美价廉的选择。这种接地气的市场在南美的诸多城市都能见到，可以享受最地道的美食，也能了解当地人的生活状态。

　　闲暇的日子里，不少圣地亚哥家庭会在午餐之后到圣克里斯托瓦山消磨时光。自驾、骑车、步行，或搭乘缆车，都可抵达山顶，我们也加入其中。圣克里斯托瓦山海拔870米，与圣卢西亚山相比，简直就是巨人。屹立在山顶的白色圣母像张开双臂，神态圣洁，是圣城的地标之作。山的另一面，大都会公园里造型奇特的露天泳池，挤满了消暑的市民。举目远眺，城市风光尽收眼底。马波乔河与安第斯山之间，高楼大厦鳞次栉比，大街小巷交错纵横，64层的金融大厦直入云霄，彰显着国际大都市的繁华。

　　我们满心期待在这里可以拍到雪山压城的大片儿，然而绕着山顶转了一圈，只看到安第斯清朗的轮廓，却不见雪的踪影。大概是季节原因，积雪已经消融殆尽，要拍到理想的照片，只能冬天再来了。

瓦尔帕莱索：大诗人的海景房
——刘小可

我有点儿厌倦圣地亚哥了，想在瓦尔帕莱索寻找一间房子安静地生活和写作。我希望这间房子位置不高不低，独立而不偏僻，复古而又舒适，远离喧嚣但要生活便利，邻居聪慧友善但不侵犯隐私，你认为我能找到这样的房子吗？

1959年，智利诗人巴勃罗·聂鲁达曾给朋友写过这样一封信，而这样的房子最终被他在瓦尔帕莱索如愿找到。

从圣地亚哥汽车站乘坐长途大巴，只需两个小时就来到了令聂鲁达向往的瓦尔帕莱索。然而，一出车站，看到的尽是混乱与破败，还有潜在的安全隐患。说好的波希米亚风情呢？我拧着眉毛，不情不愿地向市内走去。

随着脚步的深入，瓦尔帕莱索的魅力逐渐展露出来。此城状如剧场，太平洋是天然的舞台，陡峭的山坡是看台，彩色的房子从海边逐层向山上铺展。依山建楼，傍海造屋，教堂尖塔点缀其中。

聂鲁达的房子就藏于半山腰，被命名为La Sebastiana，翻修于1961年。那年的9月18日，他邀请众多好友在新居搞了个竣工派对。此后，这幢房子和聂鲁达在房子里写下的诗，都成为瓦尔帕莱索最好的旅游名片。

聂鲁达十分钟情大海，小时候曾梦想成为一名船员，因此房子的外观形似一艘轮船，自下而上共分为五层，与山坡保持着同样的上升之势，各个楼层都能欣赏到摄人心魄的海湾美景。生活于此，聂鲁达可以透过卧室的宽幅玻璃窗，直接俯视浩瀚的太平洋。正如诗人自己所言，"我享用了它的辽阔"。

如今，La Sebastiana由聂鲁达基金会打理，诗人的另外两处故居分别位于圣地亚哥和黑岛。

抛开聂鲁达的故居，瓦尔帕莱索本身也极富观赏价值，乘坐缆车加漫步其中是不可错过的体验。古老的缆车建造于1883年至1916年，曾经是城市纵向流动的大动脉，部分线路至今仍在正常运行。

康塞普西翁山的缆车入口极其隐蔽，我们反复经过三次还险些错过，票价便宜到可以忽略不计。捏着票根走进木质车厢，好像乘坐时光机，车门再次打开时，已经踏入过往。缆车站门口的步道上有几条斑驳的长椅，老人坐在这里晒着暖阳，拐杖靠在座椅的扶手上；路边有画家在写生，已完成的作品等待着买家；几家格调不错的家庭旅馆就在不远处，这里是瓦尔帕莱索住宿的最佳选择，夜幕降临之后可以欣赏到闪烁灯光点缀的大海。

我们继续前行，仿佛进入了一间巨大的画室，这里的每一间房子甚至每级台阶都是色彩斑斓的——深紫配明黄，洋红配钴蓝，绿色配橙色。据说早先居住在这里的大多是水手和码头工人，他们将修补船只剩下的油漆带回山上的家，用于美化自己的房子。渐渐地，越来越多的艺术家来到瓦尔帕莱索定居，他们带来了梦幻迷人的壁画和天马行空的涂鸦。走在瓦尔帕莱索，随时都要准备好相机，也许下一个转角就是一张极美的明信片。

与康塞普西翁山的波希米亚风情不同，阿提勒利亚山透露出几分硬朗，大概因为这里坐落着海军博物馆，曾经是战略防御重地。从这个角度远眺大海，港口的起重机和集装箱一览无余。昔日的瓦尔帕莱索，是大西洋到太平洋航线上的重要中转站，在加州淘金热时期，为前往美国西部的船只提供补给。商贸的发展和资本的涌入使瓦尔帕莱索成为智利的金融中枢，吸引了大批欧洲移民前来定居，独特的建筑风格由此形成，教育文化日益繁荣。

然而，巴拿马运河的开通改变了一切。大西洋与太平洋之间的航行不再需要绕道合恩角，瓦尔帕莱索的地位受到严重冲击，城市经济因此衰退，地震的多次袭击更令其雪上加霜。

当瓦尔帕莱索衰落时，越来越多的人放弃了这座城市，搬至邻近的比尼亚德尔马。趁着天色尚早，我们登上了开往比尼亚德尔马的沿海快轨。这座小小的卫星城，拥有着整洁有序的迷人景致，与瓦尔帕莱索的随意形成了鲜明的对比。这里隐藏着诸多名流的消夏别墅，花香四溢的公园和绵延不绝的海滨到处是前来度假的智利人。

随着打造文化首都计划的提出，智利文化部迁至瓦尔帕莱索。这座历史名城重新焕发了生机，与略显平淡的首都圣地亚哥互为补充。

复活节岛：巨人无声
——Mario

浩瀚的南太平洋中心，有一座与世隔绝的小岛，距离最近的大陆约 4000 公里，这个星球上最孤独的地方，被遗忘的角落。

一些神秘的"巨人"静立在此，仰望苍穹，穿越千年。他们是谁？他们从哪里来？要到哪里去？为一睹千古之谜，我们不远万里，飞向复活节岛。

世外桃源

"请问你们是马里奥和凯瑟琳吗？"圣地亚哥机场的候机大厅，一个陌生的红脸大汉突然出现在面前。

"我是杰罗姆，"他伸出大手，"欢迎入住我的旅店，在复活节岛上！"

惊讶之余，我一脸蒙圈。

"没错，我们的确预订了'杰罗姆之家'的住宿，可你是怎么认出我们的呢？"

"哈哈，我想这架航班上不会再有其他中国人了。"

坐在智利"国航"LAN 航空的飞机上，我回想起几小时前在机场发生的这段小插曲。杰罗姆说得没错，我们是整个机舱"唯二"的东方面孔，而这架航班也是今天全世界去往那座孤岛唯一的交通工具，恍然间觉得自己是个幸运儿。

舷窗之外是茫茫无际的深蓝，看不到一寸陆地，近 5 个小时的飞行一直如此。瞌睡中，飞机开始盘旋下降，透过薄沙般的云层，一座孤零零的三角形小岛浮现在海面，曲折的海岸线被翻滚的白浪包裹。传说中的复活节岛果真存在——我的脑海中闪过这样一个奇怪的念头。

低矮的木质候机厅镌刻着古老文明的图腾，炽烈的阳光与湿润的海风混合出亚热带的气息，接机小哥将粉红色花瓣编织成的鲜嫩花环套在我们的脖子上，浓郁的南太平洋海岛风情扑面而来。

1722 年，荷兰探险家雅各布·罗格文发现了这个位于南太平洋中心的小岛，由于当天恰逢复活节，便将其命名为"复活节岛"。如今，岛上几千名常住民多为波利尼西亚裔，他们养马放牧，出海打鱼，从事旅游服务。西南海岸的安加罗阿是岛上唯一的小镇，距机场几分钟车程，大部分民居和公共设施都集中在此。

杰罗姆的小屋坐落在安静的一隅，面朝大海，春暖花开。我们的房间在二楼，拥有敞亮的海景阳台。老板带着他从智利本土采购回来的战利品再次欢迎了我们。这个外表粗犷内心浪漫的法国男人，因为一次旅行便对复活节岛一见钟情，于是把家搬到了这里。

两杯冰爽的橙汁下肚，杰罗姆载着我们到镇上租车。若想玩转复活节岛，交通工具至关重要。租车行的姐姐扫了一眼驾照上的英文，爽快地刷卡交钥匙，一辆动力十足的铃木四驱"小钢炮"已在门外听候差遣。

碧海蓝天，几匹膘肥体壮的骏马悠闲地啃着青草，我们停车坐在海边。

从明天起，做一个幸福的人，
喂马、劈柴，周游世界。

生活不过如此。

鸟人传说

距离杰罗姆的小屋不远有一条隐秘的阶梯，贴着陡峭的悬崖蜿蜒而下，通往遍布黑色火山岩的海湾。午后的阳光照在蓝碧玺般的海面，如果不仔细观察，很难发现这里别有洞天。

根据地图，我们找到了这处藏于绝壁之下的岩洞。青灰色的石壁上，古老的红白颜料勾勒出怪异图案，历经岁月的洗礼已然斑驳，但几处海鸟的轮廓依稀可辨，这是复活节岛神秘的鸟人文明遗迹。

循着线索顺藤摸瓜，我们驱车爬到岛屿西南端的盘山路尽头。山顶的风很凉，景色也变得立体。向北望，壮美的海岸线与五颜六色的小镇房屋交织成世外桃源般的美景；西南方，碗状的火山口占据了小岛的边缘，百丈悬崖环绕着芦苇丛生的幽绿深渊，临海的崖壁因强风劲浪持续冲击，崩塌出巨大的缺口，看上去险象环生。这里是"鸟人"的大本营——Orongo 祭祀村。

鲜为人知的鸟人文明存在于 18 世纪初欧洲人发现小岛之前。他们以海鸟为图腾，部落的领袖被称作"鸟人"。依山而建的 Orongo 博物馆里记载着人们对于这个文明为数不多的了解。

穿过博物馆，顺着小路深入村落。火山岩石板搭成的碉堡式建筑隐藏在临海的山坡上，狭窄的入口成年人几乎无法钻过，长满青草的屋顶与山坡融为一体，颇有自然主义大师的风范，这些低矮的"洞穴"竟是"鸟人"们的避风港。

摩艾"兄弟连"（复活节岛，智利）

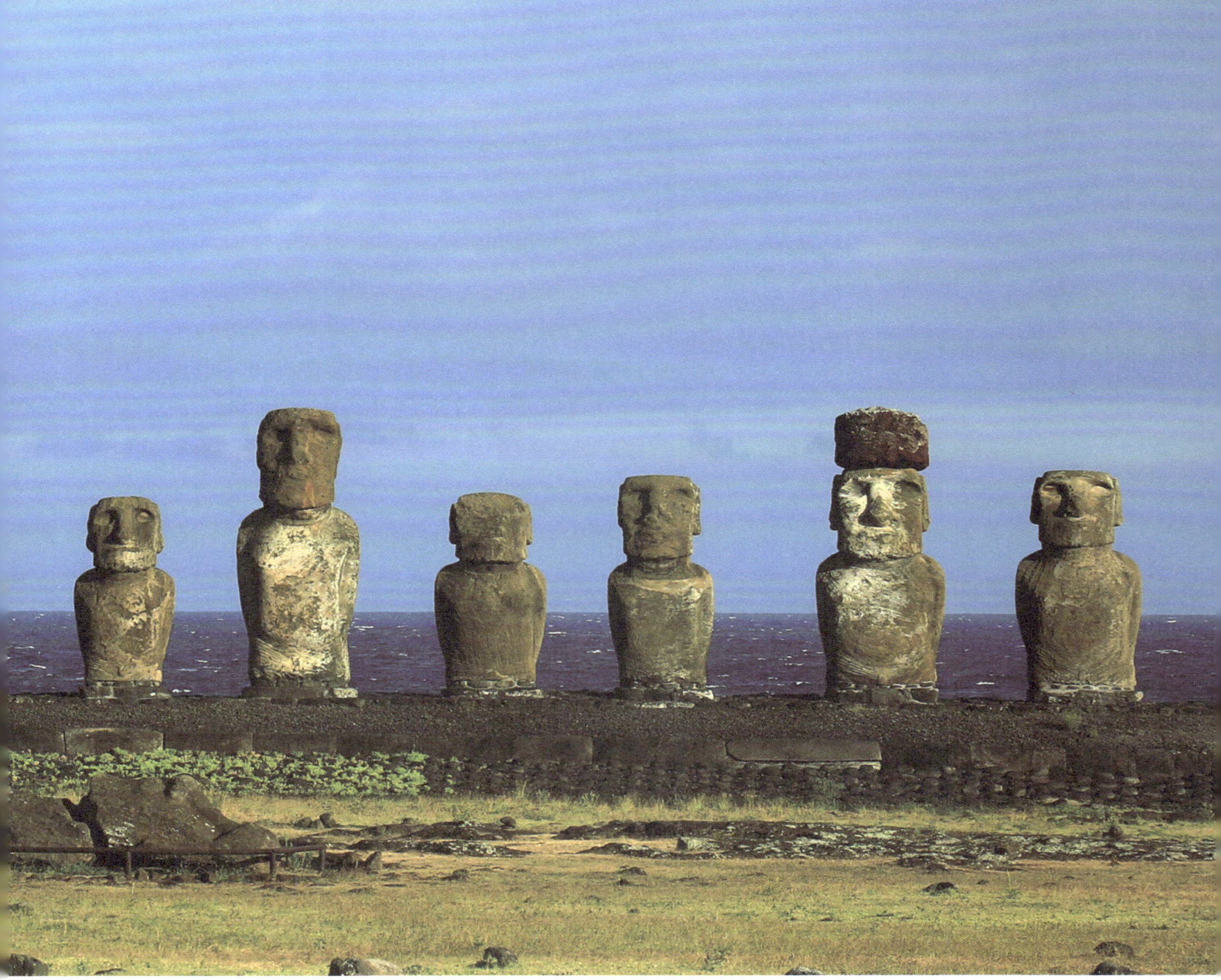

步道尽头便是悬崖，再往前，只剩海天一色的蔚蓝。三块渺小的岛礁点缀在海面，那是智利国土的最西端。据说每年春天，一种名字古怪的海鸟会在最远那块岛礁上产蛋，部落的勇士们要爬下悬崖，借助苇草捆成的漂浮物游向岛礁，谁能拿到第一枚鸟蛋并成功带回，就将赢得年度"鸟人"的称号，享受英雄的礼遇。

这一年一度的盛事不仅充满挑战，也相当危险，不少人一去不回，葬身大海。现如今，那种奇怪的海鸟已难觅踪迹，神秘消失的"鸟人"也只剩传说。

摩艾之谜

你是谁？从哪里来？要到哪里去？

当我第一次站在"巨人"脚下，抬头仰望谜样的面孔，古希腊哲人的终极三问穿越时空而来，回荡在寂寥的心间。茫茫宇宙，悠悠光阴，多少谜团悬而未解。眼前这无比震撼的存在，就是打开未知世界的一组密钥——它们的名字叫摩艾（Moai）。

摩艾，来自拉帕努伊语对巨大人形石像的称呼，那是岛上原住民使用的一种生僻语言，而拉帕努伊（Rapa Nui）也是复活节岛的别称，直译为"世界的肚脐"。这座幅员117平方公里的岛屿上，散落着约900尊石头巨人，它们大多背朝大海，凝望远方，身世成谜。

记不清在几岁的时候，电视里惊现复活节岛石像的神秘传说，一颗幼小的心灵瞬间被深度种草，无法自拔。得知要来南美之时，我便将复活节岛列为头号必去之地。

"大眼睛"

在小镇以北绿草如茵的海滨，我终于梦想成真。一处有着千年历史的摩艾群静立在此，石人们三五成组，或自成一派，大多有着拗口的"姓名"，其中最著名的当属"大眼睛"。它身高超过6米，由暗灰色的凝灰岩雕成，硕大的脑袋顶着夸张的红褐色"帽子"，孤零零站在石台上。最特别的是它那双镶嵌着珊瑚的大眼睛，空洞的目光遥望着天际，呆萌中透着深不可测，这是世界上唯一一尊有眼睛的摩艾，"大眼睛"因（wo）此（gei）得（qi）名（de）。

12月中旬的复活节岛，碧空如洗，野花绽放，波澜壮阔的太平洋如蓝色的盐汽水般清爽。沿着南部海岸线一路向东行进，人迹罕至的美景统统被我们包场。根据地图标注的位置，我们逐一发现了隐藏在海边的几处"野生"摩艾。它们大多已跌落神坛，横七竖八地趴倒在地，帽子滚得老远，有的甚至身首分离，画面诡异，如同科幻片里经历了某种浩劫的未知星球。

是遭遇地震的破坏，还是海啸的侵袭？我们不得而知。但与"大眼睛"的精心维护相比，这些"无人问津"的摩艾呈现出原生态的苍凉之美。冒着触犯神明的危险，我忍不住轻轻将手放在了石像上，让时光的粗粝感来得更加真实。

"兄弟连"

"这有只小狗！"

在我跟摩艾交流的时候，刘小可从海边回来，身旁还跟了一只小花狗。

"什么情况？"

"不知道啊，周围没人，它看到我就一直跟着。"

这荒无人烟的地方离镇子十几公里，不知哪个狠心的主人把这不到一岁的小奶狗扔下等死。

"我们把它带上吧！"

我打开车门，小狗心领神会地蹿到了后座，任凭我们中途下车拍照，它始终乖乖地趴在车里，生怕我们再把它丢下。我们的二人之旅就这样多了个伴。

当南海岸公路走向尽头，15尊伟岸的摩艾闪现在山海之角，它们身高都在6米之上，由整块巨岩精雕而成，最高的一尊接近10米，重达80吨，堪称摩艾中的"巨无霸"。除了大脑袋、深眼眶、凸嘴唇这些共同特征，每尊摩艾的身材样貌都不尽相同，有的矮胖，有的瘦高，有的塌鼻梁，有的大耳垂肩。这"十五兄弟"在百余米长的圣台上比肩而立，任凭背后惊涛拍岸、巨浪滔天。它们是复活节岛摩艾的巅峰之作，号称"兄弟连"。

我们站在队伍的一端，模仿着石人的表情，假装自己是"兄弟连"的第16个成员，在合适的角度用相机定格这有趣的瞬间。

"七仙女"与"葫芦娃"

北部海岸大概是安加罗阿小镇之外人气最旺的地方，这里风平浪静，有一小片椰林和全岛唯一的休闲沙滩。椰风海韵中的一组摩艾线条柔美，五官精致，有着鲜明的女性特征，其中有两尊已经损坏，另外五尊保存完好，头上的"帽子"更像是"发髻"，我称之为"七仙女"。

海岸公路到此为止，我们横穿中部高地返回小镇，途中邂逅了"葫芦娃"。这"七兄弟"身材长相几乎一模一样，并排站在山顶，眺望着浩瀚的太平洋。没错，它们是唯一一组面朝大海的摩艾。

当我们回到镇上，"大眼睛"周围已经聚了不少人，壮美的日落和一场露天音乐会同时上演。女歌手声如天籁，美丽的海岛少女翩翩起舞，大海、摩艾、人们的脸庞，都被夕阳染成了火红色。此情此景，声色醉人。

采石场

如果说西海岸的"大眼睛"是观赏日落的胜地,那复活节岛看日出的最佳地点一定是东海岸的"兄弟连"。凌晨4点,前夜的酸橙汁腌海鲜还在回味,我们顶着星辰再次驶上环岛公路。

夜幕下的"兄弟连"笼罩着惊悚片的诡异氛围,繁星璀璨的天空营造出爱情片的极致浪漫,我们就在这奇妙的环境里等待日出。一阵突如其来的骤雨过后,海平线上的乌云泛起性感的紫色,所有人都屏住了呼吸。转瞬间,第一缕阳光越过一尊摩艾的肩膀,射出锐利的星芒。壮丽的火烧云好似滚滚硝烟,"兄弟连"倔强的剪影如战火中的英雄刚毅伟岸。

一千年前,这座遗世独立的小岛究竟存在过怎样的文明,留下如此非凡的印迹?他们要传递怎样的信息?带着强烈的疑问,我们走进了与"兄弟连"遥相呼应的Rano Raraku采石场。眼前的景象触目惊心,山坡上遗落着姿态各异的摩艾,有的仰面朝天,有的斜而不倒,有的深埋土中只露半张脸……一尊身长21米的超级摩艾平躺在山顶的石窟中,它只是个半成品,却直接证明了制造摩艾所用的石材,出自这座小山。

然而,不知发生了什么可怕事件,摩艾的修建者似乎人间蒸发了。庞大的工程戛然而止,历史在某一刻突然定格。繁盛一时的复活节岛文明离奇消失,正如它神秘的出现。只留下几百尊无声的石像,让后人浮想联翩。

有人说,摩艾是为了纪念而建,每尊石像代表着一位逝去的祖先,他们背朝大海,守望着子孙后代和曾经的家园,而文明消失是因为资源枯竭和战争的爆发。

有人质疑,生产力落后的石器部落,如何能将数十吨的巨石运到遥远的海边?又如何能将十几吨重的"帽子"精确地立在石像头上?背后定有蹊跷。

有人猜测,很久很久以前,外星文明曾经光顾过地球,并在复活节岛上留下了联络信号,仰望苍穹的摩艾,正是指明了他们在太空中的方位。

种种说法,无一能让人心服口服。唯有那些安静的巨人,见证了历史的真相,却始终恪守秘密,千百年沉默无声。

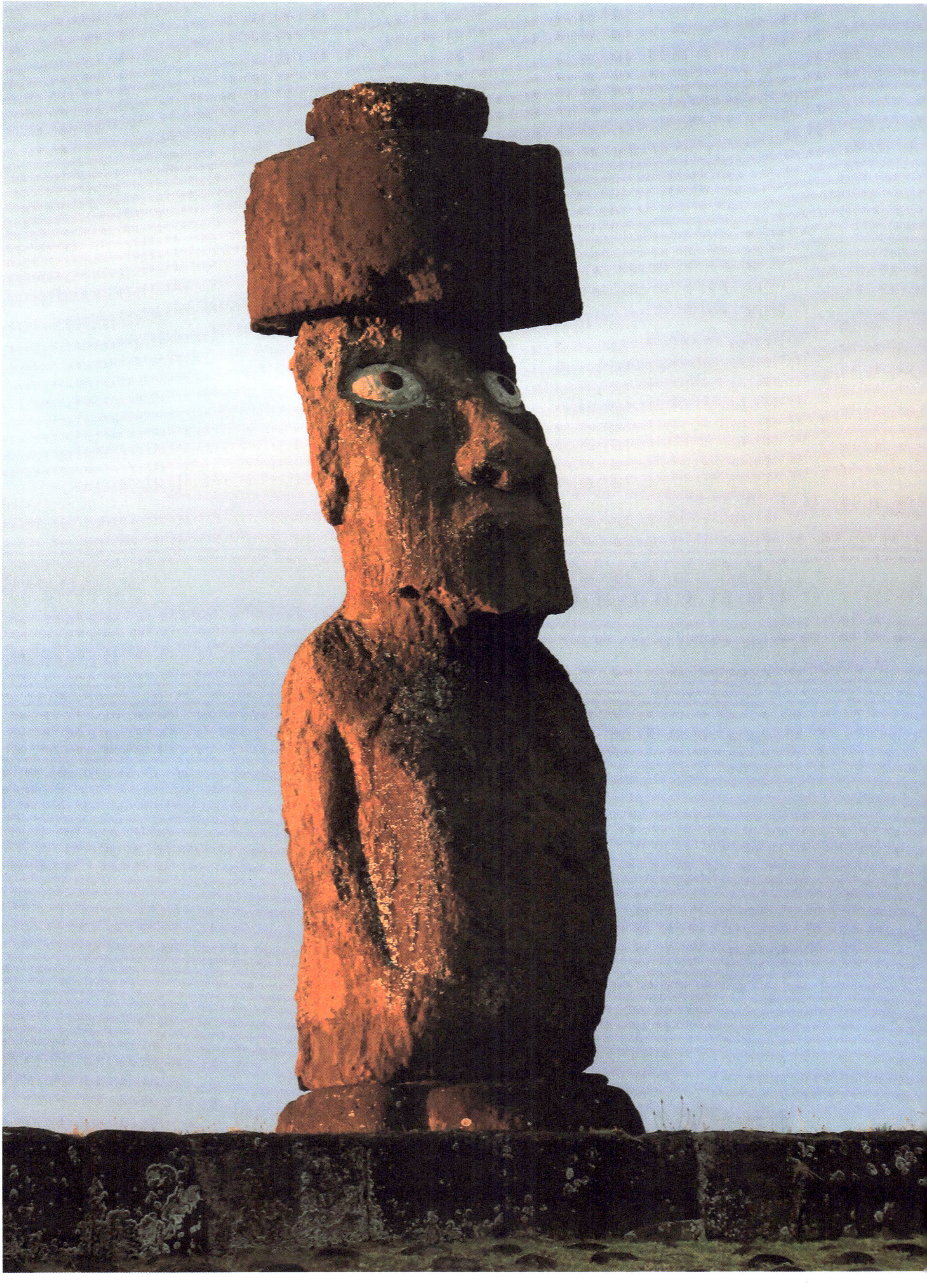

徒步菜鸟勇闯百内
——刘小可

"我要去百内徒步!"

在智利之行还剩两周就要出发的时候,我提出增加行程。

"开什么玩笑?!"

走过秦岭的强哥觉得,这只是一个零经验徒步菜鸟的异想天开。

"我已经查好了路线和营地,有的营地能订到木屋,有的只剩帐篷了。"

我立即用有价值的信息证明自己是认真的。

"你确定?"

强哥同意了我的计划,又担心我只是一时头脑发热。

"这可是你自己要去徒步的,到时哭着也得走完啊!"

我不以为然,谁料最终被强哥言中,我真的是哭着走完的……

百内国家公园,位于智利南部的巴塔哥尼亚地区,是一片有着绝美湖光山色的狂野大自然,被《国家地理》列入50个人生必去之地,这也是我无可救药地想去"朝圣"的直接原因。

我们从复活节岛飞回圣地亚哥,立即转机飞往智利最南端的城市蓬塔阿雷纳斯,再换乘大巴北上,三个小时抵达小城纳塔莱斯港,这里是进入百内的门户,又坐了两个小时汽车,终于来到了百内国家公园大门口。一路上的舟车劳顿都算是休息,真正的考验才刚刚开始。

买门票,领地图,签协议,接受安全教育,工作人员手起章落,一枚标有当天日期的蓝色印戳落在了门票上。百内,我们来了!

要说百内的门票,那也算物有所值,在遵守公园规定的前提下,即使在里边安营扎寨一两个月,也不会有人赶你离开。当小巴车把来自世界各地的徒步者丢到集散地,大家便各显神通,分头开始了自己的徒步计划。

环顾四周连绵起伏的山岭、波澜壮阔的湖泊、风云变幻的天际、荒无人烟的旷野,徒步小菜鸟激动之余有点儿发蒙,一时不知所措。强哥打开地图,确定了我们的方位。未来三天,我们就要凭借这张信息量很大的官方地图,开启一段挑战自然和自我的探险之旅。

"先要徒步到这个码头，然后坐船去湖对岸，我们今晚的营地在那边。现在几点了？"

"呀，今天最后一班船还有不到半小时就出发了！"

"快走！"

我们背着沉重的行李，一路小跑，终于赶上了大部队。大家把五颜六色的登山包丢在船舱里，堆成了一座小山，而后纷纷走上甲板。双体船全速前进，划破 Pehoe 湖的高级蓝，这是一种难以准确描述的色彩，有点儿像 Tiffany 蓝，又不一致，仿佛是上帝专门调和而成的，独一无二。

景色虽美，百内标志性的大风却要把我们的脸吹歪了，拍出来的照片张张表情狰狞。12月的百内，完全感受不到南半球夏日的气息，我们抵达这天，气温只有零上2摄氏度。穿着巴拿马淘来的超薄速干裤，来自热带地区的我们，取暖只能靠抖。

船一靠岸，立刻背上行李，冲进雪山脚下的棕色木屋，这里是百内规模最大的营地 Refugio Paine Grande，也是我们即将过夜的地方。根据预订记录，顺利找到了房间，屋内共有六张床位，室友们给我们留了两个上铺，正合我意。窗外寒风呼啸，看着空地上一顶顶彩色帐篷，我暗自庆幸，还是木屋里舒服。

营地设施齐全，我们在小超市购买了手套、能量棒、坚果、功能饮料等必要补给，又到餐厅点了套餐，顺便听听来自世界各地的徒步爱好者分享经验。

"在百内，一天之内可以经历四季，你永远不知道下一秒是什么天气。"

一对法国夫妇的提醒让我对即将开始的徒步既兴奋又担忧。

百内 W 线徒步全纪录
——刘小可

百内徒步有两条主要路线——W 线和大环线。

W 线——西起格雷冰川（Lago Grey），东至百内三塔（Las Torres），中经法国谷（Valle del Frances），汇集了百内风光之精华，耗时 4 到 6 天，是大多数徒步者的首选方案，因整条路线形如字母 W 而得名。

大环线——在走完 W 线的基础上继续向北，绕公园半圈回到原点，耗时 8 到 10 天，适合时间更充裕的挑战者。

我们选择了经典的 W 线，但由于时间紧张，4 天的行程压缩到 3 天，强度因而加大。

Day1　Refugio Paine Grande—Lago Grey—Refugio Frances　约 37km

清晨，背上全部家当从营地出发，冲击 W 线最西端的格雷冰川，单程距离 11 公里，平均耗时 3.5 小时，我们要走一个来回，再折往法国谷方向。天气阴沉，冷风飕飕，我们凭着一股冲劲儿走得颇有气势，暗中与身高腿长的欧美背包客较劲，遇到迎面走来的徒步者，互相用西班牙语打个招呼——"Hola！"

前 5 公里都在爬坡，景色也乏善可陈，一口气猛走下来，累得气喘吁吁。突如其来的狂风吹得我一个激灵，抬头看，壮美的雪山与湖泊之间，格雷冰川庞大的身躯清晰可见。这处垭口号称"格雷冰川观景台"，这里的"风"和"景"都令人印象深刻，为了与冰川来一张完美合影，我们几乎被吹下悬崖。

翻过垭口，便是绵绵不绝的下坡。说来也神奇，山的这边，暖和得不是一点点，风也停了，花也开了，刚刚还瑟瑟发抖的我，热得边走边脱衣服。陡峭难行的路段也多了起来，有些地方手脚并用都搞不定，强哥像只猴子攀着树枝钻来钻去，我却一筹莫展，还好有热心路人递来手杖，助我过关。

10 公里翻山越岭下来，强哥依旧谈笑风生，我已明显感觉两腿发软，只好一口能量棒、一口功能饮料续命。在丛林掩映的格雷冰川营地稍作停留，我们一鼓作气冲到了格雷湖边。不远的对岸，格雷冰川伸出巨大的冰舌阻断了灰白色的湖水，仿佛那里就是世界尽头。阳光下，碎落的冰山随湖水缓缓漂来，泛着晶莹的蓝光。

我久久不愿离开，因为留恋美景，更想趁机多休息会儿。原路折返的过程更加辛苦，下坡路变成了艰难的上坡路，太阳晒得我直冒虚汗，两腿像是灌了铅，背包仿佛也比来时重了一倍。

"不行了……歇会儿再走吧……"我开始认怂。

"加油加油！现在不能歇，天黑前赶不到营地就麻烦了。"强哥铁石心肠。

"把你包里沉的东西给我分点儿。"

我乖乖照做，但对于恢复体力仍是杯水车薪。

此刻，好想念里约的海滩，躺在太阳伞下舒舒服服喝个冰椰子不好吗？干吗跑来这鬼地方受罪？早知道徒步这么虐，打死都不来！我越走越委屈，恨不得坐地上大哭一场。

"哭也没用，现在流的眼泪，都是当初脑子里进的水。"

强哥的风凉话让我恨得牙根痒痒。可徒步这事儿确实是我嚷着要来的，怪得了谁呢？于是我只好低着头，噘着嘴，又累又气地往前走。直到早上出发的大本营再次进入视线，我才猛地惊醒——22公里过去了，我们回来了！

经历了绝望时刻的挣扎，重新看到希望的我，精神上满血复活。时值下午5点，高纬度地区的夏天，太阳斜挂在半空，剩下1/3的路程，我们不能懈怠。雄伟的角峰在远方召唤，身边一会儿是碧波荡漾的湖泊，一会儿是潺潺流淌的小溪，7.6公里的草原路段匆匆而过。走过一座摇摇晃晃的吊桥，我们进入了密林中的意大利人营地（Campamento Italiano）。

天越来越暗，路越走越难，前方是一望无际、荒无人烟的幽暗森林，而我们预订的角峰营地可能还要走几个小时，露宿野外的危机感空前强烈。我们摸着黑，深一脚浅一脚地向前移动，人困马乏，接近极限。

"附近好像有个营地！"

我指着路边一块不显眼的木牌，上面写着"Refugio Frances"（法国人营地）。

"地图上没有标注，咱们去碰碰运气吧？"

求生欲激发了我的智慧。拖着已残的双腿一路寻找，当看到昏黄的灯光照亮林间小路，我的眼泪呼之欲出。

这是一处尚未开业的全新营地，难怪地图上找不到，但与我们预订的营地属于同一公司。店长核对了订单，爽快地收留了我们，还把帐篷免费升级成木屋。本已下班的餐厅小厨为我们特制了厚厚的牛肉三明治，配上鲜榨梨汁。我和强哥早已顾不上形象，一顿狼吞虎咽，饕餮至极。

躺在散发着油漆味儿却无比舒适的上下铺，我们算了算全天徒步的里程，竟然有

37公里，而且全程负重，真是个疯狂的纪录！

Day2　Refugio Frances—Valle del Frances—Refugio Chileno　约22km

一夜无梦，直到清晨的阳光将我们唤醒，深吸一口山间的空气，感觉重获新生。坐落于半山腰的营地俯瞰着镜子般的湖泊，造型奇怪的小屋散落在丛林之中，酷似太空基地。由于去往法国谷要走回头路，我们便将沉重的行李存放在营地，轻装挑战W线中段的"大Boss"，也算是吸取了前一天无谓负重的教训。

再次回到意大利人营地，感觉有点儿亲切，攀登法国谷的路线就从这里开始。灰白的碎石、湍急的河流、苍翠的树木把这段登山路装点得风景无限。我们像露营者一样，就地灌了两瓶"冰川山泉"，以备路上饮用。法国谷群山环抱，地势险要，单程6.5公里虽然不长，却几乎没有真正的"路"。我们一会儿蹚过小溪，一会儿钻入密林，一会儿在乱石滩上艰难跋涉，大约一个半小时后，爬到了半山腰的"法国谷第一观景台"。

所谓"观景台"，其实就是几块裸露的巨岩。向下看，莽莽林海淹没了来时路，远方绿松石色的湖泊层次分明；向上看，挂满冰川的绝壁悬在头顶，有种摇摇欲坠的压迫感；黑色的山峰乌云笼罩，高不见顶，一道道冰瀑飘在半空，令人不寒而栗。

正当我们全神观景之时，山间狂风骤起，吹得人无法站立；头顶冰瀑横流，甚至出现了倒挂的奇景；隆隆的雷声响彻山谷，那是冰川崩裂的信号……法国谷恐怖的天气果然名不虚传。纠结片刻，我跟强哥做出了艰难的决定，不再挑战最高的"第二观景台"，就此折返，继续后面的旅程。身边的许多徒步者也做出了同样的选择。

本以为幸运逃过了肆虐的狂风，孰料迎接我们的还有任性的暴雨。当我们回到营地整理行囊时，一场毫无征兆的大雨瓢泼而至。时间不早，既来之则迎之。我们穿好冲锋衣裤，悲壮地冲进了雨幕之中。暴雨让能见度变得很差，地面时而泥泞，时而湿滑。在凄风冷雨中浇成了落汤鸡，还要步步惊心地咬牙前行，我再次感觉自己好惨好可怜。

唯一的安慰是行李没淋湿，因为我们有世界上最好的防雨罩——便宜又结实的黑色大塑料袋，做成背包内胆套着行李，那真是滴水不漏。临行前去超市买了这件"神器"，我可真是英明。

走着走着，竟然雨过天晴。那对法国夫妇的话得到了印证——在百内，你永远不知道下一秒是什么天气。速干衣在风中很快变得干爽，野花摇曳的山路似乎也越走越轻松，在一口巧克力一口山泉水的支撑下，我们在暮色降临时如期抵达了智利人营地（Refugio Chileno）。

赶在餐厅打烊前吃了两个肉馅儿大饺子，我洗了个热水澡（强哥说他那边是冷水），立即钻进帐篷休息，因为只能睡上短短 3 个小时，之后我们要向终点发起冲锋。

Day3　Refugio Chileno—Las Torres—Refugio Chileno　约 8km

凌晨 3 点，闹钟准时响起。强哥支上三脚架，将璀璨的星河与童话般的木屋成功定格。借助手电筒的微光，我们乘着夜色出发，冲击 W 线，也是整个国家公园的终极地标——百内三塔。

从智利人营地到三塔只有区区 4 公里路程，但最美的风景往往最难抵达。当林间小径行至尽头，高强度的登山开始了。路况之险峻，需要手脚并用攀爬巨岩，小心翼翼地在石缝间穿梭，而我们还要跟时间赛跑，到山顶迎接日出。

咬牙挺过 3 公里，眼看胜利在望，谁知踏上最后 1 公里的"夺命乱石滩"，噩梦才真正开始。灰白色的山岩被冰川侵蚀切割，形成各种锋利的锐角，大大小小散乱崩裂在 45 度陡峭的山脊上。一眼望去，看不到尽头，也看不到路。一步不慎，轻则崴脚，重则滚落山谷。没有扶手，没有台阶，与我爬过的"山"完全是不同的概念，这就是大自然。

"这里完全没有路啊！"我瞬间崩溃。

"跟着我走！"强哥在前方焦急地大喊。

"你先走吧，我走得慢！"我不想拖后腿，只能看着他的背影渐行渐远。

越接近三塔越是寒气逼人，我冻得瑟瑟发抖，牙齿不停地打颤，浑身筋疲力尽，却无路可退，唯有继续向前。当晶莹的冰花从空中飘落，我抬起头，三塔就在前方，青灰色的三座山峰呈绝壁之势，半山腰的积雪闪着寒光。灰绿色的湖水如同镶嵌在山间的巨大宝石，给这硬朗的山景添了些许柔和。几个聪明的中东人裹着毯子上来了，而我们，取暖依旧靠抖。

当清晨的第一缕阳光姗姗来迟，三塔中间的最高峰率先染上了明快的橙色，抵抗着极度深寒的我们终于看到了曙光。橙色逐渐蔓延，左右两塔依次着色，由上而下，由橙色到金色，直到三塔彻底沐浴在阳光之中，金色渐渐退去，这美妙而震撼的过程也随之告一段落。

炽热的阳光驱走体内寒冷，天高云淡令人心旷神怡，我们再次穿越乱石滩，下山回到营地，恰逢早餐时间。餐厅的墙上挂着一幅世界地图，上面贴满了各国徒步者的留言便笺，我们也在中国的位置留下了自己的豪言——百内 W 线，大功告成！

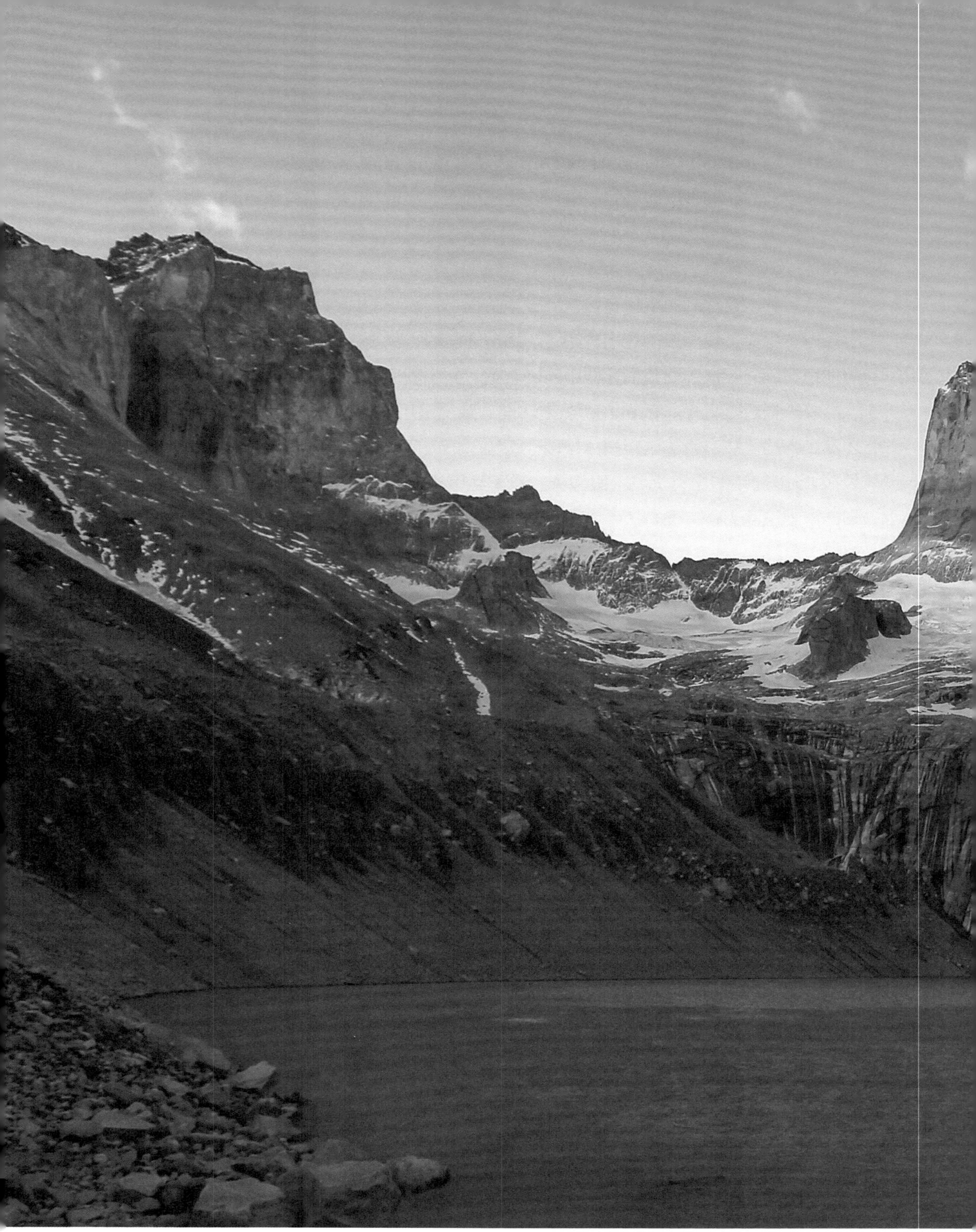

三塔的第一缕阳光（百内国家公园，智利）

纳塔莱斯港：巴塔哥尼亚烤全羊
— 刘小可

经历过越多的痛苦磨难，成功的喜悦和成就感便越强烈，这大概就是人们热爱徒步的理由。返程的大巴上，我这个徒步菜鸟有了这样的感悟。

结束了百内徒步，我们回到纳塔莱斯港。这个夏季喧嚣冬季宁静的小镇有着童话般可爱的房屋与湖光山色，值得逗留一天慢慢欣赏，顺便寻觅一顿大餐来安抚徒步期间备受煎熬的胃。

青旅的女主人向我们推荐了巴塔哥尼亚烤全羊，因为这里牧场众多，主要饲养绵羊，与南美洲其他地区主食牛肉不同，羊肉才是这里最主要的肉类。当地人会略带傲娇地告诉你，请不要把牛肉跟我们巴塔哥尼亚的羊肉相提并论。

巴塔哥尼亚烤全羊通常选用出生两三个月的乳羊，重约20到25公斤，可产出10到12公斤羊肉。当地的餐厅大多揽客有术，将烤炉置于全透明的玻璃屋中，过往客人可以直观地看到挂在铁架上的羊接受着熊熊篝火的炙烤，忍不住口水直流。

"别犹豫了，今晚就吃这个！"

我们迅速落座，点了烤羊、两瓶精酿冰啤酒、一份手工意面，外加蔬菜沙拉。只见厨房小哥拎着刀子走进烤炉间，一套熟练的"庖丁解羊"，大块的羊腿羊排肉装了满满一大盘。服务员把腾腾冒气、滋滋流油的羊肉端上桌，我们压抑数日的食欲被彻底激发。

巴塔哥尼亚烤全羊果然名不虚传，外焦里嫩，香酥化渣，调味只要托付给一点点盐，即可充分享受此地羊肉最棒的原汁原味。此时，屋外狂风大作，屋内暖意融融，大口吃肉，大碗喝酒，正是我们心目中巴塔哥尼亚的豪放画风。

酒过三巡，吃到扶墙而出，路边偶遇售卖水果的当地人，硕大饱满透着紫色光泽的智利大樱桃是再好不过的餐后甜品。提了一大袋回青旅，果然颗颗鲜甜，粒粒多汁，吃着吃着我们竟酣然入梦……

蓬塔阿雷纳斯：另一个"乌斯怀亚"
　　——刘小可

　　世界尽头、南极门户、火地岛，这些遥远而带着寒意的坐标总是让人想到阿根廷的乌斯怀亚。然而，就在隔壁的智利，也有一座类似的小城，如同乌斯怀亚的孪生兄弟，却不那么知名——蓬塔阿雷纳斯。

　　抵达蓬塔阿雷纳斯是在清晨5点，走出机场，一阵凛冽的寒风袭来，似乎在告诉我们这里是智利的麦哲伦-南极大区。迅速钻进出租车，司机笑着用西班牙语问："Frio（冷）？"我们点头如捣蒜。

　　沿着荒凉的海岸线一路开进市中心，小城尚未苏醒，街道空无一人。我们在一幢私宅前下了车，伸出"罪恶之手"按响门铃，弄醒睡梦中的主人。这里是我们预订的家庭旅馆。

　　身穿睡袍的白发老爷爷睡眼惺忪地打开门，我们厚着脸皮走进温暖如春的房间，洗了热水澡，补个香甜的回笼觉。再次醒来，老人衣着体面地看着报纸，并邀请我们共进早餐。这个身高超过一米九的男人看上去有80多岁了，名叫汉斯，办理入住手续和保管行李的严谨风格，透露着德裔的特质。

　　补充了足够的能量，我们轻装出发，一路北上，寻找传说中可以俯瞰城市的观景台。问路过程中，一位热情的智利大姐招呼我们上车，我们犹豫了一下，坐进了她的SUV。大姐一脚油门，直接把我们带到了观景台。谁说智利人性格冷漠呢？

　　蓬塔阿雷纳斯有个别称，叫"红屋顶之城"，据说是因为这座城市的屋顶都被漆成了红色。然而站在观景台上，整个蓬塔阿雷纳斯尽收眼底，五颜六色的屋顶映衬着蓝色的大海，"红屋顶之城"已是传说。

　　逐级而下，来到市中心，广场上的麦哲伦纪念碑诉说着大航海时代的历史，海军海事博物馆里展示着智利军团从南极营救沙克尔顿爵士的故事。行走于街巷之中，我们所遇到的背包客和当地人的数量基本相当，前者无论是即将出发还是旅行归来，都带着一脸的兴奋；而后者则悠闲地散步或平和地坐在长椅上，对于来来往往的到访者习以为常。

　　来到蓬塔阿雷纳斯，通常只有两个目的——去百内或去南极，这座城市本身的美好却往往会被忽略。我们一路向南抵达滨海步道，漫步在城市的边缘，也是世界的尽

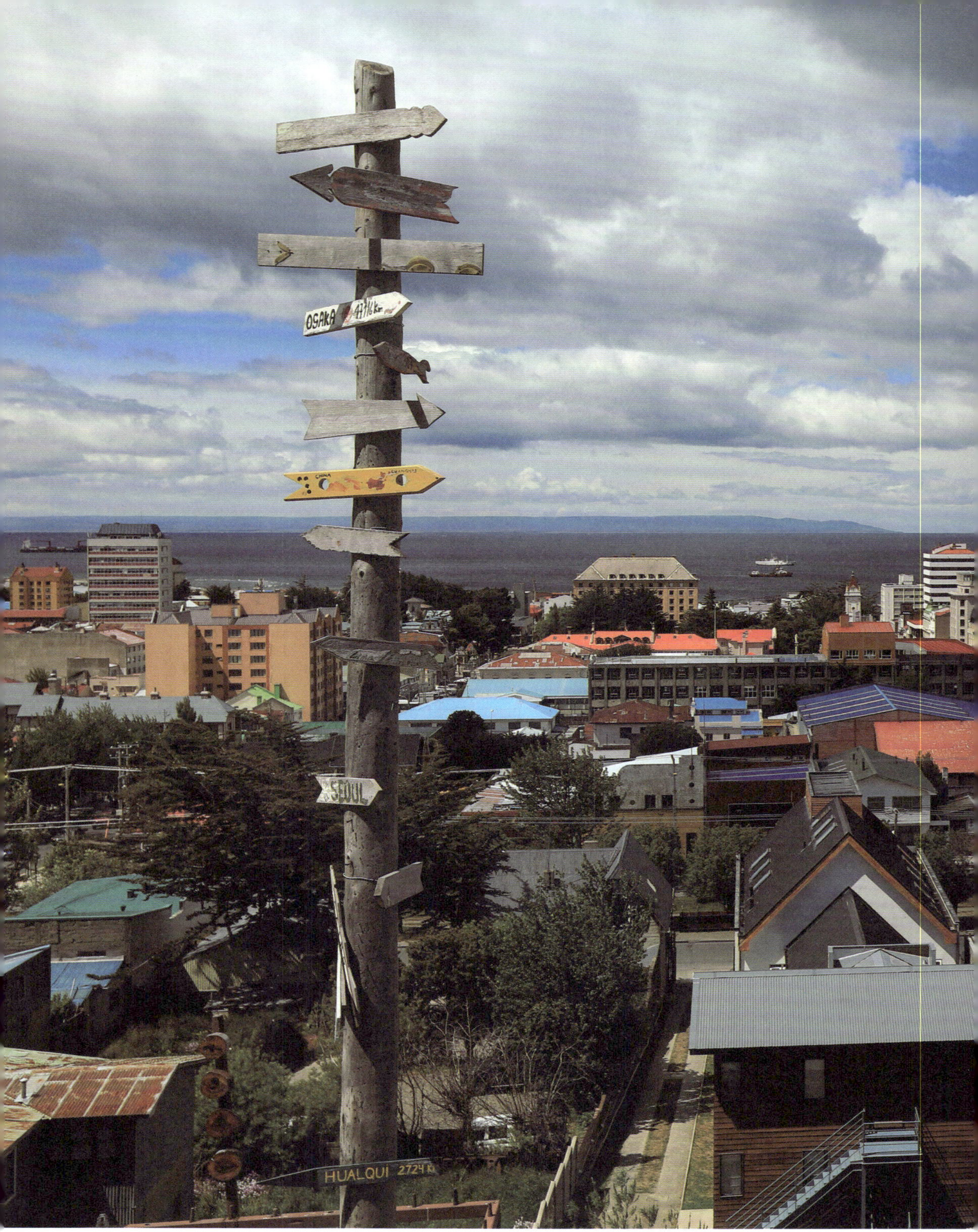

OSAKA
CHINA
SEOUL
HUALQUI

远眺麦哲伦海峡（蓬塔阿雷纳斯，智利）

头,远眺便是南极的方向。这是我第一次对南极产生向往之情,但内心深处觉得那是无法实现的梦想。

企鹅岛

在蓬塔阿雷纳斯有一种说法:如果你没机会去南极,马格达莱纳岛是观赏企鹅的最佳备选方案。

Comapa 是当地最正规的经营该项目的旅行社,办公大楼位于市中心。我们一人花了3万智利比索,购买了往返船票(含上岛门票)。企鹅君,我们来啦!

马格达莱纳岛,别名企鹅岛,位于麦哲伦海峡中央,距离蓬塔阿雷纳斯约两个小时船程。企鹅是小岛唯一的主人,每年10月,大量的成年企鹅来到岛上繁衍后代,企鹅宝宝大约在11月出生,次年1月开始学习游泳,3月的时候游向大海。所以,每年的11月至次年2月是上岛观赏企鹅的最佳季节。

向导讲解之时,平静的海面突然升起一道水柱。

"一头鲸!"船上的乘客兴奋不已。

不知不觉,荒凉的小岛已渐行渐近。为了不惊扰到那些可爱的"原住民",我们从下船登岛的第一分钟就要避免大声喧哗。岛上划定了到访者行走的路径,与企鹅狭路相逢时,要无条件给它们让路。

这是我们第一次见到野生企鹅,数量多到数不清。它们在海滩上成群结队地蹒跚而行,享受着午后美好的阳光,企鹅岛果然名不虚传。成年企鹅身着黑白相间的"外套",头部绕着一圈白色的"围巾",眼窝处涂着粉色的"眼影"。工作人员告诉我们,这种企鹅是航海家麦哲伦最早发现的,所以科学界将其命名为"麦哲伦企鹅"。

企鹅宝宝从土坡上的洞穴中探出头来,它们穿着毛茸茸的灰褐色"外衣",一边长大一边褪毛,直到换上一身光滑的羽毛。对于人类的造访,企鹅们似乎习以为常,或毫不避讳地谈情说爱,或从我们面前触手可及的距离"招摇过市",只有当我们靠近企鹅宝宝时,它们才会表现出一定的攻击性。

岛上制高点建有一座灯塔,居高临下,漫山遍野的企鹅相当震撼。南极的企鹅一定比这里更多、更漂亮吧?我忍不住浮想联翩……

波韦尼尔：初登火地岛
——Mario

前往波韦尼尔是一场说走就走的旅行。起因是去企鹅岛的时候，看到当地人提着大包小包的行李，甚至开着车上了旁边另一艘大船。他们要去的显然不是无人居住的企鹅岛，那会是哪里呢？

"波韦尼尔，在火地岛上。"售票员解答了我的疑惑。

火地岛？南美洲的最南端，世界的尽头，或许是我能到达的最远的地方吧。但此时此地，它距离我只有两个半小时的船程。

"我们去一趟吧！"

于是，一次突发奇想的旅程开始了。

出发这天恰好是平安夜，售票大厅里排起了长队，一张张喜气洋洋、归心似箭的脸让我找到了春运现场的即视感，同时也开始担心一票难求。还好，往返的船票都有剩余，只是我们在波韦尼尔停留的时间会非常有限。

两只海豚矫健地跃出海面，我们站在船头的甲板上，前方陆地的轮廓渐渐清晰。对于火地岛的了解，仅限于阿根廷的乌斯怀亚，那个世界最南端的城市。其实，这个岛的另一半属于智利，代表城市便是波韦尼尔。至于那里有什么，我一无所知，却有了一种探索秘境的兴奋。

轮船缓缓停靠在波韦尼尔码头，人们纷纷下船，热情的迎接和拥抱彰显着重逢的美好，也使"乱入"的我们看起来更加另类。在这个非热门旅游城市举家团圆的日子里，我们是唯一的游客。

时间宝贵，赶紧向一位出租车司机说明了来意，希望他带着我们用一个小时左右的时间游览这座城市，再把我们送回码头。戴着黑墨镜的司机小哥心领神会，看样子不是第一次接这种生意，废话不说，立刻出发。我们在路上得知，他叫伊万，是出生在此地的希腊后裔。

伊万不仅是一名好司机，还是个出色的向导。地标性的 Selknam 广场深得我意，这里的雕像群生动地展现了火地岛早期原住民的生活样貌。伊万说，这里的先民 Selknam 人在严寒中捕猎为生，靠兽皮裹体，生活之艰辛可想而知。

在一栋灰绿色的二层小楼前，伊万再次让我们下车拍照。这里居然就是波韦尼尔

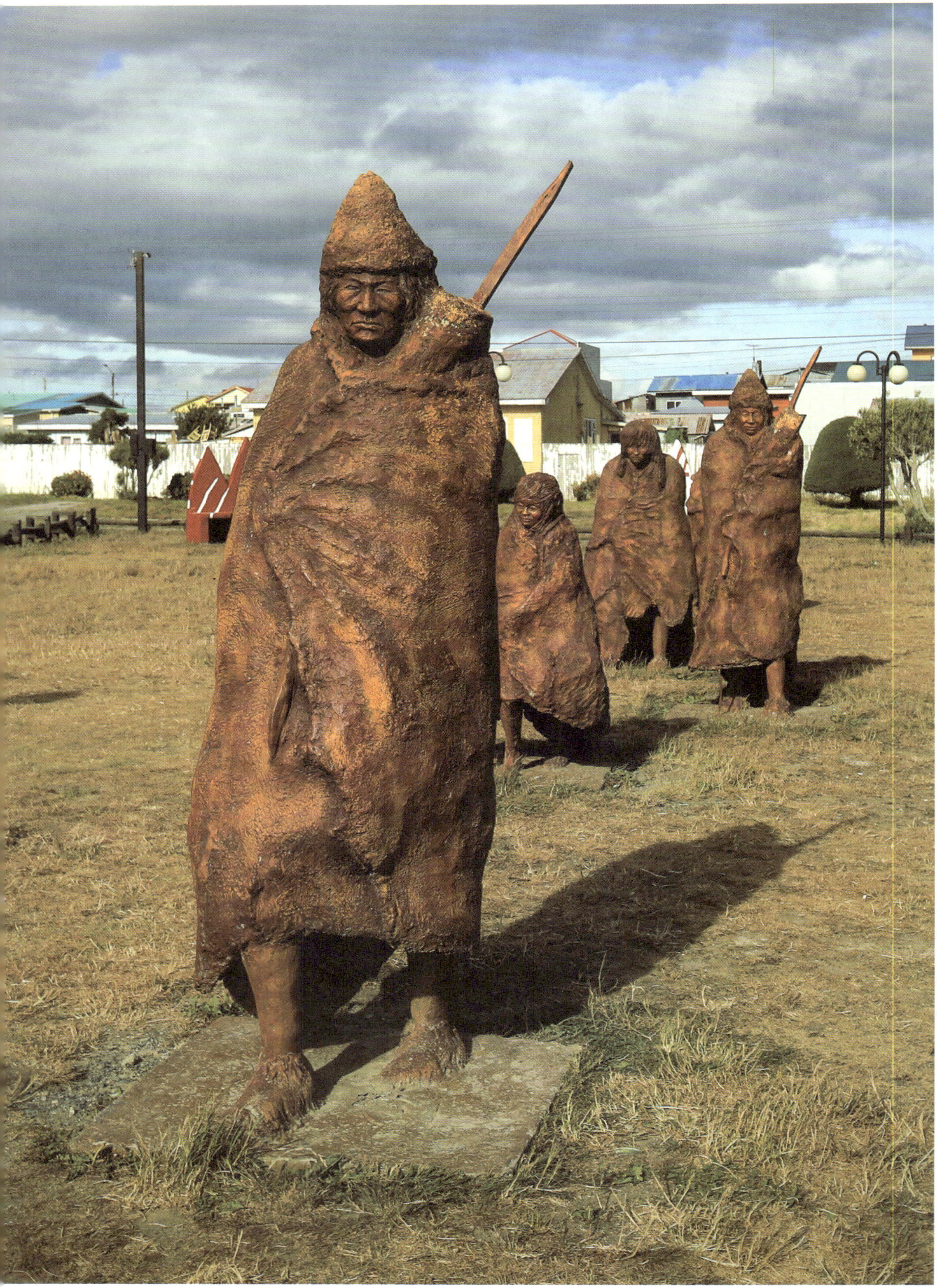

的市中心了，装点着圣诞彩灯的可爱小楼看起来像个幼儿园，其实是市政厅，门前的"中心广场"经常举办市民活动，周围还分布着其他一些政府机构和几座风格极简的教堂，看来我们不用太担心时间不够了。

沿着海岸公路向高地行驶，来到港湾对面的小山坡上，这里竖立着简易的十字架，还有几把破旧的长椅。放眼望去，五颜六色的小屋错落有致地分布在对岸的缓坡上，有几分童话世界的浪漫，也有种世界尽头的静谧气息。"城市"这个定义对于波韦尼尔有些夸大其词，难怪乌斯怀亚家喻户晓，而它却默默无闻，但或许这才是最纯粹的火地岛生活。

我们在码头告别伊万，竟有些相见恨晚。伊万说，送完我们就开车回家，跟妈妈、太太和孩子共度平安夜，如果我们不急着赶回蓬塔阿雷纳斯，他想邀请我们到家里共享葡萄酒、帝王蟹，还有私房甜点。

这顿家宴虽然没吃成，但菜单却被我们牢记于心，回到蓬塔阿雷纳斯，仅有几家餐厅在平安夜依旧正常营业。用帝王蟹配红酒，互道一声："Feliz Navidad！"（圣诞快乐！）

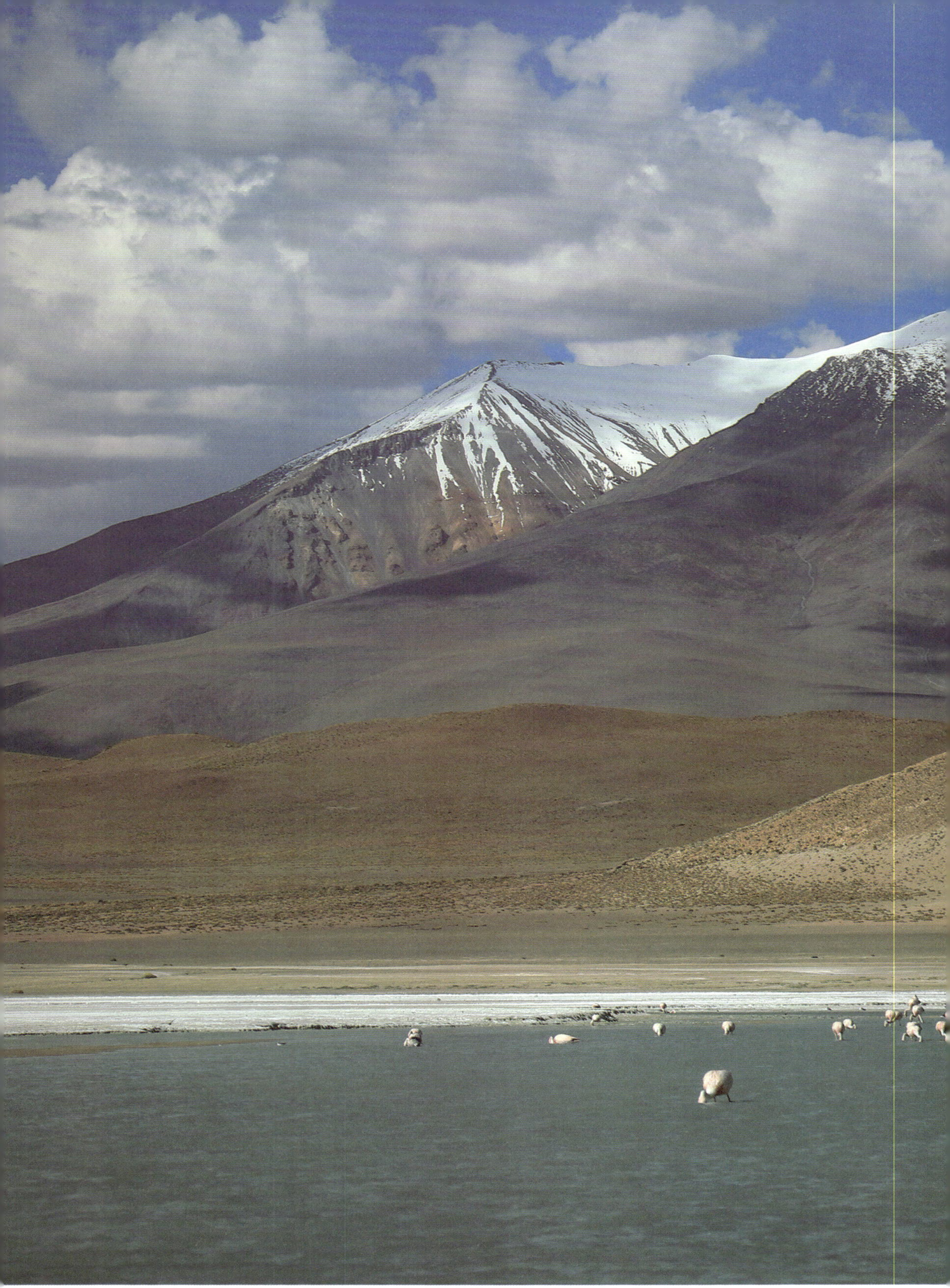

玻利维亚
Bolivia

乌尤尼：寒夜追星记
——Mario

对玻利维亚的印象始于小时候常看的电视节目——美洲足球集锦（暴露年龄）。那时就知道，这个国家有海拔3700米的高原首都拉巴斯。每当他们的国家队主场作战，各路豪强都甘拜下风，鼎盛时期的大罗、卡洛斯们瘫倒在场边吸氧的镜头至今记忆犹新，那真是名副其实的"魔鬼主场"。

若干年后，这个国家再次进入视野，是因为一组"有毒"的照片：奇幻的空间里，大地像镜子，倒映着天空、云朵和小小的人影；夜晚星河璀璨，浪漫得一塌糊涂。令人惊讶的是，照片上的地方真实存在。于是"玻利维亚、乌尤尼、天空之镜"如病毒般在朋友圈迅速蔓延，我便深受其毒害，内心疯狂长草，无法自拔。

当我们搞定了复活节岛之后，玻利维亚计划便提上日程。2月下旬，忙完狂欢节的工作，在国内同胞喜迎新春佳节之际，我们乘着夜色上路了。由于巴西没有航班直飞拉巴斯，我们便绕道哥伦比亚，在波哥大晃了一圈，再经拉巴斯转机，飞往乌尤尼。

乌尤尼是玻利维亚西南荒原上的一座偏远小镇，只有Amaszonas等极少数公司运营这条航线。登机前，地服姐姐要我们出示购票的信用卡，并一板一眼地用油墨拓印下来，跟行程单订在一起。假如忘了带这张卡，这趟就算白来了。奇葩至此，想想也是醉了。飞机所经之处，放眼望去，尽是一片红褐色的不毛之地，若不是地表还裹着那层蔚蓝色的大气，真怀疑眼前所见是不是我熟悉的那颗星球。大约一小时后，飞机在满眼的荒芜中着陆了。

出发前，我在网上找好了当地司机兼向导，因为在乌尤尼，没有车根本玩不转，唯一要考虑的，是包车还是拼车。鉴于摄影需要，我们一狠心，包车！事后证实，这是个明智的决定。司机豪尔赫是土生土长的玻利维亚人，矮矮壮壮，脸色黝黑，笑起来一口白牙，憨厚老实的模样。坐上他的黑色陆地巡洋舰，一路尘土飞扬，从机场开进了乌尤尼镇上。

在一栋临街的矮房子前，我们下了车。这是豪尔赫与妻子吉尔玛经营的旅行社，老板娘英语好些，负责联系客户，豪尔赫既是司机，又是西语向导，夫妻俩搭档默契、口碑良好，我们的到访，正是来自朋友的推荐。娇小可爱的吉尔玛已在店里等候多时，签字交钱，我们的乌尤尼之旅正式开始了。

乌尤尼海拔与拉萨相仿，天空蓝得深邃纯净。中央十字路口矗立着一幢西式钟楼，楼下是旅游咨询处，可惜工作人员的英语实在糟糕。以钟楼为交叉点，一纵一横两条街道撑起了小镇的框架，绝大多数旅行社、餐厅、住宿和纪念品店都集中在周围，方圆百里屈指可数的几棵树也长在附近。

我们沿着步行街闲逛，在达喀尔拉力赛纪念碑前停下脚步，一群身着艾马拉民族服饰的大妈在旁边小广场上晒太阳，乍一看她们的衣着样貌，还以为是藏族同胞。天刚过午，好久没吃东西的我们就在大妈们中间席地而坐，啃个苹果，享受高原独有的热辣阳光。

今天的重头戏是夜里的观星之旅。不过在此之前，我们要先去个神秘的地方。乌尤尼城镇虽小，却有个正经的火车站。沿着铁轨向西，驱车几公里，便来到传说中的"火车墓场"。这里本是一片荒野，停放着废弃的蒸汽机车。后来，一群艺术家在火车身上动起了脑筋，他们绘涂鸦、装楼梯、挂秋千，一通折腾过后，一个有趣的古董火车公园诞生了。看到不少文艺青年爬上爬下，拗着造型，我俩也加入其中，照片上浓浓的嬉皮金属风扑面而来。

在火车公园撒够了野，我们返回镇上，找了家比萨店填饱肚子，便回旅馆歇了。人在高原容易头痛失眠，但已经两晚没摸过床的我们，倒头就睡着了。两点，闹钟准时响起，豪尔赫如约而至。拿上器材，穿好羽绒服，我们在漆黑的夜色中再次上路，直奔期待已久的大盐湖（Salar de Uyuni）。

有一种寒冷，叫"乌尤尼的夜"，即便是在夏天，凌晨两点的困意瞬间被驱散。车子在坑洼的土路上前行，如果不是当地老司机，根本无法在黑暗中辨别方向。不知开了多久，颠簸渐弱，前车的尾灯若隐若现。这时我才意识到，原来有人比我们起得更早。在一处车灯集中的地方，豪尔赫停了下来。

虽然天色很暗，但我一下车就发现，地是白色的，上面还覆盖着薄薄一层透明的液体。大盐湖，我们终于到了！抬头看，漆黑的穹幕上，月亮不见踪影，浩瀚星辰肉眼可见。我真的记不清自己有多少年没看过这么多星星了，或者从来就不曾见过。

"Frio？"（冷吧？）豪尔赫坏笑着。

"Sim, muito frio！"（是啊，真冷！）我忍不住发出嘶嘶声，西语跟葡语竟能这样愉快地交流……

机不可失，谁还顾得上冷？支起家伙开拍！30秒长曝光后，第一张星空美图被成功捕获，镜子般的盐湖映出如梦似幻的倒影，激动得我们大呼小叫。与此同时，周围车上小伙伴各显神通，有人戴上头灯仰望星空，有人拿出手电"剑指苍穹"，还有人玩起了光绘。我不禁感叹：道具带少了！灵机一动掏出充电宝，上面的 LED 小灯亮度刚好。我们学别人的样子试了几次，星空背景下，写着"UYUNI"字样的光绘作品终于被定格。

"贪婪"的我并不满足，扛起三脚架，独自朝无人的黑暗走去。高原的寒夜里，伸手不见五指，心跳却格外清晰。凭着记忆大致估算了银河的方位，重新构图，开始"盲狙"。清脆的快门声响过，我看着显示屏，露出了邪魅一笑……对着云台上的刻度，小心翼翼地转动相机，一次又一次曝光，直到天边放亮，浑身彻底拔凉，我们才钻回车里，边吹暖风边查看这一夜的收获。

当我用笔记本电脑将 7 张连续的竖片横向拼接起来，美到窒息的画面出现了：脚下的盐湖静如止水，远方的小镇灯火阑珊，紫色的天幕间，一道完整的拱形银河如彩虹般横跨在盐湖之上，闪耀着火焰色的光……在乌尤尼极寒的夜里，我拍到了完美的星空！

"嗯，这张照片我能吹一辈子。"

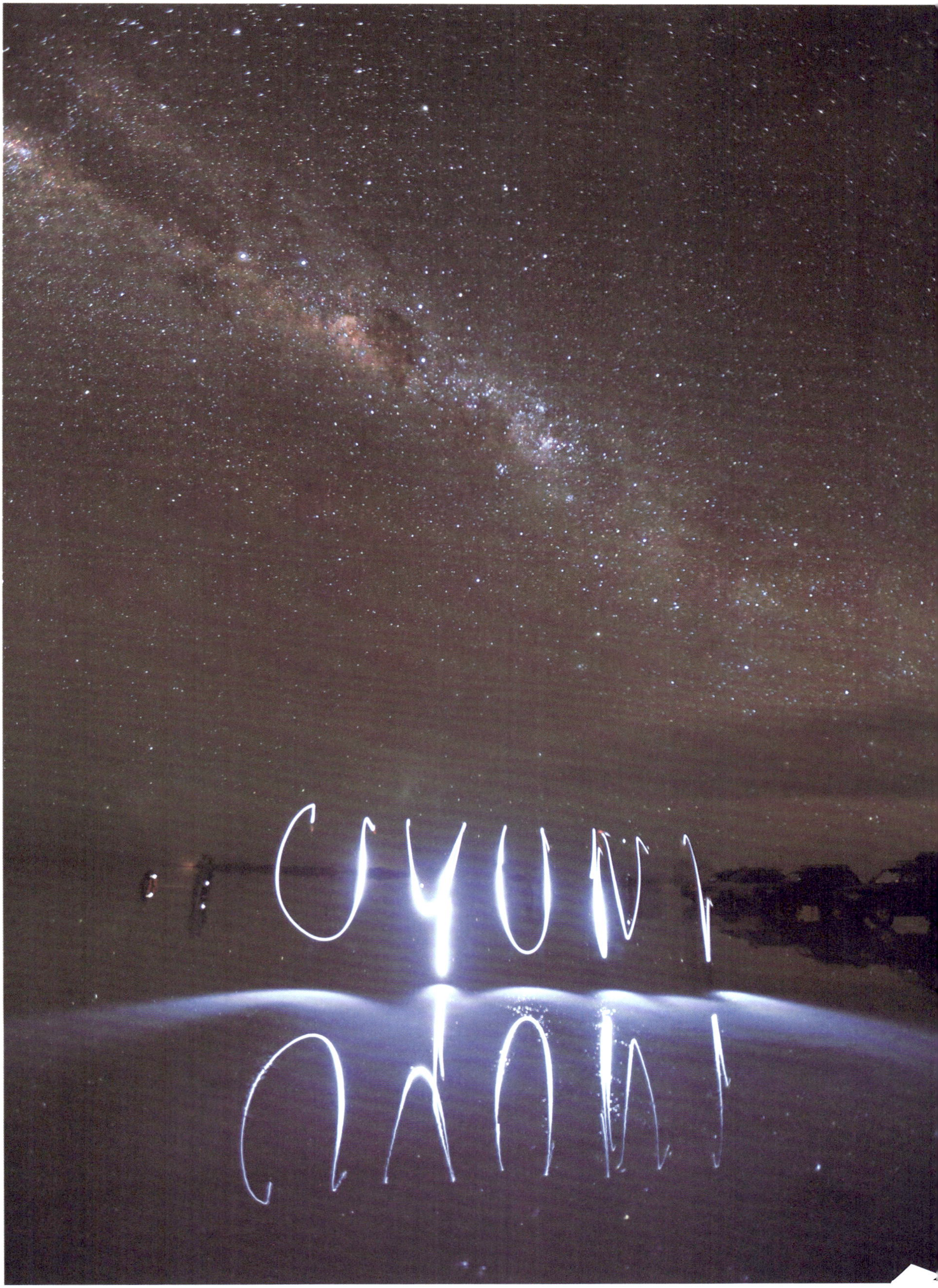

天空之镜，天空之境
—— Mario

当人类宇航员第一次从太空鸟瞰地球，他们惊讶地发现，南美洲西部有一片神秘的白色。是云团？可它静止不动；是冰川？它比地球上已知最大的冰川（南北极除外）还要大20倍。一时间，它的真实身份引发了种种猜想。后来，科学家们揭晓了答案，这片白色其实是这个星球上最大的盐湖，名曰"乌尤尼"。

乌尤尼盐湖位于玻利维亚西南部海拔3700米的高原上，面积超过10000平方公里，是中国茶卡盐湖的70倍。一望无际的白色盐层平得像一面镜子，形成强烈的光反射，在太空中亦清晰可见。从地球上看，视觉更加震撼，浅浅的一层积水，足以让湖面变成镜面，天空倒映其中，呈现出奇幻的镜像世界，于是便有了"天空之镜"的美名。

实际上，"天空之镜"不只是单纯的蓝白两色，从微曦初露到夜幕降临，它的色彩也随之变幻。当绚丽的星辰退去，我们没有回撤，而是冒着严寒等待黎明。东方的天际线由蓝变白，再到明快的橙色，伴随着人们的惊叹声，绯红的朝霞在幽蓝的天地间绽放。如此壮美而灵动的色彩，唯有大自然才能创造出来。待到金色的朝阳喷薄而出，光芒湮没了一切，盐湖也回归到本属于它的洁白。

回到旅馆简单吃了个早餐，我们稍作休整，便不知疲惫地再次杀奔盐湖，开启了一整天的深度探索。

所谓"天空之镜"，并非一个固有的存在。天空常有，而"镜"不常有。要想看到完美的"镜子"，就要来对季节。6月到10月的旱季，湖水蒸发殆尽，只剩下一望无边、白茫茫的盐田；12月到次年2月，乌尤尼迎来雨季，泛滥的积水使人无法深入盐湖，阴沉的天气也会破坏美感。因此，探访"天空之镜"最好的季节，就是雨季与旱季交界的时段。我们抵达乌尤尼的时间恰好是雨季的尾声，这时候来可以确保看到"镜子"，唯一担心的是积水不要太多。

车轮碾过贫瘠的地面，卷起呛人的尘土。再次经过"火车墓场"，我们没有停留，直奔紧挨盐湖的科尔查尼（Colchani）小镇。小镇依铁路而生，有一座简陋的盐博物馆可以参观，旁边的纪念品摊位售卖鲜艳的玻国民族服饰和一些盐制的工艺品。我们随意转了转，收了两个盐做的首饰盒，又继续前进。

越是接近盐湖，路面越是平坦坚硬，不再尘土飞扬。在我们的右前方，第一片水洼出现了。一排排高约一米的锥形盐丘整齐地码放在水中，远远望去像一群小金字塔，给荒凉的盐湖平添了几分几何之美。

"这是我们的盐场。"豪尔赫用蹩脚的英语说。

大约4万年前，此地曾有一个叫作明钦（Minchin）的巨湖。在恶劣的自然条件下，湖水不断干涸，形成盐沼。旅游业兴起之前，乌尤尼这种极度不适宜生存的地方之所以还有人类在坚守，唯一的理由就是盐。这里出产的盐，洁白细腻，既能用于工业，也可精加工成食盐。随着科技的发展，人们又在乌尤尼盐湖发现了惊人的财富——全球40%以上的锂矿都蕴藏于此。

行至盐湖深处，目之所及，只剩一片洁白。

"看呐！天空之镜！"

我们此行的终极目的地，就这样猝不及防地出现在眼前。

澄澈的蓝天，棉花糖般的云朵，还有小小的我们，都在一厘米深的水面上相映成双。天地模糊了界线，远远望去，分不清是站在水中，还是天上。我们小心翼翼地踩着自己的倒影，在云上"凌波微步"，仿佛一不留神，就会掉进深邃的蓝天里……人间怎会有如此怪诞的奇景？这分明只该出现在梦中，或是天堂。

尽管提前脑补过无数次，但身临其境的我们还是毫无抵抗力，像两个幼儿园大班的熊孩子，在无边的"镜子"上欢蹦乱跳，手舞足蹈，当然少不了拍照。来到乌尤尼，再拙劣的摄影师都能拍出令人惊叹的大片，只要你想象力足够丰富。

中午时分，我们折腾累了，豪尔赫从车后备厢里"变"出一套桌椅，又撑起一把蓝白色的大号太阳伞，在无边的盐湖中营造出一个颇有情调的露天餐厅。杯盘刀叉一应俱全，香喷喷的番茄牛肉意大利面，配上冰爽的芬达——开饭啦！坐在美轮美奂的"天空之镜主题餐厅"，看着风景吃着面，简直浪漫到此生无憾。

"Cheers！"

不到一顿饭的工夫，脚下的积水悄然消失了大片，析出了一层"盐沙"，晶莹剔透。烈日下，湖水蒸发速度之快，令人瞠目。把"餐厅"装进车里，我们依依不舍地离开了这片行将消失的"镜子"。

"干涸的盐湖是什么样子？"我问豪尔赫。

"你马上就会知道了。"

果然，车子驶出这片"结晶进行时"的湖面，进入了干燥地带。白花花的盐碱地刺得人睁不开眼，此时如果摘下太阳镜，很快就会出现雪盲，或者叫"盐盲"。比柏

天空之镜(乌尤尼,玻利维亚)

An Adventure in South America and Antarctica   107

油路还要坚硬平整的地面上，遍布着无数块一米见方的六边形盐渍，犹如乌龟背上的花纹。午后的骄阳下，热空气在地表蒸腾，远方的山丘如海市蜃楼般"飘"在半空，亦真亦幻。

"如果你们旱季来，大部分地方都是这样的。"豪尔赫说，"我来给你们拍照吧！"

他从车里拿出几个瓶瓶罐罐，像导演一样指挥我们忽远忽近地挪动，摆出各种奇怪造型。

"OK，来看看吧！"

"哇！好酷！"

原来豪尔赫利用近大远小的视觉差，在空旷的背景中拍出了《巨人国》的效果，而这也是乌尤尼之旅的"保留节目"。

"接下来去哪里？"

"找个有水的地方看日落。"

"我很好奇，你怎么知道哪里有水呢？"

"哈，我能嗅到它。"豪尔赫故弄玄虚地指了指鼻子，露出得意的笑。

老司机没有吹牛，我们朝着落日的方向一直开，周围已见不到其他人和车辆，空气寂静得令人紧张。忽然，轮胎轧过水面的声音清晰传来，我们开到了一片前所未见的辽阔水面上。积水足有一拳深，如果不穿橡胶靴，冰冷的盐水会毫不客气地灌进鞋子，好在我们早有准备。

在这片与世隔绝的静谧世界，微漾着波澜的水面让一切变得朦胧，地平线融化在模糊的蓝白之中。一个太阳低垂在天边，另一个漂浮在水上，像极了《盗梦空间》里的末日幻象，仿佛走过去，就将永远消逝在世界尽头的虚无之中。

面对这样的场景，一切语言都显得苍白。豪尔赫搬下两把椅子，我们就静静地坐在那里，目送着两个太阳渐行渐近，直到在水面上相遇、交融、暗去……

南美屋脊上的极限之旅
——Mario

玻利维亚西南部的偏远地带，海拔 4200 到 5400 米，如果说青藏高原是"世界屋脊"，那么将这里称作"南美屋脊"也绝不为过。这里是地球上最严酷的荒野之一，集合了各种令人惊异的恶劣地貌，同时也是重要的安第斯野生物种保护区。

欣赏过无与伦比的"天空之镜"，部分旅行者会选择离开荒原，回归城市的怀抱。但更多人会从乌尤尼出发，历时至少两天，来一场南美屋脊之上的玻国西南大环线之旅。这是一段痛并快乐的自虐经历，却让人欲罢不能。

早餐时间，吵闹的鼓乐声把我们吸引到旅馆门口，大街两侧站满了围观的人群，身着奇装异服的游行队伍在马路中间载歌载舞，招摇过市。今天是当地的狂欢节！红衣的魔鬼、黑脸的骷髅、一身绿的忍者神龟……各种妖魔鬼怪都来了。早就听说玻利维亚奥鲁罗的狂欢节颇具特色，可惜没机会亲身体验，没想到意外撞上乌尤尼的狂欢节，也算弥补了些许遗憾。

"准备出发！"豪尔赫一声招呼。

我们背起行囊，逆行穿过拥挤的人群，钻进越野车，一场充满未知的高原冒险开始了。经过两天接触，我们觉得豪尔赫的英语虽然不大灵光，但也勉强够用。另请英文向导的 100 美元可以省下了，于是豪尔赫成为我们路上唯一的司机兼向导。

盐旅馆的遗憾

乌尤尼盐湖是世界上最平的地方，每 50 公里的海拔落差不足半米。在这无边无际的雪白盐层上一脚油门踩到底，一定超爽，可惜开车的不是我。

大环线第一站，我们来到湖面上一座废弃的盐旅馆。这座孤零零的建筑，主体由盐块砌成，内有盐做的桌椅和床铺，装饰得体，只是不知何故，已然人去楼空。旅馆门外有一块盐砌的平台，上面插满了世界各地的旅行者带来的国旗。五星红旗在一片花花绿绿中格外醒目，显然早有国人在我们之前到过这里。离平台不到两百米，达喀尔拉力赛纪念碑岿然而立。一个多月前，世界最顶级的越野车手们就从这里飞驰而过。

离开盐旅馆，我心里暗自后悔，只怪当初土鳖思想作祟，为了省钱，放弃了镇上高级的盐酒店，住了便宜的小旅馆。不知这次错过，何日才有机会体验睡在盐上的感觉。

按照标准行程，下一站应该是距离科尔查尼以西 80 公里的"鱼岛"。它是茫茫盐湖中唯一突兀的岛屿，因形状像鱼而得名。然而鱼岛上并没有鱼，倒是长了不少巨型仙人掌。但由于此时雨季刚过，岛周围积水太深，不得已只好放弃了登岛。

遇见"神兽"家族

我们一路向南穿越了盐湖，开上尘土飞扬的砂石路。道路两侧顽强生长着低矮的耐旱植物，一些身披长毛的家伙正低头啃食绿色的美味。

"Llama！"豪尔赫瞟了一眼。

"快看神兽！"我朝后座的刘小可喊道，"那就是传说中的神兽——羊驼！"

"你确定？我怎么觉得和照片上不大一样呢？"她不解地拿出手机给我看。

"好像是有点儿区别……"趁停车拍照的工夫，我把手机上的照片指给豪尔赫。

"Alpaca！"他解释道，大羊驼（Llama）和小羊驼（Alpaca）虽有亲缘关系，却是两种不同的动物，前者高大强壮能驮重物，后者矮小呆萌毛质优良，红遍网络的"神兽羊驼"其实是小个子的 Alpaca。但不管怎么说，它们都是安第斯山的精灵，共同为南美代言。

"为什么有些羊驼耳朵上绑着彩色绳子？"

"因为它们是家养的，牧民们会给自家的羊驼做上特殊记号，防止它们跑丢。"

中午时分，车子开进了死一般寂静的小镇阿洛塔。两排低矮的砖房几乎是这里的全部，穿城而过的土路上空无一人。透过窗帘掀起的一角，一个有着红苹果般圆脸的小姑娘好奇地望着我们。她的存在让我确信，这里并不是一座空城。

豪尔赫在一间土黄色房子前停下车，推门而入。我们意外地发现，这个没挂招牌的地方居然是个餐厅，环境还算整洁，几拨背包客正在享用自助午餐。

"我们的午饭就在这儿解决。"豪尔赫拿出备好的餐食，有炖肉、沙拉、米饭和碳酸饮料。虽然简单，却可以提供足够的能量。

用餐期间，邻桌一个独行的韩国妹子主动过来搭讪，大概是把我们当同胞了。我们的对话很快引起了旁边另一桌东方面孔的注意，对视了几次之后，我终于忍不住开口："Chinese？"

"Yes！"在这人迹罕至的地方居然能碰到同胞，于是两桌凑成了一桌。

无巧不成书。对方四人中，老汉、阿雯和小美也来自巴西，小野来自秘鲁，我们六个混迹南美的旅行爱好者不仅圈子有交集，还有一位共同好友菲仔，彼此间甚至在网上有过互动。这下，原本孤独的旅途变得热闹起来。

吃完午饭，我们两辆越野车一前一后，组团上路。地平线不断抬升，头顶的天空和云朵，近得有种压迫感。山峰也像被"压"扁了似的，只剩下平缓的曲线，但山顶的积雪足以证明它们的高度。我们已进入广袤的无人地带。

"那是什么？"半山腰处，几个敏捷的身影蹿入视线，看起来像大羊驼，但毛短且体态更轻盈。

"Vicuñas（骆马），"豪尔赫说，"它们是羊驼的另一支近亲。"

我们这群不速之客的造访，显然令骆马们感到不安，它们远远地盯着越野车，不敢向前半步。与家养的羊驼相比，这些野生精灵眼神里透着灵气，它们才是这片高原真正的主人。

"怪湖"与"怪鸟"

车队向南挺进，海拔在 4000 米之上持续攀升，这里是爱德华多·阿瓦罗亚安第斯物种保护区的边缘。在这个高盐度、干燥、低温，近乎人类生存极限的环境里，栖息着一些令人难以置信的美丽生命。

在一片极具违和感的湖泊前，我们下了车，这个湖有个"好听"的名字——"臭湖"。湖面的一半已经干涸，裸露出白色的盐滩，剩下的湖水呈灰白色，饱含矿物质。湖边的土壤中长着一团团接近枯黄的野草，远处两座积雪覆盖的锥形火山构成完美的背景。高原碧空下，这幅美丽画卷真正的主角，是湖中那一抹夺目的红。

"Flamingo（火烈鸟）！"我们忍不住惊呼。这些优雅的大鸟身高可达 1.6 米，一身粉红色的羽毛使它们成为自然界中彻头彻尾的异类。因为胆小而喜欢群居，火烈鸟总是成片出现，场面壮观。明黄色的大嘴能在高盐分的泥沼中捕食生物，并从中摄取矿物质，维持羽毛的鲜艳色彩，这样的习性令人匪夷所思。"臭湖"前后，共有四个面积相仿、首尾相连的湖泊，每个湖中都能见到火烈鸟的身影。

夕阳西下，气温骤降，小伙伴们纷纷出现了不同程度的高反症状。我们加紧翻山越岭，日落前，在智利边境以东数百米的地方，发现了一处奇怪的石头建筑，它神似外星人基地，在茫茫戈壁中十分突兀。我们今晚就在此扎营——Tayka 荒漠旅馆。

几杯古柯茶下肚，身体终于暖和一些，但高反带来的头痛恶心还是令人胃口大减，草草吃过晚餐，小伙伴们便各自歇下。只有惦记荒漠星空的我，强行拉着刘小可和豪尔赫出发了。大概是出来的时间太早，这次的星空并没有期待中的震撼，倒是高原的寒夜让人刻骨铭心。

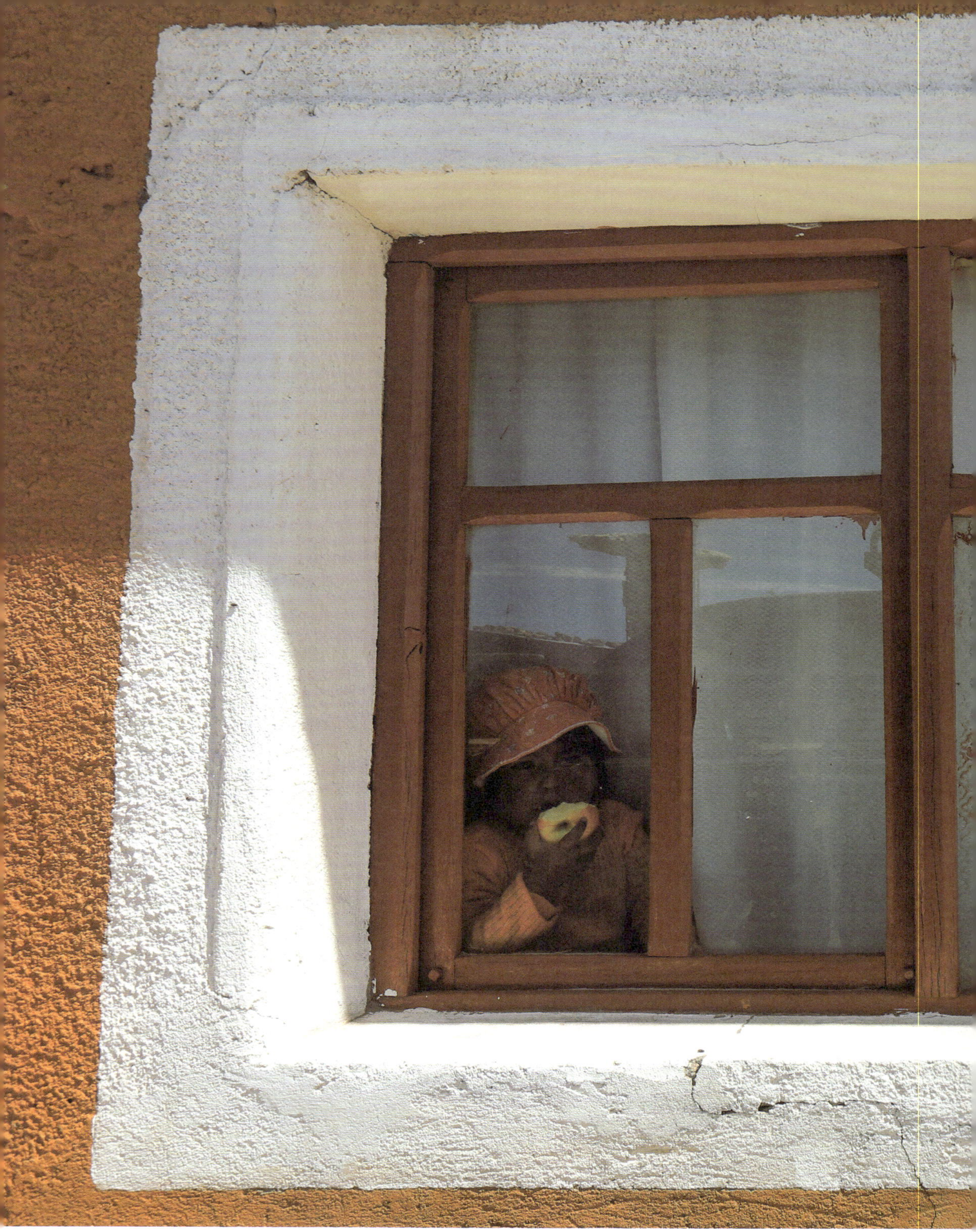

高原女孩（波托西，玻利维亚）

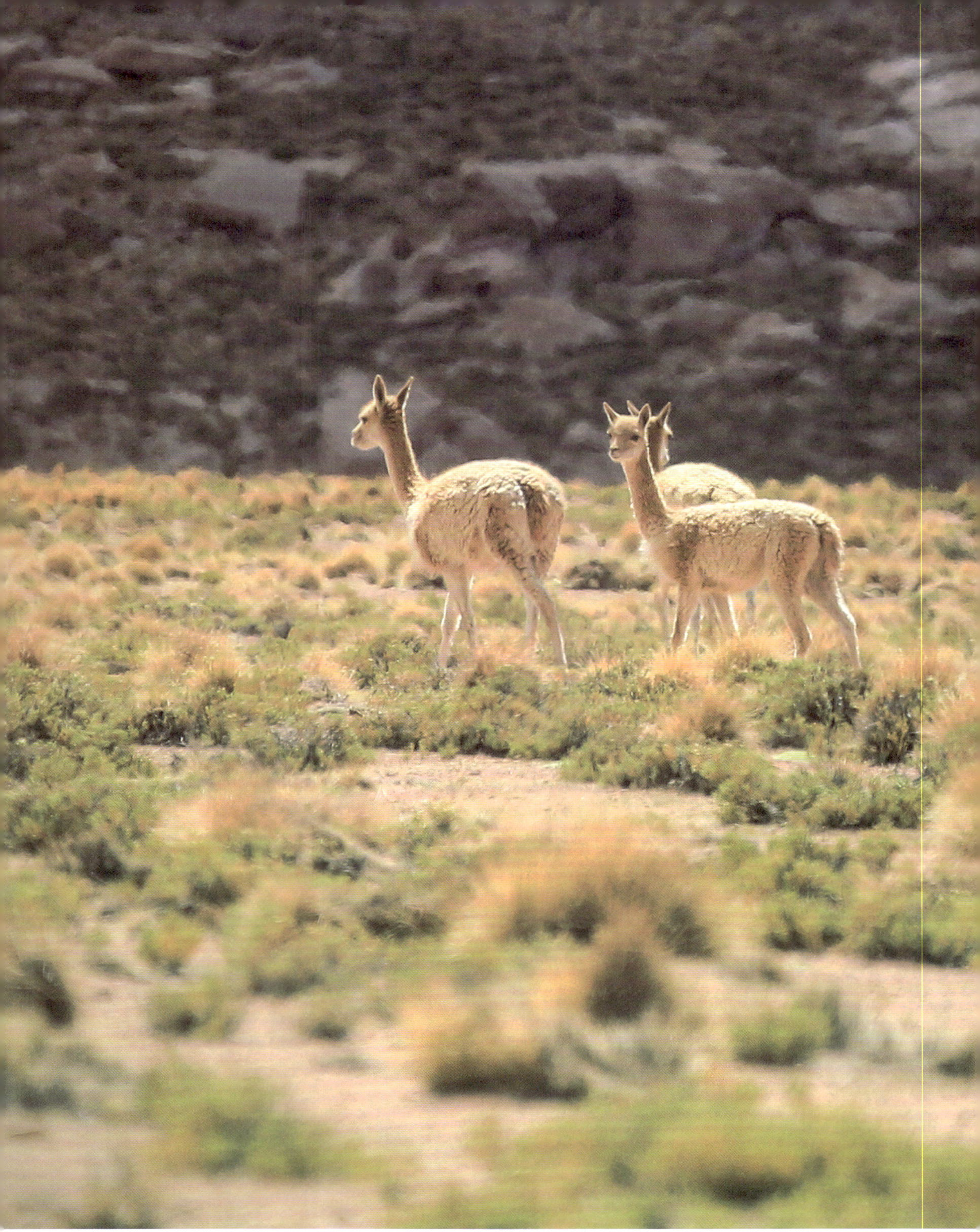

野生骆马（高原无人区，玻利维亚）

次日清晨，太阳照常升起，早餐时却惊闻，小伙伴中已有人身体不支，提前回撤了。原本状态不错的我，也被昨晚的寒冷冻蔫了，整个人变得恍惚迟钝。

越野车在红褐色的沙漠上蹒跚前行，首先来到著名的"石头树"。它是浩瀚沙海中的一块巨石，被经年累月的狂风吹成了大树的形状，树冠栩栩如生，树干屹立不倒，在此处拍摄科幻片中的外星场景，再合适不过了。

从石头树往南17公里，我们抵达了此行最怪诞的一处景观——"红湖"。这个面积广阔的湖泊，湖水呈诡异的砖红色，上面漂浮着白色的矿物质结晶，远远望去色彩斑斓，也被称作"彩湖"。阳光下，湖面升腾着袅袅白雾，更显神秘。但在我看来，这哪里是湖？分明是化工厂的污水池嘛！湖水的颜色简直就是"剧毒"的标签，感觉踩进去，脚都会被腐蚀掉！然而，这个鬼地方如果用"鸟不拉屎"来形容就大错特错了，就在这矿物浓度爆表的湖水中，数以千计的火烈鸟正悠然自得地享用着早餐，火红的羽毛与湖水的色彩相得益彰。红湖——海拔4400米之上的火烈鸟天堂，绝非浪得虚名。

5000米之上的奇观

告别火烈鸟，我们向东行进，高度表快速飙升，直奔5000米而去。极度干燥的环境下，鼻孔里仿佛能挖出土，颠簸和暴晒让人昏昏欲睡。正当我们审美疲劳之时，地平线上，一道道白色气柱喷薄而出，高度可达十多米。Sol del Mañana地热泉，终于到了！高原荒漠只是表象，我们的脚下实则暗流汹涌。这些沸腾的泥浆池和硫黄喷气坑都十分危险，靠近任何湿润和破碎的土块都要倍加小心，大自然的力量令人敬畏。

如此丰富的地热资源怎能浪费？从5000米的高地下来，清澈诱人的Termas de Polques温泉正在海拔4200米的温和地带等着我们。卷起裤腿泡个脚，温度刚刚好，也算是这两天苦旅中最好的享受了，爽！

我们振作精神，向终点进发。穿越荒凉的萨尔瓦多·达利沙漠，途经行将干涸的"白湖"，抵达了大环线的折返点——有着火星般超现实风景的玻国西南边境。这个海拔超过5000米的地方，几乎寸草不生，更不用说树木。暗红色的圆锥形山丘，是智利5930米的利坎卡布尔火山，山脚下一汪翡翠色的浅水，是属于玻利维亚的"绿湖"。

"从这里过去，就是智利了，"豪尔赫指着不远处的火山，"那边是阿塔卡马沙漠。"

"嗯，地球上最干燥的地方……"

我内心无比向往。但，那要留给未来的某次旅行。

拉巴斯：女巫、古柯与羊驼肉
　　——Mario

　　从海拔 5000 米的地方下来，才深刻体会到 3700 米是多么宜居的高度。带着美好的憧憬，我们与豪尔赫 & 吉尔玛夫妇拥抱话别，离开乌尤尼，飞往同样海拔的拉巴斯。然而……

　　拉巴斯，全球海拔最高的首都，没有之一。位于城市西部的 El Alto 区（高地之意）海拔超过 4100 米，世界上最高的商用机场之一，El Alto 国际机场就坐落在此。飞机在跑道上刚一着陆，莫名的头痛就随之袭来，即便在海拔 5000 米的绿湖也未曾如此，很是邪门儿。不过痛归痛，我手里的 5D3 照样忙个不停。

　　"你好，请问你们是中国人吗？"

　　突如其来的一句中文把我吓了一跳。一回身，只见一位戴眼镜的大叔满脸堆笑地看着我们。

　　"您是……？"

　　"哦，我也是中国来的，有个事想请你们帮忙。"

　　虽然不太厚道，但我内心还是本能地警觉起来。

　　大叔说，他一个人千里迢迢从上海飞过来，利用短暂的假期游走玻利维亚和秘鲁，匆忙中忘了带相机充电器，看到我手中的同款相机，如同看到了救命稻草。

　　"这样吧，我请你们二位吃个早餐，麻烦你们把充电器借我用用，哪怕充上半小时，也能解决很大问题。你们看行吗？"

　　这意外的小插曲延缓了我们的脚步，但作为同样爱拍照的人，我能理解大叔此时的焦急。举手之劳，何乐而不为？

　　带着半仓的新电量，大叔上了包车，独自前往的喀喀湖，双方就此别过，我们打车进城。

　　阴雨绵绵中，屠夫模样的司机把我们扔在了两条窄街的交叉口。

　　"Mercado de las Brujas（女巫市场）？"

　　"Si（是的）。"说完便一脚油门扬长而去。

　　我俩满脸茫然地站在路中间，说好的市场呢？好歹也得有个门吧……

　　犹豫了片刻，我们朝商铺较多的一条石板街走去，空气中飘散的浓浓草药味儿预

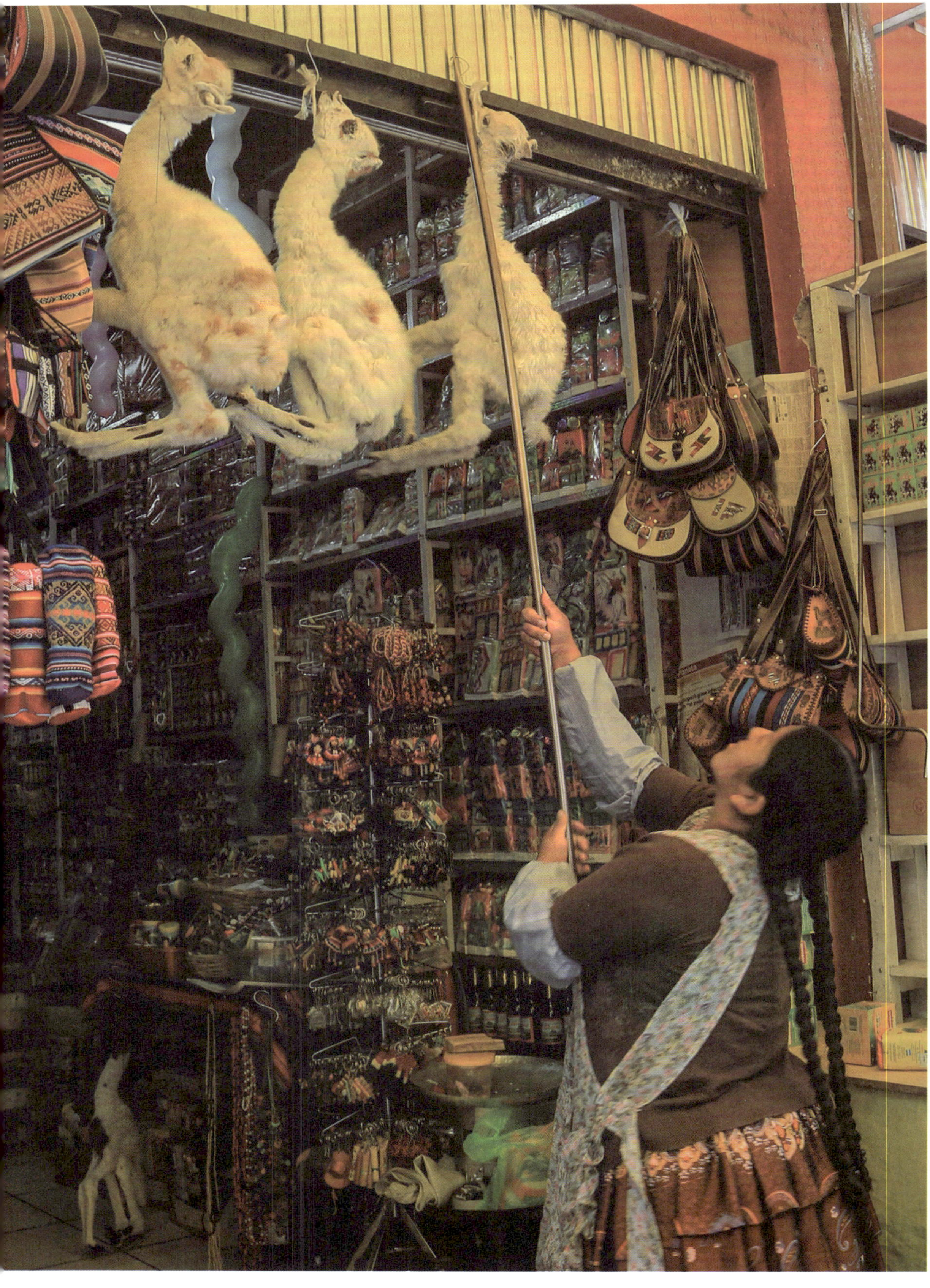

示着目的地应该就在附近。

女巫市场，玻利维亚乃至南美洲最神秘的市场之一，也是我们拉巴斯之行最期待的地方。本以为会是一栋散发着阴森诡谲气息的古老建筑，没想到竟是一片店铺林立的商业区。走进位于 Jimenez 街和 Linares 街沿线的市场，许多商户刚刚开门，矮胖的安第斯女人梳着大粗辫，穿着臃肿的裙子，正将一些奇怪的动物干尸挂在店铺门口的显眼处。

"羊驼胚胎！"我一眼就认了出来。

除了这种传统的祭祀神器，店铺里还兜售各种稀奇古怪的巫术道具：巨嘴鸟的喙、某某动物的爪子、手持美元的招财娃娃，以及功效神奇的草药配方。金发碧眼的欧美客人像我们一样好奇地打量着这些稀罕玩意儿，女店主爱搭不理地招呼两句，仿佛和这些"凡人"无法交流。或许这才是女巫们的日常。

在我厚脸皮的请求下，女巫姐姐终于同意我可以不买任何东西，还把最大的一只羊驼胚胎取下来抱着合影……Yeah！心愿达成！

女巫市场周边也是游客云集的区域，客栈、咖啡馆、工艺品店鳞次栉比，小有名气的古柯博物馆坐落在一间不起眼的二层小楼里。一进门，就看到前台那满满一大盘古柯叶，老板示意，可随意品尝。我伸手拿了两片拇指大小的椭圆形绿叶，嚼了嚼，微苦，有种吃茶叶的感觉。但这味道完全可以接受，比当年在台湾嚼的槟榔果好太多了。

别小看这貌不惊人的古柯叶，它是天使与魔鬼的结合体，许多国家将其列入违禁品，但在玻利维亚却被视作国宝。古柯（Coca）是一种小型灌木，主产于安第斯山区。早在印加时代，高山民族就开启了嚼食古柯叶的历史。这种神奇的叶子具有抗疲劳、镇痛，甚至补肾壮阳之功效，被奉为"圣草"。西班牙殖民时期，高原矿工们靠古柯叶的刺激，维持高强度劳作。直到今天，当地人仍延续着嚼古柯叶的嗜好，游客们也被建议用古柯叶或古柯茶来缓解高原症状。这些历史，在这座小小的博物馆里都有展示。

古柯之所以神奇，在于它叶子中的提取物古柯碱（Cocaine）具有药用价值，曾广泛应用于医疗麻醉领域。但古柯碱还有更为人熟知的一面，那就是大名鼎鼎的毒品可卡因（Cocaine）。伴随着提炼技术的进步与人类的滥用，高纯度古柯碱最终沦为全球禁用的毒品。天使或魔鬼，只在人的一念之间。

其实，古柯并非洪水猛兽，它离我们的生活也并不遥远。风靡全球的可口可乐，最初就添加了可卡因，虽然这一成分早已被剔除，但今天的可乐里仍含有古柯萃取

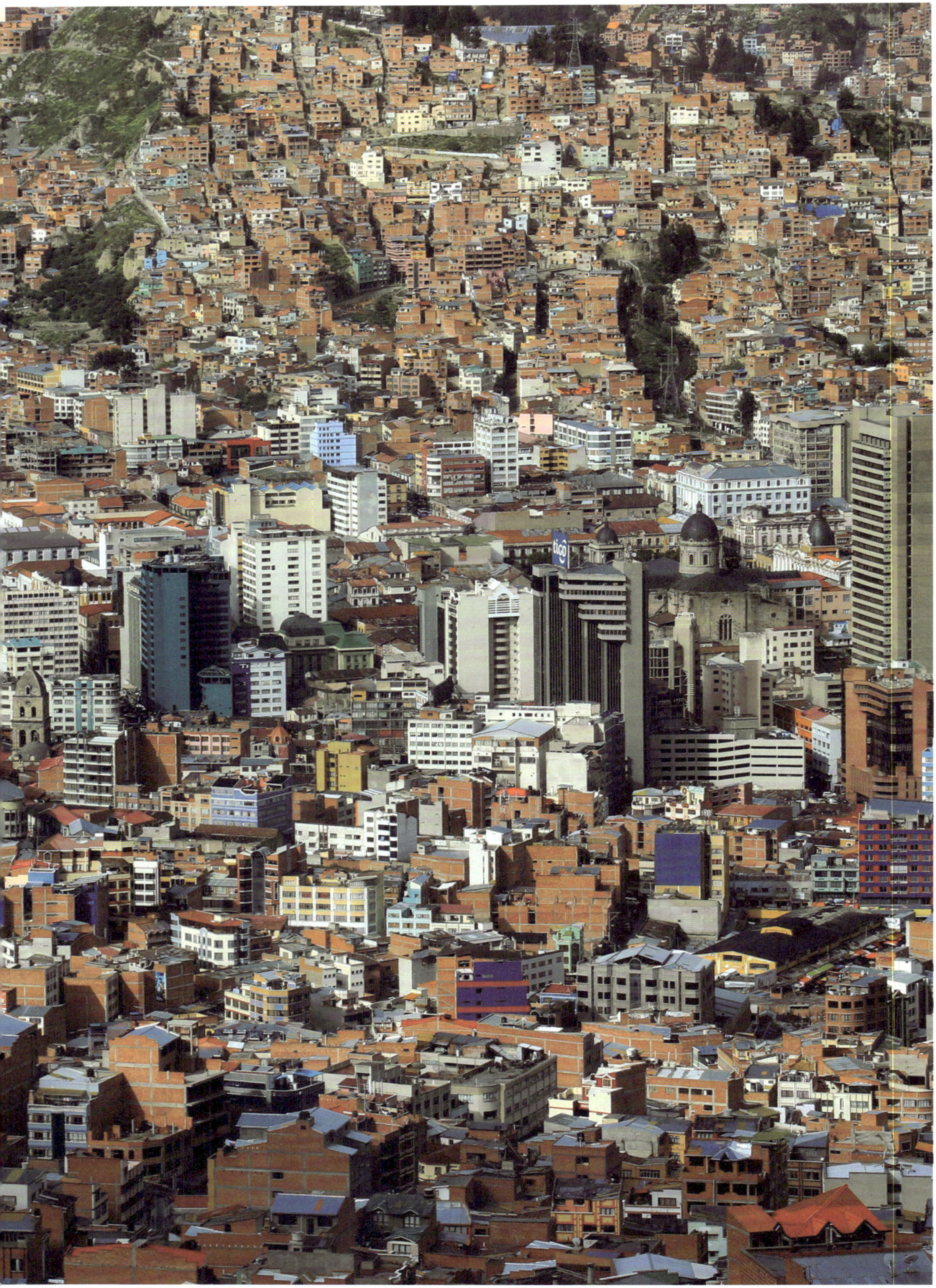

物，Coca-Cola 的名字可不是白叫的。

逛到口渴时，我们随机钻进一家怀旧风格的咖啡馆，在二层临街的阳台边坐下，点了两杯果汁牛奶。

"等等，有这个！"我指着菜单两眼放光，"羊驼肉？"

"要一份尝尝吧！"我俩一拍即合。

没过多久，一盘意面摆上了餐桌，旁边配了一块标准牛排大小的肉，颜色发白且精瘦。这就是传说中的"神兽"肉啊，赶紧切一块放进嘴里。

嗯……巨柴无比！不知是玻利维亚人民烹饪水平有限，还是羊驼肉质本就如此，这块烤羊驼排吃起来就像水煮鸡胸肉，还是放了两天的，毫无汁水，口感差极了。没办法，自己点的菜，流着泪也要吃完，只好多蘸酱了……

除了女巫、古柯和羊驼肉，拉巴斯让我印象深刻的还有它"坑爹"的地形。这座典型的山城几乎没有一块像样的平地，即便在市中心的穆里略广场和圣弗朗西斯科大教堂周边也是如此。走在城里的街道上，你永远都处于上坡或下坡的状态，但在海拔 3700 米的地方爬坡可不是件好玩儿的事，用不了多久就会心跳加速，呼吸困难，头痛欲裂。同样的海拔高度，这里跟一马平川的乌尤尼，感受截然不同。

特殊的地形也造就了特殊的风景。每当夜幕初降，登上半山腰的观景台，漫山遍野的灯火点亮了拉巴斯错落的轮廓，一瞬间，恍若置身华灯初上的香港。但当太阳再度升起，黑夜的伪装彻底退去，一座嘈杂、拥挤、混乱的城市又暴露在世人面前。迷宫般的街巷令人抓狂，一望无际的红砖房触目惊心。

所谓"晚上像香港，白天像砖厂"，正是拉巴斯的真实写照。

科帕卡巴纳：这里没有比基尼
——Mario

说起科帕卡巴纳（Copacabana），人们首先会想到里约热内卢那个性感的海滩：肌肉健硕的男人展示着运动天赋，热辣奔放的女人炫耀着丰胸翘臀，椰风海韵，美景美人，全年 365 天弥漫着荷尔蒙的气息。与此同时，远在千里之外的玻利维亚高原，也有个叫作科帕卡巴纳的地方，那里有水有沙有阳光，只是没有比基尼。

在拉巴斯以西 150 公里，有一弯新月形的沙滩，优美的曲线与里约的科帕卡巴纳海滩如出一辙，不知是巧合还是有意为之，沙滩旁边的小镇就叫科帕卡巴纳。高原清冽的空气、炙热的阳光与独特的文化，吸引着世界各地的游客纷至沓来。当然，人们来此最主要的目的，还是小镇面对着的那一片浩瀚的蔚蓝。

这片覆盖 8300 平方公里、横跨玻利维亚与秘鲁两国的辽阔水域，就是南美最大的淡水湖——的的喀喀湖。安第斯山脉的冰雪融水汇成它庞大的身躯，3812 米的湖面海拔，超过 100 米的平均水深，使它成为世界上海拔最高的可通航湖泊。秘鲁的普诺和玻利维亚的科帕卡巴纳是进入的的喀喀湖的门户。扬帆起航，去湖中击水，探索一座座神秘岛屿的旅程，就从这两座小城开始。

科帕卡巴纳只有区区几条街道，摩尔风格的大教堂坐落在中心广场，是全城最宏伟的建筑。教堂里供奉着黑色圣母坎德拉里亚雕像，每年有很多信徒专门来此朝圣。教堂附近的市场上，头戴毡帽、身穿大裙子的艾马拉妇女兜售着疑似基因变异的超大颗花生和爆米花。沿主街走到最西端就是的的喀喀湖，质地粗糙的沙滩周围集中了五颜六色的度假酒店。与里约不同，这里并没有那些身着比基尼的美好肉体，冰冷的湖水显然不适合游泳。

豪华双体游艇 Santa Rita 号是我们在这个国家见到的为数不多的现代化装备，当我们赶到偏僻的城北码头，它早已等候多时。服务人员送上了橙汁和三明治，一段有吃有喝的航程过后，我们抵达了目的地——太阳岛。的的喀喀湖中有几十座岛屿，位于玻利维亚境内的太阳岛面积约 70 平方公里，是所有岛屿中最大的一座。岛上的居民保持着艾马拉人的原生样貌，几处古印加遗址为这里增添了些许神秘色彩。我们沿着码头的小路径直来到山脚下，古老的印加阶梯蜿蜒通往山顶，石阶缝隙间碧草丛生，两侧山坡上野花烂漫，远远望去，仿若一座空中花园，美轮美奂。

太阳岛上没有车辆，唯一的交通方式就是沿着印加步道徒步前行。这段漫长而陡峭的台阶至少有百十来级，爬起来很是辛苦，我们连歇带喘，好不容易上到山顶。古老的清泉叮咚作响，绿草如茵，花香四溢，印加人的空中花园设计别具匠心。胖胖的当地女向导介绍着花园里各种稀奇植物，我们只对一种叫作 Torongil 的小草印象深刻，它是巴西爆款女鞋 Melissa 的香料来源，趴过去闻了闻，就是这个味儿！

登高远眺，湛蓝的湖水映衬着天边若隐若现的雪山，涤荡心灵之美难以言表。崖边石桌前，一位巫师打扮的艾马拉老人席地而坐，身边摆放着几件"法器"。见我们走来，老人起身用白色的野花蘸了蘸陶罐里的"圣水"，在我们头上手上轻轻几点。虽然不大明白其中含义，但猜想应该是"吉祥如意……扎西德勒吧"。

泡上一杯古柯茶，在山顶晒晒太阳，看着手艺精湛的师傅们用传统技艺编织芦苇船。我在想，什么时候能坐一回真正的芦苇船呢？谁知幸福来得猝不及防，当我们下山返回码头，一条巨大的芦苇船已经等靠在岸边！的的喀喀湖盛产芦苇，当地先民就地取材，用苇秆编成船只甚至房屋漂浮于水上。这一"神技"流传至今，芦苇船和漂浮小屋已成为的的喀喀湖上一道独特的风景。我们乘坐的这条芦苇船也是双体设计，稳定性很好，两个船头都是猛兽造型，类似中国古建筑门前的貔貅，虎目獠牙。水手们升起风帆，划起长桨，芦苇船破浪前进，仿佛穿越回到了印加时代。

"哪位愿意划船？"向导话音刚落，我便自告奋勇，披上艾马拉人的紫红色斗篷，戴上毛线帽，装模作样地划起桨来。

3812 米，本该是山的世界，这里却有海一般的壮阔波澜，想来也是个奇迹。不夸张地说，在的的喀喀湖上航行，真的会有置身大海的错觉。事实上，作为南美洲仅有的两个内陆国家之一，玻利维亚与海洋有着难以割舍的渊源。早在独立之初，他们曾与邻国秘鲁、智利一样，在太平洋东岸拥有一段属于自己的海岸线。然而，战争改变了一切……

1879 年，玻利维亚、智利、秘鲁三国爆发了著名的"鸟粪战争"，目的是争夺边境地区的鸟粪（磷酸盐矿）和硝石资源。战争以智利的胜利和秘鲁、玻利维亚的失败告终。作为战败的代价，玻利维亚失去了安第斯山脉到太平洋沿岸之间的全部领土，将包括安托法加斯塔在内的港口拱手让与智利，由一个沿海国家沦为没有一寸出海口的内陆国家。

纵观玻国悲催的战争史，可谓屡战屡败，但没有哪一次战败比痛失出海口更令人扼腕。时至今日，玻利维亚仍在争取安托法加斯塔的主权，并始终保留着海军，堪称内陆国家中的奇葩。这个高原国度用倔强的方式表达着对海洋的向往。

当我们返回科帕卡巴纳，站在 Santa Rita 号的甲板上，眺望碧波荡漾的新月形港湾，我忽然感觉，从某种意义上说，的的喀喀湖可能也是玻利维亚人心中的海吧。

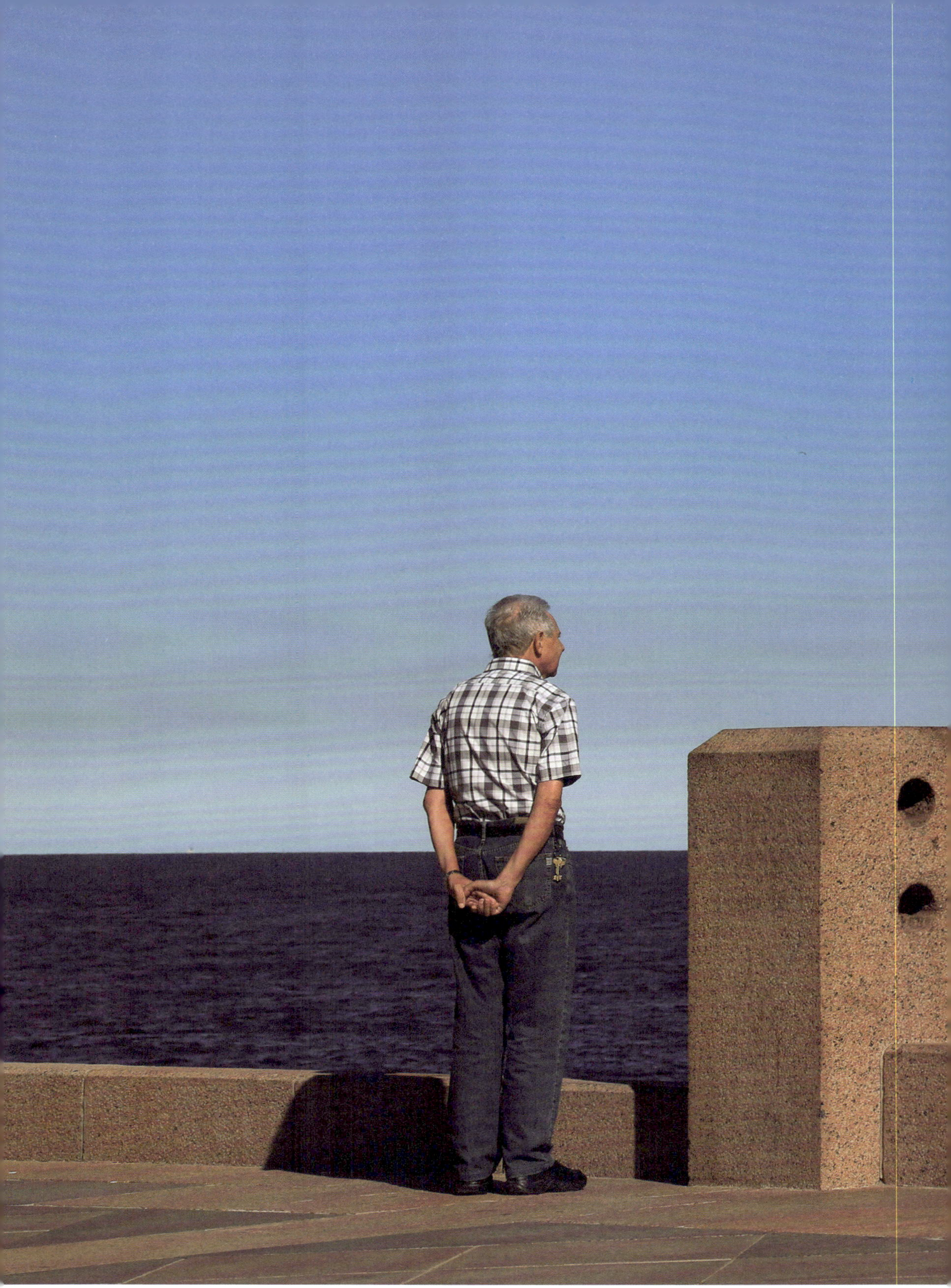

乌拉圭
Uruguay

恼人的签证
　　——Mario

　　"非常抱歉，我们现在不能办理旅游入境签证，一个月后再来吧。"目光如炬的金发阿姨神情严肃地说。
　　"为什么呢？"
　　"因为现在是旅游旺季，我们的国家很小，接待能力已经达到了饱和。不是不欢迎你们，但如果想在这个季节去乌拉圭，至少要提前一个月申请。"
　　我和刘小可相顾无言，满脸问号：还有这种操作？
　　这是我们第一次去乌拉圭驻里约领事馆申请签证时遇到的状况。本以为轻松就能拿下的小国家，却给我们来了个下马威。
　　于是，一个月后，我们带着护照和酒店预订单乖乖地回来了。乌拉圭驻里约领事馆很小，只有两名工作人员，金发阿姨和一个中年男子。这次阿姨倒是很痛快，收了资料和签证费，随后告知我们，资料要送回乌拉圭审核，一个月后出结果。
　　"我……还是回去等吧。"
　　就这样，从盛夏等到初秋，我们的乌拉圭签证历经两个多月的拖延，终于批下来了。当我们怀着激动的心情再次回到领事馆，阿姨面带笑容，像是见到了老朋友。
　　"祝贺你们！愿你们享受在乌拉圭的每一天。"
　　但与此同时，她却没有把签证和护照归还我们。
　　尴尬的气氛在局促的房间里愈酿愈浓。这时，一言不发的中年男子带着护照和满头汗珠从里屋走了出来。
　　"这是你们的护照。"
　　我接过来一瞧，刘小可那本还好，我的签证居然贴歪了！原来这家伙半天不出来是想揭下来重贴，结果弄巧成拙，差点儿把签证撕坏了。
　　看着他尴尬而不失礼貌的微笑，我再次无语，只能带着凸出一角的护照，开启我们来之不易的乌拉圭之行。

蒙得维的亚：我看到了山！
　　——刘小可

　　用自驾串起首都蒙得维的亚、面朝大海的埃斯特角城，以及风情小镇科洛尼亚－德尔萨克拉门托，是乌拉圭旅行最高效的方式，也是最经典的一条路线。

　　我们在蒙得维的亚卡拉斯科国际机场顺利拿到了预订的座驾——一辆自动挡白色三厢雪佛兰，随即被告知，白天行车也要打开车灯。于是，打火、开灯、踩油门，向着市中心出发！一路上天高云淡，绿树成荫，花香四溢，乌拉圭果然不负"南美瑞士"的别称，难怪连交规都要向欧洲看齐。

　　蒙得维的亚，意思是"我看到了山"，这是来自一个葡萄牙水手的错觉。其实，他看到的只是一座低矮的山丘，但这个错觉却造就了一个颇为有趣的城市名称。在阿根廷诗人博尔赫斯笔下，蒙得维的亚是"听起来就像一首诗的城市"。博尔赫斯出生在布宜诺斯艾利斯，他的母亲来自乌拉圭的显赫之家。童年时代的诗人经常来到一河之隔的蒙得维的亚消夏，蒙城的美好记忆在一定程度上治愈了布市带给他的挫败感。

　　老城位于市区西部，狭窄的街道两侧遍布着博物馆、剧院和历史建筑，我们的酒店坐落于此。好不容易找了个停车位，即刻开始步行探索。生长着高大棕榈树的独立广场是老城的中心，国父阿蒂加斯的雕像矗立在广场中央，这位激励乌拉圭人走向独立的英雄长眠在地下的陵墓中。位于广场西侧的索利斯剧院虽然不及布宜诺斯艾利斯科隆剧院那般闻名，但悬挂其上的华美海报足以证明，这里是乌拉圭的艺术殿堂。

　　周末的老城舒适宁静，我们没有按图索骥，漫无目的地行摄其中，广场长椅上享受阳光的老人、街心公园摆卖旧物的摊主、古典建筑前拍摄写真的模特都被收入镜头。

　　逛到港口市场已是中午时分，这里大概是蒙得维的亚人气最旺的聚点。艺术家展示着作品，音乐家即兴弹唱，当地人和旅行者来到这里主要是为了满足自己的胃。港口市场是个巨大的铸铁建筑，分为上下两层。进入正门，热浪和肉香同时袭来，斜置的炉架下边是燃烧的木材，上面则是烤得滋滋流油的牛肉、猪肉、西班牙香肠和血肠，分别取一些混合搭配，就是一道乌拉圭国民美食 Asado，再辅以沙拉和葡萄酒，蒙城人周末午餐的经典配置就完成了。

　　我们入乡随俗，酒足饭饱之后，选了两件艺术小物作纪念，看了会儿热情奔放的音乐表演，然后开车前往蒙得维的亚新城区的海滩，去感受这座城市现代的一面。

世纪球场：世界杯在这里诞生
　　——Mario

　　离开拥挤的老城区，驾车驶上开阔的滨海公路，豁然开朗的景色令人心旷神怡。在公路与大海之间，是绵延数公里的休闲公园，孩子们在足球场上驰骋，家长和教练投入地助威呐喊，热闹的场面引得我们停车观望。

　　仅有300多万人口的乌拉圭是南美洲数一数二的小国。这里有宁静的田园牧场、壮美的海岸风光、中等发达国家的生活水准，以及品质上乘的牛肉。抛开情感与个人喜好，乌拉圭绝对是南美洲最宜居的国家。

　　但这个小国最有名的还是足球。苏亚雷斯、卡瓦尼、弗兰、雷科巴、弗朗西斯科利，乌拉圭足坛江山代有人才出，国家队15次问鼎美洲杯，傲视群雄。真正让乌拉圭永载史册的，则是那段与世界杯有关的传奇。1930年，世界杯正式诞生，这是足球发展史上重要的里程碑，而首届世界杯的举办地正是蒙得维的亚，最终的冠军也归属了东道主乌拉圭队。

　　在蒙市老城区以东5公里，绿荫蔽日的中央公园内，安静地坐落着一幢历史久远的"碗形"建筑。1930年，恰逢乌拉圭首部宪法百年华诞，这座当时最先进的足球场交付使用，于是它被冠以一个大气的名字——百年纪念球场（又称"世纪球场"）。这里是乌拉圭国家队的主场，也是1930年首届世界杯的赛场。作为一枚"足球狗"，这样的圣殿岂能错过？

　　当我们驱车来到体育场外，一眼就看到那尊标志性的主塔，如同一座参天的纪念碑，庄严神圣。灰砖外墙岁月斑斑，主塔下方的大理石上铭刻着"世纪球场"和它的揭幕日期"1930年7月18日"。看台上方飘扬着黄黑间条旗，那是乌拉圭著名俱乐部佩纳罗尔的队旗。除了举办国家队赛事，世纪球场平时也接受俱乐部的租约，佩纳罗尔便是其中之一。小小的售票窗口外，三两结伴的球迷前来购票，好在不是比赛日，我们得以进场参观。

　　狭窄的水泥台阶仿佛一条时光隧道，引领我们穿越到那个黑白影像的年代。1930年7月30日，设计容量为8万人的世纪球场涌入了9万多名观众，乌拉圭队在家乡父老的见证下4∶2击败宿敌阿根廷，首捧雷米特杯。时过境迁，当时的站席已被改造成座椅，球场容量也相应缩减，但依旧能容纳6万人有余。

与新马拉卡纳球场相似，世纪球场也像一只扁平的盘子。看台从上至下分为四层，最下层的内场席是一排排"古董级"的水泥座椅，年代感十足。看台按朝向分为四个区域，命名为奥林匹克、科伦布、阿姆斯特丹和美洲，前三个名称都是为了纪念乌拉圭队在1924年和1928年两夺奥运会足球金牌。

　　主塔内侧，斑驳的青铜纪念牌满是沧桑，上面镌刻着"1930年·蒙得维的亚·第一届世界杯冠军·乌拉圭队"。在这样一座写满荣耀的球场，在前辈们伟大成就的感召下出战，乌拉圭球员怎能不斗志高昂，战力爆表？

　　站在空荡荡的看台上，9万人山呼海啸般的呐喊声犹在耳边回荡。这里或许不及马拉卡纳恢宏大气，也不似"糖果盒"狂野奔放，更难比欧洲顶级球场常年群星闪耀，但要论历史地位，恐怕无人能出其右，这是世纪球场独有的魅力。正如国际足联所说，世纪球场本身就是一座"足球纪念碑"，这份至高的评价和褒奖，只有它才配得上。

世纪球场（蒙得维的亚，乌拉圭）

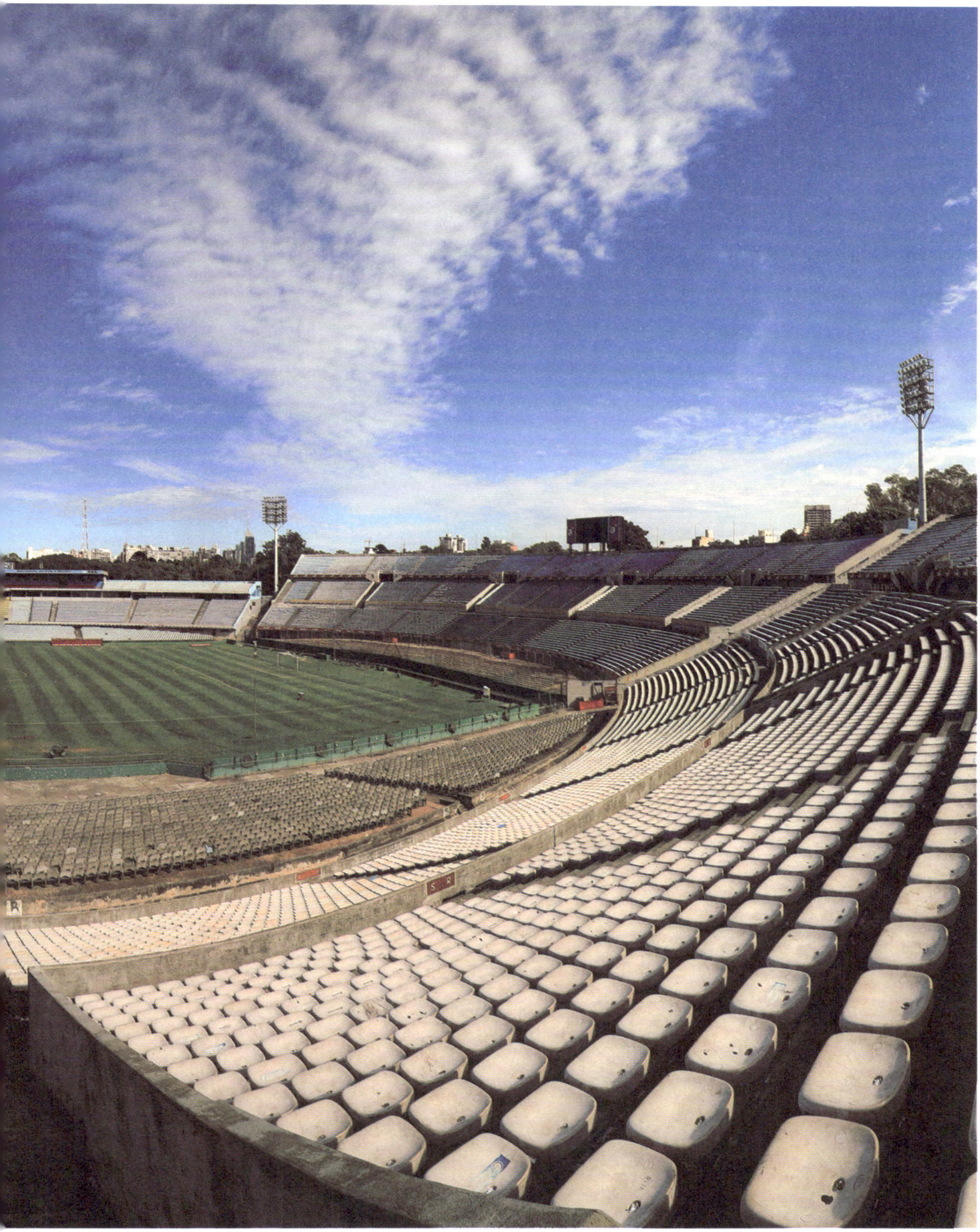

埃斯特角城：小心沙中之手！
　　——刘小可

　　从蒙得维的亚一路向东，大约行驶110公里，可以抵达乌拉圭乃至全南美上流社会的消夏胜地——埃斯特角城（Punta del Este）。"Este"在西班牙语中是"东方"之意，因此这里也称"东角"。

　　东角半岛东西两侧伸展着迷人的海滩。东临大西洋，惊涛骇浪如同咆哮的猛兽，一刻不停地冲击着海岸，人们将这个区域称为"狂暴海滩"。在这里游泳和冲浪需要相当的技术和勇气，但对于热衷海上运动的人来说，这恰恰是魅力所在。与"狂暴海滩"截然相反，半岛西部的海面常年风平浪静，由此得名"温顺海滩"。两处风格迥异的海滩为不同类型的旅行者提供了各取所需的活动场所。

　　当地人这样形容东角的夏天：白天，要么尽情体验各种海上运动，要么涂好防晒油，"砰"的一声倒在海滩上；晚上，去城里的夜店尽情摇摆，不醉不归。这是每年12月到次年3月东角的真实写照。而我们到来之时，旺季刚刚结束，游客大军已然散去，喧闹的游艇码头重归宁静，唯有灯塔依旧挺立，海鸥翩翩翱翔。这样的东角倒有一种别样的小美好。

　　"沙中之手，停车！停车！"我大声喊着。这只海滩上伸出的巨手是东角的标志性雕塑，由智利人Mario Irarrazabal用钢筋水泥创作而成，最长的一根手指比两个成年男子加起来还要高。这位艺术家的另一件代表作矗立在智利北部城市安托法加斯塔以南、泛美公路边的阿塔卡马沙漠之中。那是一只高达11米的完整的手，笔直地伸向天空；而东角这只手虽然仅有5根手指露出地面，其余部分埋在沙中，看起来却更加逼真，动感十足，仿佛随时会从地下伸出来，抓住周围的游客。强哥在五指之间的沙滩上盘腿而坐，像极了掉进如来佛祖掌心里的孙悟空，我趁机按下了快门。

　　东角全城面朝大海，临海的房子大多设有通透的落地窗和仿佛要延伸到海里的大阳台，足不出户就能欣赏大西洋的壮景。这里是上流社会的聚集地，诸多南美的名人富商在此拥有私家别墅。如果选择一栋别墅去探访，那一定是著名的"白房子"。

　　"白房子"是乌拉圭艺术家比拉罗设计的一幢白色建筑。它依山而建，面朝大西洋，充斥着不规则的线条，造型奇幻，让人有一种身在《龙珠》里那美克星的错觉。如今，别墅已被改造成博物馆和酒店，并有比拉罗的雕塑绘画在此展出。

科洛尼亚 - 德尔萨克拉门托
——刘小可

与东角遥相呼应，在蒙得维的亚以西180公里的拉普拉塔河入海口，坐落着另一座美丽小城——科洛尼亚 - 德尔萨克拉门托（Colonia del Sacramento）。她与东角像是一对风格迥异的姐妹花，一个古典，一个现代。这里还与阿根廷首都布宜诺斯艾利斯隔河相望，仅需一个小时的船程就能到达彼岸。

驱车驶入这座乌拉圭最古老的小城，仿佛回到了旧日时光，到处是殖民时期的风貌。我们把车停在林荫大道的路边，徒步行走在凹凸不平的鹅卵石街道上，这些曲折的小路通往城市的各个角落。不同风格的殖民建筑在科洛尼亚 - 德尔萨克拉门托随处可见，有记载历史的博物馆，有名家大师的故居，有充满艺术气息的画廊，有装饰考究的酒店。秋高气爽的季节里，古老的外墙上爬满了绿叶红花。在如此精致的小城，西班牙人也留下了一座武器广场，城市的主教堂就建在此处。

城墙和灯塔是科洛尼亚 - 德尔萨克拉门托的两个注脚。在古城边缘，一道厚重的石头墙沿拉普拉塔河边伸展，墙头上遗留着锈迹斑斑的火炮。殖民时代，河口地区是列强必争的战略要地。葡萄牙人于1680年在此建城，并通过拉普拉塔河将货物走私到对岸的布市；后来，西班牙人控制了这里，两国的纷争历时近百年。现如今，曾经剑拔弩张的军事重地已是一派太平盛世之景，小朋友们沿着城墙玩耍，爬上爬下；青年男女谈情说爱，你侬我侬；白发老者休闲垂钓，悠然自得。

矗立在河边的白色灯塔与粉色凤凰花相互衬托，构成了明信片式的美景。事实上，在这座精致的小城里，随手一拍就是一张怀旧电影般的明信片。而灯塔本身还肩负着城市观景台的职能，当我们爬到顶层居高远眺，浩瀚如海的拉普拉塔河一览无余。晴朗的秋日里，对岸的布宜诺斯艾利斯如海市蜃楼般"漂浮"在水面，亦真亦幻。回望小城，五颜六色的房子掩藏在茂密的绿色之间，唯有花团锦簇的主教堂清晰可见，它那标志性的"双塔"是城市的制高点。

沐浴在午后的阳光里，我们在河边找了一间露天酒吧坐下来，我喝着果汁，强哥吃着冰淇淋，有一搭无一搭地聊着天，看着河面上白帆点点，凤凰树下落英缤纷，这种慢节奏在我们的旅行中并不多见。聊着聊着，竟忘记了时间，直到夕阳在拉普拉塔河面上泛起金色的余晖，坐在河堤上的人也被映成了剪影。

134

沙中之手（埃斯特角城，乌拉圭）

An Adventure in South America and Antarctica

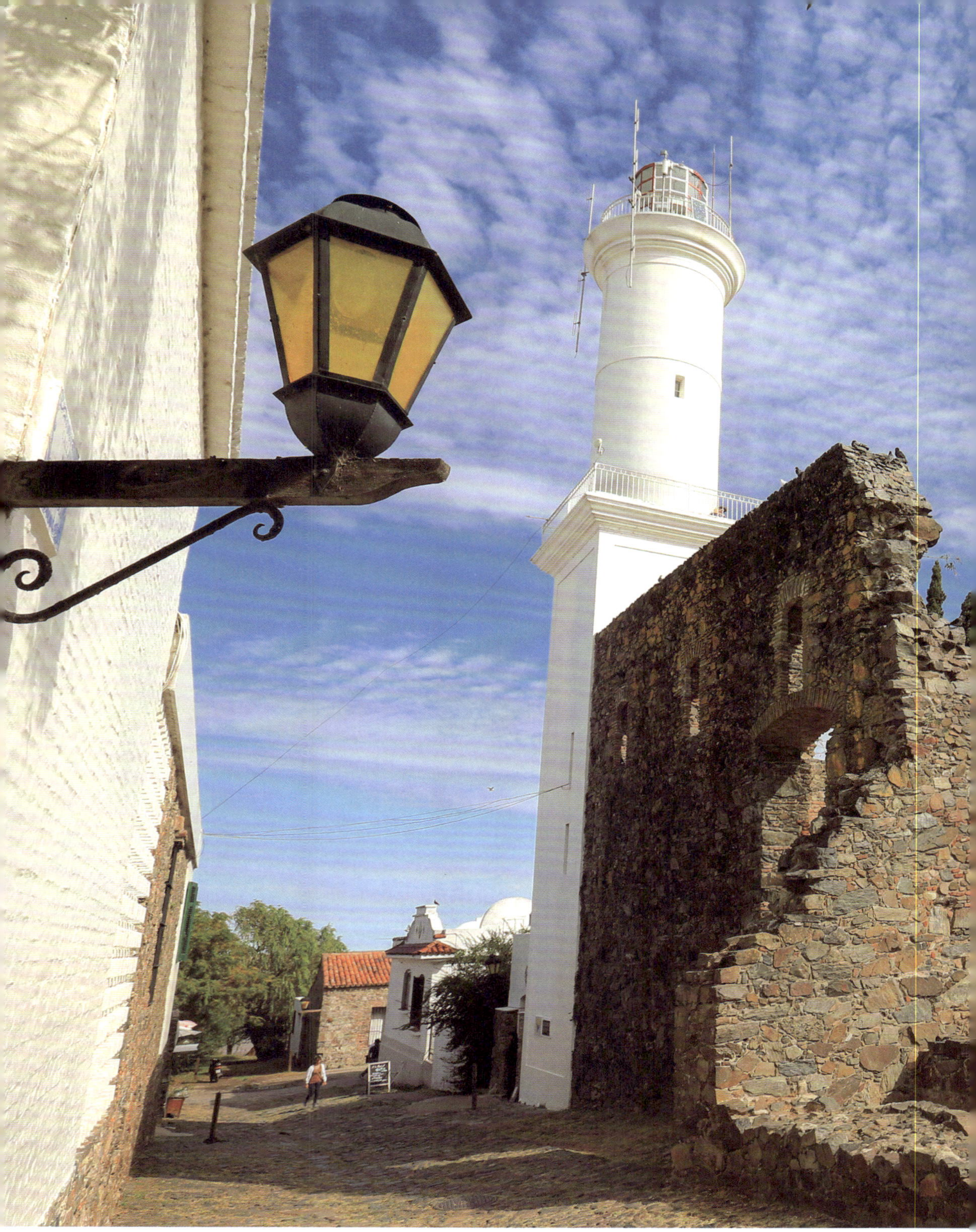

灯塔（科洛尼亚－德尔萨克拉门托，乌拉圭）

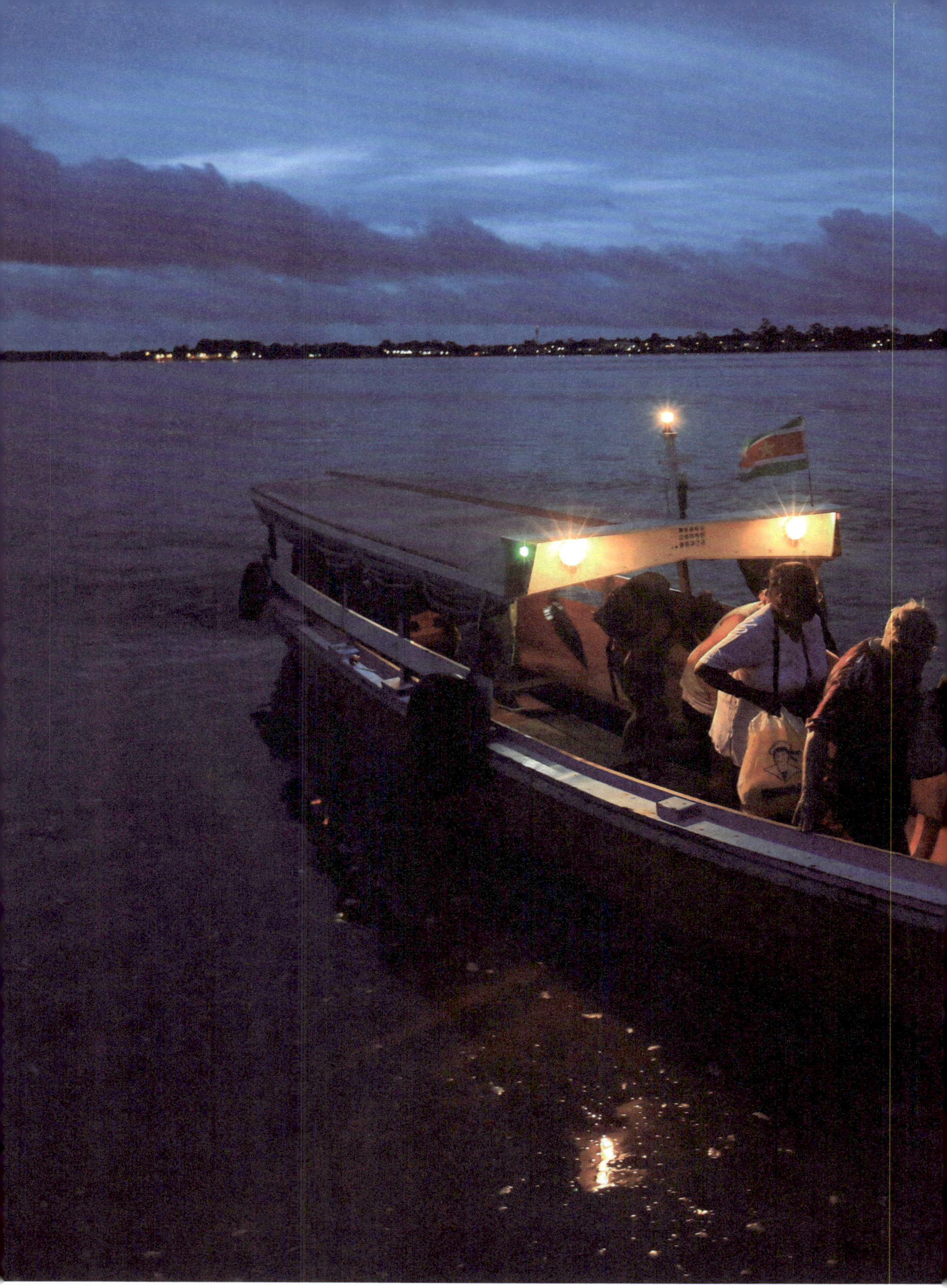

苏里南
Suriname

一个人也要走下去
——Mario

生活就像一盒巧克力，你永远不知道下一颗是什么味道。

——《阿甘正传》

当我们的南美生活进入第14个月，刘小可回国了，因为家人健康问题，归期未定。

我们曾经踌躇满志，要携手走遍南美，如今剩我一人，面对空荡荡的房间。我用工作来填满时间，从里约出差圣保罗，其间又打"飞的"往返巴西利亚，不管怎么折腾，一旦停下来，难免陷入低落。

"你去吧，反正那几个国家我也不怎么想去，你一个人要注意安全。"

我听得出，她在电话里强颜欢笑。

"你一定要回来，越早越好，别忘了我们的约定！"

于是，带着两个人的梦想，我独自启程。

格格不入的"北三小"
——*Mario*

对旅行者来说,南美洲的东北角就像一块"鸡肋"。弃了吧?可惜。去一趟?又觉得不值。这个地区分为三部分:圭亚那、苏里南,以及法属圭亚那,我称之为"北三小"。其中,前两个是独立的国家,后一个是法国的海外省,无论哪个,似乎都没什么存在感。

不值得去的原因有三:其一,交通不便;其二,消费不低;第三,去了到底玩啥?想到这里,大部分人已经打消了去的念头。但对我来说,那里的城什么样?那里的人怎么生活?需要亲自去一趟才能找到答案,这理由就够了。

我的第一站是苏里南,它位于圭亚那和法属圭亚那之间,旧称"荷属圭亚那"。这个南美洲最小的国家接近90%的国土被热带雨林覆盖,人口主要集中在北部沿海低地,与巴西交界的南部地区则是人迹罕至的深山老林,想从陆路过境,"门"都没有。

我从里约出发,飞到巴西北部城市贝伦,在机场耗了一宿,再搭乘苏里南航空的班机,经停法属圭亚那的卡宴,最终抵达苏里南首都帕拉马里博。别嫌旅途太折腾,这样的航班还不是天天有,根本没得挑。"北三小",就是这么任性!

事实上,在南美洲这个西葡语世界里,分别讲英语、荷兰语、法语的"北三小"确实有些格格不入。举个例子,在南美被视为宗教信仰般的足球领域,并没有"北三小"的位置,这三个国家或地区隶属于中北美及加勒比地区足联,而不是整体实力强大的南美足联。这也从一个侧面反映出,它们在文化上更认同自己的加勒比属性。

帕拉马里博：对立与融合
——Maric

从彭格尔国际机场进城需要一个小时，酒店的摆渡车帮我省下了这笔不菲的打车费，更重要的是避免了可能打不到车的窘境。之后，我便像个孤独的灵魂，游荡在帕拉马里博街头。

帕拉马里博，当地人称"帕博"。它地处苏里南河西岸，拐个弯就能看到大西洋，因此成为西方殖民者最早的登陆点和大本营。从16世纪开始，这片土地在西班牙人、英国人和荷兰人手中几经易主，直到1975年才脱离荷兰的管辖，正式独立。当年的非洲黑奴、亚洲劳工、欧洲殖民者在这里落地生根，逐渐融合，孕育出独具特色的多元文化。

木头城

帕博老城区保留着大量的殖民时期建筑，被联合国教科文组织整体列入世界遗产。与西葡系华丽丽的巴洛克风不同，这些建筑呈现出简约直线条的北欧味道。白墙黛瓦的欧式洋房大多不超过三层，它们看似风格统一，实则细节各异，每一栋的设计都独具匠心。最令人称奇的是，建造这些楼房的材料不是钢筋水泥，也不是砖头石块，而是——木头！在常年高温多雨的苏里南，这些超过百岁的木头房子依然历久弥新，简直是个奇迹。

最著名的木屋当属44米高的圣彼得与保罗大教堂。这座西半球最大的木结构建筑屹立在老城中心，前身是1809年落成的犹太剧院，1883年至1901年间经扩建改造成为教堂，保留下来的剧院正门距今已有两百多年历史。从外观上看，很难相信这座规模宏大的哥特式建筑是用木头建成的。黄蓝两色的外墙十分醒目，双塔对称而立，整体风格简洁而清新。

走进教堂内部，我终于心悦诚服，里边所有廊柱和拱顶都保留着木料的本色，让人一目了然，其工艺之精湛，也令人赞叹。当然，作为消防检查的重点对象，教堂里没有一根蜡烛，取而代之的是灯泡。

为什么当地人喜欢用木头造房子呢？答案其实很简单，因为树多。在地势低平的苏里南北部，找到木材显然比找到石材更容易。据当地人说，这里盛产质地坚实的硬木，这样的木材经过防腐处理，建成的房屋远比想象中结实得多。

前世今生

帕拉马里博就像个万能的容器，将许多看似矛盾的事物装在一起。比如凯泽街清真寺，这座地标建筑拥有典型的穆斯林穹顶和四个精致的塔楼，老远就能认出它的轮廓。令人惊讶的是，在同一条街上，与清真寺一墙之隔，居然坐落着1723年建造的犹太教堂，透过挂有白色六角星的大门，可以拍到清真寺与犹太教堂同框的奇景，这在全世界恐怕都非常罕见。

从清真寺往南，走到热闹的滨河路上，这里有全城最接地气的农贸市场，瓜果梨桃混合着臭鱼烂虾的味道在空气中飘荡。一路向东，经过码头和赌场，来到滨河路的末段，感觉像是从非洲的菜场穿越到了欧洲的广场。这里是苏里南的政治中心所在地，总统府、大法庭、财政部等重要机构都云集于此。同一条街，十几分钟，从菜市场溜达到总统府，大帕博就是这么神奇。

总统府是一座白色的宫殿式建筑，门前的广场上飘扬着多个国家的旗帜，其中也包括五星红旗。这片绿草如茵的广场还有个特别好念的名字，叫作"Onafhankelijkheidsplein"（请脑补一个尴尬而不失礼貌的微笑）。看了这个名字，我对学荷兰语的小伙伴心生敬意。哦，对了，它翻译成汉语应该叫"独立广场"。

在独立广场西侧，财政部的白色钟楼独树一帜。楼前的草地上树立着前首相约翰·阿道夫·彭格尔的雕像，这位胖胖的独立领袖凝视远方，露出和蔼的微笑。广场东边有一大片棕榈林，它曾是总统府的一部分，如今作为公园免费开放。继续向东，跨过一条小河，有几座豪华酒店和赌场。

穿过棕榈园的小径，我再次回到河边，古老的泽兰迪亚堡早已等候多时。这座五角形的军事要塞有着300多年历史，自古就是兵家必争之地。踏着红砖台阶登上斑驳的城墙，滚滚北去的苏里南河尽在掌控，锈迹斑斑的古炮口，似乎仍可嗅到昨日的硝烟。不少金发碧眼的荷兰人专门到此一游，追忆海上帝国时代一去不返的荣光。

好吃到哭的小炒肉

夜色渐浓，帕博街头灯红酒绿，只有华人商店还灯火通明，勤劳的同胞们经销着服装鞋帽和日用百货，走在这片街区，仿佛回到了中国的县城。

来这里并非闲逛，只为寻找可口的中餐。经过服装店老板的指点，我找到了一家湘菜馆。不知是过了饭点还是什么原因，挺大的店面就我一个客人。都说苏里南的中

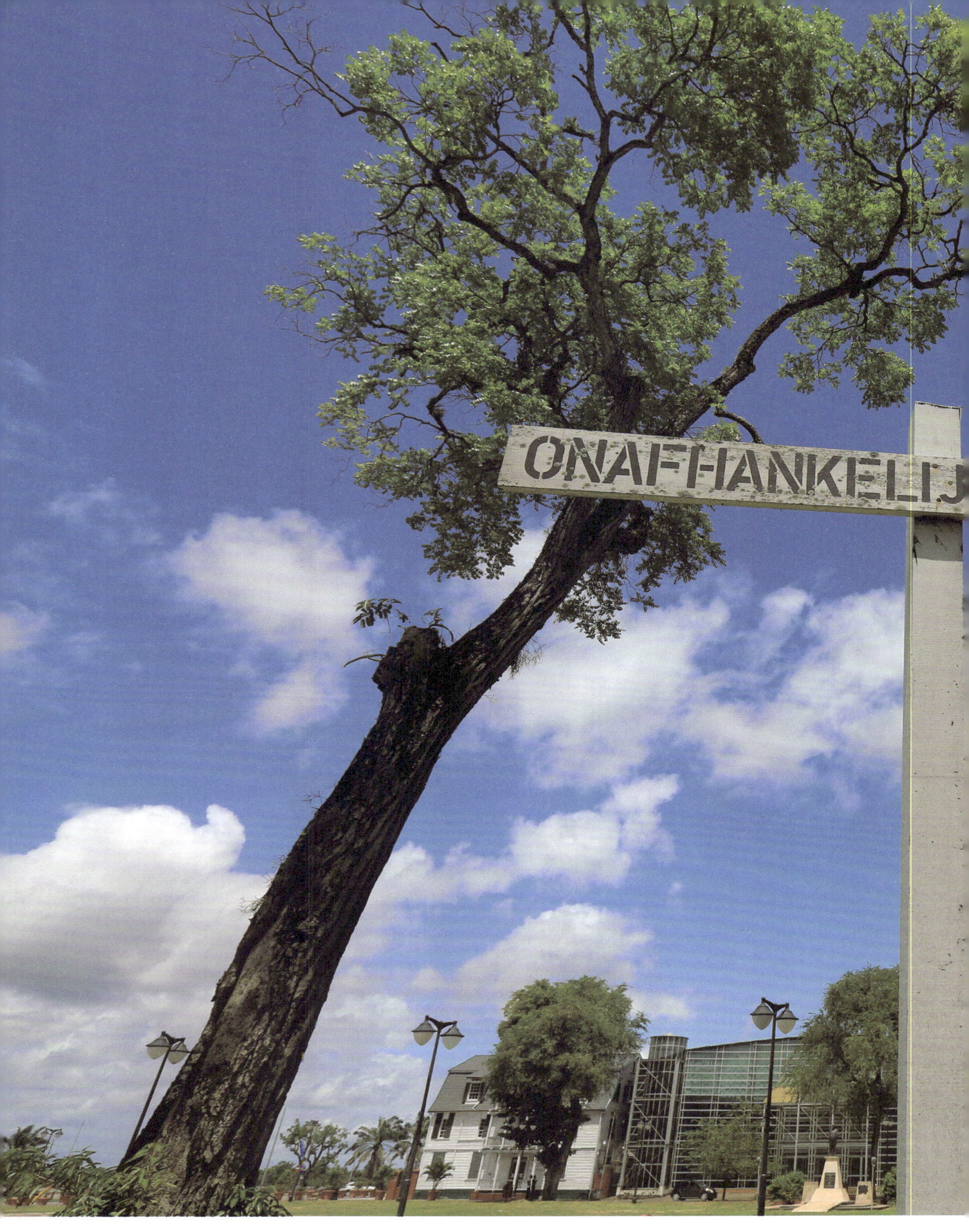
ONAFHANKELIJ

独立广场（帕拉马里博，苏里南）

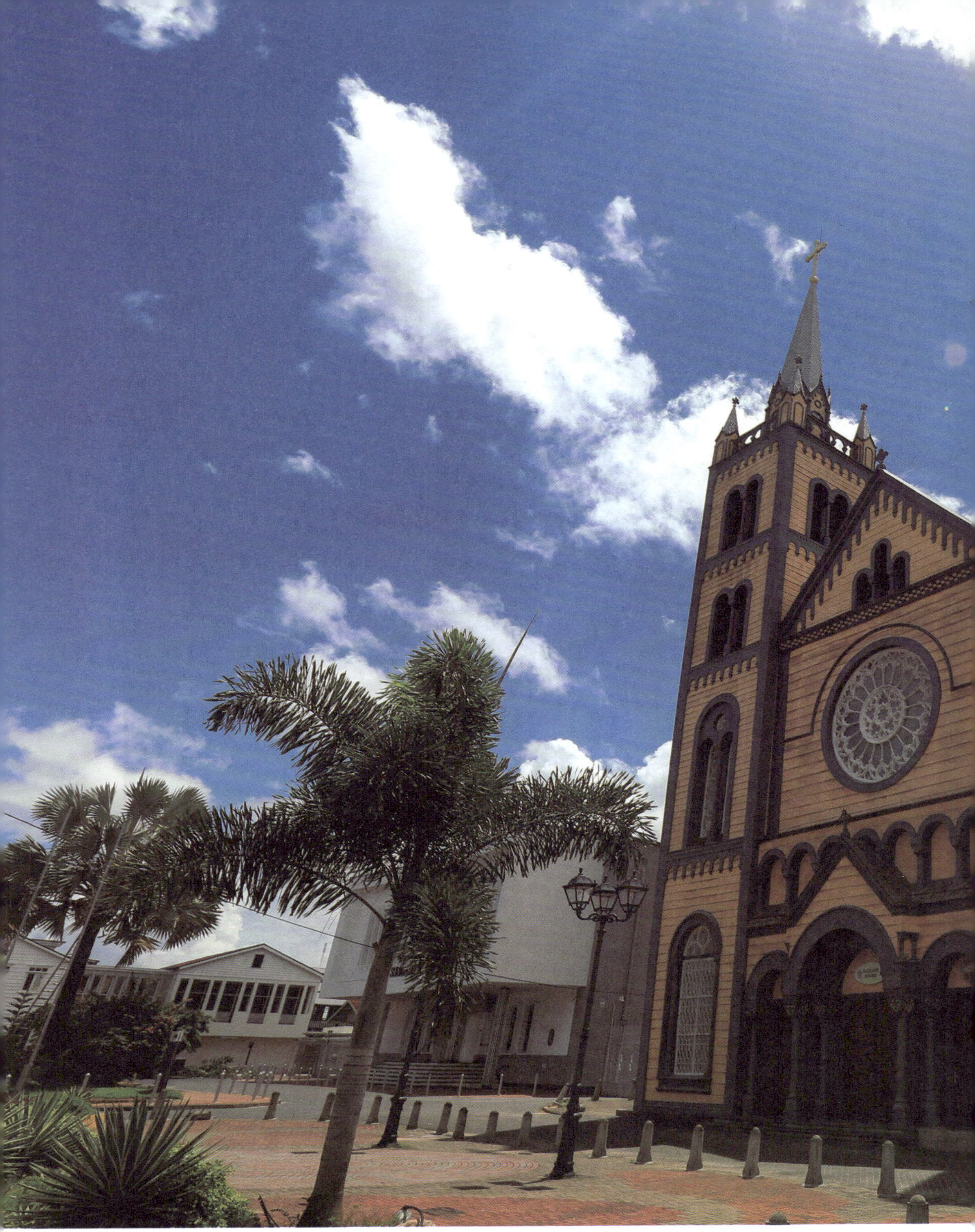

木头教堂（帕拉马里博，苏里南）

餐全南美最正,无论如何我得尝尝。

一盘小炒肉,一盘拍黄瓜,一碗米饭,再加一罐王老吉,这些家常饭菜吃得我"内牛满面"。来南美一年多,没吃过一顿像样的中餐,这味道太亲切!店里的服务员来自天南海北,有东北话,有山东腔,也有江浙口音,听着他们用久违的乡音神侃,我把分量足足的饭菜吃了个精光。

从那天起,我爱上了小炒肉这道菜,逢湘菜馆必点之。但再也没有哪家的小炒肉,能比得上苏里南的那一盘。

科默韦讷河日落
——Mario

苏里南只有两种天气：疾风骤雨带来的短暂清凉，以及雨过天晴后无休止的炎热。这样的天气里，坐在河边来一瓶冰镇的"帕博"啤酒，再惬意不过了。肤色黑黑的伙计端上了菜品，我呷了一口啤酒，看着眼前这道当地名吃"Pom"。这是一种用鸡肉烹制成的菜肴，属于克里奥尔风味儿，浓浓的汤汁形似中餐里红烧的做法，配上米饭、青菜和辣椒酱，有点中餐的意思。拿叉子戳起一块：嗯，味道还不错。

印度裔小伙瑞特什准时出现，他是前一天下大雨时送我回酒店的出租车司机。因为要去郊外码头坐船，我决定包他的车，顺便兜上一圈儿。去往苏里南河东岸，要跨过当地人引以为傲的尤勒斯·韦登博斯大桥。这座1500多米长的大桥并非常见的斜拉式结构，而是一座"拱桥"，由中间高两边低的多个桥墩支撑，可通航大型船舶。远远望去，大桥就像一道彩虹骑跨在苏里南河两岸。

开过大桥一路北上，我们来到了苏里南河与科默韦讷河交汇的三角洲地带，这块形似曼哈顿的地盘有个响亮的名字——新阿姆斯特丹。与泽兰迪亚堡遥相呼应，新阿姆斯特丹也曾是一座重要的防御堡垒。时过境迁，当年的火炮和军事掩体已淹没在稻田草丛之间，形成一座奇特的露天博物馆。科默韦讷河岸边生长着茂密的红树林，一个个小码头从林间探入水中，成为钓鱼的绝佳地点。我倚着栏杆站了半天，看到一条条肥硕的六须鲇被钓鱼者拎出水面，男女老少喜笑颜开。这样的生活真有点儿让人羡慕。

距离日落时间尚早，船老大发动马达将我们带到了一座河畔村庄。低矮的棚屋，纵横交错的水道，骑着摩托驶过木桥的黄皮肤少年，眼前的景象恍若东南亚的乡村。在苏里南，生活着为数不少的印尼后裔，他们的祖辈作为契约劳工到此定居，带来了东南亚的文化习俗。像这种印尼人聚居的村落，被称为"爪哇村"。品尝了一种类似炸油饼的点心，我们再次上船，直奔科默韦讷河与苏里南河交汇的水域。夕阳西下，开阔而平静的水面出现了躁动。

"看那边！"在向导手指的方向，两个尖尖的背鳍浮出了水面。是海豚！一会儿工夫，小船的前后左右都出现了海豚的身影，至少有十几条。这些聪明的动物非常喜欢与人类嬉闹，频频将半个身子探出水面，不时投来"邪魅的一笑"。金色的火烧云映衬着海豚的剪影，科默韦讷河的日落的确不负盛名。

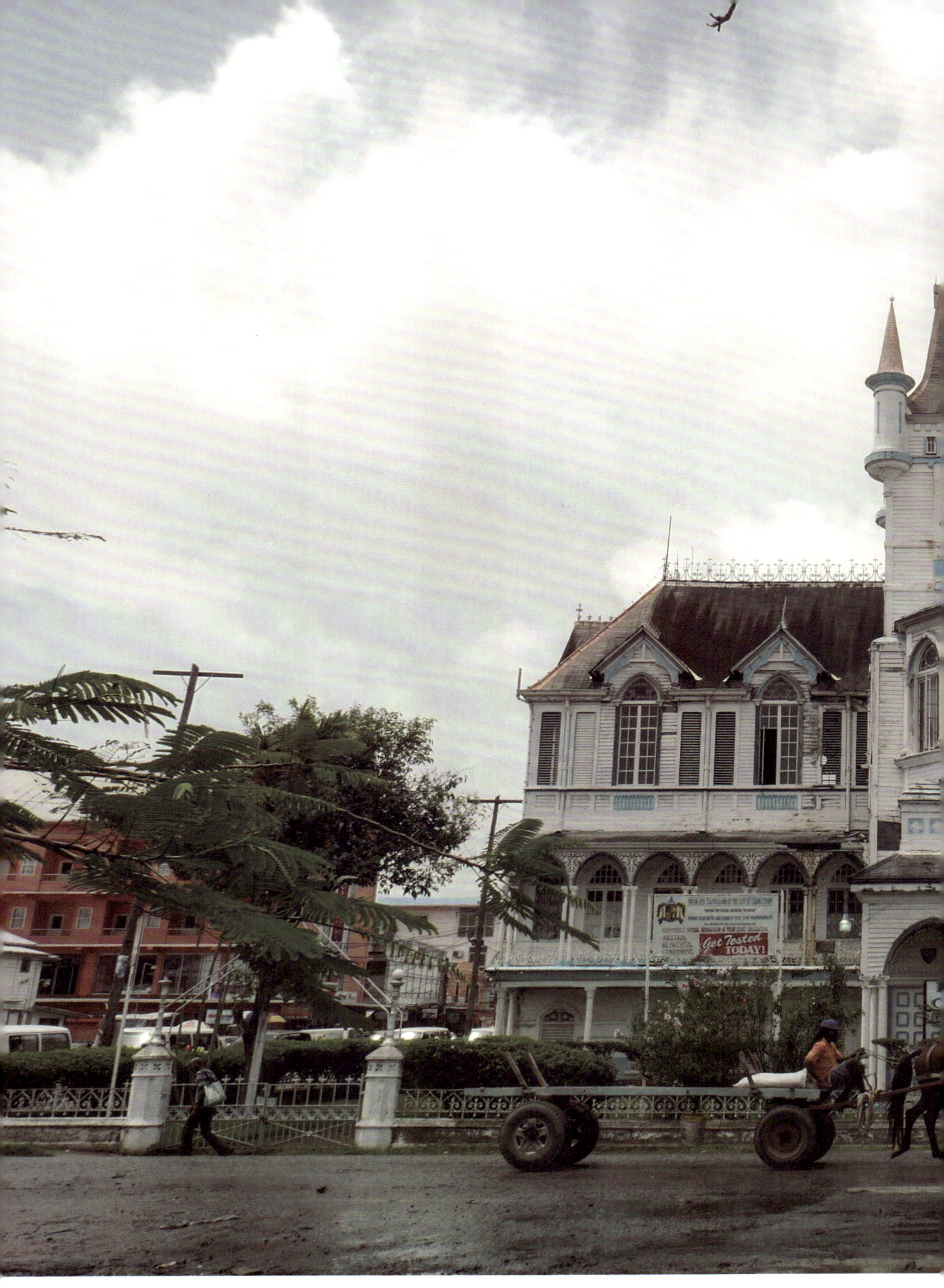

Get Tested
TODAY!

圭亚那
Guyana

他乡遇故知
　　——*Mario*

　　我：哥们儿，好久不见，听说你在苏里南？

　　翔少：是啊，我昨天还在，今天刚到圭亚那。

　　我：巧了！明天我也去圭亚那，约不约？

　　翔少：约！

　　社交软件是把双刃剑，有时会招来麻烦，有时也能带来惊喜。

　　我和翔少是几年前在西藏认识的。那年我去拉萨出差，因为感冒发烧挂了一夜水，当时援藏的翔少在医院陪了我一宿。

　　一别数年，我漂到了南美，翔少来到加勒比某国工作。通过朋友圈，我意外地发现他也正在"北三小"活动。

　　"明天我在乔治敦等你。"

　　"好嘞，不见不散！"

　　世界有时候就是这么小。

机场奇缘
——Mario

　　从苏里南飞到圭亚那只要一个小时，这两个相邻的小国也有许多相似之处。比如，它们都有茂密的雨林、奔腾的河流，都有一个靠近大河入海口的首都，以及一个距离首都老远老远的内陆机场。

　　走出契迪·贾根国际机场的到达大厅，为数不多的同机旅客已然不见了踪影，他们大多是本地人或苏里南人，瞬间作鸟兽散。剩下我这个"老外"，一脸茫然。

　　"嘿，朋友，需要出租车吗？"

　　一个长着油桶身材的大黑哥，用加勒比味道的英语跟我打招呼。作为前英国殖民地，圭亚那是南美洲唯一讲英语的国家。通常情况下，像这种主动搭讪的司机，我会直接拒掉，但这次我犹豫了，因为他是整个机场剩下的最后一个司机。

　　"呃……你好！"

　　我仔细打量着面前的大黑哥……紧身白T恤、纯黑墨镜、郭德纲发型。至于脸嘛，太黑，五官都没看清楚。

　　"欢迎来到乔治敦，我叫马克！"

　　"我是马里奥。"

　　握着马克厚实的大手，我脑袋里做着激烈的思想斗争。都说乔治敦治安比较糟糕，找个司机兼向导，既解决了交通问题，安全系数也会有所提升。只是眼前这位……能靠谱吗？

　　我试着说明了意图，马克脸上立刻乐开了花。

　　"没问题，包在我身上！"说完大嘴一咧，露出几颗参差不齐的龅牙。

　　谈好了价钱和行程，我坐上马克的出租车，开启了一段提心吊胆的乔治敦之旅。

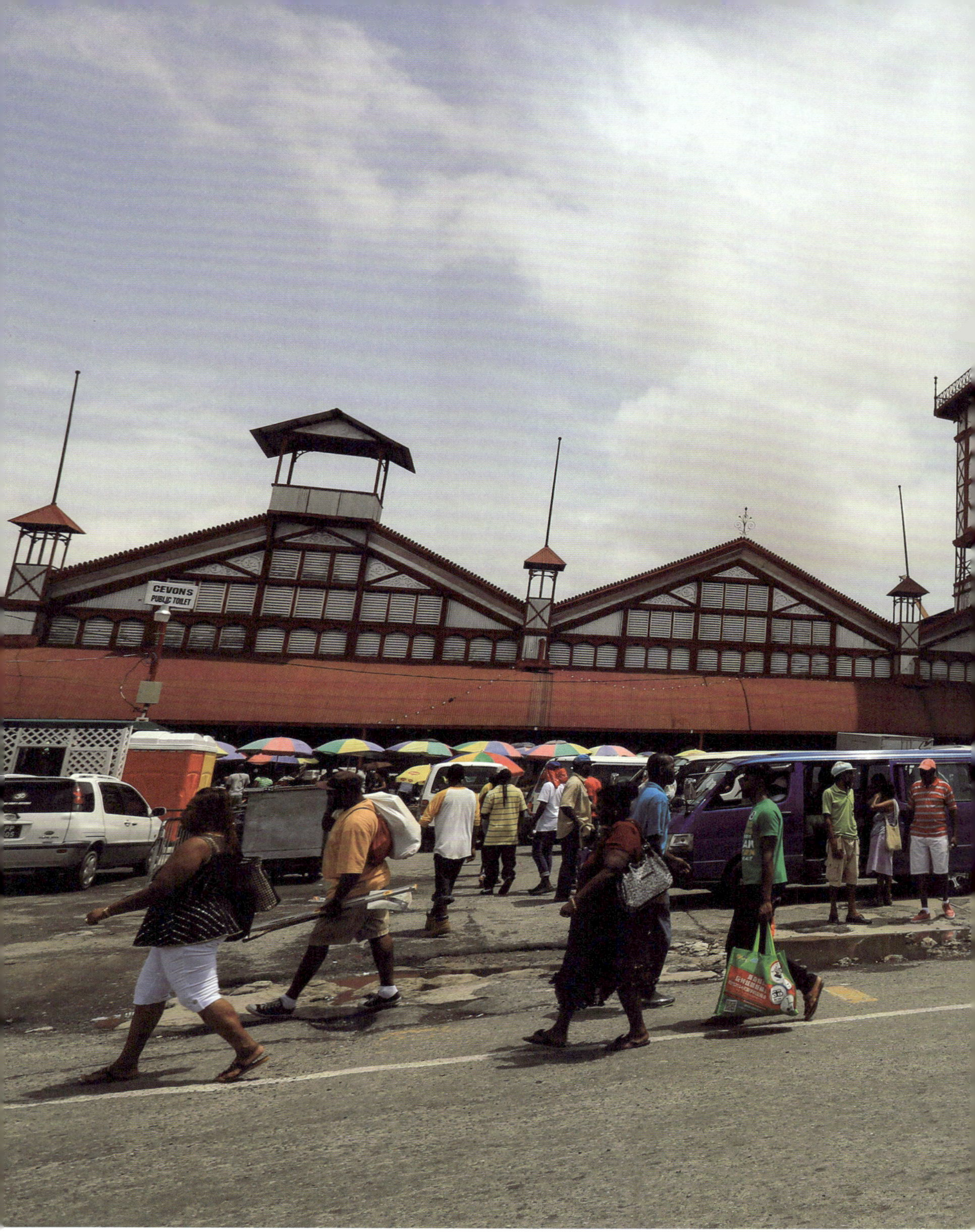
CEVONS
PUBLIC TOILET

斯塔布鲁克市场（乔治敦，圭亚那）

乔治敦：海平面下的都城
　　——Mario

　　说起"低地之国"，人们首先会想到1/4国土低于海平面的荷兰，以及那里著名的拦海大堤。鲜为人知的是，圭亚那首都乔治敦也有一条类似的堤坝，日夜守护着这座平均海拔负1.5米的"低地之城"。

　　德默拉拉河与大西洋缓缓交融，勾勒出乔治敦西北部的轮廓。19世纪末，荷兰殖民者修建的海堤在北部海岸线绵延伸展，成功阻隔了大西洋的潮水涌进这片与水面浑然一体的低洼平原。历尽沧桑，如今的海堤已成为乔治敦一道独特的风景，黄昏时分，携家人朋友漫步堤上，据说是这里的一种时尚。

　　马克是个不错的向导，进城的路上不停向我介绍：这是朗姆酒厂，那是印度寺庙……还主动在德默拉拉河边停车让我拍照。关于这条混浊的大河，马克称它为"生命之河"。在这个公路里程屈指可数的国家，柴米油盐、木材、甘蔗、矿产机械等各种物资都离不开这条重要的水上运输通道。

　　"这就是市中心了。国会大厦，怎么样，漂亮吧？"

　　望着马克所指的这栋二层粉色建筑，我一时不知如何评价。作为国会，它有些低调了。但与周围其他建筑相比，维护如新的外表确实能够彰显它不同寻常的地位，更何况院子里还有两门古董大炮。

　　乔治敦像一张方形的"大饼"平平铺开，道路笔直，街区规整，主要的"名胜"都相对集中。国会对面是圣安德鲁斯教堂，这座1818年建成的白色木质建筑是乔治敦最古老的教堂，仅在周日开放。转过街角便是喧闹的共和国大道，几栋醒目的古建筑在这里并排而立。红顶黄墙的最高法庭神似东南亚庙宇，门前的维多利亚女王石雕已成了"断臂维纳斯"。

　　真正吸引眼球的是旁边1889年建成的市政厅，这栋蓝白相间的木质建筑有着童话城堡般浪漫的外观，是哥特系与加勒比风情完美融合的代表，可惜因年久失修略显破败。据说，当局曾计划斥"巨资"翻新，终因财力不济而陷入停滞。与市政厅齐名的还有圣乔治大教堂，它是世界上最宏大的木质建筑之一，由外到内都采用当地特产的绿心硬木建造，纯白色的外墙看起来庄严圣洁。

　　但对我来说，整个乔治敦最有趣、印象也最深的地方还要数斯塔布鲁克市场。这座庞大的铸铁"怪兽"建于1880年，红灰两色的瓦楞铁钟楼是乔治敦当仁不让的地标。市场距离码头不远，周围鱼龙混杂，充斥着危险与刺激，几乎就是乔治敦的缩影。说实话，如果一个人带着相机在这里拍照，我会非常担心安全问题，好在有马克，他简直就是这片儿的地头蛇，各种黑哥黑姐见他都打招呼。

"嘿，都过来看看，这是我的中国朋友！"

市场外的杂货摊前，马克略带自豪地把我介绍给他的一帮黑哥们儿。顿时，我成了围观的对象，跟这帮戴着金链子、满脸匪相的兄弟稀里糊涂一通合影。

"警察来了，快走！"

马克这一句话把我吓了一跳。原来是他胡乱停车，差点儿被警察抄牌。时候不早，我赶紧跟热情的小黑哥们挥手告别，上车直奔机场。

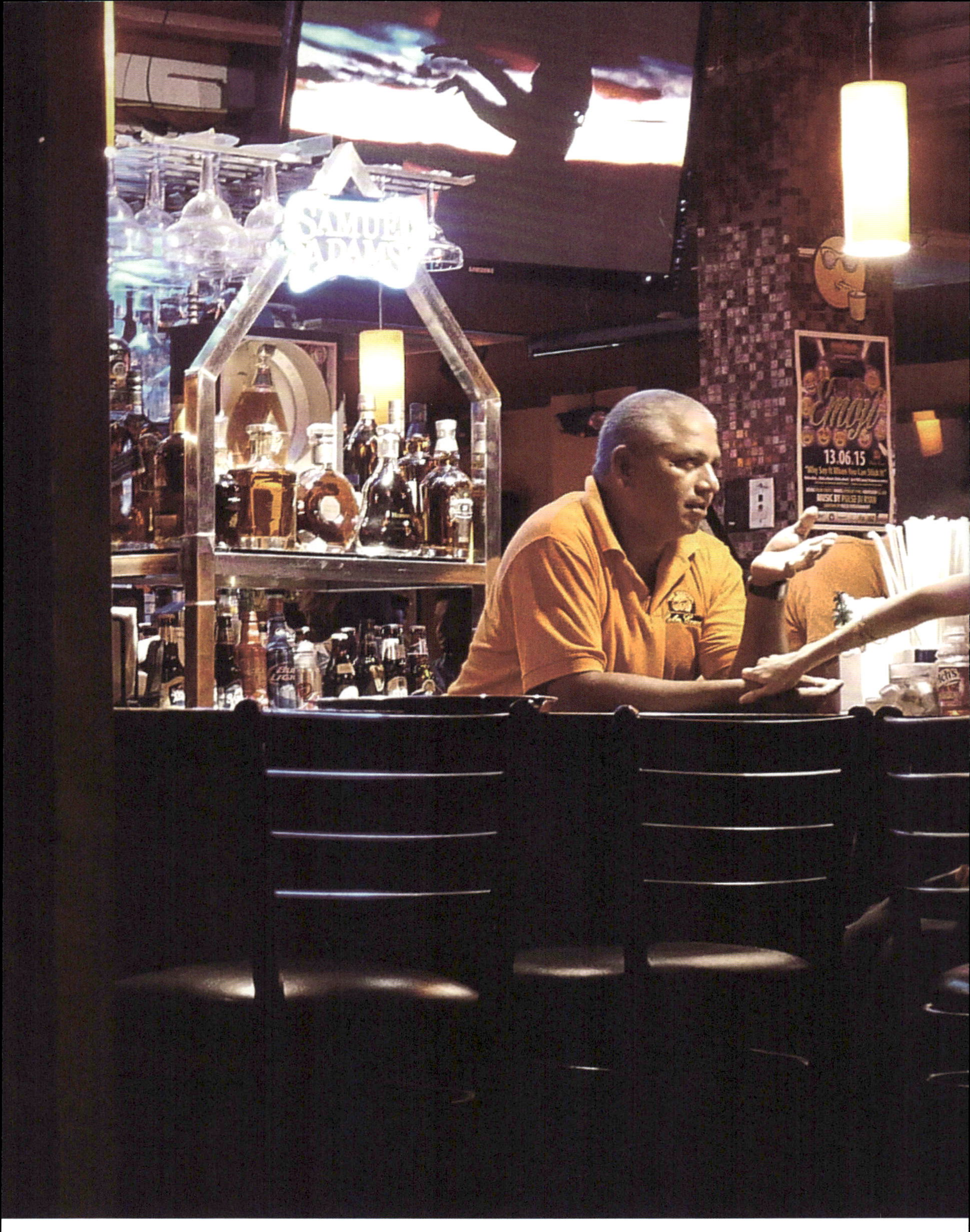
SAMUEL ADAMS
Emoji
13.06.15

夜生活（乔治敦，圭亚那）

An Adventure in South America and Antarctica

凯厄图尔瀑布：低调的大咖
——Mario

尤金·柯雷亚机场地处乔治敦东北角，主要起降小型飞机。当我们抵达简易的候机厅门口，翔少已经等候多时了。在他身边还有一位身材娇小的姑娘，一打听，原来是弟妹。

"票已经帮你买好了，准备出发吧。"

翔少的办事效率依旧超高。

临行前，马克掏出一张名片。

"下次来记得打电话给我！"

这个长得很"危险"的壮汉，用无可挑剔的工作诠释了什么叫作"人不可貌相"。我收好名片，跟马克拥抱道别，心中默默自语：不知何年何月才能再来。

如果说圭亚那有什么地方绝对不容错过，那一定是凯厄图尔瀑布。这个可与天使媲美、与伊瓜苏争辉的大瀑布，就像一位低调的高手，隐匿在圭亚那深不可测的原始丛林之中，深藏功与名。在南美旅行版图上，它是一个容易被忽略的"隐藏 Boss"。

从乔治敦前往凯厄图尔瀑布需要搭乘小型飞机。以上帝视角重新审视这座粗放的热带城市，可以看到它精致的另一面，德默拉拉河上的大浮桥亦令人叹为观止。然而，10 座的小飞机在云层中穿行，遇到强烈气流便会抖动不止。没过多久，空中居然突降暴雨，瓢泼般的雨水狠狠地拍在驾驶舱的玻璃上。那感觉，比在高速路上雨中飙车刺激多了。四周能见度几乎骤降至零，所谓"风雨飘摇"大概就是如此。好在机长身手不凡，凭借经验稳稳地飞出了降雨带。

舷窗之外，一望无际的热带雨林幽深得让人恐惧，埃塞奎博河犹如一条蜿蜒的巨蟒，盘绕在密林之间。就在这看似无法涉足的区域，一些黄色的泥坑若隐若现，机长说那是淘金者梦想一夜暴富的乐园。起飞大约一小时后，飞机在泥泞的林间跑道上成功着陆。

波塔罗河位于圭亚那中部，是埃塞奎博河的一条支流，凯厄图尔瀑布就"悬挂"在这里。1870 年，英国地理学家查尔斯·布朗在探险途中发现了这处惊为天人的奇观。到了 1930 年，英国殖民当局在此建立了凯厄图尔国家公园。

我们跟随公园向导徒步进入丛林，这是探访瀑布最后一段必经之路。林间雾气缭绕，地上溪流淙淙，运气不错的我们刚好避开了一场暴雨。受交通条件制约，这个蛮荒之地游客甚少，向导介绍动植物的声音在幽静的山谷中回荡，这感觉真好。

"注意你们的脚下，你可能正站在远古时代的地球上。"

我俯下身仔细观察，地上没什么泥土，而是整片的裸露岩层，像混凝土浇筑过一般坚硬无缝。向导解释说，这样的结构叫作"地盾"，与造山带相反，它是地壳最稳定、最坚固的部分。圭亚那地盾形成于十几亿年前，换句话说，我们真的是站在远古时代的地球表面。

轰鸣的水声由远及近，拨开茂密的草木，一条白色"巨龙"横空出世，在云雾中见首不见尾。我们按捺住兴奋，一路向前来到开阔地带，此时天空已经放晴，凯厄图尔瀑布终于揭开了神秘的面纱。每秒 660 立方米的河水从 226 米高、110 米宽的断崖上倾泻而下，势如万钧雷霆，直坠谷底，激起千堆雪，又似万马奔腾，咆哮而去。

与某些瀑布叠叠嶂嶂不同，凯厄图尔瀑布仿佛垂挂在一座巨型山洞之上，岩壁的天然凹陷使得瀑布下落时完全不受山体的阻挡和切割，更显气势磅礴。226 米的落差，相当于三个伊瓜苏瀑布叠加的高度，丰沛的水量让它当之无愧地成为世界上流量最大的单级瀑布。

一块探出悬崖的"勇者之石"隐藏在瀑布边缘，要想跟瀑布合影，那儿是最好的位置。当然，能否站在上面取决于个人的勇气，因为一不小心就可能掉进万丈深渊。而我们，显然都是勇敢且幸运的人。

……

夜色阑珊，乔治敦的酒吧喧闹依旧。一杯冰朗姆穿肠而过，混合着加勒比的狂野与亚马孙的神秘，那是圭亚那的味道。

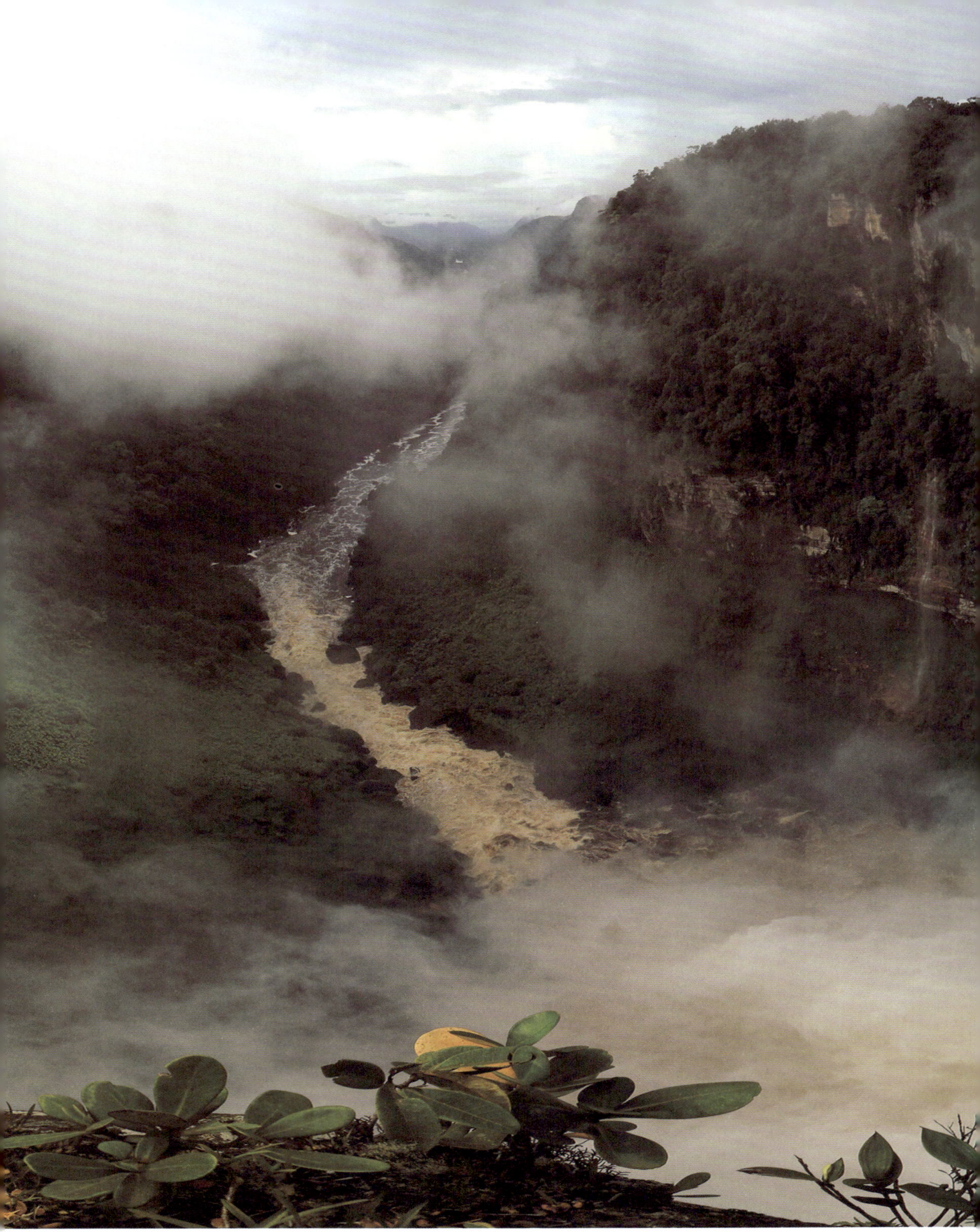

凯厄图尔瀑布（凯厄图尔国家公园，圭亚那）

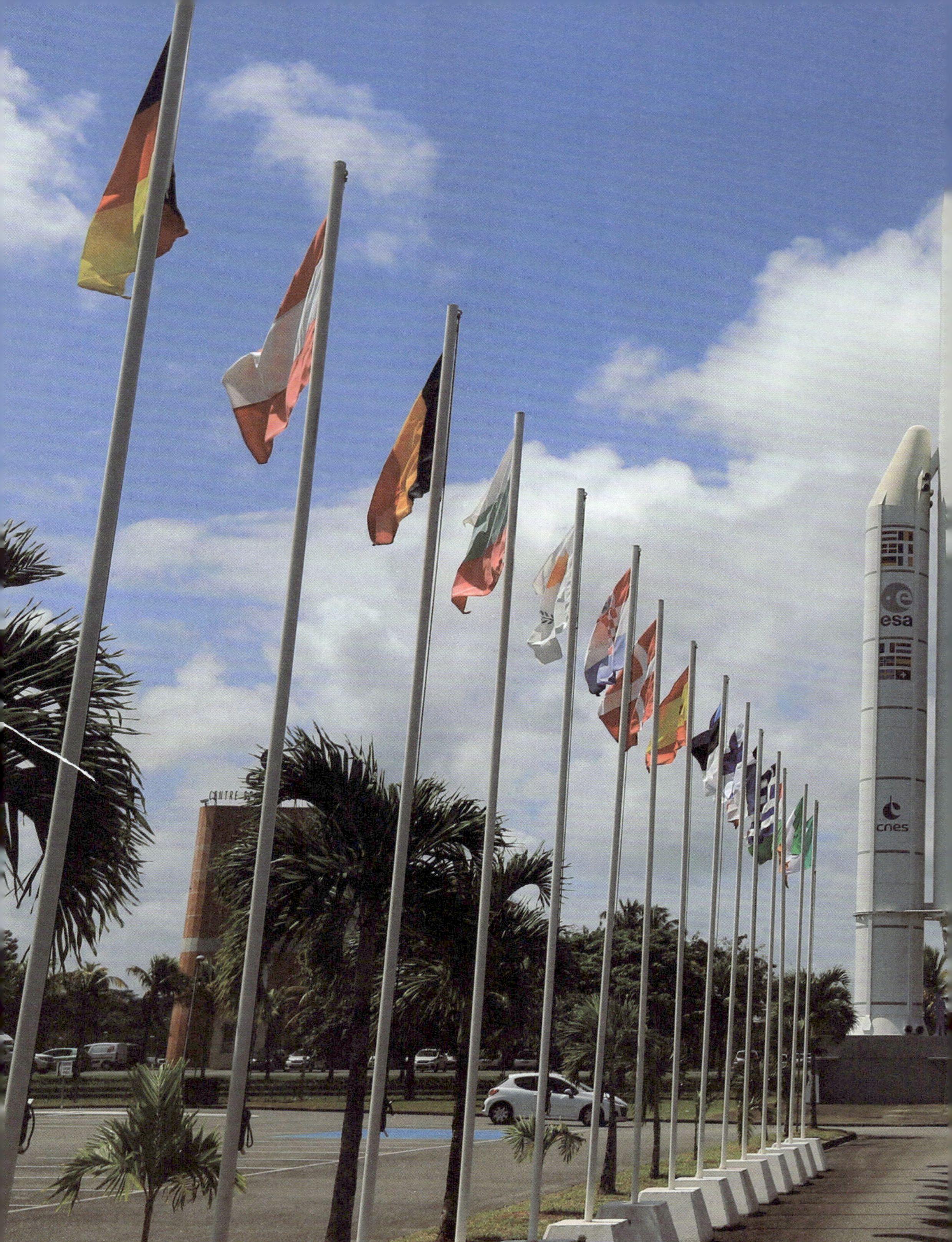
esa
cnes

法属圭亚那
French Guiana

南美的"欧洲"
——Mario

　　从前，南美洲有三个"圭亚那"，分别是英属圭亚那、荷属圭亚那，以及法属圭亚那。后来，前两个分别宣布独立，改名为圭亚那和苏里南，而另一个，至今还叫法属圭亚那。

　　在南美洲，法属圭亚那是个特殊的存在，它在"北三小"中面积最小，地位也与前两者不同。这里说法语，花欧元，奏马赛曲，挂法国和欧盟旗帜，受巴黎中央政府直辖。换句话说，它是法兰西共和国在南美大陆上的一片领土，欧洲联盟最西南的一块版图，而非一个独立的国家。

　　在这里，欧洲和南美跨越了大西洋的阻隔，亲密地"拥抱"在一起。法式的优雅与热带雨林的狂放剧烈碰撞，加勒比的激情与亚洲的含蓄温柔交融，形成了多元混搭的地域特色。

　　最重要的是，时隔几个月，当我正式踏上这片土地的时候，刘小可回来了。

卡宴：不只是豪车
——Mario

卡宴，一个响亮的名字，因保时捷的同名豪华 SUV 而家喻户晓。但可能很少有人知道，法属圭亚那的首府也叫卡宴。不过这里满大街跑的尽是标致、雷诺、雪铁龙，保时捷卡宴倒是一辆也没见到。

与帕拉马里博和乔治敦相似，卡宴也被野蛮生长的丛林所驱赶，蜷缩在卡宴河东岸、大西洋边的一隅。不同的是，这座小城拥有更加整洁的面貌和更少的人口。市内最漂亮的地方是长满高大棕榈树的中心广场，我们在 Les Palmistes 酒店的房间恰好对着广场的方向，推开古老的木质百叶窗，阳台上精致的锻铁栏杆和窗外浓浓的热带风情同时映入眼帘。这可能是全城性价比最高的酒店之一，因为这栋经典的"法圭式"建筑本身就是一道风景。

绕广场一周，可以看到几座其貌不扬的博物馆，它们记录着这个地区并不复杂的历史。相比之下，欧盟代表处的大楼就气派得多。两个街区之外的大教堂是城里最醒目的建筑，橙色的主体和现代的造型让人印象深刻。广场西侧有一座绿草如织的小山坡，上面坐落着 17 世纪的要塞遗址，木质的塔楼已变成"卡宴斜塔"，看起来随时可能倒掉，但这并不影响皮肤黝黑的少年在此玩耍。站在山顶可以轻松眺望全城，直至大西洋。

吃在法圭

在法圭旅行，时间概念非常重要，不是因为这里的人都有"守时癖"，而是因为在这个人少且慵懒的地方，大部分公共场所开放时间都很短，过期不候。时至中午，我们赶紧下山觅食。

中央市场是卡宴最热闹的地方，从手工艺品到香料，从服装到新鲜的瓜果蔬菜，这里应有尽有。但作为一个吃货，最不容错过的是这里的美食，越南河粉就是其中的代表。市场里的河粉摊由东南亚移民经营，狭窄的摊位前挤满了金发碧眼的男女，他们对碗里的东方美食赞不绝口。好不容易等到两个座位，我们点了一份蔬菜河粉，一份鲜虾河粉。

地道的越南米粉晶莹爽滑，秘制的牛肉汤底鲜而不腻，虾肉和蔬菜用料十足，挤

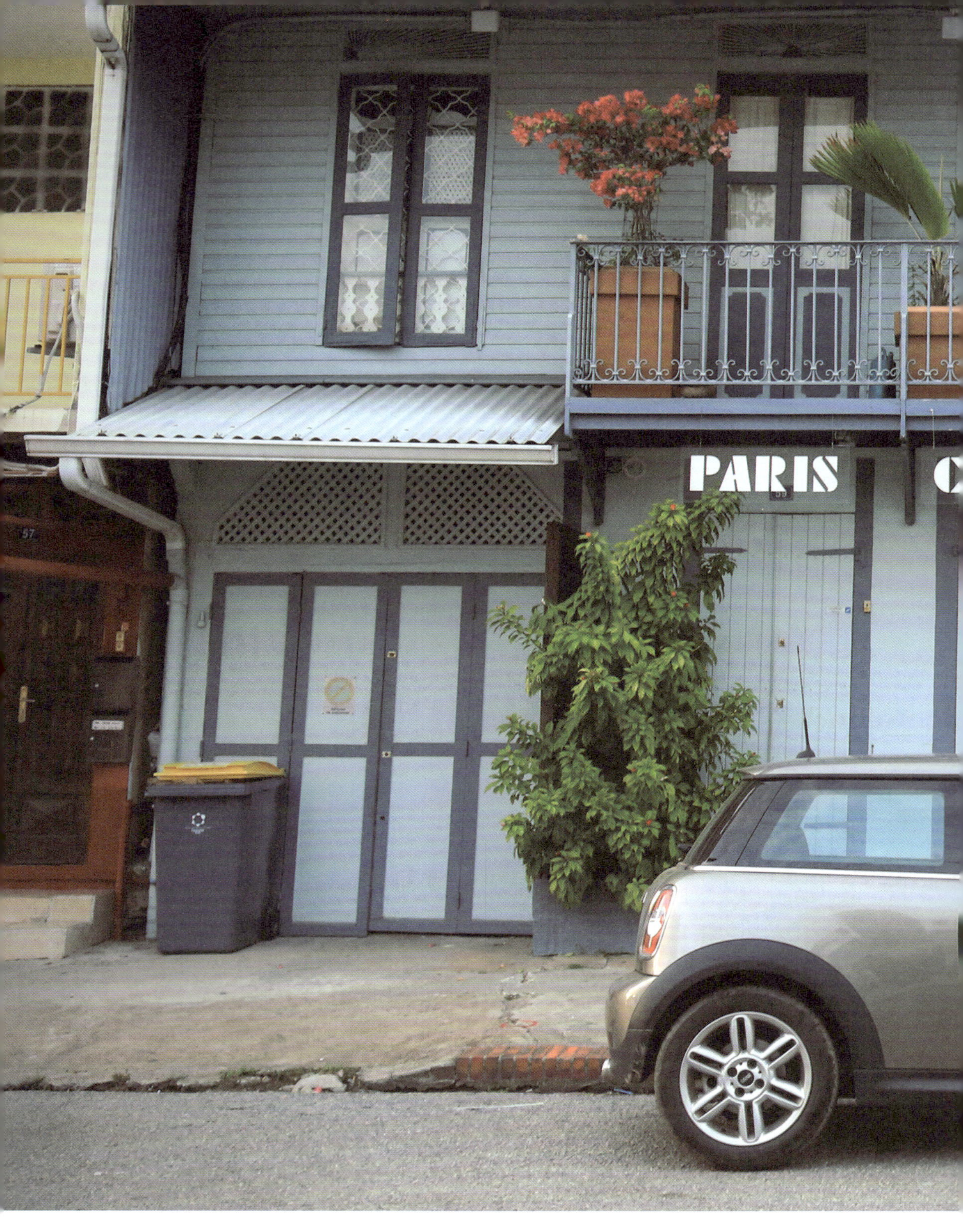
PARIS

街景（卡宴，法属圭亚那）

An Adventure in South America and Antarctica

170

吃河粉的女孩（卡宴，法属圭亚那）

An Adventure in South America and Antarctica

上半颗青柠檬，配着辛香的莲雾叶……这一碗无敌的汤河粉，的确是浓缩了亚洲美食之精髓，叫人回味无穷。

在闷热的卡宴，一碗热粉下肚必然大汗淋漓，对面的鲜榨热带水果汁正是解暑的不二之选。Cupuaçu（古布阿苏）是我的最爱之一，这种大如蜜瓜的可可果有微酸的白色果肉，加糖和冰块榨成果汁，味道清甜爽口。

当然，法圭是法国人的地盘，从早餐精致的法式小面包，到晚餐常规的比萨、意面，品质都不会让人失望。最惬意的要数黄昏时分，坐在 Les Palmistes 酒吧的木质露台上，吹着老式风扇，点一杯用朗姆酒、橙汁、甘蔗糖浆和冰块调成的小潘趣酒，看着身边穿着复古的法国佬喝到微醺，一种老电影的画面感浮现在眼前。

行在法圭

正所谓"吃易行难"，比起吃饭的舒适，在法圭出行就是一场对智慧、体能及运气的综合考验了。走在卡宴街头，汽车的数量远比行人多得多，这种状况使得所谓城市公共交通约等于零。烈日如火的午后，要想在街上撞见一辆出租车，大约跟撞见鬼的几率差不多。

瑞梅尔－莫乔里小镇位于卡宴东南8公里处，以拥有全法圭最好的海滩著称，酒店叫来的出租车把我们扔到这里。然而，这片原始的海滩并没有多少客人，海水比苏里南和圭亚那好那么一点儿，但依旧混浊，大河入海带来的泥沙让"北三小"的海滨魅力全无。欣赏了一会儿风筝冲浪选手的矫健身姿，我们决定打道回城。可是……车在哪里？

当我们意识到问题的严重性，便开始想办法"自救"。先是一个冲浪归来的小镇帅哥开着手动挡高尔夫，把我们从偏僻的海滩带到主路上。随后，我和刘小可就在快速路边竖着大拇指，拦起了顺风车。要说法圭还是民风淳朴，一位开雷诺的女士如天使般降临在我们面前。确认了大致方向相同，好心的姐姐一路把我们送回到城里。

凭借机智和人品，我们在第一次考验中顺利过关。但在举步维艰的法圭，这仅仅是个开始。

库鲁：探访欧洲航天发射中心
——Mario

如果你认为法圭只是法国的后花园、人与自然和谐共处的资本主义新农村，那就大错特错了。一百多年前，这里曾是杀人不见血的流放之地；一百多年后，航天科技已成为法圭的新标签。

库鲁，一个陌生的地名，但说起阿丽亚娜运载火箭，却是大名鼎鼎，无人不晓。作为欧洲航天科技的代表，阿丽亚娜系列火箭正是从法属圭亚那的库鲁点火发射，将一颗颗欧洲卫星送上太空。小城库鲁，也因此成为世界航天版图上的一颗明星。

从卡宴搭乘小巴一路向北，大约一小时就来到神秘的库鲁。这座宁静的小城没有市中心的概念，也找不出一条楼宇林立的主干道，只有一些公寓、民宅，以及餐饮、购物等基础设施，它的主要职能就是为太空中心及其工作人员提供保障服务。

圭亚那太空中心，即欧洲航天发射中心，坐落在库鲁西北郊外，是法属圭亚那最亮丽的一道风景。进入基地范围，首先看到的是太空博物馆大楼和广场上1∶1的阿丽亚娜火箭模型，欧盟成员国的旗帜列队飘扬。

这座由法国空间研究中心、欧洲太空总署和阿丽亚娜公司共同运营的发射场，地处北纬5度，是全球最接近赤道的发射场，拥有众多得天独厚的优越条件。首先，由于纬度低，从发射点到入轨点的航程大幅缩短；其次，得益于赤道地区的弹弓效应，发射能耗显著降低；此外，发射区不受热带风暴和地质灾害影响，周边海陆开阔，人口稀少。这些理想条件使得库鲁成为最忙碌的发射场地，全球近2/3的商业卫星都在这里发射升空。

来库鲁看发射，是法属圭亚那最诱人的旅游项目。在欧洲太空总署的网站上可以查询发射时间表，并预约观看区的席位。当然，也可以在库鲁的海滩上围观火箭腾空而起，与当地人一起欢呼雀跃。可惜我们不够幸运，两周前，这里刚刚进行过一次成功的发射，而下一次则要等到一个月后。在工作人员的带领下，我们参观了发射场地和博物馆，弥补了些许遗憾。

可可：深山里的老挝村
　　——Mario

　　在法圭旅行，最头疼的还是语言。靠着英语、葡语和有限的西语单词，我们闯荡了南美多个国家，各种情况都能随机应变，唯独在这里，被逼到了一筹莫展的窘境。比如，在库鲁问路和搭车，真是"一句话难倒英雄汉"。

　　好在"有人的地方就有中国人"，这句话一点儿不假。若不是亲身经历，我都难以相信这样的地方居然生活着这么多"龙的传人"，开超市的龙哥和开杂货铺的林姐给了我们热心的帮助。于是，"有困难，找同胞"成为一种新技能。

　　可可村坐落在卡宴西南75公里的深山中，交通闭塞。来自老挝的赫蒙族上世纪70年代为躲避战乱迁徙至此，过上了与世无争的安定生活。每逢周日，赫蒙人会举办集市，不少卡宴的城里人会举家到此一游。来得早不如来得巧，我们也想体验一番。但这次，找同胞也不灵了。

　　在卡宴的包车点，任凭我俩连说带比画，所剩无几的司机都摇着脑袋表示拒绝，原因是一致的，听不懂。其实，这也不能怪人家，因为我们也完全听不懂他们的话。郁闷至极不禁感慨：同胞啊，你们在哪里？

　　"Você fala português？"（你说葡语吗？）

　　在一堆乱糟糟的杂音当中，突然蹦出一句亲切的语言，我们像是找到了救命稻草！回头一瞧，声音的主人长相酷似巴西球星里瓦尔多。

　　"Sim! É brasileiro？"（是的，你是巴西人？）

　　幸福来得如此突然，华人同胞没遇上，巴西"同胞"来救场。我们的可可之行就这样出发了。

　　山路弯弯，绿树蓝天。一路上，我们用并不流利的葡语跟"里瓦尔多"聊得甚欢。"里瓦尔多"说，他的家乡在巴西最北部的阿马帕州，跟法属圭亚那仅一河之隔。这边的欧元要比那边的雷亚尔好赚，于是，机智的他就跑来这里打工赚钱。但异乡打拼也有风险，他很想念家乡和家人。我心旦默默为这个聪明又勤劳的巴西人点了个赞。

　　丛林环抱的可可像它的名字一样可爱，这里有清澈见底的河流和木质的吊脚楼。赫蒙族与中国的苗族同根同源，这一点，从他们的长相和民族服饰上都能得到印证。

周末集市相当热闹，我们抵达之时，停车场里已有不少远道而来的车辆。新鲜的有机果蔬、精美的手工刺绣、可口的东南亚小吃，都深得城里人喜欢。我们品尝了硕大的莲雾和鲜美的越南春卷，还有一种奇特的饮料更是让人叫绝。它由木薯球、罗勒籽、甘蔗糖浆、椰奶，以及一种红色的神秘果浆勾兑而成。这种冰爽甘甜的口感只在粤港地区的老字号甜品店里才能找到。

烈日炙烤着餐饮大棚，食客们个个汗流浃背，"河粉西施"技艺娴熟，忙而不乱。两碗鲜美的汤粉再次让两个吃货的味蕾得到了极大满足，这也是法圭留给我们最深刻的记忆。

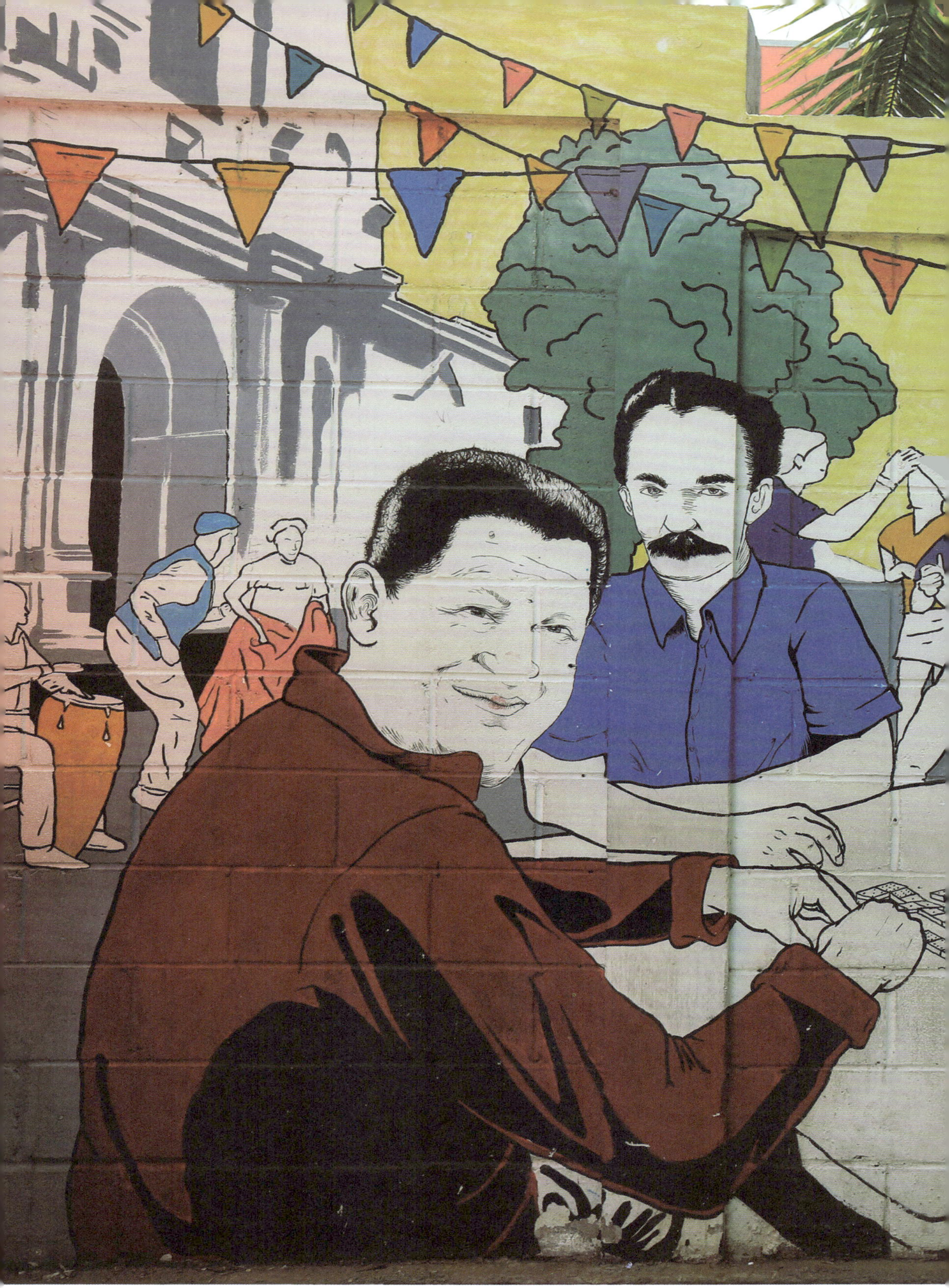

委内瑞拉
/Venezuela

"百变"尼尔森
——Mario

飞机在西蒙·玻利瓦尔国际机场坑坑洼洼的跑道上颠了几颠，慢慢减速、停稳。我靠着窗，无暇回味半空中瞄到的加勒比美景，脑袋里琢磨着那个即将与我"接头"的人。他叫尼尔森，从照片上看，40岁上下，白人，英俊如好莱坞影星，但除了手机号码、电子邮件和一个市内地址，我对他几乎一无所知，当然也无从判断那张照片的真实性。

我和尼尔森通过网络进行交易，出发前向他支付过一笔订金。按照他的指示，出了海关，在右手边靠近餐饮区的楼梯附近，我看到一名中年男子，手中拿着写有我名字的A4纸。显然，尼尔森对机场的环境了如指掌。

"你是尼尔森？"我走上前去，用英语问道。

对方摇摇头，伸手指了指我和纸上的名字。我明白他的意思，心里却本能地警觉起来。

"尼尔森在哪儿？"这位古铜色皮肤的大叔对我的反应并不意外，淡定地伸出右手，用带有浓重拉丁口音的英语说："我带你去见他。"

握手时我注意到，大叔的手腕上戴着一块明晃晃的"豪表"，于是我在心里默默地叫他"表叔"。"表叔"身材匀称，穿戴得体，灰褐色的短发打理得干净利落，举止间流露着中产阶层的从容，看着不像坏人。但为了安全起见，我还是要求与尼尔森通话，对一对我们约好的"接头暗号"。尼尔森在邮件中告诉我，加拉加斯生存法则之一：不要上陌生人的车。"表叔"拨通了电话，几句简单的西班牙语之后，把手机递给我。

"嘿，我是尼尔森……"话筒里传来地道的美式口音，尼尔森在邮件中提过，这是他的标志之一。我们在电话里简单确认了行程，包括一些只有我们两人知道的"秘密"。按照之前的约定，如果他不能亲自来机场，就用这样的方式接头。

"表叔"把我们的行李搬上车，这是一辆老款的三菱SUV，舒适而低调。到目前为止，一切都按照尼尔森设定的剧本向前发展。加拉加斯生存法则之二：从机场进城要格外小心。许多针对外国人的犯罪都发生在这段路上，其中既有冒牌出租车诱骗、绑架乘客，也有"摩托党"尾随正规出租车实施抢劫。按照尼尔森的说法，我们这车不容易引起劫匪的注意。

机场到市中心大约35公里，前半程要翻一座山，眼前的景色可以用三个字来概括：贫民窟——漫山遍野，阵势不输里约。公路两旁不时闪过荷枪实弹的军警，恍若回到了罗西尼亚或是阿勒芒（里约两大臭名昭著的贫民窟）。一小时后，车子在市中心的居民区里七拐八拐，停到了一栋高层公寓前。"表叔"再次拨通电话，几分钟后，楼门打开，一个矮胖的白人男子走了出来。我一眼就认出了那张脸，跟照片上一模一样，只是身材略有喜感……

　　"你好，我的朋友！欢迎来到加拉加斯！"我脑海中闪过一串电影场景，从《007》到《碟中谍》，再到《谍影重重》……男主几经周折终于见到神秘大Boss，却发现对方是曾志伟！没错，就是这种感觉……这个穿着花衬衫的小个子打扮得油头粉面，像个喜剧演员。四下张望后，他满脸笑容地将我们带进这个封闭式小区，锁好院门。

　　尼尔森说，本该亲自去机场迎接，不巧妻子感冒发烧，只好留在家里照顾，不过接下来的行动仍按计划进行。

　　"我叫尼尔森，主业是大学教师。"在"表叔"的车上，这样的开场白让我小吃一惊。尼尔森说，做私人向导只是他的兼职之一，目的只有一个，多赚美刀。在这个货币体系行将崩盘的国家，没有什么比手握美元更让人心里踏实。而"表叔"学名洛伦佐，在机场工作，有辆不错的车，于是两人一拍即合，勾搭成功。

　　我们首先来到附近一座商场，尼尔森带我们上到三楼，进了一家东南亚风格的高档餐厅。这是什么套路？我心里直犯嘀咕。

　　穿过大堂，来到视野开阔的阳台上。

　　"这是周边最好的观景台，且足够安全，我来给你们拍张合影吧。"

　　"啊……谢谢！"我们被这突如其来的跳跃剧情弄得有点儿凌乱，摆出几个僵硬的Pose。尼尔森自称"摄影师"，大概是因为个子小，他喜欢把相机举过头顶俯拍，偶尔也能出奇制胜。

　　"几位需要用餐吗？如果不是，这里不许拍照。"餐厅工作人员走过来，一脸不爽，语气礼貌而冰冷，场面有点儿尬……

　　尼尔森似乎早有准备。"这是我远道而来的中国朋友，我向他们推荐了这家餐厅，这几天可能经常光顾呢。"

　　小哥立马客气起来。"哦，欢迎欢迎，我们这儿白天是餐厅，有地道的亚洲菜；晚上是酒吧，可以畅饮到深夜，请随意参观！"临走还不忘递上名片。我心里暗想，尼尔森这个"老司机"不简单。

　　第二站，"老司机"要带我们"看点儿特别的东西"，于是驱车来到市内的一座

LA NACION
A SUS
PROCERES
LA NACION VENEZOLANA EXPRESA SU GRATITUD A LOS OFICIALES EXTRANJEROS QUE CONTRIBUYERON A LA CAUSA DE LA INDEPENDENCIA Y LES RINDE HOMENAJE EN LOS SIGUIENTES NOMBRES
GENERALES DE DIVISION
GENERALES DE BRIGADA
CORONELES
OTROS OFICIALES
BATALLAS

英雄大道（加拉加斯，委内瑞拉）

小山顶上。这里闹中取静，风景绝佳，可以清晰地俯瞰高楼林立的新城区。

"这是我为你们私人订制的观景台，旅行指南上绝不会有，"尼尔森自豪地说，"看那儿，美国大使馆。"

我用长焦镜头望去，半山腰上，星条旗随风轻摆，与远处查韦斯的巨幅画像相映成趣。不远的山坡上零散分布着豪华别墅，这里显然是富人区。尼尔森之所以熟悉，是因为他的学生住这边。除了在大学教课，他还利用自己的人脉，运作了不少富家子弟去美国读书。

"你知道，委内瑞拉的上流社会都乐于花大价钱送自己的孩子去美国，而我能帮他们实现这些，他们当然也不会亏待我。"我不禁感叹，不管什么样的乱世，总有些"神通广大"的小人物，不仅活得游刃有余，还赚得盆满钵满。

但尼尔森也有无奈的时候。他说，原本自己也是住别墅的，后来国家的经济每况愈下，治安也越来越糟，私家别墅成为歹徒们眼中的"肥肉"。他们一家只好放弃舒适的豪宅，躲进市中心低调但安全的高层公寓中。像他们一样，加拉加斯许多中产偏上的小土豪如今都不得不"夹着尾巴做人"。

当我们来到著名的"英雄大道"，正是午后阳光最刺眼的时候，平静的池水倒映着蓝天白云，高大的棕榈树衬托着史诗般庄严的纪念碑。尼尔森摇身一变，滔滔不绝而又不失风趣地讲述起英雄雕塑背后的故事。玻利瓦尔、苏克雷、米兰达……这些曾经叱咤南美的风云人物，他都如数家珍。直到这时我才相信，他真的是位大学老师。如果大学时代遇到这样的老师，这门课我应该不会逃。

不到一天时间，这个八面玲珑的小个子在我面前展现出几副不同的面孔，从"神秘特工"到"喜剧演员"，从"留学中介"到"大学教授"，天知道他还有多少种身份。不过对我而言，他是我在南美洲唯一请过的一位城市向导，他聪明博学，幽默健谈，热情而又鸡贼，总能恰到好处地完成任务。

当天下午，我们乘缆车来到海拔1000多米的阿维拉山顶看日落，怎料傍晚气温骤降，又恰逢当地假期，下山缆车要等3小时！老实巴交的"表叔"乖乖陪我们排队挨冻，狡猾的尼尔森却不见了踪影。正当我们满腹怨言的时候，他却如天使般出现，"变出"一件崭新的女士大衣，体贴地披在刘小可肩上。后来我问他大衣哪来的，他说老婆想要件新大衣，就去缆车站的商店转了转（实际是那儿躲着暖和），觉得款式合适就买了，今晚就送给老婆当礼物。

这就是尼尔森，一个非典型的委内瑞拉人，让我对这个国家的芸芸众生有了浓厚的兴趣。如果再来加拉加斯，我会邀他出来喝杯啤酒，听听他的新段子。

卡奈马：一张照片引发的"作死"之旅
　　——Mario

　　与尼尔森相识显然不是我们来到委内瑞拉的目的。尽管这个国家西邻安第斯雪山，南倚亚马孙雨林，北有风光旖旎的加勒比海，旅游资源极大丰富，但真正让我们心甘情愿冒着最高等级的危险，千里迢迢来"作死"的理由只有一个，979米的世界最高瀑布——天使瀑布。

　　故事要从半年前说起，1月的某个下午，楼下泳池里的比基尼妹子们像往常一样肆无忌惮地嬉笑打闹，里约的暑假模式懒散得令人发指。我躲在空调房里刷手机，盘算着即将到来的几天小假。突然，社交网站上的一张照片牢牢抓住了我涣散的目光：阳光下，丛林环抱的绝壁之间，一道利剑般的瀑布从云端倾泻而下，穿透半山腰的彩虹，在谷底激起缥缈水雾，所谓"银河落九天"应该不过如此。呆看了若干秒后，我打破沉寂："亲，咱们走起吧！"

　　照片上的瀑布隐藏在委内瑞拉西南部人迹罕至的深山之中。1937年，美国冒险家吉米·安赫尔（Jimmie Angel）来此淘金，他驾驶的小型飞机发生故障，迫降在一处造型奇特的平坦山顶。安赫尔凭借过人的毅力与勇气徒步跋涉11天，最终侥幸逃生，并意外发现了这处惊为天人的瀑布，后人为了纪念这段传奇经历，将瀑布命名为安赫尔瀑布（Angel Fall）。由于Angel在英文中有"天使"之意，瀑布之名便一语双关。

　　其实，在此之前，天使瀑布早已被列入我们的南美心愿单，只是鉴于委内瑞拉糟糕的治安状况，一直没有具体的行动时间表，这张莫名蹦出来的照片就像一支未掐灭的烟头，扔在了我心里干旱已久的草原上……

　　约会"天使"并不容易，第一个难题就是季节，1到5月的旱季，通往瀑布的河流水位降低，船只可能半路搁浅，在最糟糕的日子里，人们根本无法接近瀑布；而6到12月的雨季，水路通行不成问题，瀑布却常常躲到云雾之中，不肯现身。咨询了几家当地旅行社，得到的答复都是近期旱情严重，无法保证抵达瀑布，行动被迫告吹。

　　好事多磨，没想到这一拖就是半年，想想后边的一堆计划，7月应该是拿下天使瀑布最后的时间窗口。于是，心里祈祷着未来几天雨神休假，我们纠结地出发了。

约会"天使"的第二个难题：路途遥远。且不说从里约到加拉加斯那十几个小时的枯燥飞行（经利马转机），到了委内瑞拉之后，还得水陆空一通折腾。先从加拉加斯乘坐中型飞机飞到委国东南部圭亚那城的奥尔达斯港机场，随后驱车2小时转至玻利瓦尔城，换乘10座左右的小飞机再飞1.5小时，方能抵达天使瀑布所在地——卡奈马国家公园。此时，你仰天长叹：终于到了！然而，真正的旅程才刚刚开始。

卡奈马国家公园地处委内瑞拉与巴西、圭亚那的交界地带，占地3万平方公里，是全球面积第六大的自然保护区。辖区内河流交错，飞瀑纵横，热带雨林、稀树草原、高原台地等多种生态系统依次分布，是当之无愧的世界自然遗产。

飞机着陆的地方曾是距离天使瀑布最近的人类定居点，这个地处偏远的小村庄如今已成为国家公园的门户。一辆吱嘎作响的卡车接上我们，摇晃着开到了卡奈马湖畔的一处营地。这个湖面积不大，主要由卡劳河与其他几条小河汇集而成，湖中心的一组小瀑布群发出轰鸣的水声，远远就能听见。

最让人惊奇的是东岸方向"逆天"生长在湖水中的三棵棕榈树，它们为什么长在那里、长了多久，不得而知，但凭借爆表的违和感，这三棵树击败天使瀑布，登上了《孤独星球》的国家封面。靠近"三棵树"的岸边是一片平缓的沙滩，整个园区最豪华的度假村坐落在此，而我们的"经济适用型"营地则在湖的南边。

中午各自干掉了一盘煎鸡胸肉配米饭，又累又饿的我们满血复活。午后的活动是探索湖区周围的几个小瀑布，如果说天使瀑布是一顿大餐，那这些就是开胃菜。本地向导达尔文是个高高胖胖的大男孩，黝黑的脸蛋看上去也就十七八岁的样子，由于他的英语水平比我俩的西语好不到哪儿去，旅行社特意安排了一个日本妹子做翻译，这组合也是绝配了。同行的另外两对男女都是本地人，与达尔文沟通无障碍，于是达尔文讲、日本妹翻，我们登上细长的独木舟，向湖心岛出发。

行船过程中，可以近距离观赏湖心瀑布群。拍照之余我注意到，湖水色深且黏稠，瀑布周围漂满黄白色的泡沫，还没来得及思考原因，船已经靠岸了。接下来是一段丛林徒步，在路上，达尔文带我们认识了几种特色植物，包括能捕食昆虫的娇艳花朵，以及流淌出薄荷味液体的奇异树木。

行至路的尽头，一道"水墙"挡在了前方，这就是小有名气的青蛙瀑布。达尔文示意我们脱下鞋子，跟着他穿过去。我也早知道"湿身"在所难免，所幸穿的是速干衣裤，那就来吧！穿越的过程的确刺激，巨大的水流从头顶重重拍打下来，砸得脑袋直发蒙，不仅睁不开眼，甚至喘不过气，耳朵里都是轰隆隆的水声，我只能手摸着岩壁，双脚在湿滑的地上小心试探，心里咒骂这该死的瀑布怎么这么宽……

午后的阳光依旧毒辣，我们成功穿越了瀑布，没有人落水。站在开阔的河滩上，任凭身上的水汽自然蒸发，放眼望去，远方形状诡异的群山与脚下水雾蒸腾的河流之间，是一望无际野蛮生长的绿色，大萨瓦纳稀树草原在这个流水奔腾的季节里，散发出震撼人心的生命力。此刻，"天使"仍在远方，但我想，无论如何，这地方来对了！

奥扬特普伊：失落的世界，魔鬼的旅程
——Mario

1912年，英国作家柯南·道尔（没错，就是写福尔摩斯那位，他可不只会写侦探小说）撰写了一部科幻著作《失落的世界》。书中描述了一支探险队深入南美洲某平顶高原，意外发现了一个进化程度停留在亿万年前的世界，那里甚至生活着恐龙……柯大师的灵感并非纯粹来于脑洞，这部作品的地理背景正是委内瑞拉东南部的神秘山区。

天使瀑布就隐藏在这片大山之中，距离卡奈马营地70公里开外的某个角落，然而那里并没有道路可通达。探访"天使"的方式无外乎两种：要么坐小型飞机从空中俯瞰；要么乘独木舟沿水路逆流而上，再徒步接近瀑布。我们首选后者，因为当初那张令我兴奋不已的照片正是取自这个角度。

早餐时间，达尔文借着墙上的地图介绍了即将开始的旅程。简单地说，就是先坐半小时越野车，再乘4小时独木舟，然后丛林徒步1.5小时，就能到达"天使"脚下了。饭后，我们一行八人启程上路。

雨季天气多变，晚上还要露宿深山，速干衣、登山鞋、防水袋、驱蚊剂、手电筒一样都不能少，当然，还有我背包里那些宝贝的长枪短炮。铁皮卡车载着我们驶离大本营，沿狭窄的山路一顿颠簸，抵达了卡劳河上游的乌卡玛码头。刚到站，手持AK-47的小黑哥就给我们来了个下马威，他坐在敞篷皮卡上面无表情，这要是搁里约，我得扭头就跑。好在小哥的军装看上去还算正规，不像占山为王的游击队或毒贩。我微笑着冲他竖起大拇指，他也友善地点点头。

乌卡玛码头是水路开始的地方，而我们的交通工具是一条细长的木船，从头到尾约有10米，最宽处不到1米，由一整根巨木雕凿而成，真正的独木舟！船老大招呼我们坐好，只听耳畔引擎轰鸣，眼前水花四溅，一叶轻舟划破水面，直奔上游驶去。

按照达尔文的说法，这段水路是越往前难度越大，其间如果不幸搁浅，所有人都要下水，齐心协力推船前进。起初的航行波澜不惊，满眼青山秀水，仿佛身在桂林。但没过多久，一段搓衣板式的浅滩就挡在了面前，由于满载的船吃水太深无法通过，船老大只好将船靠岸，让我们徒步穿过这片稀树草原，他驾船到前方迎接。野草、矮树、低低的云朵、泥巴与茅草搭成的尖顶小屋，还有墙壁上趴着的蜥蜴，原始的大萨瓦纳美成了一幅画。然而只要稍作停留，成千上万只蚊子就会奋不顾身地扑上来，我们赶紧加快脚步，再次登船。

河道渐行渐窄，水流越发湍急，蜷了一个多小时的屁股也是相当酸爽。达尔文扔来几个剪掉上半截的矿泉水瓶，还没弄明白怎么回事，一个大浪打来，半边身子瞬间湿透，船里也进了水。达尔文笑嘻嘻地比画着，示意大伙往外舀水，原来瓶子是干这个的！就这样，一边舀，一边灌，我们的脚还是一直泡在水里。

"Auyan-Tepui!"顺着达尔文手指的方向望去，我简直不敢相信自己的眼睛。不知何时，我们的正前方出现了一座造型奇幻的大山。印象中的山，应该是下宽上窄的锥形结构，否则怎能立得稳？而眼前这座，从正面看几乎是方的！两侧的轮廓线直上直下，山顶也是刀劈斧削般平坦。它仿佛巨人世界里的一截树墩，从天而降，突兀地戳在地平线上。

"这就是传说中的奥扬特普伊（Auyan-Tepui）？"

日本妹点了点头："所谓Tepui，在当地语言里是平顶大山的意思，而眼前的这座，就是叫作'奥扬'（Auyan）的平顶大山。"

由于地质构造的特殊性，委内瑞拉东南部分布着许多这样奇特的平顶山，它们也是卡奈马国家公园的招牌之一。而奥扬特普伊之所以出名，是因为天使瀑布藏身其中，也只有这种峰顶平坦、山体陡峭的奇特地貌才能孕育出落差如此巨大的瀑布。

独木舟蜿蜒前行，一个急弯之后，两岸山势陡起，我们进入了另一条支流——丘伦河，天使瀑布就在它的上游。晴空下，奥扬特普伊笼罩着谜一样的云顶，不知里面住着神仙还是妖怪，而这段水路还有个好听的名字——魔鬼峡谷。从空中俯瞰，奥扬特普伊是个"M"形状，也像一只魔鬼的爪子，而我们的终极目标就在这"爪缝儿"深处。

这是一段让人欲仙欲死、欲罢不能的旅程。嶙峋的怪石与张牙舞爪的树枝不时探入河中，一个躲闪不及就会人仰船翻，船老大唯一的助手抄起了桨，在激流险滩中左撑右顶，大浪一波又一波袭来，尖叫声此起彼伏，魔鬼峡谷果然名不虚传。

然而，机智的我很快便发现了更加诡异的事情，这条河里的水居然呈血红色！我那摇摇欲坠的三观瞬间碎了一地，这是在拍恐怖片吗？！后来听说，这种异乎寻常的色彩可能来自植物腐烂后产生的丹宁酸。但无论如何，血红的河流与魔鬼峡谷这种恶名联系起来，不禁让人浮想联翩。反正，这水我是不喝。

在一处落差较大的狭窄河道，我们的小船被巨石卡住动弹不得，后来在浅滩，螺旋桨又被石头打弯，好在经验丰富的船老大总能涉险过关。4小时过后，我们成功抵达了老鼠岛营地，"天使"的侧颜已清晰可见！

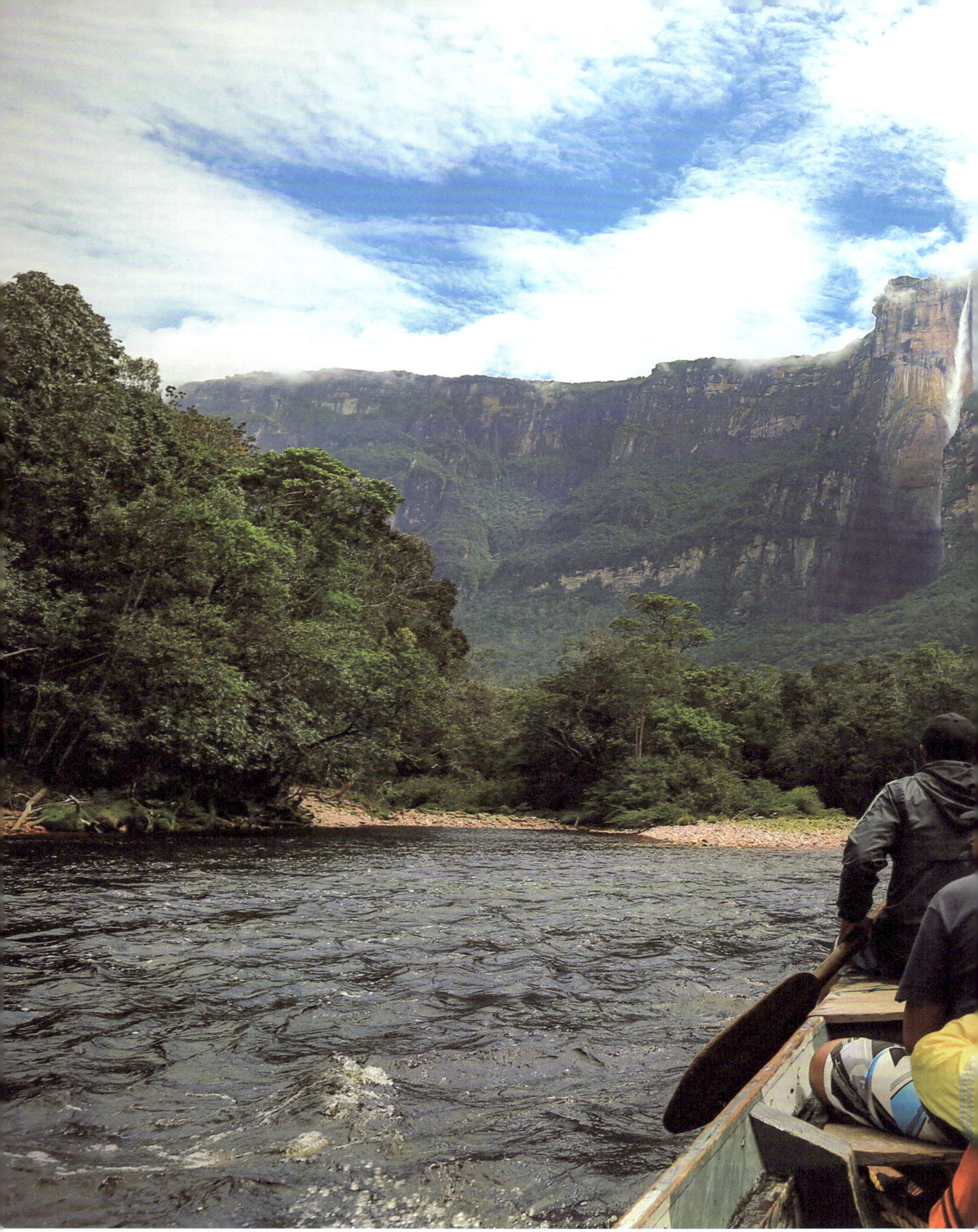

远观天使瀑布（奥扬特普伊，委内瑞拉）

在天使瀑布里洗个澡
——Mario

所谓营地，就是在河边土坡上立几根柱子，再搭个顶棚，有点儿像国内的自行车棚。好消息是营地居然有厕所，坏消息是厕所不能冲水……向导给每人发了一个简易版三明治、一听可乐，算是午餐，然而我并没有什么胃口，恨不得马上冲到瀑布去。

徒步的开始，是蹚过一条河，没错，只能蹚过，之后踩着鹅卵石河滩溯溪而上，进入遮天蔽日的热带雨林。阳光透过叶缝在松软的地面投下斑驳的印记，闷热的雨林里除了潺潺水声，就只剩自己的呼吸。如果说有什么动物让人印象深刻的话，那除了蚊子，就是苍蝇。这里有一种大个儿的黑蝇非常讨厌，它咬一口，比蚊子狠十倍，而且叮上就不松口，肿起的大包又疼又痒，还会在表皮下留一个硬疙瘩，久久消不掉。最让人头疼的是，各种驱蚊剂都对它无效，谁让人家是苍蝇呢？

我顾不上被咬了多少个包，踩着裸露的树根，闷头向山上攀爬。耳边的水声越来越大，爬上一块巨石之后，感觉头顶的天亮了，这个小山头从密林中探出，是一处天然观景台，对面就是奥扬特普伊高耸入云的绝壁。猛抬头，只见一道细长的白练挂在半空，它从缭绕的云雾中来，向幽深的谷底奔去，上不见首，下不见尾，如天使般冷艳、神秘。

"Salto Angel！"（安赫尔瀑布）达尔文呼呼喘着气，带领其他人赶了上来，狭小的观景台立刻变得拥挤。我仔细打量着这条"来自云端"的瀑布，感觉如梦似幻。979米什么概念？世界最高的迪拜哈利法塔828米，世界最大的尼亚加拉瀑布高54米，于是天使瀑布跟哈利法塔之间，也就差了三个尼亚加拉！

所有人都拿出相机，轮番与"天使"合影留念，可就在这时，山间风云突变，头顶的云雾犹如一层白纱缓缓落下，罩住了"天使"的面庞，零星的雨点也随之飘落，我最担心的事情到底还是发生了，这就是雨季。我看看达尔文，他也只能无奈地耸肩摊手，示意我们跟着他继续前进。当我们踩着湿滑的石头下了山坡，一个大水潭出现在眼前，这着实是个意外惊喜！

"下去洗个澡吧！"达尔文带头跳进水里，三下两下游到了潭中间的大石头旁，几个委内瑞拉男女也紧随其后，我看着这一潭微微泛红的水，有些犹豫，但又一想，这可是天使瀑布的水啊！来吧！微凉的潭水刺激着浑身每一处毛孔，有种说不出的爽,大概是因为历尽艰辛才来到这里,总算得到了"天使"的一点儿回报吧。

雨势渐起,我望着若隐若现的瀑布,心有不甘地转身下山,期待已久的一次约会,难道这就是结局?忽然间,低空中一声闷雷响过,天色骤暗,瓢泼大雨以迅雷不及掩耳之势浇灭了我的一切幻想。雨水裹挟着泥浆沿着山坡滚滚流下,汇成一条条混浊的小溪,爬满树根的地面变得异常湿滑,下山的路步步惊心。我用防雨罩遮好背包,祈祷相机不要受潮,至于人嘛,只能"洗淋浴"咯。雨水模糊了视线,达尔文砍下一支巨大的芭蕉叶让我扛在肩上挡雨,这天然的雨伞还真管用,如果没有它,后背上的雨水肯定把背包湿透了。

当我们带着满身泥水回到老鼠岛营地,天都要黑了,一个个狼狈不堪,欲哭无泪,只好傻呵呵地笑着。篝火升起来了,我们脱下湿漉漉的衣服,拧完水,到火边烤干。这时候,一股带着野性的香味袅袅飘来,另一个火堆上,粗树枝穿着的一只只烤鸡正滋滋冒着油光。原始的环境加上原始的烹饪方式,彻底激发出人类对食物本能的欲望。开饭啦!此时此刻,奥扬特普伊山脚下,这顿篝火烤鸡完爆世界上任何一家顶级餐厅。

人们围坐在长条桌前,火光温暖着每一张脸,这时我才发现,原来营地里还有另一拨人。他们来自马拉开波,委内瑞拉著名的石油城,为首的土豪哥看着年纪不大,但两个儿子都比我高了。令人吃惊的是,这两个呆萌大男孩居然在上海华东师大留学,还好刚才没用中文说人家坏话,不然尴尬了……土豪哥旁边是他年轻貌美的老婆,看起来就像传说中的委内瑞拉小姐,妩媚、性感,时不时还跟老公打个情骂个俏。我想,这大概就叫郎"财"女貌,只是怎么都无法相信,这个美艳少妇会是对面两个小伙子的妈。

相逢是缘,何况是在这被世界遗忘的角落,人与人之间的距离感不复存在,反倒找回了原始社会的简单与坦诚。晚餐结束前,我问土豪哥什么时候回去,他说看心情,反正有自己的飞机,想什么时候走都行……说得那叫一个云淡风轻,完全无视对面听众心里巨大的阴影面积。

天使瀑布：再见钟情
——Mario

雨水噼里啪啦地拍打着木头棚顶，在寂静的营地里，这声音听起来格外聒噪，正如我此刻翻腾的内心。

"明早我想再上去一趟，运气好的话说不定可以拍到日出。"我向日本妹表明了想法。她没有说话，若有所思。其实，她可能早有预感我会提出这样的要求。

那是昨天在大本营的晚餐期间，我对着电话，跟预订行程的旅行社大吵了一架。这家毫无名气的小公司此前打出了"带你看天使瀑布日出"的招牌，这对于想拍大片儿的我来说，实在太有杀伤力。因为上午阳光会直射在瀑布上，是最好的拍摄时段，而大多数旅行社抵达瀑布已是下午，所以我打破惯例，放弃了几家口碑不错的老牌旅行社，选择了这家。

谁知出发前夜的最后一通电话里，对方居然矢口否认有这样的行程安排，这当头一棒几乎敲碎了我的大片儿梦，而我除了大骂骗子、把营地老板娘手机打到欠费之外，并没有更好的解决办法。日本妹在旁边目睹了整个过程，愕然之余，对我们的遭遇表示了同情。所以当她听完我的计划，并不感到意外，只是悄悄把达尔文叫了过来。

"不可能的，时间来不及，明天吃完早饭我们就得返程了，而雨还不知要下到什么时候。"达尔文的态度给我们泼了一盆冷水。

"如果天亮前就出发，应该来得及，"我还不死心，"我们试试吧，如果明早雨停了……我可以额外付钱！"日本妹把我的意思转达给达尔文，又跟他说了些什么。

"兄弟，你一定是疯了！"达尔文犹豫了一会儿，"好吧，如果明早雨停了，我们4：30出发，希望你好运！"

Yes！我激动得不知该怎样表达对日本妹的感谢，而她只是欣然微笑，似乎在告诉我，她已经尽力了。

篝火熄灭了，四周一片漆黑，我用轻薄透气的长衣长裤把自己武装严实，借着手电筒的光爬上吊床，祈祷夜里不要被蚊子吃掉。没想到人生第一次睡吊床，竟然是在委内瑞拉的深山老林里，做梦都梦不出这样的情景。你别说，这晃晃悠悠的床还真挺舒服！定好了4点的闹钟，我跟旁边吊床上的刘小可手拉着手，祈求好运，听着雨水跟河水交响的催眠曲，很快睡着了。夜里，朦胧中听到接连不断的呕吐声，好像很严重，之后有人起来，七手八脚地忙活，我猜大概是谁吃坏了肚子，真是够倒霉的。

又不知睡了多久，闹钟响了，我立刻竖起耳朵。雨声似乎没了，只有河水在哗哗流淌，我赶紧翻下床，叫起刘小可。日本妹也顶着头灯飘了过来，小声而兴奋地说："你们运气真的太好了，你看那里！"

我抬头望去，是星星！或许是上帝、圣母、雨神们被我们的执着所打动，不仅雨停了，连云都散了！奥扬特普伊上空，几颗调皮的星星正对我们眨着眼睛。还等什么，出发吧！

我们四人打着手电轻手轻脚地离开营地，其他人还在熟睡中。连夜的降雨使得河水暴涨，昨天还能蹚过的河流，今天已经能冲走一头牛。达尔文发动了独木舟，我们摸黑上船，用强光手电辨别方向，有惊无险地渡河成功。上山的路虽然不再陌生，但黑夜和雨后的泥泞还是带来了不少麻烦。我们用头灯和手电筒照亮脚下，马不停蹄地与时间赛跑，终于在清晨6点再次登上了观景台。

丛林还沐浴在黎明前的静谧之中，对面的山和瀑布只能辨出黑白线条的轮廓，此时能做的唯有等待，等待阳光给它们涂抹色彩。5分钟、10分钟……半个小时过去了，直到远方的天际线彻底大亮，朝阳始终没有跳出那层薄薄的浮云，期待中光芒万丈的日出并没有到来。

然而，这并不重要。转过头，矜持的"天使"已悄然揭下面纱，将妩媚的身姿完美展现在我们眼前。为了这一刻，所有的辛苦都值了！四个人情不自禁地击掌相庆，而我除了用镜头记录下这些难忘的瞬间，也兑现了"额外付费"的诺言，这是两名出色的向导应得的回报。几分钟后，云雾渐起，"天使"又回到那副高冷的模样，仿佛刚刚的柔情一幕从未发生，若没有相机里的照片作证，我会以为自己仅仅是梦了一场。再见，天使！谢谢你出来见我！

回去的船上，达尔文说："如果你真的喜欢这里，旱季再来，我可以带你'摸到'瀑布。"我半信半疑，暂且答应。话语不多的日本妹也敞开心扉，说起了自己的故事。这个有着小麦色皮肤的姑娘居然比我还年长一岁，应该叫"日本姐"了，而我们一路称呼她的名字Mizue，却不知道这个名字是"水"的意思。Mizue说她喜欢像水一样四处漂流，于是来到南美，边打工边旅行，一漂就是五年，没回过家。而她的家乡很出名，原因是二战时被扔了原子弹……我好奇地听她讲述，想知道这个做事认真、喜怒不形于色的水样女子身上究竟有多少故事。

Mizue说，她的下一站可能是厄瓜多尔，也许会去加拉帕戈斯做潜水教练，那里刚好也是我们未来的目的地之一。于是我们三人相约：龟岛见！

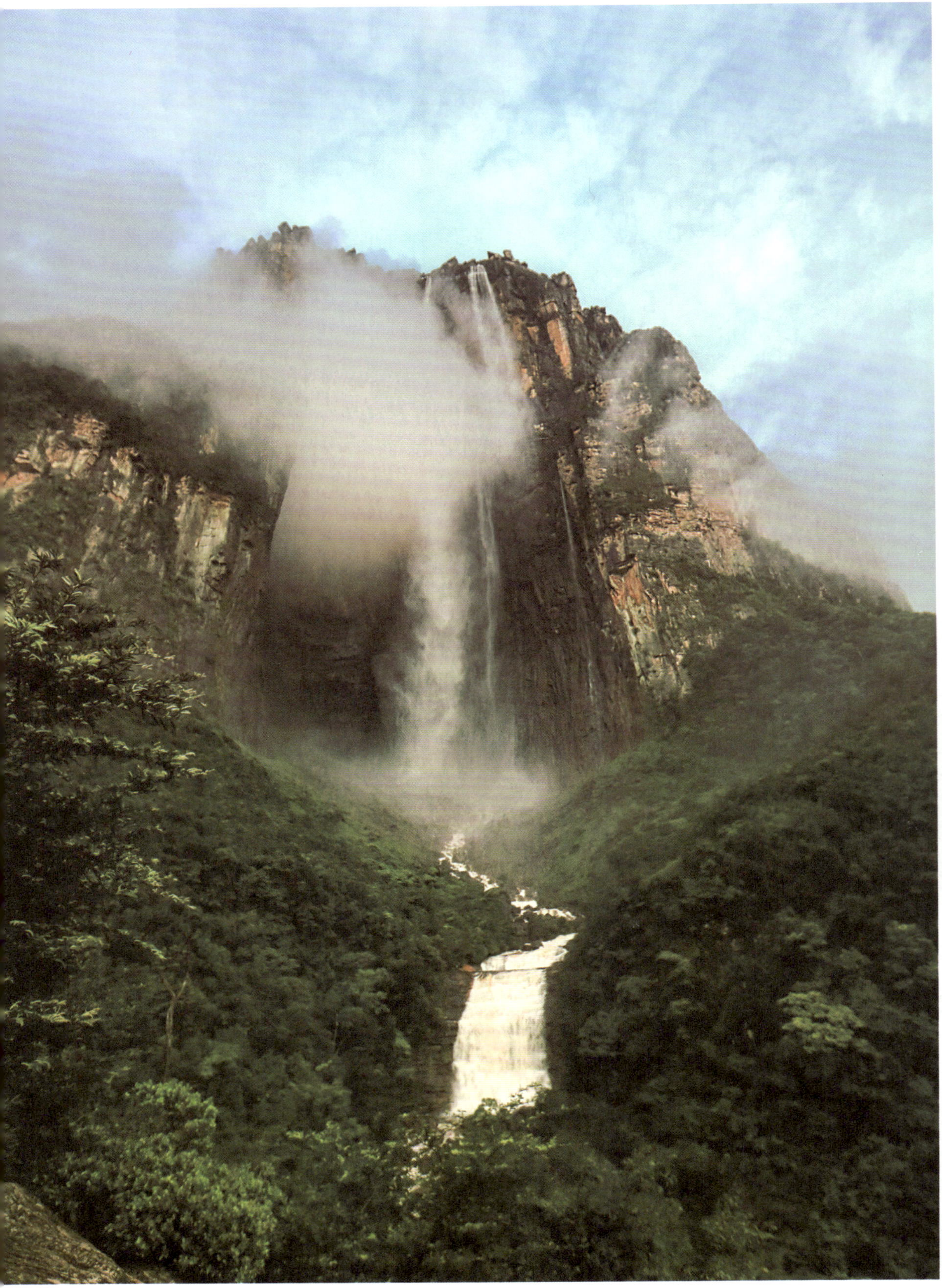

玻利瓦尔城：当玻利瓦尔廉价如纸
——Mario

吉米·安赫尔的飞机静静地趴在托马斯·赫雷斯将军机场门外的草坪上，当年人们不知道费了多少劲儿，才把它从瀑布顶上弄到了这里。这座不起眼的小机场，还沉浸在午后的酣睡中，亦如它身后这座名为玻利瓦尔的城市。

从卡奈马国家公园到玻利瓦尔城飞了两个小时，而我们的飞行器貌似比安赫尔当年开过的这驾老古董更像玩具。除了我们俩和驾驶员之外，还有一对顺路进城的母子挤在后座，跟拼车没什么两样。一路上，这架超级 mini 小飞机始终保持在适合观光的高度，感觉热了，驾驶员大叔还打开窗户透透气，不禁让我想起了《人在囧途》里的王宝强⋯⋯

客栈的老板娘开着她家的 SUV 来到机场，再次把我们带进这座奥里诺科河畔的城市。作为全国最大州的首府，它的恬静有些出人意料。地势起伏的老城区遍布着殖民建筑群，绿树成荫的广场回荡着教堂的钟声，做完祈祷的人们，三三两两来到宽敞的河滨步道，或散步闲聊，或对着静静流淌的奥里诺科河发呆。这座平淡如水的热带小城最容易让人记住的，或许就是它的名字。

"玻利瓦尔"之于委内瑞拉，有着精神和物质双重意义。从踏上委国领土那一刻起，这个名字就频繁地冲击着我们的视听。玻利瓦尔机场、玻利瓦尔广场、玻利瓦尔大街、玻利瓦尔纪念碑⋯⋯哪怕你只想看看这个国家最出名的天使瀑布，也得首先抵达这座被命名为玻利瓦尔的城市，甚至连这个国家的全称都叫作"委内瑞拉玻利瓦尔共和国"。

这种全民崇拜背后的原因在于，著名的南美解放者西蒙·玻利瓦尔正是出生在委内瑞拉，在他的领导下，玻利维亚、哥伦比亚、厄瓜多尔、巴拿马、秘鲁和委内瑞拉纷纷脱离西班牙的统治，取得了独立。

与委内瑞拉人民生活最为息息相关的货币也叫玻利瓦尔，但这种货币并未像南美解放者那般所向披靡，而是一路狂跌。到了 2007 年底，查韦斯政府为了挽救货币危机，推出强势玻利瓦尔，1 强势玻利瓦尔等于原来的 1000 玻利瓦尔，这使得旧版的玻利瓦尔瞬间形同废纸。据当地人讲，一些小餐馆甚至会用小面值的玻利瓦尔代替纸巾，因为一张真正的餐巾纸，远比一张纸币贵得多。然而，在内外交困的严峻经济形势下，再强势的玻利瓦尔也无异于杯水车薪，货币贬值的势头依旧不可阻挡。

我们在玻利瓦尔城除了吃住和闲逛之外，还干了件大事——兑换了300美金的强势玻利瓦尔。由于委内瑞拉实行严格的美元管控，直接后果就是催生了民间的美元黑市，而官方汇率与黑市汇率之间存在着巨大价差。当我们抵达委内瑞拉时，美元对强势玻利瓦尔的官方汇率大约是1∶6.5，而黑市上针对外国游客的"旅游汇率"已达到1∶300~450。当然，如果你套路足够深，且肯冒着被抓坐牢或者被"黑吃黑"的风险，则有机会拿到1∶600的黑市最高汇率，毕竟高风险才有高回报嘛。

与哥伦比亚比索、智利比索等拥有5000、10000面值的货币不同，由于强势玻利瓦尔贬值之迅速令人始料不及，它的最大面值仅有100，于是我们以1∶460的汇率，用3张100美刀纸币，换来了足有几块板砖厚的十几万强势玻利瓦尔。捧着这些沉重的"砖头"，我们哭笑不得，喜的是人生第一次有了做土豪的快感，愁的是在这个危机四伏的国家，这么一大堆现金，可往哪儿藏啊？！

在接下来的日子里，我们改变了以往的穷游风格，住五星级酒店，吃高档餐厅，给成百上千的小费，每次出手都是财大气粗地"拍砖"，尽管如此仍是荷包鼓鼓。在委内瑞拉，外国游客的货币兑换是一种单向行为，离境时多余的货币不能换回美元，于是直到踏上返程航班的前一刻，我们还在争分夺秒地花钱，原来钱多到花不完也是一种负担……

截至本篇写作之时，委内瑞拉终于发行了500面值的强势玻利瓦尔，只是不晓得，这位功勋卓著的南美解放者倘若得知自己如此"廉价"，又该作何感想。

加拉加斯：走进"暴力之都"
——Mario

在南美旅行，惊喜始终与危险相伴，这种混合的味道令人肾上腺素飙升，刺激加倍，进而沉迷。与此同时，在大多数地方，危险又是可控的，毕竟这里没有恐怖的炸弹袭击，没有无解的致命病毒，枪支、毒品、绑架、谋杀这些"高端"项目，普通游客也很难体验得到。因此，无论是游走在里约的贫民窟，还是麦德林的毒枭老巢，小心归小心，我并没有真正感到恐惧。但如果说有一座城市让我忌惮，那一定是加拉加斯。

墨西哥某安全机构每年都会公布一份"全球最暴力50城市"排行榜。2015年，委内瑞拉首都加拉加斯取代了臭名昭著的洪都拉斯城市圣佩德罗苏拉，跃升为"全球最暴力城市No.1"。这份榜单根据每10万人口的谋杀率进行排名，不包括战乱地区，人口少于30万，以及没有统计数字的城市。无论如何，能在这个榜单上称雄，肯定不简单。

就算数据有偏差，血淋淋的现实也不会说谎。朋友的同事在加拉加斯遭枪击重伤，差点儿送了命；身经百战的同行也被劫匪拿枪托"开了瓢"，至于被抢手机、现金这种小案子，简直就是家常便饭了。一段段血泪史让我想过放弃，但考虑到加拉加斯在南美版图上的地位，还是硬着头皮来了，这也是我找到"地头蛇"尼尔森的原因。

早上8点，在万丽酒店豪华而私密的VIP餐厅里，我们一边享用新鲜水果和咖啡，一边眺望着车水马龙的街景。花快捷酒店的价钱，享受超五星级的服务，大概也只有加拉加斯了。

尼尔森和他的伙伴准时等候在酒店大堂，一见面，他就送上了老友重逢式的拥抱。"这是我的学生，也是你们今天的向导——华生。"

我打量着这个壮实的小伙，他有着棕色的皮肤和典型的印第安面孔，长发束成马尾更显野性。尼尔森说，今天是学校的毕业典礼，实在无法脱身，但有华生在，绝对可以放心。基于对尼尔森的信任，我们大胆地上路了。

加拉加斯坐落在与加勒比海一山之隔的谷地中，呈狭长的东西走向。酒店所在的阿尔塔米拉区是上流聚集的商务新城，治安相对较好；一路向西，要穿过鱼龙混杂的大萨瓦纳区，尼尔森的公寓就在那里；最后到达历史中心区，加拉加斯的发源地，也是传说中"暴力之都"的危险所在。

高楼环绕的阿尔塔米拉广场上矗立着地标式的方尖碑，碑下的喷水池边摆放着鲜花。尼尔森说，那是为了悼念在一次暴力冲突中死去的学生。过去的一年，这座城市约有 4000 人死于暴力犯罪，平均每 10 万人中，就有 120 人被杀。

阿尔塔米拉广场通有地铁，是前往老城区最经济快捷的交通方式，在这个汽油比水便宜的国度，交通拥堵是不可避免的。我问尼尔森，这里的油究竟便宜到什么程度？他说，几乎不要钱。在边境地区，常有人将汽油偷运到哥伦比亚等邻国出售，换来钱或食品。地铁票价折成人民币也几乎是免费的，但硬件真心不输某些发达国家。车厢里乘客大多面无表情，目光犀利的秃头文身哥始终盯着我偷拍的相机。

我们在大萨瓦纳区下了车，地铁出口设在"林荫大道"步行街上，周围商场、影院、写字楼一应俱全，葱郁的植物将都市的多元化装点得恰到好处。店铺正陆续开门，人们在街边茶座聊天吃早餐，或端杯咖啡走在上班路上。与所有大都市别无二致的早晨，驱走了我头脑中的地狱印象。尼尔森在这里与我们拥抱作别，那是我最后一次见到他本尊。

轮到印第安小哥接班了，这个外表狂放、性格内敛的小伙曾经在贫民窟山顶度过了苦涩的童年。他说，那并不意味着最好的风景，而是缺水少电、出行艰难，只有最穷的人才住在上面。如今，他们一家已经搬到了山脚下更好的房子里，他也在去年完成学业，目前是一名记者。

我们边走边聊，从街边建筑的历史，扯到这个国家的种种现实。

在华生眼中，委内瑞拉人爱慕虚荣、等级观念严重。

"比如去你们的酒店，像我这样的打扮，就会受到格外的'关照'。在这个国家，人们很愿意靠衣着和外表来判断一个人的身份，所以街上那些假名牌才大有市场。"

我很不厚道地想起了"表叔"的手表。

"把你的相机收好。"华生说。

不知不觉，我们已经路过一座座巨兽般的钢筋水泥综合体，来到了立交桥附近。

"一会儿看到骑摩托车的人要躲着走，他们可能有枪。更要命的是，他们真敢对你开枪。我们得下去了。"他指了指前方的地铁站。

再次从地下钻出来，场景已切换成怀旧模式。狭窄的街巷、拥挤的人群、低矮的殖民建筑，将人带回到南美解放者叱咤风云的年代。与其他西班牙殖民城市布局相似，一座绿树成荫的小广场坐落在城区中央，只不过它的名字由当初的武器广场，变成了玻利瓦尔广场，横刀立马的玻利瓦尔铜像屹立在广场上。

许多政府机构都掩藏在广场四周不起眼儿的老建筑中。有着金色穹顶的国民议会大厦，以其内部精美的战争壁画著称，而要想看清这座建筑的全貌，登上大教堂的钟楼是个不错的选择。这座位于广场东侧的白色教堂十分醒目，玻利瓦尔的妻子和父母就安葬其中。

朝东南方向步行一个街区，我们来到了一座飘扬着委内瑞拉国旗的院落，这里是玻利瓦尔出生的地方。昔日的豪宅已被改造成博物馆，陈列着与这位传奇英雄有关的种种物件。一个家世显赫的贵族子弟，不惜倾尽财产，背叛自己的阶级，只为解救全天下被奴役的人民，如此伟大的理想与不凡的人格，大概就是全民爱戴背后的缘由。

离开玻利瓦尔的家，我们一路向北，走出闹市的喧嚣，在一座银白色的奇异建筑前驻足。它像一朵浪花，也像一面风帆，在空旷的广场上显得格外突兀，这就是玻利瓦尔的头号崇拜者查韦斯为偶像修建的陵墓。曾经南征北战的南美解放者如今长眠于此，让英雄落叶归根，或许是后人表达敬意的最好方式。

思绪万千之时，华生提醒我，此地不宜久留。"上面可能有人盯上你。"他指着对面一栋破旧的高层公寓说。

"我还要去这里看看。"见到我手机上的照片，华生吓得脸绿，但最终还是硬着头皮答应了。

那是著名的双子大厦，曾经的南美中心，加拉加斯"五道口"，就在玻利瓦尔大街的起始处。六十载岁月变迁，仍难掩昔日锋芒。大厦对面是雄伟的法庭大楼，正面悬挂着查韦斯与马杜罗的巨幅画像。我们留影后迅速撤离，满意而归。

或许是运气好，或许是功课做得足，我们遇见的"暴力之都"并非传说中的末日景象。透过那些宏大的规划布局，夸张的野兽派建筑，发达的交通设施，依稀可见它昔日的富足与雄心勃勃。曾经的南美金融中心，如今的"全球最暴力城市"，加拉加斯的前世今生令人唏嘘。

我问华生："为什么委内瑞拉会变成现在这样？"

他说："每个人都要捞一点儿，整个国家就被掏空了……"

几天后，我们回到巴西，整理背包时，刘小可突然大叫："呀！你看这个！"

我仔细一瞧，在背包的暗层，居然翻出了厚厚一沓百元面值的玻利瓦尔。点了点，居然有几大千块！我们对视了一眼，再次哭笑不得，钱多到花不完，也真叫人头疼啊……

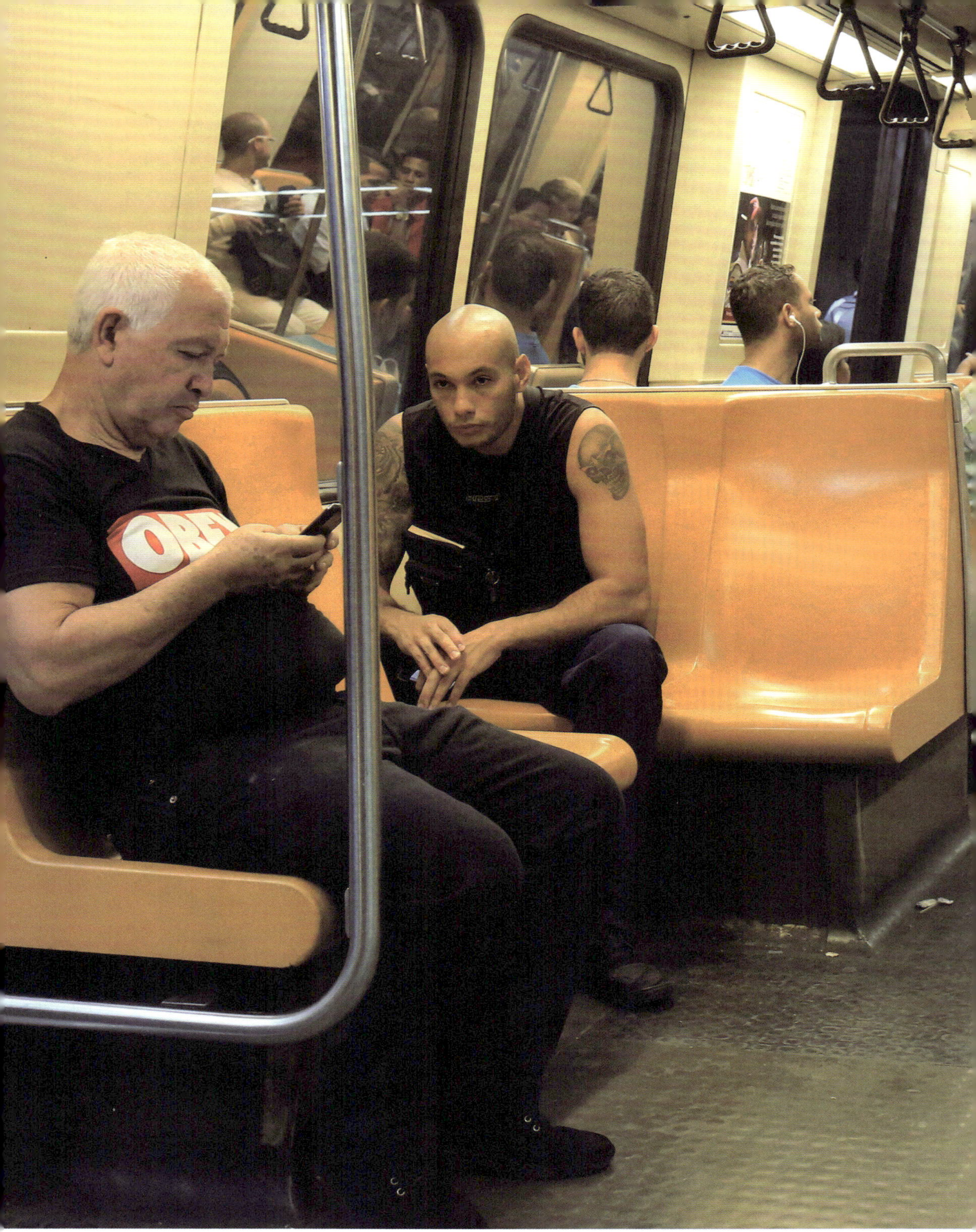

地铁（加拉加斯，委内瑞拉）

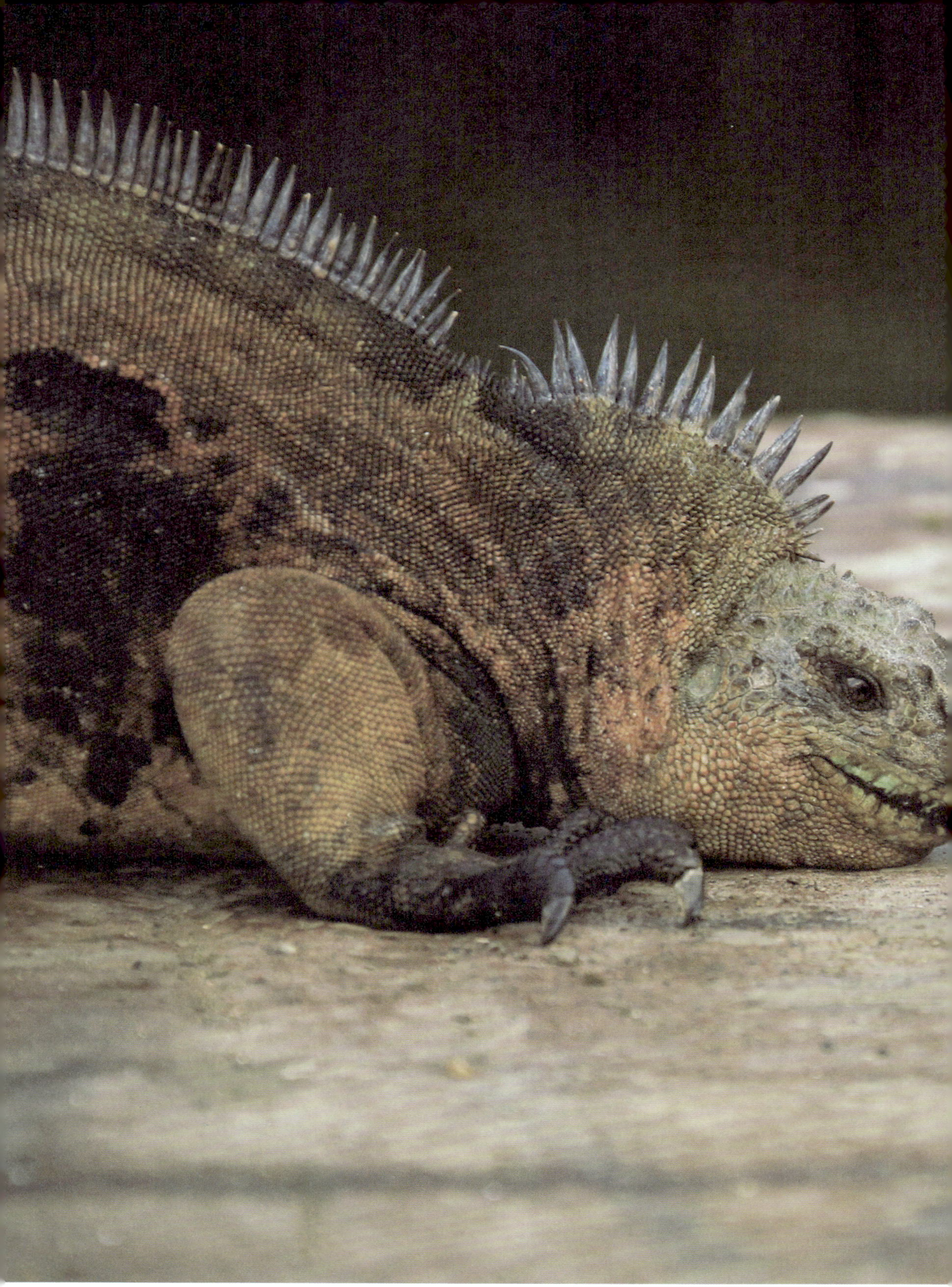

厄瓜多尔
Ecuador

基多，圣诞快乐！
——Mario

  飞往基多的路上，心里一直忐忑，因为这天恰好是 12 月 24 日，外国的"大年三十"。万一商家歇业、饭店打烊、老城里大门紧闭，我们岂不是白来了？好在抵达后一切担心都烟消云散，节日里的基多，依旧车水马龙，人潮涌动。

  基多坐落在云雾缭绕的安第斯山麓之间，2850 米的高原海拔与紧临赤道的热带纬度，造就了它四季如春的温和气候。12 月本是南半球的炎炎夏日，但走在基多街头，棉衣与热裤同框的画面一点儿都不稀奇。比如，卫衣套着风衣的刘小可和穿着 T 恤短裤的我。

  作为昔日的印加重镇和今天的厄瓜多尔首都，承载着璀璨文明的基多，在安第斯山脉间自南向北伸展开来。北部以马里斯卡尔为中心的新城区灯红酒绿、活色生香；南部的历史中心区则大面积保留着 16、17 世纪的风貌，到处是古老的教堂、修道院和各式建筑珍品。虽然历史上多次经受过地震的洗礼，但这里依旧是南美洲保存最完好的古城之一，被联合国整体列入世界遗产。

  小巧而精致的独立广场是老城的核心地带，从位于马里斯卡尔的酒店打车过来只有区区 3 公里路程，但后半段只能蠕动。公交车、私家车在高低起伏的街巷里笨拙穿行，身穿制服的男子忙着指挥交通，过街的行人脚步匆匆。老城的日常，热闹而市井。

小卖部楼上的总统府

  绿植与喷泉簇拥着广场中央的英雄纪念碑，碑上镌刻着厄瓜多尔的独立日——1809 年 8 月 10 日。喷泉边的长椅上，白发老人弹着吉他，唱着欢快的民谣，大眼睛的小姑娘津津有味地舔着冰淇淋。站在如此接地气的地方，你很难想象，对面那栋飘着国旗的白色建筑就是厄瓜多尔总统府。

  没错，这是我见过的最亲民的总统府，没有之一。在周边华丽教堂的映衬下，这栋三层的新古典主义建筑显得十分低调，没有深宅大院的隔栏，没有戒备森严的警卫，如果不查资料，你会认为它只是座普通的博物馆。当我走到跟前，更是吃了一惊，总统府的一层居然是一排临街小商铺！日用百货、旅游纪念品在此都有售卖。据说总统先生觉得二层和三层作为自己的办公场所已经足够，于是将临街的一层租给商贩经营，租金用来补充政府日常的办公经费。

楼上总统府，楼下小卖部——这画面简直太美。

不仅如此，无论外国游客，还是本国公民，都可以凭个人有效证件进入总统府参观，还有专人提供英语和西班牙语讲解，而这些都是免费的。午后的阳光穿透云层，给广场披上淡淡的金色。总统府前，人们依旧各得其乐，就像在自家楼下的小公园里，或是步行街上。

教堂博物馆

基多老城，犹如一座巨大的露天博物馆，适合用步行的方式去探索发现。其中最具价值的展品莫过于一座座历史悠久、造型各异的教堂。据统计，基多共有大小教堂80余座，要把它们全逛下来，没有十天半个月是不可能的，好在名气最大的几座都离得不远。

总统府的西南侧矗立着主教堂，又称基多大教堂，建于1605年至1765年间。大气的石拱门正对着独立广场，高耸的白色钟楼亦是它的标识。很难用一句话概括这座建筑的流派，但镶着绿色玻璃砖的穹顶显然具有摩尔风格的特征。正如布宜诺斯艾利斯大教堂安放着圣马丁的灵柩，厄瓜多尔的解放英雄苏克雷将军就长眠在基多大教堂。

在厄国天主教的权力版图上，基多大教堂享有至高无上的地位，但论艺术价值，两条街之隔的耶稣会教堂和圣弗朗西斯科修道院也毫不逊色。前者雍容华贵，是南美洲巴洛克风格的代表，被当地人誉为"最美的教堂"；后者建于1534年至1604年间，是全城最古老、规模最大的殖民建筑。

然而我心中的No.1却另有所属，那便是屹立在高地上的"国家誓言大教堂"。它是我在南美见过的最宏伟的哥特式建筑。无论白天黑夜，在城里的哪个角落，你总能轻易找到那对地标性的双塔，它们实在太过醒目。教堂的正面酷似巴黎圣母院，但两座钟楼的尖顶更加锐利，直冲云霄。与欧洲哥特式建筑类似，高层的排水道也被雕成张牙舞爪的猛兽。有趣的是，这里的猛兽颇具南美特色，犰狳、食蚁兽，甚至加拉帕戈斯大海龟，个个惟妙惟肖。

最令人叫绝的是主楼塔顶的风光。但前提是，你必须走过大厅顶棚一条摇摇欲坠的木板桥（恐高者慎入），再爬过陡峭的楼梯，来到主楼的塔尖之上。没有比这里更好的观景台了！西边，海拔4680米的皮钦查火山白雪皑皑；南边，双塔掩映之下，远处的小面包山平添了几分魔幻色彩。山顶的女神雕像张开双翼，与大教堂遥相呼应，那是基多的另一处地标。

干了这杯 Canelazo！

与里约的面包山不同，基多的小面包山并非巨石一块，而是一座圆润的小山丘。从市区搭出租车开上山顶，便来到"女神"脚下，伟岸的基多女神像与里约的大耶稣像有几分神似。头戴面具的"萨满法师"在神像前表演着巫傩之舞，但更吸引我们的，是旁边小吃摊上，烤肠和炸鸡散发出的诱人肉香。

回到城里，已是华灯初上。穿过一座古老的石拱门，我们终于来到了寻觅多时的 La Ronda 街区。这可能是老城里最具小资情调的一条巷子。狭窄的路面铺着青石板，彩色的殖民建筑夹道而立，门口的牌牌上记录着这些房子的往事——它曾是某个才俊的公寓，或是某位政客的官邸。但今天，这里是餐厅、咖啡馆、商店和画廊的地盘，精致的窗口里透出温暖的光。

找一家顺眼的餐厅，在二楼窗边坐下。上菜之前，先来杯 Canelazo，这是一种加了苹果汁、肉桂、糖和盐的甘蔗酒，味道浓郁。

在摇曳的烛光前，碰个杯。

"圣诞快乐！"

赤道之国和它的三座纪念碑
　　——Mario

　　厄瓜多尔（Ecuador）在西班牙语中意为"赤道"，因赤道穿越国境，厄瓜多尔共和国（Republic of Ecuador）也是名副其实的"赤道之国"。事实上，赤道这条南北半球的分界线穿越了地球上十几个国家，这些国家或多或少会搞些地标来彰显自己的"天赋异禀"。这其中，当属厄瓜多尔最为隆重。

　　早上7点，扎着小辫的印第安向导迭戈准时出现在我们面前。要在一天之内拜访三座赤道纪念碑，再逛个南美著名的露天市场，必须得赶早。在基多早高峰拥堵之前，我们的越野车已经顺利出城，沿着35号公路一路向北。

　　天高云淡，阳光灿烂，沿途的景色也十分养眼，一会儿是遮天蔽日的林荫大道，一会儿是沟壑纵横的壮阔高原，美妙的公路之旅让人心情大好。

　　"厄瓜多尔的公路真心不错呢。"眼前这条高质量的公路，确实超出了我的预期。

　　"你知道'泛美公路'吗？这条路就是它的一部分。"迭戈解释道。

　　我恍然大悟。传说中北起阿拉斯加、南至火地岛，纵贯美洲的超级公路计划，我的确有所耳闻，能在这条路上跑一段，也算是意外惊喜了。

卡扬贝的日晷

　　"就是这里了，赤道纪念碑。"迭戈把车停在了岔路边的停车场。我隐约看见门口牌子上写着"门票2美元"。

　　这个地方名叫卡扬贝，以同名火山著称。自2007年起，这里多了一处人文景观，就是这座非官方的赤道纪念碑，名为Quitsato。铺满鹅卵石的广场中心，矗立着一根高10米、直径1.3米的橙色柱子，很像孙大圣的金箍棒。实际上Quitsato是一个巨大的日晷，"金箍棒"就是它的指针。如果从空中俯瞰，整个广场像一个圆形表盘，不同颜色的鹅卵石勾勒出线条和图案，当"金箍棒"的影子投射到这些"刻度"之上，就实现了天文计时功能。

　　白色鹅卵石铺成一条直线，代表"赤道"，而"金箍棒"就是立在赤道线上的纪念碑，上面醒目地写着"零纬度"字样。工作人员拿出GPS设备现场测试，显示屏上的一串"0"凸显着它的"权威性"。

"咔嚓咔嚓"一通合影之后，我们告别了卡扬贝。虽然这座民间赤道纪念碑看起来不够"高大上"，但其精度已得到官方的认可。据说这里所有的门票收入都将继续被用于当地民间的天文研究。

在奥塔瓦洛逛市场

迭戈说，卡扬贝这个地方乳制品比较有名，于是我们就在一处风景绝佳的休息站小停片刻，顺便品尝一下当地的特色小吃。

这家宽敞明亮的咖啡厅坐落在路边山坡上，店内有个私人观景台，可以眺望蓝宝石般的圣巴勃罗湖和云雾缭绕的因巴布拉火山。迭戈要了咖啡，我们则被橱窗里一种用香蕉叶包成的"春卷"吸引，索性买来尝尝。拆开叶子，里边是一种特制的轻乳酪，晶莹Q弹，蘸上榛子酱，香甜可口。"小"快朵颐之后，我们直奔奥塔瓦洛。

从山顶俯瞰奥塔瓦洛，第一眼就被棕榈环抱的玻利瓦尔广场所惊艳，那里有古朴的教堂和欧式风格的市政厅。但这座山间小城真正的中心却是几个街区之外的披风广场。每逢周六，来自印第安村镇的商贩和世界各地的游客会把小城变得人山人海。以披风广场为中心，密集的摊位向四周辐射，占领苏克雷大街，一直延伸到玻利瓦尔广场。这就是享誉南美的奥塔瓦洛露天市场。

虽然没赶上周六的盛况，但市场依旧热闹，穿行在琳琅满目的商品中犹如置身迷宫。大到羊驼绒挂毯、毛衣、披肩，小到帽子、挎包、饰品，种类五花八门。身着民族服饰的商贩热情地招呼顾客，一会儿的工夫，刘小可同学已经头戴安第斯毡帽，肩披羊驼绒斗篷，一身的"某宝爆款"。在这里购物，跟在国内批发市场买东西一样，砍价必不可少。至于能砍掉多少，我们心里也没谱儿，只要觉得物有所值就好。最终，一只毛茸茸的羊驼玩具被我们收入囊中，满意而归。

真金不怕火炼　真碑不怕实验

"太阳之路"是个有趣的博物馆，它位于基多以北20多公里的郊外。从奥塔瓦洛返回基多的路上，我们首先到达这里。

走进博物馆大门，仿佛进入了一个原始部落。复古的茅草屋里还原了先民生活的场景，其中，尤以"猎头族"的故事最为耸人听闻。传说数百年前，丛林里生活着一个身材矮小的部族，他们凶狠好斗，杀死敌人后，会将头颅割下，缩制成饰品挂在胸前，挂人头越多者地位越高。博物馆里介绍了头颅饰品的制作工艺，甚至还有一个拳头大小的人头实物，令人毛骨悚然。

当然，博物馆真正的主角是一根木质的图腾柱，上面雕刻着许多抽象的人脸，砂石浇筑的基座上刻有"零纬度"字样，红色地砖砌成的一条直线穿过基座的中央。这就是我们要拜访的第二座赤道纪念碑。

这座纪念碑到底准不准呢？不妨用几个科学小实验来验证一下。

实验一：流水辨位。胖胖的大卫是这家博物馆的专业向导，他先将一盆清水放在"赤道"以北，水面上放了几片树叶做参照，拔开盆底的橡皮塞，水呈逆时针漩涡流出；随后，大卫在几步之外的"赤道"以南重复了这个实验，结果竟然刚好相反，漩涡变成了顺时针，吃瓜群众拍手称奇！

"如果将水盆放在赤道上会怎样呢？"接下来就是见证奇迹的时刻。当大卫拔开塞子，赤道上的流水竟然直接流出，没有漩涡！小时候《自然》课上的思考题居然在这里找到了答案！

实验二：钉子立蛋。据说在赤道，小小的钉子帽上，可以立住一枚鸡蛋。这听起来是一个十分扯蛋的实验，但做起来还蛮有挑战性。这不，我前面的意大利姐正咬牙切齿地跟鸡蛋较劲。同一根钉子，同一枚鸡蛋，在不同的人手中结果迥异。如果说这实验有什么秘诀，那就是耐心加上运气。刘小可屡试不成，宣告放弃，我却毫不费劲儿，立蛋成功！

向导大卫见证了每个人的成功和失败。离开博物馆时，我收到了"彩蛋"惊喜——一张官方认证的"立蛋"证书。

站在"世界的中心线"

距离"太阳之路"博物馆几百米远，就是官方赤道纪念碑所在地。这座宏大的建筑有个响亮的名字——"世界中线"。厄瓜多尔人试图将这里打造成一座"世界中线之城"。

走进这座占地庞大的"城市"，首先看到两排雕像，他们是为测量赤道做出贡献的科学家。"城市"中央矗立着30米高的纪念碑，方形的碑身由棕色大理石砌成，上面顶着一个青铜铸造的"地球"，碑身内部是博物馆，并有电梯直通顶层观景台。纪念碑四面分别镶有"东西南北"的标记，代表赤道的亮黄色细线沿地面贯穿东西。

关于这座1982年落成的官方纪念碑的精确性，外界长期存有争议。谷歌卫星地图显示，它位于南纬0°0′08″，距离赤道有200多米的偏差。但这并不影响它的官方属性，厄瓜多尔人仍将它视为最权威、最精确的赤道纪念碑。这个崇拜太阳的民族，经常在此举行盛大的祭祀仪式。

对我们来说，一天之内三次站在"世界的中心线"上，总该有一次是准的吧……

MUSEO DE SITIO INTIÑAN

LATITU

立蛋实验（赤道纪念碑，厄瓜多尔）

An Adventure in South America and Antarctica

加拉帕戈斯：寻找达尔文的足迹
　　——Mario

　　有一个热带海岛，那里水清沙幼；天上飞着珍禽，地下走着异兽，海里可与鲨共舞，与海狮追逐，还有企鹅可以"调戏"；那里远离尘嚣又不乏乐趣，原汁原味却不原始，自然风光与人文情怀兼备，还能吃到美味大龙虾！

　　嘿，醒醒！热带海岛有企鹅？宫崎骏看多了吧！人间哪有这样的世外桃源？

　　如果有，那一定是——加拉帕戈斯！

漂洋过海来看你

　　数百万年前，在距离南美大陆900多公里的赤道太平洋海域，海底火山剧烈喷发，一个个冒着热气的小岛露出水面，这便是科隆群岛。它的另一个名字更为人所熟知——加拉帕戈斯群岛（Islas Galápagos）。

　　由于路途遥远，人迹罕至，加拉帕戈斯始终保持着诱人的神秘。从里约到巴拿马城，再到基多，几经辗转，千里迢迢，我们这次厄瓜多尔之行的终极目的，就是揭开加拉帕戈斯的神秘面纱。

　　清晨6点，苏克雷元帅国际机场灯火通明，去往加拉帕戈斯的特殊通道前聚集了大批背包客。这个厄瓜多尔的"特区"，要求旅客缴纳20美刀税费，并经过极其严格的安检才能登机。任何动植物（包括果实、种子）都不允许带上飞机，以防外来物种入侵。幸好我们预留的时间充足，不然可能要误了航班。

　　起飞不久，空姐送来饮料和小食，同时分发入境表格。虽然加拉帕戈斯属于厄瓜多尔领土，但入境手续之复杂，不亚于进入一个独立的国家。舷窗之外，碧海晴空，12月的加拉帕戈斯迎来最美（也是最贵）的季节。恰逢圣诞假期，机票飞涨，酒店客满，游轮爆仓。为了这趟旅行，我们也是下了"血本儿"。

　　大约两小时后，飞机缓缓下降。透过面纱似的薄雾，几块斑驳的陆地进入视野，蓝宝石般的海面被割出一道道白色划痕。是游艇，我们到了！

　　加拉帕戈斯群岛由13座大岛、100多个小岛和众多岩礁组成。其中，伊莎贝拉岛面积最大，首府黑巴克里索港位于圣克里斯托瓦尔岛，而居民最多、设施最完善的是圣克鲁斯岛，这里也成为进出加拉帕戈斯的主要门户。飞机在巴尔特拉岛的西摩机场着陆，这座干旱而荒凉的岛屿负责接纳圣克鲁斯岛的航班。

落地第一件事儿——交钱！国家公园门票（上岛费）每人100刀！苍天啊！不愧是南美最烧钱的线路之一。办好手续入了关，乘免费巴士到码头，再搭轮渡前往近在咫尺的圣克鲁斯岛。

"快看那边！"

候船厅的长椅上，几位不讲礼貌的"乘客"竟旁若无人地呼呼大睡！它们是这里的"原住民"——加拉帕戈斯海狮。对于这些家伙的行为，岛民们见怪不怪，他们世代为邻，已然习惯了彼此。而我们这些"老外"可是兴奋得不得了，只顾与海狮合影，差点儿误了登船。

遇见"哥斯拉"

阿约拉港位于圣克鲁斯岛南部，是加拉帕戈斯群岛上最繁华的城镇，在此安营是很好的选择。如果说复活节岛的招牌是那些身世成谜的石像，那加拉帕戈斯的名片就是这里神奇的动物。我们的探岛之旅就从寻找动物开始。

沿主街向东走到头，就来到达尔文研究站。从默默无闻到享誉世界，加拉帕戈斯的传奇离不开一个人，他就是查尔斯·达尔文。1835年，26岁的达尔文在环球考察期间途经加拉帕戈斯，岛上独特的环境和动植物引起了这位英国生物学家的浓厚兴趣。以此为样本，他于1859年发表了轰动世界的研究成果《物种起源》。从"上帝造人"到"自然选择"，达尔文的"进化论"颠覆了西方世界的三观。加拉帕戈斯被看作达尔文与上帝"分手"的地方，并因此名声大噪。

这座以达尔文命名的研究站，致力于保护当地濒危物种，维持生态平衡。研究站的入口紧临一处小海滩，漆黑的火山岩礁上，爬着几只鲜红的莎莉飞毛腿蟹。那红色，就像蒸熟了一样，看得人想入非非，不知味道如何……突然，小红蟹前方，一块黑色的"礁石"动了一下。

"海鬣蜥！"

没错，这些浑身黝黑、几乎跟礁石融为一体的家伙，就是世界上唯一能在海洋中生活的蜥蜴，加拉帕戈斯独有的——海鬣蜥。

这种动物的长相，可以说是相当难看。背上长鳍，头上长瘤，黑色的身体像被火烧过，偶尔张开大嘴，更显面目狰狞，著名的科幻怪兽"哥斯拉"就是以它为原型。但考虑到它们个头只有猫狗大小，性格也人畜无害，非但不觉得恐怖，反倒有些呆萌。海鬣蜥通常是素食主义者，这些游泳健将能一口气扎到海底，啃食岩石上的鲜嫩海藻。阳光明媚时，它们聚在岸边一动不动地晒太阳，补充能量，"岩石迷彩"外衣极具伪装性。

在加拉帕戈斯不同的岛屿上，海鬣蜥的体型和样貌各有差异，这是进化论的佐证之一。它们也并不总是一身黑灰，红色、绿色、蓝色、粉色、橙色……当发情期到来，原本灰头土脸的"小怪兽"会变得色彩斑斓，仿佛掉进了染缸。我们沿着海滩前行，果然发现了一些红绿相间的个体。12月到次年3月，正是海鬣蜥的交配季节。

相比海鬣蜥的丑相，它的近亲加拉帕戈斯陆鬣蜥就属于貌美气质佳了。陆鬣蜥体型比海鬣蜥粗壮，色彩鲜艳靓丽，以橙红色居多，举手投足间流露出与生俱来的高贵。陆鬣蜥不擅游泳，居住在岛上的洞穴中，以仙人掌和野果为食。

据达尔文回忆，当年科考队在岛上难以找到合适的地点露营，因为遍地都是陆鬣蜥的洞穴。然而时过境迁，由于人类的捕杀和外来物种的入侵，陆鬣蜥数量锐减，目前仅有海鬣蜥的1/10，在一些岛上已经绝迹。

我们在达尔文研究站见到了作为保护物种的陆鬣蜥，科研人员对它们进行研究和人工繁殖，最终放归自然。

巨龟之岛

除了陆鬣蜥，达尔文研究站里还居住着一群重量级房客，它们是体重超过300公斤的庞然大物，世界上最大的陆生龟类——加拉帕戈斯象龟。这些令人惊叹的动物长着酷似外星人ET的面孔，马鞍状隆起的坚硬背甲，以及象腿般粗糙强壮的四肢，超长的脖子连接着小脑袋与大身躯，显得有些滑稽。

成年加拉帕戈斯象龟体长可达一米多，当它们撑起前肢伸长脖子的时候，几乎也能达到同样的高度。在食物匮乏的年份，巨龟们为了生存，不断抬头向上啃食更高的植物，久而久之，脖子越抻越长，连龟甲都生生扯出一道缺口，这也是自然选择的结果。

象龟对于加拉帕戈斯群岛有着非同寻常的意义，因为它们本身就是这里的代名词。500年前，人类第一次登上这些无名岛屿，被岛上数量惊人的象龟所震撼，于是就以西班牙语"巨龟"（Galapagos）一词命名该群岛。顾名思义，加拉帕戈斯群岛就是"巨龟之岛"。混迹南美的小伙伴们喜欢称它为"龟岛"。

然而，龟岛原本没有龟。这些不会游泳的庞然大物是怎样来到岛上的呢？当地向导给出了答案——漂流。目前普遍认为，象龟的祖先来自南美大陆，被可怕的洪水卷入海中，随洋流漂到了龟岛。象龟不习水性，却是很好的漂流选手，生命力也极其顽强，不吃不喝能坚持一年以上，这让它们在严酷的环境中得以生存，并繁衍壮大。然而，自从人类发现了龟岛，象龟们的幸福生活就结束了，这些体型庞大、行动迟缓的素食动物，成为海盗和殖民者的美餐，沦为濒危物种。

　　2012年，最后一只平塔岛亚种加拉帕戈斯象龟——"孤独的乔治"，就在我们眼前的达尔文研究站去世。人们曾想尽办法帮它繁衍后代，都以失败告终，只能亲眼看着又一个物种从地球上永远消失。乔治的离世刺痛了人类的神经，让更多人意识到保护濒危物种的紧迫性。后来，我们在圣克鲁斯岛中部高地见到了一些野生的象龟，它们的数量正在缓慢回升。

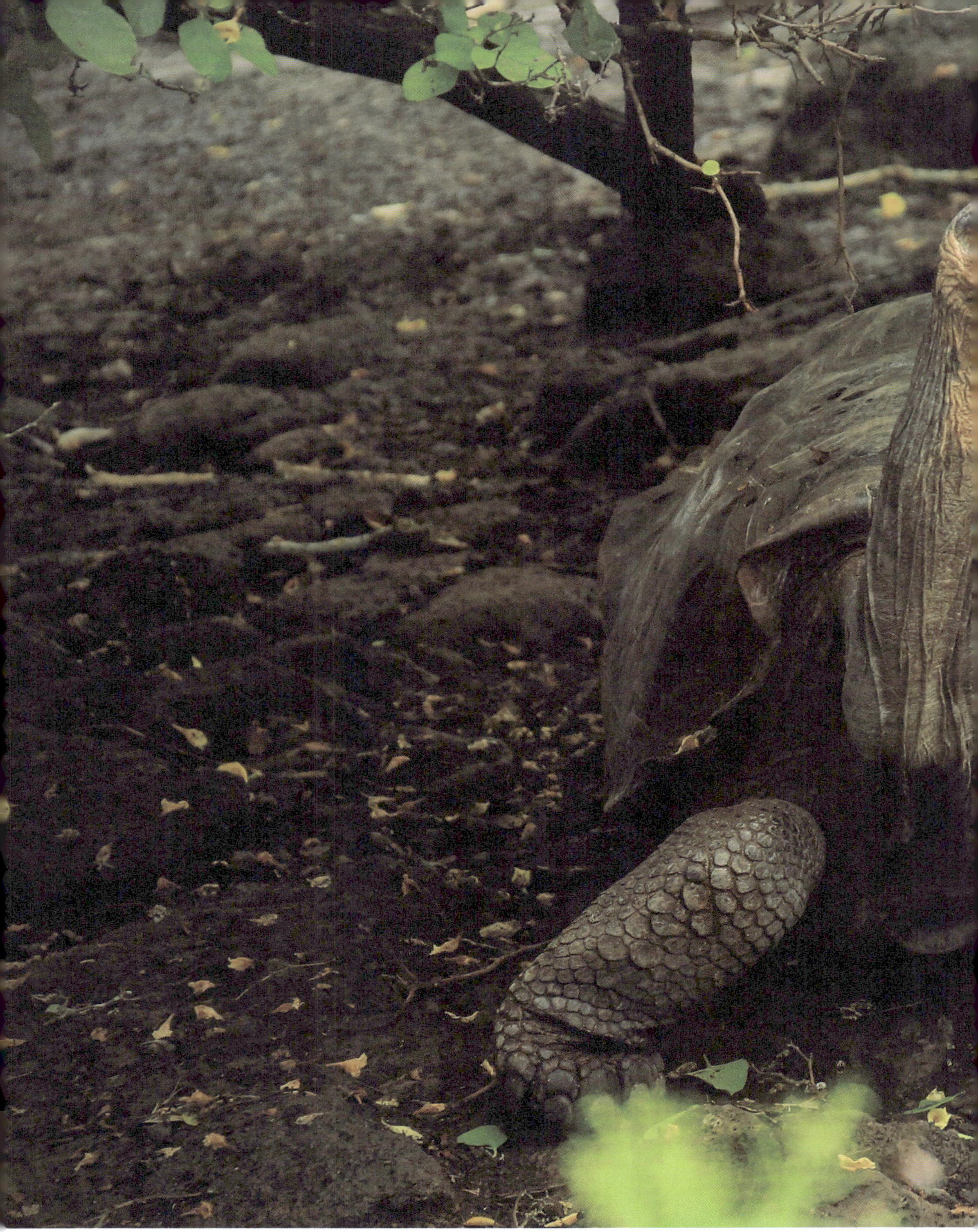

象龟(加拉帕戈斯,厄瓜多尔)

海底漫游，与鲨共舞
——Mario

正确打开加拉帕戈斯的方式有两种：搭乘游轮，用一周左右的时间巡游列岛，白天潜水、登岛，晚上回船睡觉；或者住在岛上，白天"跳岛"一日游，体验海上娱乐。两种方式各有利弊，前者夜间航行，白天有更多时间玩耍，但船期和路线相对固定，船票也价格不菲；后者占用白天航行，活动范围有限，但行程相对灵活，还能享受岛上的夜生活。经过综合考量，我们选择了更适合自己（省钱）的后一种方案。

早上8点，镇中心的小广场前，背着脚蹼、面罩、呼吸管的人们已经蠢蠢欲动。

"早上好，马里奥。昨晚睡得好吗？"

身材魁梧的鲁伊兹大叔准时出现，满是胡茬的脸上露出自信的笑容。

"很好，谢谢！今天是个好天气。"鲁伊兹在这家名叫Galapagos Travellers的潜水店里担任教练，我们即将跟他开启一天的潜水之旅。

如果你认为，来一趟加拉帕戈斯，看完蜥蜴、乌龟、达尔文就可以打卡说再见了，那绝对是大错特错，因为最大的乐趣在海里。作为全球顶级的潜水胜地，加拉帕戈斯是众多潜水发烧友的终极梦想。

人生第二潜

白色的小艇泊在岸边，助手们小心翼翼地将氧气瓶搬上船。阳光灼人，眼前这片翡翠色的海呈现出果冻般的质感，让人恨不得喝上一口。军舰鸟在空中护航，我们登船离港，向前方的深蓝驶去。

第一个潜点位于北西摩岛附近，同船还有三个亚洲人和一对拉丁情侣。航行途中，鲁伊兹拿出手绘地图，讲解海流和海底状况。加拉帕戈斯海底虽美，但水深浪大，海流复杂，技术要求较高。严格来讲，只有经过PADI（国际专业潜水教练协会）培训，取得公开水域潜水员证书的人，才能来此一试身手。但即便如此，几乎每年都有潜水者在这片海域失踪的消息传来。

说来惭愧，虽然有过潜水的经历，却一直犯懒没考潜水证，这次又要"黑潜"。但初次"试水"在大堡礁，第二潜就来到加拉帕戈斯，这样的狗屎运，恐怕不少专业玩家要恨得牙痒痒。

"女士们、先生们，穿上装备吧！"鲁伊兹一声令下，小艇慢慢减速，水手抛锚入海。

蓝宝石色的海水深不见底，小船在大浪里摇得厉害。我在狭窄闷热的卫生间摔得东倒西歪，套上紧身潜水服成了无比艰巨的任务。一个大浪涌来，胃里翻江倒海，"哇"的一声……"报了菜名儿"。我冲到船舷边，搂了两口海水，没等洗干净，又一轮呕吐袭来。就这样边洗边吐，直到鲁伊兹给我绑好氧气瓶，调好呼吸管。

"三、二、一！跳！"扑通！不等口令结束，我一个后仰翻到了海里，清凉的海水渗入浑身毛孔，顿时有种满血复活的舒畅。这时，船上的刘小可打起了退堂鼓，有点儿"恐水"的她情绪极度紧张，死活不肯下来。我和鲁伊兹无奈只好转身下潜。

鱼！好多的鱼！

刚下水，完全找不到感觉，越往下使劲儿，身体越是不听话地往上浮。鲁伊兹用肢体语言示意我：深深吐气，慢慢吸气。这招儿果然奏效，我很快进入了状态，放松呼吸，一直向下，直到身体轻轻落在月球表面般的海床上。

四周异常寂静，只听见自己的呼吸。我像初次登月的宇航员，环视着这个陌生的世界。印象中，赤道海域应该遍布着美丽的珊瑚，五颜六色的热带鱼翩翩起舞。然而，加拉帕戈斯的海底却只有粗糙的砂石，仿若茫茫一片戈壁。

在我发蒙之际，鲁伊兹大手一指，一只漂亮的海星正从石缝里伸出蓝色的触手，似乎在欢迎我们的到来。大叔又拍拍我肩膀，指向另一边。

"哇！"我惊得差点儿喝了口海水。数以百计的蝶鱼从眼前游过，扁扁的身体像蝴蝶的翅膀，上下翻飞。紧随其后是更大群的刺尾鱼，亮黄色的小尾巴铺天盖地，将我们包围其中。"刺尾鱼风暴"之后，一条巨型隆头鱼晃着寿桃似的大脑壳招摇过市，鹦鹉鱼、雀鲷、长相奇特的炮弹鱼相继现身……这波"组合拳"让我招架不暇。

加拉帕戈斯果然名不虚传！受寒流影响，这里没有绚丽多姿的珊瑚，但寒冷洋流带来的丰富养料使看似贫瘠的海底成了动物们的"食堂"。

蹬起脚蹼，踏水前行，我们来到一处海底沙坑。沙中残留着一根根"枯枝"，犹如一座废弃的花园。当我们迂回靠近，"枯枝"也齐刷刷变换方向，似乎在盯着我们的一举一动，我隐约有种"不祥"的预感。

动了动了！它们果然是活的！不会是海蛇吧？

没等我撤退，这些家伙嗖地缩进了沙洞里。鲁伊兹示意少安毋躁，不一会儿，警报解除，它们又纷纷从洞里钻了出来。原来，这些体态如蛇的动物是加拉帕戈斯特有的花园鳗，真是虚惊一场。不过误闯这座神奇的"鳗鱼花园"，着实让我大开眼界。

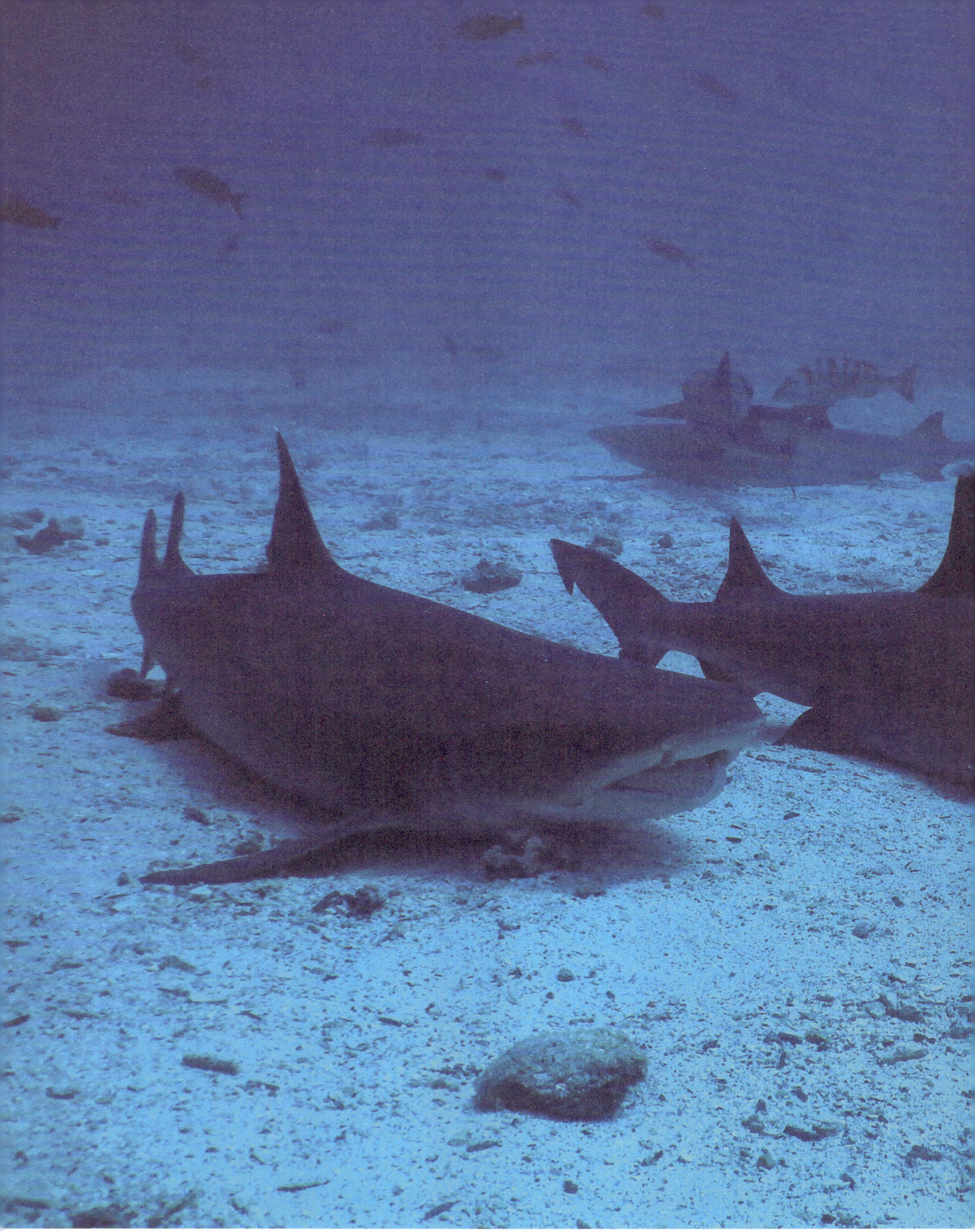

与鲨共舞（加拉帕戈斯，厄瓜多尔）

鲨鱼！鲨鱼！

一只太平洋绿海龟从眼前翩翩滑过，潜入深海。此刻的我已然信心爆棚，冲大叔做了个拇指向下的手势——追！当我们到达新的深度，海龟已不见了踪影，低矮的礁石间，一群庞然大物正朝我们虎视眈眈，那气场超越了之前见到的所有生物。

鲨鱼！我心里又惊又喜。在此之前，如果有人告诉我，他跟鲨鱼游过泳，我一定会说："你吹牛 *&#……！"但此刻，我收回这话。

鲁伊兹悄无声息地靠了上去，我紧随其后，直到能看清它们表情的距离。这群鲨鱼有6条之多，身长都在两米左右，漆黑的背鳍顶端，一块标志性的白色暴露了它们的身份。白鳍鲨，鲨鱼家族中性情比较温顺的一种，极少攻击人类。对于我们的到来，鲨鱼朋友们视而不见，只有体型最大的一条象征性地游动了一圈，又懒洋洋趴回海底。见它们如此淡定，鲁伊兹做了个手势，我心领神会，像小偷一样悄悄游到鲨鱼背后。两米，一米……摸到了！我摸到了鲨鱼的尾巴！

"来，看照片啦！"当我吃着饼干，显摆上午的照片时，刘小可眉毛都纠结到一块儿了。既害怕下水，又无法抑制内心的羡慕嫉妒恨，潜还是不潜？真是个问题。在我和鲁伊兹连哄带骗的攻势下，她终于决定再次试水。

午餐过后，我们来到第二个潜点，这是一处暗礁密布的海域。刘小可没有临阵脱逃，在鲁伊兹手把手地指导下，她克服了恐惧，拥抱蔚蓝的大海。潜到8米左右，"鱼群风暴"再度来袭，密集程度已达到"踩踏"级别，这次主要是黄尾石鲈鱼，中间夹杂着凶猛的鲹鱼。继续向下，体型修长的烟管鱼群，浩浩荡荡列队行进。刘小可跟鱼群玩得很嗨，全然没注意到她身后那个鬼魅般的黑影。

锤头鲨！传说中加拉帕戈斯最美的海洋生物突然出现。它们是鲨鱼家族中相貌最奇特的一种，头部扁平酷似锤头，眼睛长在"锤头"两侧，相隔有1米的距离。不等我仔细观察，这条3米多长的大鲨鱼一个优雅的转身，游向了深海。

我打起脚蹼全力追赶，手指不停地按动快门。悠悠深蓝之下，大约6到8条锤头鲨隐约可见！就在这时，相机忽然"罢工"，这里已接近它的极限——水下20米。鲁伊兹赶过来示意我立即上浮，作为一个无证选手，我的下潜深度不应超过12米。望着那群"触手可及"的锤头鲨，我满心不甘：等哥考了证再回来！

两条巨型鹰鳐扇动着遮天蔽日的翅膀，从头顶徐徐滑过，这种美到极致的异形生物，仿佛从另一个次元穿越而来。我一时错把海底当成外星，暗礁有如山峰，鱼儿在空中翱翔，科幻电影中的神秘星球，不就是这样吗？

浮潜、海钓与"龙虾三吃"
——Mario

作为一个没怎么钓过鱼的钓鱼爱好者,我对这项活动有着莫名的兴致,尤其是海钓。听说在加拉帕戈斯,出海钓鱼是个可选项,我跟刘小可便报了名。"海钓+浮潜",多么美好的组合!出发!

一天的旅程从浮潜开始,地点位于平松岛附近。这是一座圆锥形的无人小岛,岩壁陡峭。岛上栖息着多种鸟类,最常见的是长着红眼圈的燕尾鸥。几只毛茸茸的白色幼鸟正嗷嗷待哺,看样子是纳斯卡鲣鸟。

初潜惊魂

出乎我的意料,快艇停在了距小岛一公里开外的深水区,这里波涛汹涌,完全不适合浮潜。戴上"三件套",我稀里糊涂跟着七八个老外跳了下去。早上的海水冰冰凉,我趴在水面,使劲儿拍打着脚蹼,隐约看见一些鱼的轮廓。领队大哥示意继续前进,但大浪一个接一个,我有点儿心虚,更糟糕的是,面罩不停地进水。这会儿工夫,两个上年纪的大叔开始抽筋,情况危急,大家纷纷掉头回撤,唯独一对年轻情侣如"浪里白条",穿梭自如。

我乖乖认怂,转身向小艇游去。这短短几十米,感觉游了一个世纪。当抽筋大叔被救上船,面色阴沉的领队没有道歉,但他还是吸取了教训,立刻起航,寻找新的潜点。机智的刘小可表示,幸亏自己没下水,不然要喂鱼了。

当小船再次停稳,已是风平浪静。刚刚的经历令我心有余悸,二番下水,干脆套了件救生衣,虽然难看,但安全又省力。这里深度不到 5 米,趴在清澈见底的水上随波漂荡,毫不费力就能看到各种生猛海鲜。五颜六色的鲷鱼、蝶鱼、鲀鱼、鹦鹉鱼,数量叹为观止,就连海星、海胆这样的物种都成群成片。

一条两米多长、碗口粗的斑马鳗在火山岩缝隙间扭动着身躯,见首不见尾,密布全身的红白条纹让人望而却步。两只刺魟拖着极具杀伤力的尾刺在海底兴风作浪,扁扁的身体仿若"贴地飞行"。加拉帕戈斯的海,没有千般妩媚万种妖娆,但足够"简单粗暴"——鱼多就是硬道理!

奇葩的"动物保护主义者"

当我们再次起航,工作人员拿出了钓竿,期盼已久的海钓终于开始了。根据当地法规,在指定的季节,允许通过垂钓的方式捕获特定鱼种,以保持海洋资源平衡。因此,海钓作为一种娱乐休闲活动在加拉帕戈斯被合法开展,钓到的鱼通常会被现场做成"刺身",蘸点儿酱油芥末,让船上的每位乘客第一时间品尝到海洋的恩赐。想到这里,我猛咽了几下口水。

动作熟练的小哥绑好鱼饵,漂亮的甩竿之后,两根鱼竿被牢牢固定在船尾的竿位上。小船提速前进,鱼线猛地绷紧,我们只需等待卷线轮发出警报,静候鱼儿上钩。忽然,一阵凄惨的哭声惊动了所有人,循声望去,一个外国妹子在船尾哭得梨花带雨,身边的男友手足无措。这不是刚才那对儿"浪里白条"嘛!大家关切地围过去一探究竟。

"你们不能这样,这是在谋杀!鱼儿会疼的!呜呜呜……"姑娘红着眼,委屈至极。众人面面相觑,一时无语。

领队解释道:"我们这是一次钓鱼之旅,你们报名的时候应该有所了解。"言外之意,你们如果不喜欢,就不该报名,既然来了,就不要妨碍他人。可女孩丝毫不为所动,越哭越伤心。

我仔细打量着这对儿奇葩。男的三十上下,肤色苍白,身材瘦削,亚麻色的长发扎成辫子,一副"瘾君子"模样;年轻的女孩拥有精致的五官和小麦色的皮肤,微胖界小美女。真正让我过目不忘的,是他们的眼神。两人仿佛沉浸在另一个世界,直勾勾的眼睛似乎更愿意跟鱼交流,而不是人类。我很好奇他们是何方神圣,后来听说是来自瑞士。

航行期间,两位"动物保护主义者"始终在船尾虔诚地为鱼儿祈祷,在他们非暴力不合作的对抗之下,我们的钓鱼之旅草草收场,一条鱼也没钓到!收竿靠岸的一刻,姑娘破涕为笑,"我希望鱼儿都没有受伤!"

呵呵,我心里一万匹羊驼呼啸而过……

那些"不正经"的动物

下船的地方是一片静谧的海滩,光脚踩着细腻的白沙,瞬间切换到马尔代夫模式,这才是热带海岛该有的样子。蓝水晶般的浅海中,几个硕大的椭圆形黑影朝岸边游来,它们笨拙地爬上沙滩,在众目睽睽之下,两两一组玩起了"叠罗汉"。交配季节的大海龟们,真是干柴烈火。

午后的大海温暖而平静，再次跃入水中，我们尽情享受。

"快来这边！"套着救生圈的刘小可手舞足蹈地向我比画。

好家伙！原来水里有两只小海狮！

海狮是一种聪明又调皮的动物，喜欢跟人类玩耍。在陆地上，它们是憨态可掬的胖子；到了水中，就变成灵活的胖子。一会儿转圈儿，一会儿打滚儿，有一只差点儿和我亲了嘴儿，简直是赤裸裸的挑逗。潜友们闻讯从四面八方游过来，如同发现了新大陆，这两位浑身是戏的新朋友引得人们阵阵欢呼。

龙虾季，吃龙虾

当壮丽的火烧云染红天际，我们的小艇悠然回港。虽然鱼没钓着，但一天四次浮潜，一次比一次精彩，也算值回了票价。又累又饿的我们决定晚上吃顿大餐，犒劳自己。

大餐吃什么？当然是龙虾！上岛的第一天，我们就在鱼市场看到了壮观的一幕，一个普通摊位前，齐刷刷摆着十几、二十只超大号龙虾，只只鲜活，个个生猛。从没见过这阵势的我们，就像小摊旁边蹲着的鹈鹕和海狮一样，馋得眼红。我们来得正是时候，赶上了加拉帕戈斯龙虾丰收的季节。

此时不吃，更待何时？于是，我们的龙虾第一餐献给了日料，整只的龙虾采用东方烹饪技法，做出了宫保虾球的口感，配上鲜嫩的鱼生和龟岛精酿啤酒，吃得相当满足，人均消费30刀，有点儿小贵。第二吃，我们去了一家美式餐厅，黑胡椒芝士酱浇在炸过的虾肉上，配着薯条啤酒和BBQ串烧，份儿大量足，吃撑了，人均25刀。

这第三吃去哪儿好呢？回酒店冲完澡，我们来到华灯初上的街头觅食。迎面走来三个熟面孔，正是第一天潜水的东南亚三人组！两个男生来自新加坡，女生是印度尼西亚华侨。

"跟我来吧，我知道一个好地方。"听说我们在找吃的，满脸胡子的艾瑞克说。

穿过两条阴暗的小街，忽然眼前一亮。只见长长的马路中间摆满了桌子，天南海北的食客们吃得热火朝天，各色海鲜架在马路两边，令人眼花缭乱，烟熏火燎的香味从店家的烤炉里袅袅飘来。这不是我最爱的烧烤大排档吗？加拉帕戈斯居然有如此接地气的地方！萝卜粗的大龙虾人手一只，从中间一劈两半，用炭火熏烤出原汁的鲜味，"残暴"至极，深得我意！

多年以后，关于加拉帕戈斯的记忆，或许只能残留在照片里，唯独这些龙虾唤起的味觉，注定永远鲜活。

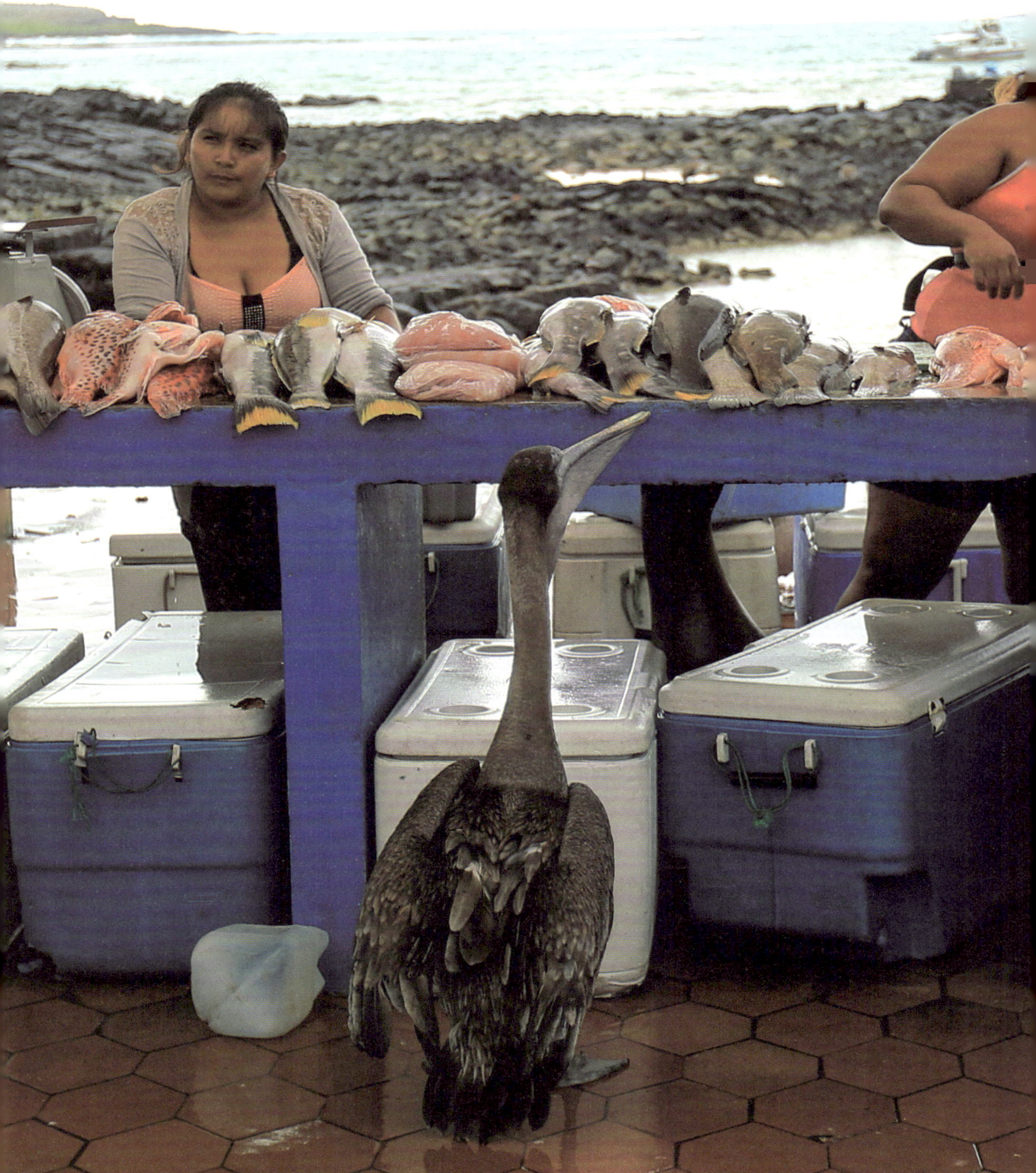

鱼市场里的鹈鹕(加拉帕戈斯,厄瓜多尔)

An Adventure in South America and Antarctica 227

赤道居然有企鹅？！
——Mario

有人说，加拉帕戈斯是记载着地球变迁的"活的博物馆"，动植物的进化在这里留下活生生的证据，而我们要去的巴托洛梅岛，则是馆里的精品地质展区，保存着岛屿诞生初期的印记。

再次前往码头，已是轻车熟路。对于在阿约拉港扎营的旅行者，这条纵贯岛屿、连接码头与城镇的公路几乎是每天的"通勤线"。短短半个小时的旅程要穿越不同的气候带，南部海滨时晴时雨，舒适宜居；中部高地始终阴雨绵绵，丛林密布；北部海岸则常年晴朗干燥，草木稀疏。圣克鲁斯岛这个弹丸小地，气候竟呈现出惊人的多样性，这就是加拉帕戈斯的神奇。

一座"荒"岛

我们的座驾"海雀号"比前几艘都要豪华，一层的空调客舱配有真皮沙发和自助吧台，二层是视野开阔的瞭望台。但什么也比不上端一杯果汁躺在船头软软的靠垫上，沐浴赤道的暖风与阳光。

蔚蓝的天幕下，军舰鸟和信天翁自由翱翔，交配季的海龟上演着高难度的海上"爱情动作片"。两个多小时的航行虽然漫长，却是前所未有的舒适体验。当无边的蓝色看到审美疲劳，海平线上终于出现了那片陆地。

巴托洛梅岛面积仅1.2平方公里，属于群岛中的"小老弟"，却凭借独特的"美貌"屡屡上镜，成为家族中的"颜值担当"。乘橡皮艇登上这座无人小岛，沿着木质步道迂回上行，眼前的景象可以用一句"成语"来形容，就是"鸟不拉屎"。没有蜥蜴，没有象龟，什么动物都没有，遍地是红褐色的石头，连过路的鸟都不愿意踩上一脚。

"女士们、先生们，请看这边。"

顺着向导所指，我看到一株熔岩仙人掌在乱石堆中倔强地歪着头，旁边的砂地上，低矮的野草披着土灰色外衣，几乎跟地面融为一体。

"千万不要去碰任何植物，它们非常脆弱，可能几年才长1厘米。"

向导大叔随手捡起一块足球大小的石头。

"这是火山岩，整座小岛都由它们构成，你可以看到岩浆凝固时的状态。"

我仔细端详这块石头，它看上去似乎——很好吃！黑色像焦糖蛋糕，蓬松多孔；棕色像巧克力酱，丝滑油腻，仿佛还在流淌。拿过来掂了掂，超轻，跟一块巧克力焦糖蛋糕差不多。

登上山顶的观景台，小岛全貌一览无余。极目远眺，一眼就看到标志性的擎天巨岩，生机勃勃的沙利文湾张开新月形的双臂，向我们发出召唤。

"这里就是火山口了，岩浆从里面涌出，奔流向下。"

我努力脑补当初"地狱之火"吞噬万物的壮观景象。如今时过境迁，火山口早已归于死寂，上边还建起了一座灯塔，但山坡上的岩石还保持着凝固前最后流动的样子，远古的时光在这里被生动定格。

两种"怪"鸟

丰盛的午餐过后，我们来到著名的巴托洛梅巨岩脚下。从海中看去，两座山峰酷似一只昂头的巨鳌，扁圆的山丘是鳌身，突兀巨岩是鳌头，这一奇景简直就是龟岛的缩影。脚下的海水澄澈宁静，像个天然泳池，但我来这里不只为了浮潜，更希望解开心中的疑惑——关于蓝脚鸟与热带企鹅的传说。

虽然查过了资料，但这两种动物的存在，听起来依然非常不科学，尤其是生活在热带的企鹅，完全颠覆"三观"。加拉帕戈斯真的如此魔性？我要亲自求证。

"那是什么？"

当橡皮艇慢慢靠近，巨岩缝隙中栖居的海鸟进入视线。它们有白色的肚皮，褐色的翅膀，最关键的是，它们的脸、喙及鸭蹼状的脚都是蓝色的！

"蓝脚鲣鸟！真的是它！"

在自然界中，长着蓝色皮肤的动物本就另类，更何况它们的脚蓝得那么鲜明，那么有个性。这种相貌奇特的鸟与纳斯卡鲣鸟属于同一家族，都有长而锋利的喙，能像利剑一样高速扎入海中，捕获鱼类。但在陆地上，它们就显得傻头傻脑。据说每到恋爱季节，雄鸟为博取雌鸟的欢心，会跳起滑稽的求偶舞，展示蓝色的大脚，样子呆萌至极。

熔岩潟湖的水很暖，鱼很多，但泡在其中的我，心猿意马。

企鹅，企鹅，你在哪儿呢？

老外们一个个爬上了橡皮艇。刘小可倒数第二个上船，我也只好恋恋不舍地离开这片海，与企鹅见面的最后机会就这样溜走了。

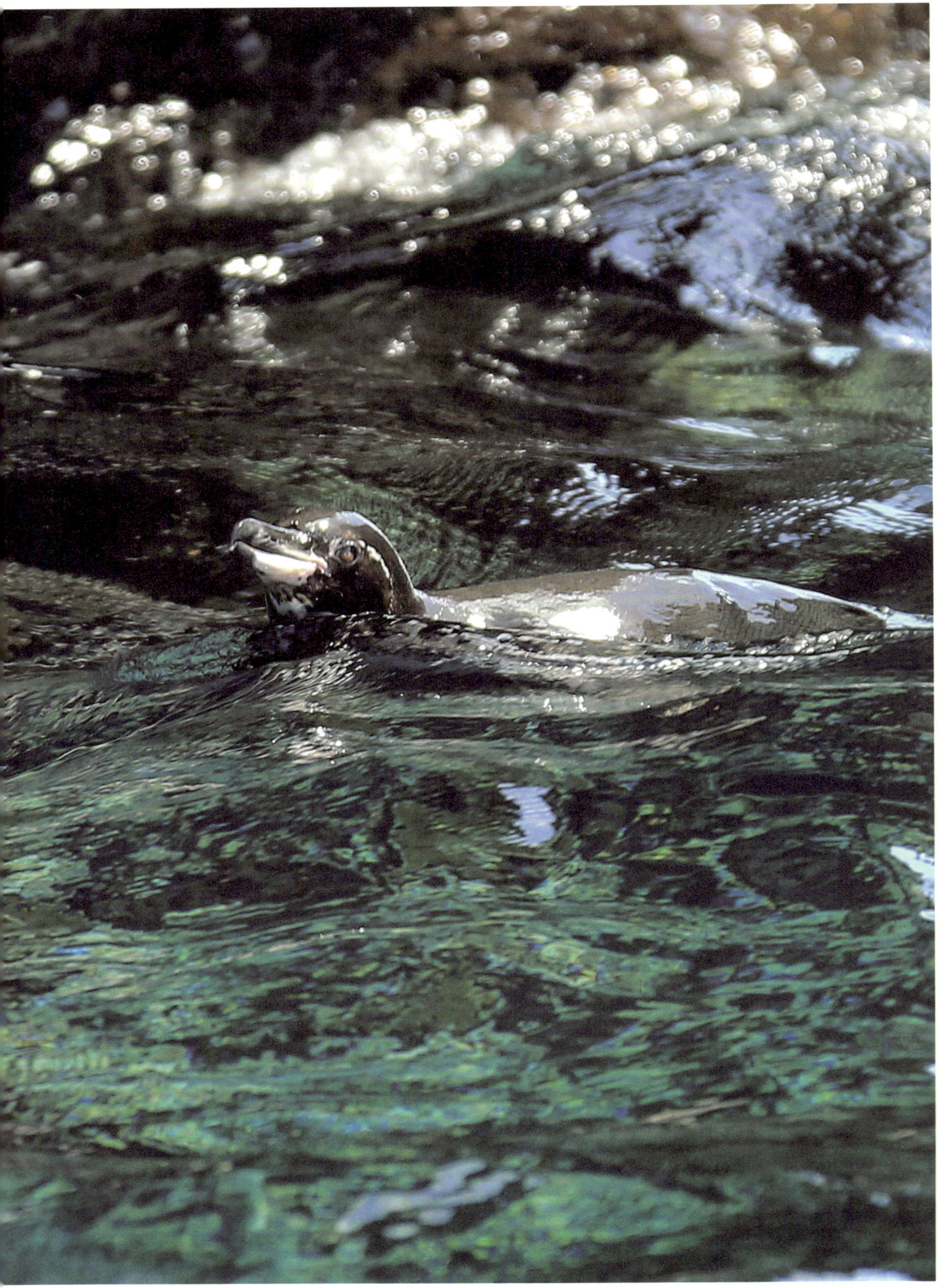

当橡皮艇发动引擎、准备掉头的时候，波光粼粼的海面上出现了一个小黑点，仔细看，像一只黑色的小鸭子，时而扭头梳理羽毛，时而将头埋入水中。它会是企鹅吗？在我们的强烈要求下，小艇慢慢靠了过去。就在"小鸭子"探出头的一瞬间，我俩结结实实地对视了一眼，它脸颊两侧的白色羽毛，与我们在智利见到的麦哲伦企鹅颇有几分相似。

就是它！世界上唯一一种生活在热带的企鹅——加拉帕戈斯企鹅！

"跟我来！"我冲刘小可喊了一声，直接跳海游了过去，几个老外也跟过来。

企鹅小朋友相当配合，淡定地浮在那儿，直到我可以清楚地看见它胖胖的、带斑点的白色肚皮和黑黑的小短腿儿。当我钻出水面的一刹那，距离企鹅只有不到半米，刘小可用潜水相机拍下了这珍贵的合影。

尽管亲眼所见，我仍觉得不可思议，企鹅这种冰天雪地里生活的动物，不仅随着洋流漂到了热带海岛，还能在此幸福地安家。谁说动画片都是骗人的？美好的故事不就在加拉帕戈斯真实地上演着吗？这里曾经是动物的庇护所，如今是人与自然和睦共生的伊甸园。

在加拉帕戈斯的最后一个夜晚，我们再次来到镇上的小码头，坐在长椅上面朝大海，周围的孩童在追逐嬉闹，脚边的海狮熟睡正酣。

瓜亚基尔：当圣马丁遇到玻利瓦尔
　　——Mario

　　瓜亚基尔，一个有点儿拗口的名字，却不妨碍它成为一座历史名城。1822年7月25日，已打下南美半壁江山的阿根廷人圣马丁来到瓜亚基尔，与来自委内瑞拉的解放者玻利瓦尔深情相拥。两位南美独立战争领袖在绝密环境里进行了三天会晤，圣马丁返回秘鲁，不久便退隐江湖。关于"双雄会"的内容，两人至死都保持缄默。这次影响深远的会谈留下了永远解不开的历史之谜，也将传奇色彩赋予了瓜亚基尔这座城市。

　　今天，在瓜亚基尔市中心，一座醒目的纪念碑岿然耸立，玻利瓦尔与圣马丁的铜像携手并肩。"美洲不会忘记我们拥抱的这一天"，圣马丁将军的豪言犹在耳边。我们的瓜亚基尔暴走就从这座纪念碑开始。

　　从空中鸟瞰瓜亚基尔，让我想起长江之滨的上海。这座厄瓜多尔第一大城市坐落在瓜亚斯河口的冲积平原上，是全国工商业中心、重要港口和交通枢纽。与高海拔的基多不同，瓜亚基尔是一座充满热带风情的城市，瓜亚斯河从这里缓缓流过，汇入太平洋，暖湿的空气令人备感滋润，到处绿树成荫、繁花似锦，这才是赤道之国该有的样子。

　　时值圣诞假期，街头巷尾弥漫着节日气氛。十月九日大街走到尽头，就是美丽的滨河大道。绵延数公里的滨河观景区被一座名为"码头2000"的城市综合体所覆盖，其中云集了精致的餐厅、会所、商铺、影院、博物馆和游乐场，成为市民最喜爱的城市公园。

蜥蜴出没！注意！

　　沿着河边漫步，可以看到高大的、带有浓郁摩尔风格的古老钟楼，马路对面的欧式建筑也有点儿上海外滩的味道，那是市政厅和政府宫。著名的圣弗朗西斯科教堂与瓜亚基尔天主教堂都在不远的地方。天主教堂是一座宏伟的哥特式建筑，黄白色的外墙清新而现代。教堂门前的小公园里长满了热带植物，玻利瓦尔铜像与厄瓜多尔国徽笔直排列在教堂的中轴线上。

　　当我们溜达着走进公园，前方"高能"突然袭来。地面上散养着一些动物，按常理来说应该是鸽子，教堂、广场、英雄像、和平鸽，多么和谐的画面！但此时出现在我们眼前的居然是满地的蜥蜴！如果我是个爬行类恐惧症患者，非得当场昏厥不可。

这些背上长着肉鳍的"四脚蛇"，学名叫绿鬣蜥，体长有一米多，浑身黄绿色。我大概数了数，至少几十只。它们有的趴在阳光下打瞌睡，有的就在长椅边，贼头贼脑地盯着游客手里的零食。刘小可瞪大眼睛，指了指面前那棵树，我抬头一看，顿时一身鸡皮疙瘩……电线杆粗的树上，爬满了大大小小的蜥蜴，它们肥胖的身躯似乎随时会把树枝压断，砸到我们头上。

但事实上，这些大"爬宠"并不像看上去那般面目可憎。无论是面对孩子的挑逗，还是与我们这些游客合影，蜥蜴们都表现得十分乖巧。坐在长椅上看报纸的老人早已习惯了这些安静的朋友睡在脚边。蜥蜴们同样生活惬意，它们显然相信人类是善良的。唯一让我百思不解的是，这样一个完全开放的小公园，蜥蜴不会跑掉吗？

圣安娜山顶的日落

离开魔幻的蜥蜴公园，我们沿河一路北上，直奔圣安娜山。依山而建的拉斯佩尼亚斯是一片既文艺又富有生活气息的街区，像里约的塞拉隆阶梯与智利瓦尔帕莱索老城的结合体。踏着复古的青石板路缓步上行，穿梭于色彩鲜艳的殖民建筑群中，浓浓的年代感让人沉醉。石板路的尽头开启了一段迂回陡峭的阶梯，一鼓作气爬到山腰，能隐约感受到瓜亚斯河吹来的清凉。

继续向上，穿过狭窄的巷子，游走于民宅之间。胡同里乘凉的大叔大妈投来友善的微笑，放学后的小朋友叽叽喳喳地跑回家。临近山顶，酒吧和咖啡馆多了起来，这些错落有致的彩色房子大多有一个精致的阳台，五颜六色的花花草草缀饰其间。点一瓶冰啤酒，坐在阳台上看大河流淌，简直美到冒泡，但那是登上山顶之后才能考虑的事情。

终于，我们来到了山顶观景台，这里海拔不高，却已是全城的制高点，眼前一片开阔，耳边凉风习习。蓝白相间的灯塔与可爱的小教堂交相辉映，美轮美奂，古老的炮台诉说着圣安娜山的过往。这里曾是一座易守难攻的军事要塞，逆河而上的海盗会遭到大炮的猛烈轰击。如今，圣安娜山已成为瓜亚基尔首屈一指的旅游胜地，360度的城市全景在这里尽览无遗。

天边出现了经典的"鸭蛋黄"，一场完美的日落恰好被我们赶上。我们就站在那里，看着大地披上橙色，对面的山坡亮起点点灯火，直到最后一抹余晖坠入地平线，整个城市霓虹闪烁。唯有宽阔的瓜亚斯河始终波澜不惊，像时间一样静静流淌。

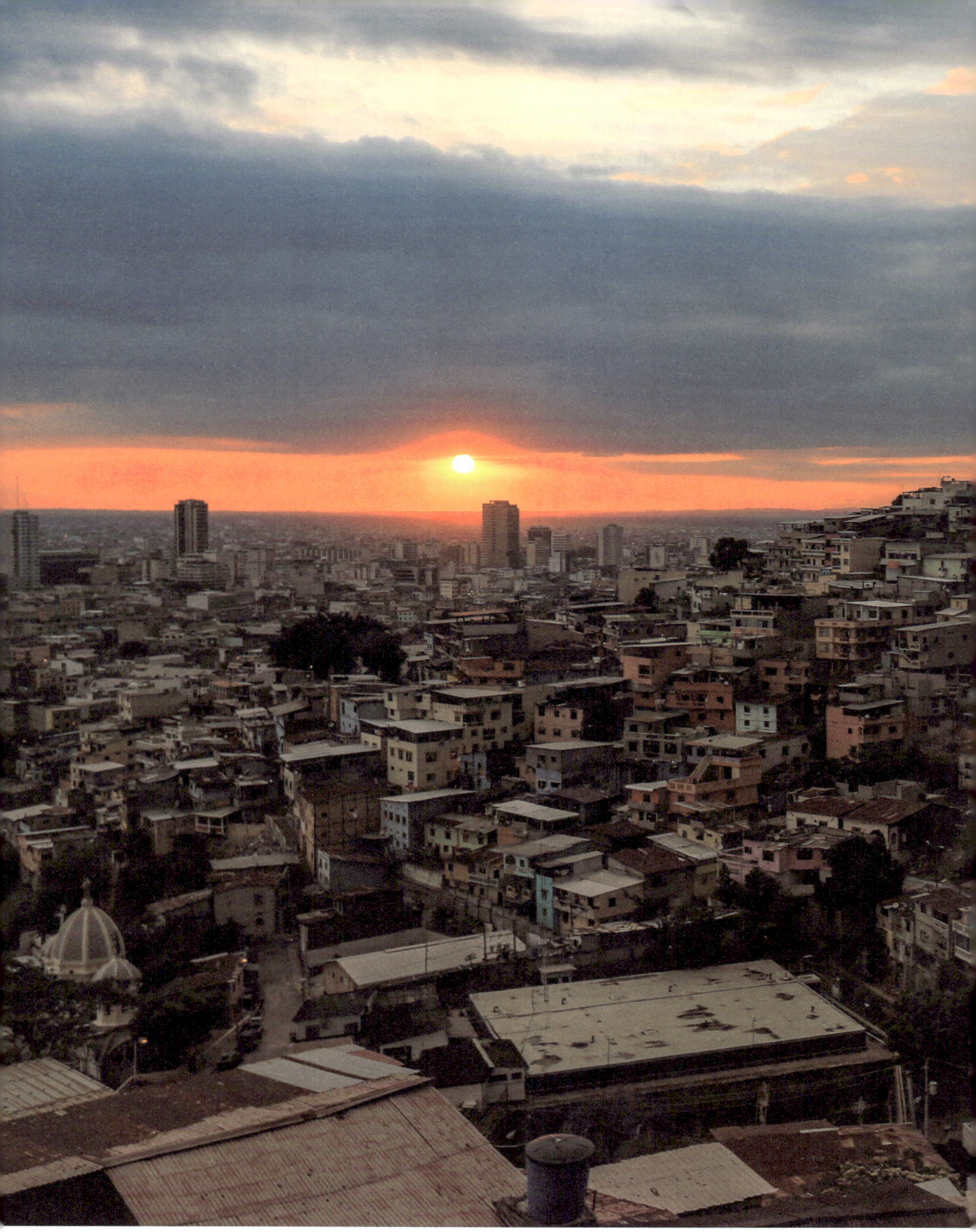

日落（瓜亚基尔，厄瓜多尔）

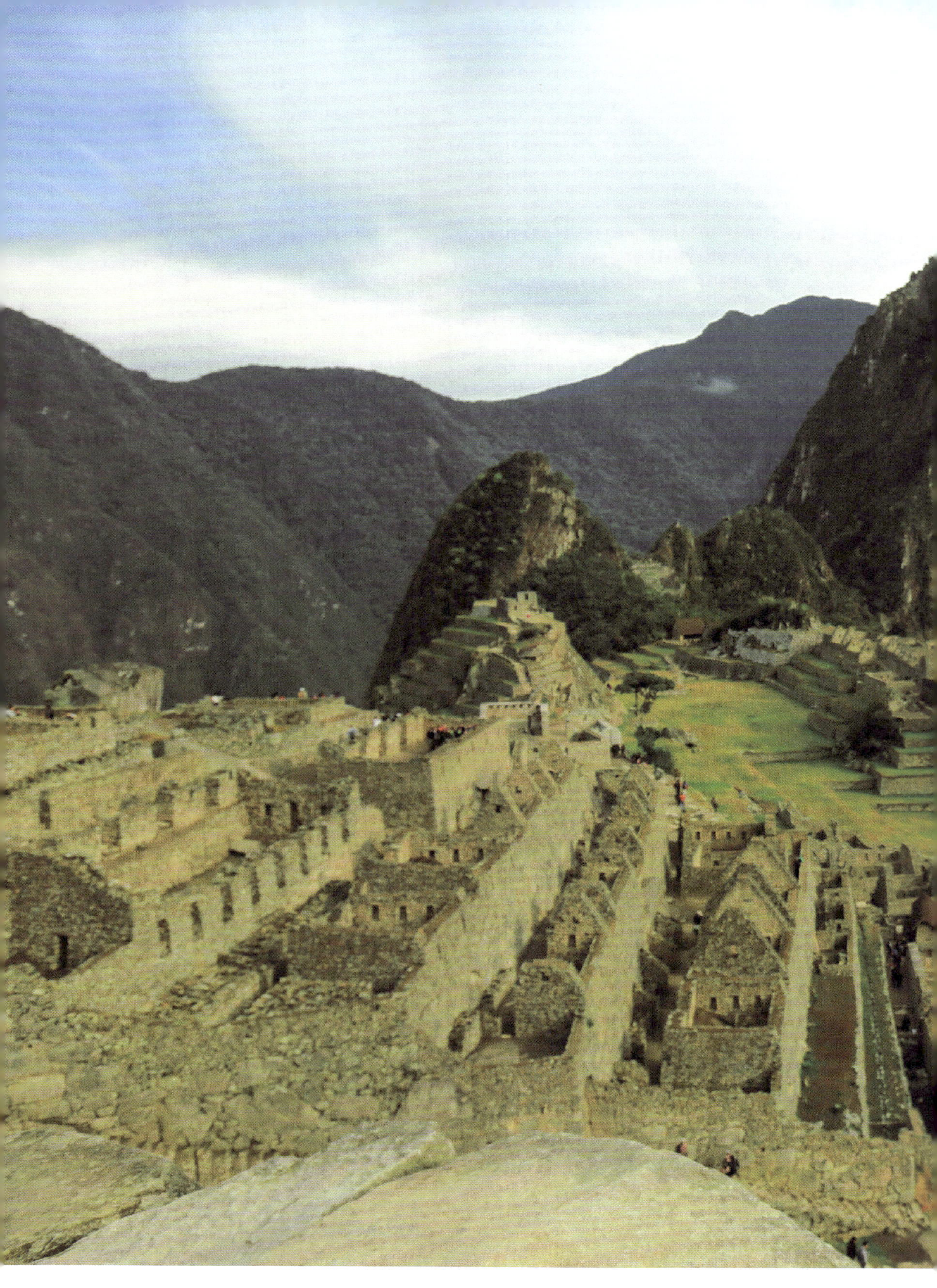

秘鲁 *Peru*

库斯科：地球的中心点
　　——刘小可

　　走在库斯科的大街小巷，排箫曲《神鹰飞过》（*El Condor Pasa*）不绝于耳，声音哀伤、空灵、高远，似在诉说着这座海拔3400米的城市的过往。我们就在这排箫声中，抵抗着轻微的高反，探寻库斯科的起起落落、印加文明的浮浮沉沉。

　　印加（Inca），即"太阳之子"。传说太阳神印蒂的儿子曼科·卡帕克奉父之命找到"地球的中心点"，在此建立了印加帝国的都城——库斯科。作为政治、经济、文化及宗教中心，库斯科曾享有至高无上的地位，直到西班牙殖民者弗朗西斯科·皮萨罗率兵征服印加帝国，昔日的荣耀之地渐渐褪去了高贵的光环。

　　如今，库斯科不再是秘鲁的中心，却仍是旅行者的首选之地。这里是前往圣谷、马丘比丘、印加古道的主要门户，城市本身也是一座鲜活的博物馆，过往的历史都能在其中找到载体。虽然目之所及大多是西班牙殖民风情，但仔细观察，古老的印加文明仍是其精神内核。

　　位于市中心的太阳神殿是印加人心目中的圣地。据说西班牙人到来之时，无不惊讶于其奢华的程度——黄金镶嵌在外墙上，在太阳照射下闪着金光。他们绑架了印加王，勒令印加人将黄金拆下来拱手奉上，最终却不厚道地"撕了票"。不仅如此，西班牙人还毁掉太阳神殿，在原址上建起了圣多明戈教堂，强推天主教，取代印加人原有的信仰。

　　这本是一场殖民者的精神侵略，却成就了一座天主教堂与印加神殿融为一体的罕见建筑。我们流连其中，既能看到残存的印加石墙，又能看到西班牙式的庭院，印加石基上叠建着西班牙教堂，两种文明的另类交融竟产生了异样的美感。

　　在西班牙殖民时代，城市中心迁至不远处的武器广场。广场上对称分布着六大块草坪，为高原之城增添了几分绿意，四周环绕着西班牙风情的拱廊和教堂，其中库斯科大教堂最为引人注目。它以印加石为原料，呈现出的却是文艺复兴风格。

　　我们买了两张票走进教堂。虽然精美的欧洲名画与华丽装饰值得细细品味，但我的心思全都用来寻找本土画家马科斯·萨帕塔创作的那幅《最后的晚餐》。兜兜转转，终于在教堂的一角发现了这朵奇葩。画中人物没有达·芬奇版本的诡异神情，取而代之的是一张张"吃货专用脸"，最神奇的是耶稣面前的盘子里，居然放了一只安第斯烤豚鼠！想不到看上去朴实无华的秘鲁人民，居然如此富有娱乐精神。

走出教堂，恰逢夕阳西下，广场中央的雕像焕发着金色的光芒。面对西班牙殖民者长达300年的统治，秘鲁人始终没有放弃争取独立的信念，这座雕像便是在反抗殖民统治中献出生命的民族英雄图帕克·阿马鲁二世。传说他死后化身为一只山鹰，翱翔于安第斯山上空，耳边萦绕的《神鹰飞过》就是秘鲁人民为了纪念他而创作。

"Sexy woman"

走在库斯科街头，总有人谈论"Sexy woman"。可目之所及多是衣着传统的安第斯妇女，或一身利落户外打扮的外国游客，"性感的女人"在哪里？

其实，他们说的不是什么性感女人，而是城市北部的一处印加遗址——萨克塞瓦曼（Saqsaywaman）。这个拗口的名字和"Sexy woman"谐音，于是就有了通俗易懂的代名词，只是与其本意南辕北辙。在克丘亚语中，"Saqsaywaman"意为"山鹰"。

出租车载着我们盘山而上，停在遗址的入口处。门前的地形图清晰展示着萨克塞瓦曼之于库斯科的军事堡垒作用，依靠自下而上的三层城墙来保护都城，固若金汤。

城墙由大小不一的多边形巨石砌成，不用任何黏合剂，完全凭借精确的切割和细致的打磨，巧用力学原理，使石块与石块之间凹凸咬合，无缝对接，紧密得连一张纸都塞不进去，体现了印加建筑之精髓。

萨克塞瓦曼的建成花费了印加人近百年时间，如今能看到的部分只是鼎盛时期的20%左右。西班牙殖民者征服库斯科后，重新规划城市，萨克塞瓦曼被当作采石场，库斯科大教堂的石料就取材于此。然而，即便只剩下断壁残垣，萨克塞瓦曼依旧不失壮观。

下山途中，当地司机带我们来到半山腰的教堂广场，站在这里可将整个库斯科尽收眼底。安第斯山脉绵延起伏，环绕在城市四周，砖红色的房屋错落有致地分布于山谷之中。据说，库斯科城是一只美洲狮的形状，而萨克塞瓦曼正是狮子的头部所在。

"最后的晚餐"

看过了库斯科大教堂那幅《最后的晚餐》，我们迫不及待去体验以烤豚鼠为特色的秘鲁大餐。

圣布拉斯区，是库斯科颇具文艺气息的一片街区，也是享用晚餐的上乘之地。它位于半山之上，一路爬坡，我们明显感到有些喘。Pacha Papa是一家藏于此地的餐

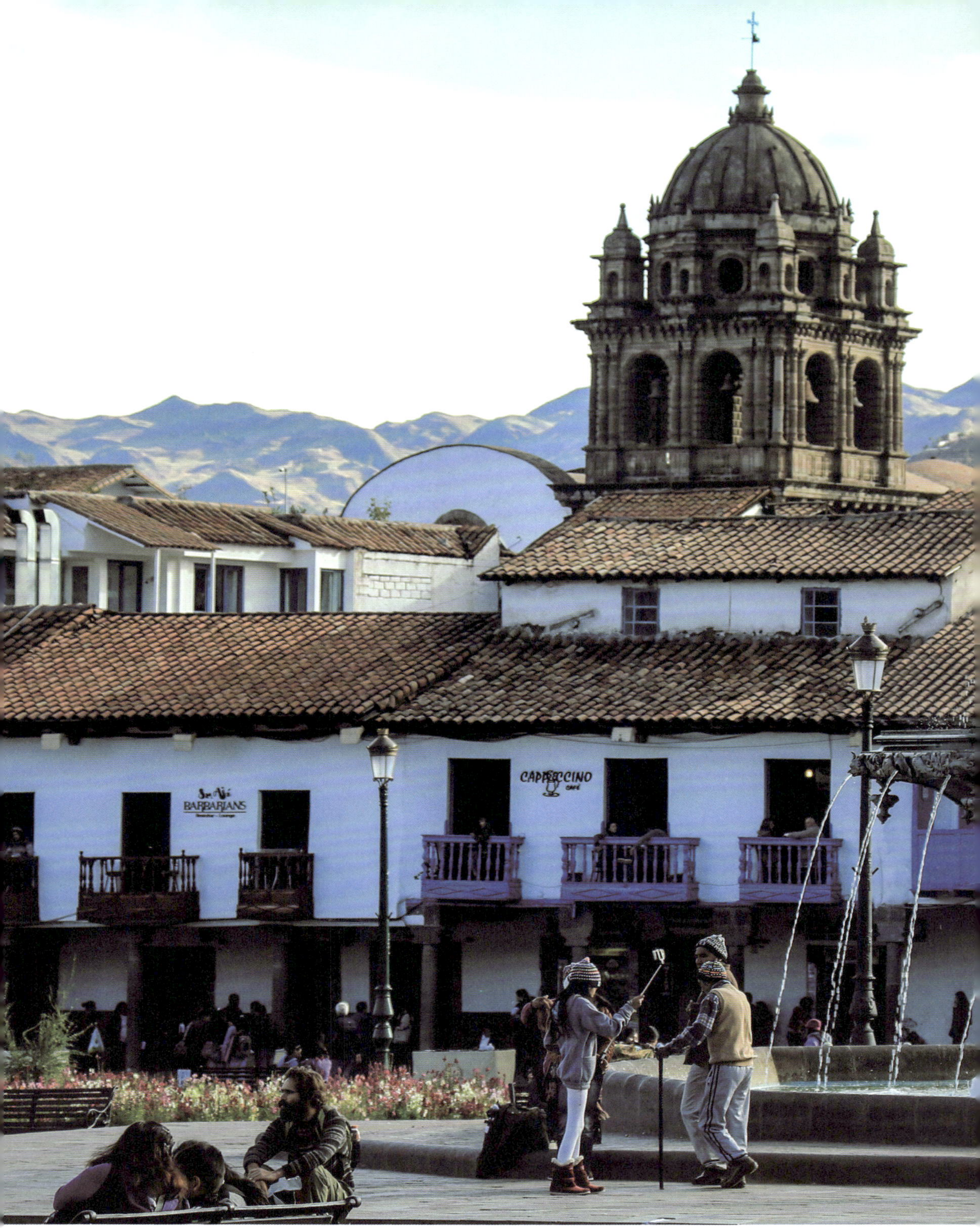
BARBARIANS
CAPPUCCINO

高原古城（库斯科，秘鲁）

厅，白色墙壁搭配蓝色的窗户，有点儿地中海的味道。进了正门，是一座四四方方的露天庭院，高原的夜晚凉意袭人，好在庭院中的煤油炉温暖了用餐的客人。跟服务生确定了一只烤豚鼠和一大扎紫玉米汁后，我又要了酸橘汁腌鱼，撸串爱好者强哥毫无悬念地点了串烧牛心。

酸橘汁腌鱼，一道让我心心念念许久的菜。鱼肉切成小块，在加入调料的柑橘汁中浸泡，跟洋葱、番薯及脆烤玉米粒拌在一起，一口下去十分酸爽。而串烧牛心就是强哥的心头好了，厚实的牛心烤到外焦里嫩，浇上浓郁的酱汁，咬上一口弹性十足，且毫无腥气。

两道前菜过后，我们胃口大开，主菜烤豚鼠来得正及时。

"好像一只小小的烤乳猪。"我仔细地端详着眼前的这只"萌宠"。

"不是也有人叫它荷兰猪嘛！"强哥一边说一边用相机记录下这盘"暗黑料理"。

对于热爱小动物的人，吃豚鼠可能略显残忍，但在食物匮乏的安第斯山区，这些繁殖力强、易于饲养的小家伙确实是重要的肉类来源，也是秘鲁的一道传统"国菜"。经我们鉴定，烤熟的豚鼠皮薄如纸，有点儿焦又有点儿脆，混合着胡椒、大蒜、酱汁的味道；肉质鲜美，但肉量较少；吃起来不像烤乳猪那么油腻，有点儿类似烧鹅或烤鸭。

一只小小的豚鼠很快被我们消灭干净，配上清甜可口的紫玉米汁，这一餐真正品尝到了安第斯的味道。

圣谷掠影
　　——刘小可

　　从库斯科到马丘比丘，可以乘坐昂贵旅游专列，享受全景天窗的奢华；或者驱车穿越圣谷，领略一段田园牧歌般的风景。我们选择了后者。

　　圣谷，乌鲁班巴河谷的别称，连接着库斯科与马丘比丘。这里海拔相对较低，气候宜人，土地肥沃，是印加帝国主要的粮食产区，也是贵族们的度假之地。圣谷中隐藏着堡垒、神殿等印加遗址，也散落着喧嚣的集市和静谧的村庄。

　　包车是游览圣谷的最佳方式，走走停停，拍拍看看。我们在武器广场附近随机找了辆车，司机是库斯科本地人，几乎不会英语。用地图简单沟通过行程之后，就向着圣谷的方向出发了。

　　大约30公里过后，车子驶入了一座古老的村庄——钦切罗。村子不大，小路纵横，几乎看不到游客，当地人也寥寥无几。一座纯白色的教堂是村庄的地标，教堂前的开阔地是集市所在，平常的日子也有当地妇女售卖纺织品。

　　秘鲁的纺织工艺非常有名，原料多种多样，棉花能制成质地粗糙的布匹，羊驼毛能制成精细的织物，格外柔软的小羊驼毛用来制作上等的精美毛料。这些手工制成的颜色十分鲜艳的斗篷、帽子、毛衣、包包，只要随意选上一两件，立刻变身安第斯姑娘小伙。

　　告别钦切罗，我们向着乌鲁班巴的方向驶去，这个名声在外的重镇却并无可看之物，距离乌鲁班巴不远的莫雷梯田和马拉斯盐田倒是值得驻足的两个地方。

　　跟常见的逐级向上的梯田不同，莫雷梯田是在山间挖一个圆形的大坑，如同一座采矿场，一层一层向下延伸。据说，这里是印加人的"农业实验室"，每一层的温度不同，适合种植不同的农作物。如今，梯田已经成为这个小村庄的王牌风景。

　　马拉斯盐田，可谓圣谷中的一条清流。远远望去，像雪山一样洁白壮观；走近细看，一块块的盐田在山坡上连接成片。富含盐分的溪水流入高低错落的盐池中，蒸发后析出白花花的盐。不知从何时起，盐田被"网红"男女们发现，专程来此拍摄小清新的文艺片，好在此时来的"网红"并不多，采盐工作如常进行。

　　欧雁台是我们圣谷之行的最后一站，抵达时天色不早，司机把我们放到古城遗址，便驱车返回库斯科。欧雁台遗址是一座宏伟的建筑工程，惊人的石方阶梯沿着陡峭的山体直达顶部的堡垒，那里亦是祭祀区。据说，山下的小镇是现存印加城市中最佳的规划样本，保持着与数百年前基本一致的布局。路面的大石和窄窄的巷子，依旧可以看出古城的味道。中心广场已充满商业气息，四周环绕着餐厅、青旅和店铺，来来往往的都是由此中转去马丘比丘的人。

"快到时间了，我们去检票吧！"

我叫上正在街边小摊买牛心串的强哥，急匆匆奔向广场旁边的火车站。

"走！去马丘比丘了！"

马丘比丘：天空之城
——刘小可

走出热水镇火车站时，夜色已深，街上依旧人声鼎沸。这个大山深处的闭塞小镇只有乘火车翻山越岭，或徒步印加古道才能抵达。热水镇的名字源于当地丰富的地热温泉资源，这里距马丘比丘仅6公里，是旅行者必经的歇脚地和大本营。

我们在一家简陋的小旅馆过夜，次日清晨天还没亮，便迷迷糊糊来到售票厅前，希望搭乘第一班巴士赶早进山。然而比我们早的大有人在，队伍龟速移动。提着暖水壶、拿着一次性杯子的安第斯大叔，边走边叫卖热气腾腾的咖啡，又困又冷的我如同看到了救星。

东方泛白，晨曦将至，我们终于登上了中巴车，沿着"之"字形山路迂回向上驶去。马丘比丘门前人潮汹涌，检票进门，人群立刻分散在古城之中。攀上一段曲折的台阶，我们来到葬礼石守护者小屋，这里是欣赏全景的最佳位置。初见马丘比丘，正准备端起相机来张"定妆照"，一阵浓雾突然袭来，整个古城消失在云中，我们只能焦急等待。

好在时间不长，马丘比丘便缓缓揭开了神秘的面纱。白云萦绕的山峰宛若仙境，气势磅礴的石城"飘"在群峰之间，它像是由一整座山峰切削而成，层层叠叠，纵横交错。此时此刻，我理解了希拉姆·宾汉发现马丘比丘时的感叹，"这是世界上最美丽的石方工程，它简直令我不能相信自己的眼睛！"耶鲁大学富有冒险精神的教授希拉姆·宾汉，一直致力于寻找印加人最后的避难所——维尔卡班巴。他从当地人口中得知，乌鲁班巴峡谷隐藏着一座印加城市，便率人前往，马丘比丘在沉睡400年后，终为世人知晓。

我们从中心广场最北端的"圣石"开始探索古城，在印加人的村落中，这样的"镇村之石"必不可少。城内的规划井然有序，功能齐备，绿草如茵的广场将建筑群分为宗教仪式区和居民生活区，太阳神庙、神圣广场、皇家宫殿、拴日石等位于宗教区，居民生活区又细分为居住区、劳作区。比上述区域稍低之处是监狱群，由错综复杂的牢房、壁龛和通道组成。

500多年前，印加人凭借炉火纯青的石头加工技能，在海拔2300米的陡峭山脊上建起了一座座坚固的神庙与房屋，并配建了先进的引水系统，让家家户户都有水可

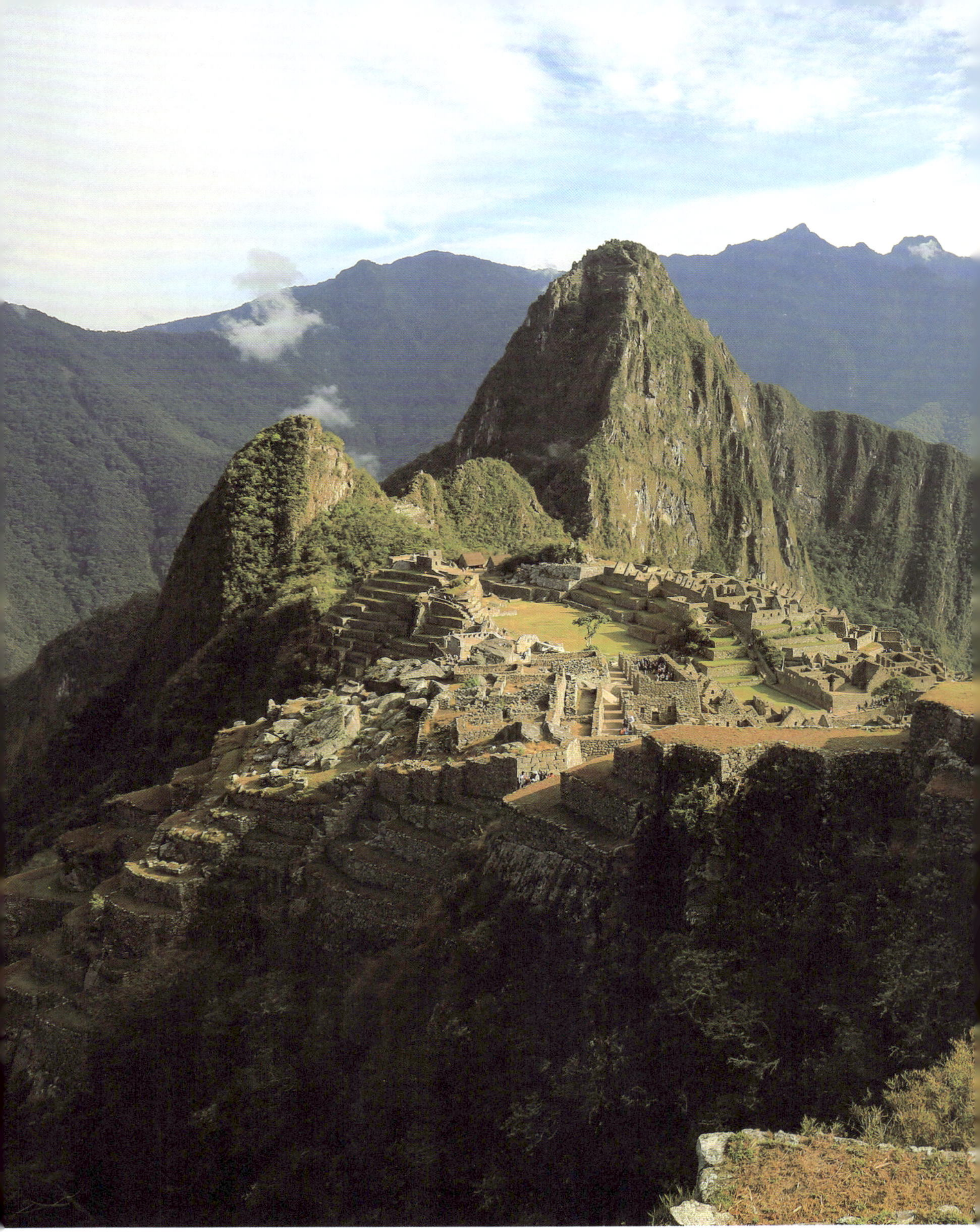

印加遗址（马丘比丘，秘鲁）

喝，再度刷新了我们对其智慧的认知。

马丘比丘，在克丘亚语中意为"古老的山峰"。与之相对，还有一座"年轻的山峰"，叫作华纳比丘。两座高峰遥相呼应，守卫着中间的马丘比丘城。在马丘比丘的经典照片上，古城背后那座形如驼峰的山丘格外醒目，我的第一感觉——那一定是马丘比丘，其实不然，它是华纳比丘。

这座地标式的陡峭山峰，看上去神圣而不可征服，但实际上它与对面的马丘比丘峰一样，都是可以攀登至顶的。不过为了保证安全，每天的登山时间和人数都受到严格限制。我们提前一个多月在官网上预约，最终如愿获得了攀登华纳比丘的资格。

羊肠小道，迂回曲折。印加人的阶梯悬于绝壁之上，隐藏在繁茂的植被中。我们踏着石阶，不急不缓地上行。回望脚下，乌鲁班巴河在万丈深谷间蜿蜒流淌，开往热水镇的小火车穿行于茂密的丛林中，时隐时现。接近山顶的石阶，窄到仅容半只脚侧立，我们手脚并用，一鼓作气冲上顶峰。

出人意料，这里并不只有原始的山峰，居然还有一座印加堡垒，虽然规模比马丘比丘要小很多。站在海拔 2667 米的华纳比丘之巅，换了视角的马丘比丘城变得熟悉而又陌生，它盘踞在崇山峻岭之间，三面悬崖峭壁，如同飘浮在半空。

"真是一座天空之城！"我不禁脱口而出。

印加人为何在如此险要的位置修建马丘比丘城？这是每一个到访者都会提出的问题。对此，学界始终存在争议。多数观点认为，马丘比丘是印加皇室贵族的度假胜地；也有人提出，马丘比丘可能是专门祭祀太阳神的朝圣场所；还有学者试图证明，马丘比丘是印加帝国为了镇压叛乱而修建的军事堡垒。

无论缘何而建，印加人都为世界留下了一处宝贵的历史文化遗存，吸引着无数旅人奔向这座"天空之城"，感受昔日王朝的辉煌与沧桑。关于这片石墙断垣，想必无人能比聂鲁达的旷世名篇《马丘比丘之巅》描述得更富有诗意：

我看见石砌的古老建筑物，
镶嵌在青翠的安第斯高峰之间。
激流自风雨侵蚀了几百年的城堡奔腾下泄。
……
在这崎岖的高地，
在这辉煌的废墟，
我寻到能续写诗篇所必需的原则信念。

普诺：寻找漂浮岛
——Mario

烟波浩渺的水面上，几座神秘小岛若隐若现。

"靠近！再靠近点儿！"我对船老大喊道。

就在我伸手几乎触到边缘之际，近在咫尺的小岛居然漂远了。

我使尽浑身力气，拼命去抓，却怎么也够不到它，只能眼看着小岛越漂越远。

这太荒诞了，简直像在做梦，而我却醒不过来。

……

"嘿！能听见我说话吗？知道这是哪儿吗？"耳边传来刘小可的声音。奇怪，她怎么问这样的问题？

我睁开眼，脸上好像有什么碍事的东西，伸手一扒，居然是氧气面罩。

"这不是普诺吗？我们要去漂浮岛啊！"我着急地说。

"你终于清醒了！我还以为你傻掉了……早上起来你神志不清，我费了好大劲儿才把你弄到医院来。"

"等等……这是医院？"我只记得昨晚吃了酒店的晚餐，因为今天要去漂浮岛，所以睡前定了闹钟。再后来，就感觉做了个好长的梦，没想到一觉睡到了这里……

"快走！去漂浮岛来不及了！"我一看手表，已经10点了。

这时，一个穿白大褂的年轻医生走了进来，用糟糕的英语加西语跟我说话，大概意思是，你有高反缺氧的症状，需要留院观察。

"观察个屁！"我扯掉手上的输液针头就往外走。医生连忙拦住我们，要求签署"后果自负协议"才准许离开。我草草签了名，拉着刘小可走出医院……

普诺，秘鲁西南边陲的一座小城，海拔3800米以上，紧邻的的喀喀湖，是从秘鲁一侧进入湖区的门户。我们从库斯科乘坐大巴，经"太阳之路"来到这里，沿途风光古迹引人入胜。古朴的红砖教堂坐落在普诺城中心，几处考古遗址分布在城镇周边，但旅行者千里迢迢来到这里，大多是为了一睹的的喀喀湖的芳容。上午的意外插曲使我们错过了团队游的出发时间，只得从旅行社临时雇一位向导，专程带我们进湖。

对于"高原明珠"的的喀喀湖，我们并不陌生，之前在玻利维亚已经领略过她的风采。但当快艇从普诺码头驶出之后，我却很快发现了不同。在玻利维亚的太阳岛和科帕卡巴纳，蓝色的湖水清透而深邃，时而泛起大海般的澎湃；而在普诺一侧，湖水呈蓝绿色，平静的水面芦苇丛生，更像一片广阔的湿地。虽然玻利维亚拥有湖中最大最美的天然岛屿，但秘鲁的漂浮岛更是全世界独此一家，这也是我们再探的喀喀湖的动力所在。

什么样的岛屿能漂浮在水上？当快艇穿过芦苇荡间的狭窄水道，视野豁然开朗。水天相接处，厚重的白色卷云像大块的棉花糖叠压在水面。云朵之间，一座座金黄色的茅草屋在阳光下分外耀眼。仔细看，它们并不是建在岸上，而是漂在水上！这就是我们要寻找的答案——乌鲁斯人用芦苇编织成的神奇小岛。

当我们的双脚第一次踏在横纵交织的苇秆上，那种感觉很是奇妙。"地面"又弹又软，走起路来轻飘飘的，微微有些不稳。岛主人热情邀请我们到家里参观，并亲自演示了祖传的"造岛"技能。他先用木桩和绳子将大坨的苇草捆扎固定，以防它们漂散；再将切好的苇秆和苇叶交错着搭在上面，一层又一层，直到高出水面半米有余，形成漂浮的小岛。因为泡在水中的苇草会逐渐腐烂，乌鲁斯人要不断收割新的苇草补充到上面，以保证小岛始终牢固安全。

正所谓，靠山吃山，靠水吃水，靠湖就得吃芦苇（后半句自己编的）。早在印加时代，弱小的乌鲁斯族四处躲避战乱和欺凌，在的的喀喀湖畔，他们利用这里盛产的一种叫作"Totora"的苇草编织成漂浮物，漂在水上安身立命，久而久之，形成了栖居浮岛的独特生活方式。现如今，的的喀喀湖中仍有几十座漂浮的小岛，上面住着数以百计的乌鲁斯人。除了岛屿本身，他们的房屋、船只也都是用Totora编成的，真是个心灵手巧的民族。

然而，漂在水上的生活并不如想象中诗意浪漫，物资短缺、能源匮乏等问题长期困扰着乌鲁斯人。不过现在，情况有了好转，多数漂浮岛已经进行了抛锚固定，不用担心在不明水域沉没，也不会漂到玻利维亚去了；越来越多的岛民用上了太阳能，电视也有了信号；旅游业的发展让收入有所提高，有的人家还开起了水上民宿。

一艘双体芦苇船悠悠漂来，船头用Totora编成的猛兽立刻让我想起在玻利维亚坐过同样的船。爬木梯，登上二层观景台，视野顿时变得立体。阳光下，皮肤黝黑的乌鲁斯男人忙着招呼游客，衣着鲜艳、梳着两条粗辫子的乌鲁斯女人坐在家门口编织手工艺品，孩子们在周围嬉戏玩闹。

船夫划起了桨，眼前的风景随波荡漾。天空、云朵、高原湖、漂浮岛、胖胖的芦苇船，还有可爱的乌鲁斯人，这些穷尽想象力也组合不出的美好影像，还原了一个真实的童话世界。

阿雷基帕：白色之城
——刘小可

早就听说"南美的大巴不靠谱"，尤其是安第斯山区，隔三岔五来一条"翻车"的消息，看得人心惊胆战。但从普诺到阿雷基帕，长途大巴 6 小时直达，票价不到人民币 120 块，堪称"穷游"的最佳选择。思想斗争了一番，我还是壮着胆子预订了两张车票。

怀着好奇又忐忑的心情来到普诺车站，意外地发现等待我们的竟是一辆双层豪华巴士。座位无须对号，我们不约而同地冲向二层第一排的观景佳座，还收到了意外惊喜——每人一份三明治加果汁。大巴缓缓启动，一路追逐夕阳，在崎岖的山路上平稳前进，夜幕降临之时抵达了秘鲁南部城市阿雷基帕。跟库斯科一样，它也曾是这个国家的首都。

对于时间有限的旅行者，是否把阿雷基帕纳入秘鲁行程计划，可能有点儿小纠结，毕竟它不像库斯科、利马般大名鼎鼎。但这个坐落于米斯蒂火山脚下的古城，拥有迷人的自然风光和人文风情。城里大量的建筑是用一种叫作"Sillar"的白色火山岩修建而成，因此有"白色之城"的美称。

我们入住的 Katari 酒店正对着市中心的武器广场，酒店屋顶的露天餐厅便是绝好的观景台。阳光明媚的早晨，一边品尝着香浓的咖啡和新鲜的水果，一边欣赏着白雪皑皑的山峰和古老的教堂。在海拔近 3000 米的阿雷基帕，阳光和温度都恰到好处，日照充沛，又不会过于炎热，我们愉悦地享用了南美旅行中耗时最长的一顿早餐。

广场对面的阿雷基帕大教堂是一座典型的白色建筑，由西班牙殖民者卡瓦哈尔下令修建，风格大气恢宏。我们到访时，标志性的双塔之一正在修缮，否则双塔对称，与米斯蒂火山的双峰——查查尼峰（6075 米）和皮丘皮丘峰（5571 米）遥相呼应，堪称完美。

"白色之城"的美不仅在于举目远眺，更值得流连其间。走出酒店正门，来到武器广场，这里的布局与库斯科的武器广场如出一辙，四周是拱形的长廊，葱郁的棕榈树环抱着中央喷水池，鸽子与人类和谐共处。沿着广场旁边的鹅卵石步道前行，风格各异的殖民建筑被逐一解锁，孔帕尼亚教堂和圣卡塔琳娜修道院是其中的两块瑰宝。

与阿雷基帕大教堂的简约大气相比，孔帕尼亚教堂走的是浮夸路线，正门主墙上纷繁复杂的雕花让我联想起巴塞罗那的圣家堂，不由地感叹其"精雕细刻"，强哥却说："密恐患者慎入……"

圣卡塔琳娜修道院则是"白色之城"中不可多得的鲜亮色彩。这座修道院占据了一整块街区，从外面看，与城中的其他白色建筑并无不同，但高墙之内却别有洞天。白色依然是底色，而大量墙壁和拱廊运用饱和度极高的红色和蓝色进行粉刷，点缀着绿色的花花草草，或挂在窗边，或摆在墙角，释放出浓郁的西班牙南部安达卢西亚风情。

我们在这迷宫般的修道院中穿梭，想象着修女们曾经的生活：洒满阳光的庭院，狭窄交错的回廊，小巧精致的广场，风光无限的露台，生活起居的卧室、厨房、祈祷室、礼拜堂……完全是一个迷你小城市，独立地存在于大城市之中。据说，这座修道院是一位富有的遗孀倾其家产修建的，并在其中过起了隐居生活，还接纳家世背景良好的女子在此修行和学习。如今仍有修女生活于此，但她们的居住区域不向到访者开放。

瑰宝之外的阿雷基帕，散发着文艺气息，许多殖民建筑如今都变成了创意小店或是画廊。这里的羊驼毛制品不像库斯科那般粗犷地堆放在集市上，而是每一件都具有设计感，个别单品还是限量版。这里的画作大多以本地建筑为主题，将城市的一角用画笔和颜料展现出来。走累了、逛饿了，还有许多餐厅和咖啡馆可以光顾，或小酌一杯，或坐下来发呆。

"Crepisimo！"我终于发现了自己心心念念的目标。

这家饼屋传说可以做出100种不同馅料的可丽饼。店里的墙壁漆成深红色，桌椅是深棕色的，细节之处蕴藏着印加风情。服务生拿过菜单，果然有各种口味的可丽饼：甜的或咸的，加冰淇淋或撒焦糖的，有馅儿的或没馅儿的。我们坐在庭院里用餐，我点了牛油果馅儿的可丽饼，强哥来了一款加冰淇淋的，分别搭配咖啡和果汁，这简直是下午时分不能再好的小食了。

华灯初上，暴走了一天的我们回到武器广场，一边看夜景，一边吃着冻奶酪冰淇淋。

"你有没有觉得这个地方似曾相识？"强哥问道。

"西班牙！"我脱口而出。

望着这座昔日的殖民城市，回想这一天看过的教堂、修道院、拱廊、广场，以及享受了一整天的碧空艳阳，我仿佛回到了当年暴走过的伊比利亚。

纳斯卡：巨人的涂鸦
　　——Mario

　　螺旋桨的噪声在耳边嗡嗡作响，塞斯纳172型小飞机在强烈的气流中"翩翩起舞"，我们揣着极不舒服的胃，满怀期待地忍受着这趟不寻常的飞行。

　　"看，那是猴子！还有蜘蛛！"

　　透过45度侧倾的舷窗，我看到了大地上那些令人难以置信的神秘图案。这恐怕是地球上唯一必须乘飞机观看的艺术作品，像巨人的涂鸦，勾画在秘鲁西南部荒凉的戈壁上……

"穷人版"加拉帕戈斯

　　纳斯卡地画，是与复活节岛齐名的世界未解之谜，也是秘鲁之行必须打卡的坐标。因为地处荒漠，交通不便，我们包了一辆车，雇了两位司机，昼夜兼程，马不停蹄，也是够拼的。

　　从利马出发，到纳斯卡镇大约450公里，要开6个多小时，为了使漫长的旅途不过于枯燥，我们决定中途在帕拉卡斯停留休整，顺便游览当地的鸟岛。如此一来，这趟旅行的性价比也高了不少。

　　凌晨4点被闹钟叫醒，我们带着惺忪的睡眼坐上别克GL8，一路继续昏睡，再醒来已是艳阳高照。这时我才发现，除了我们和两位"爷爷级"司机，后座上还有两个妹子，包括一直跟我联络的旅行社小妹莱斯丽，以及她的闺蜜。她们居然是翘班"蹭车游"，这样我们的车上就更热闹了。

　　帕拉卡斯是一座宁静的海滨小镇，距利马250公里。周末的早晨，港口里停满了快艇和渔船，去往鸟岛的旅程就从这里出发。我们搭乘一艘没有顶棚的快艇，迎着冷飕飕的海风，驶向深蓝的太平洋。

　　首先进入视野的是港湾北侧山坡上醒目的"帕拉卡斯烛台"。这座180米高的巨型浮雕在20公里外的海上都清晰可见，但在我看来，它更像海皇波塞冬的三叉戟。考古学家认为，这处惊人的遗迹可能有两千多年历史，代表着古老而神秘的帕拉卡斯文明。

　　半个多小时的航行之后，几块形状怪异的巨大岛礁凸现海面。礁石的上空，盘旋

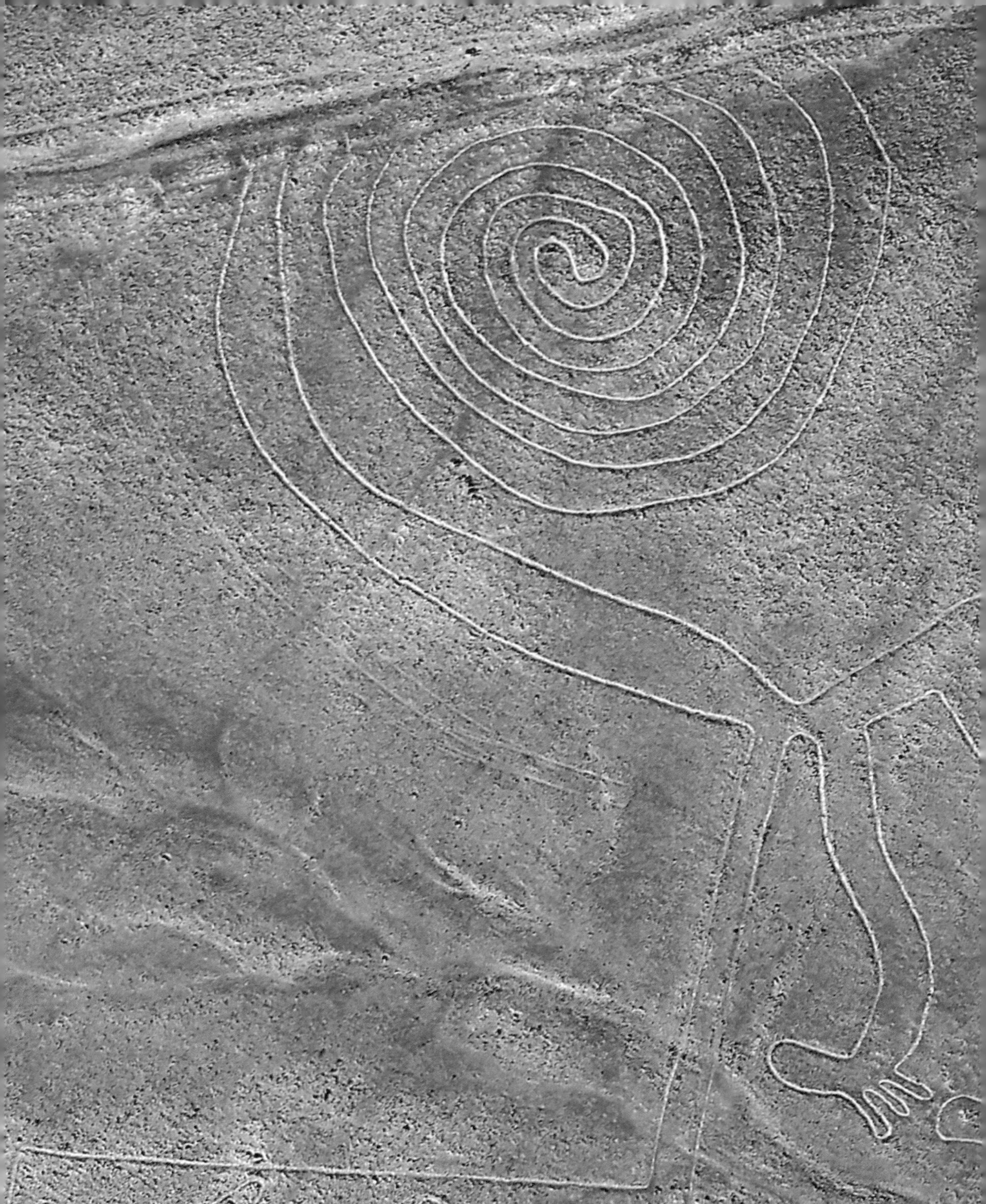

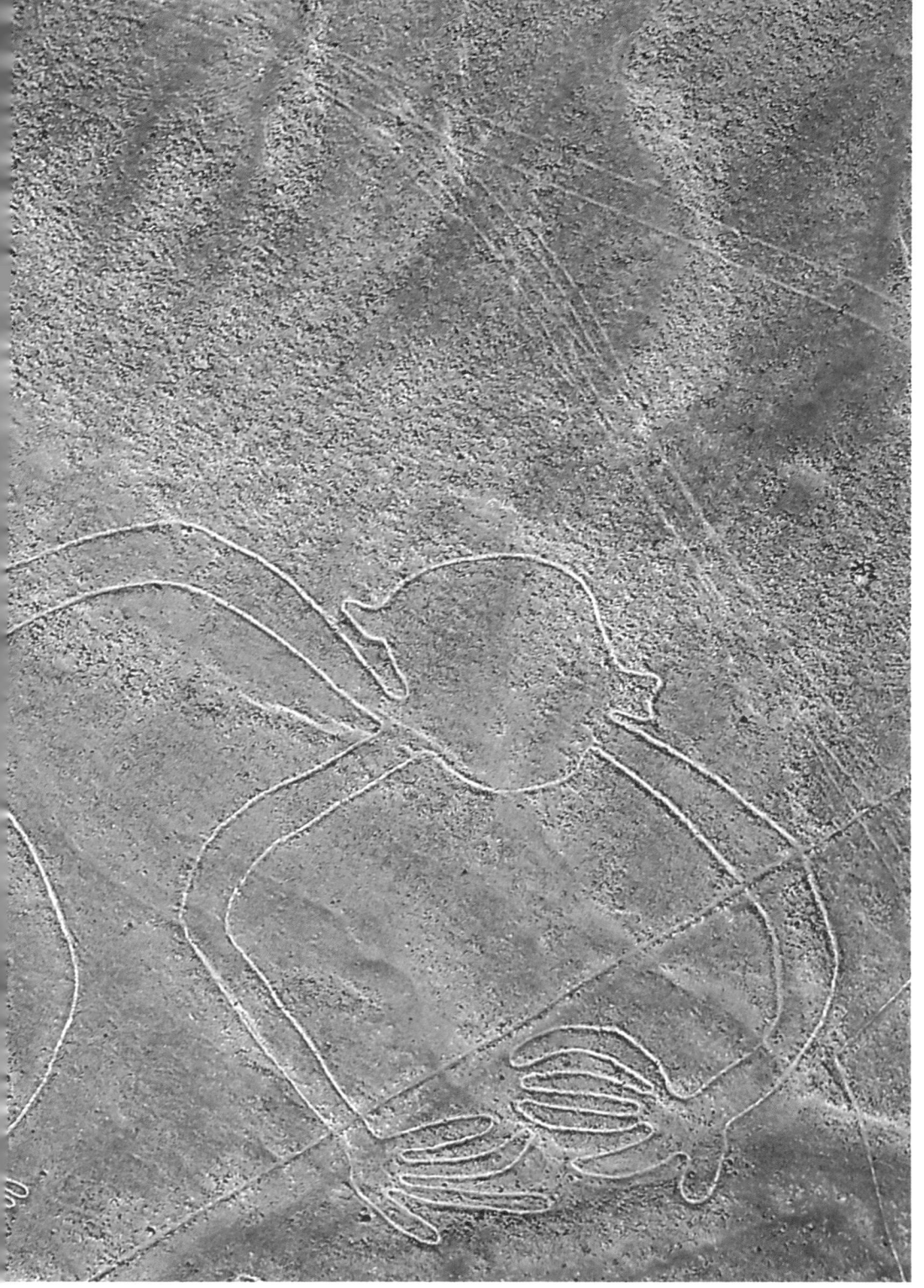

纳斯卡地画（纳斯卡，秘鲁）

着密密麻麻的海鸟，这里便是秘鲁的鸟岛，传说中"穷人版"的加拉帕戈斯。疾风大浪在鸟岛上雕凿出"门洞""拱桥"等奇异造型，憨态可掬的海狮趴在陡峭的礁石上打瞌睡，看上去随时可能掉进海里。

在这些寸草不生的荒岛上，挤满了鹈鹕、鸬鹚、纳斯卡鲣鸟，以及其他叫不出名字的鸟。真正的惊喜是在这片坐标南纬13度的岛屿上，我们居然看到了企鹅的身影。这些长着粉红脸蛋儿的小可爱叫作洪堡企鹅，与加拉帕戈斯企鹅属于近亲。看来"穷人版"加拉帕戈斯的确名不虚传。

飞跃纳斯卡

从帕拉卡斯到纳斯卡，一路上尽是火星般的荒漠景象，两位精力充沛的大叔轮流驾驶，终于在午后时分顺利抵达。干巴巴的纳斯卡，有一种美国西部片的即视感。我们直奔城南的玛利亚·雷奇机场，飞跃纳斯卡地画的小型飞机就从这座简易的小机场起飞。

虽然也有较大的飞机从皮斯科甚至利马直奔飞来看地画，但根据我的经验，飞机越小靠得越近，应该看得越清楚。25索尔的机票，30分钟的飞行，4座的迷你小飞机载着正副驾驶和我们两人晃晃悠悠地飞到半空中，于是便有了文章开头的那一幕。

纳斯卡地画分布在500平方公里的广袤荒原上，包括数以百计的线条、几何图形，以及数十个惟妙惟肖的生物形象。这些图案异常巨大，只有从300米以上的高空才能看清它们的全貌。

"欢迎来到纳斯卡！现在请看右手边，你们将要看到第一个图案——鲸鱼。"

趁着飞机侧倾之际，我按照副驾驶的提示，很快在平坦的戈壁滩上找到了那条活泼的卡通鲸鱼，它张着嘴，翘着尾巴，动感十足。

"接下来是宇航员。"

只见深褐色的矮坡上有一个清晰的人形图案，从硕大的头部和眼睛判断，可能是一名戴着头盔的宇航员。

再往前飞，地上出现了"猴子"和"狗"。尤其值得一提的是这只猴子，它身长约90米，每根手指和脚趾都清晰可见，那条卷成圆盘的尾巴更是堪称惊艳。这只卷尾猴不仅是纳斯卡地画中的经典之作，也成为秘鲁旅游官方Logo上的标志性元素，难怪看起来这么眼熟。

46米的蜘蛛、93米的蜂鸟、135米的秃鹫、300米的火烈鸟……随着小飞机在空中翻转腾挪，一幅幅巧夺天工的巨型地画在我们眼前依次展开。

究竟是谁在何时绘制了它们？目的何在？一直是考古学界期待解开的谜题。目前普遍认同的说法是，两千年前生活在这一带的纳斯卡人很可能是这些地画的作者，他们将晒成深色的土地表层移开，露出浅色的底层，也就是从空中看到的白色线条。至于地画的用途，有人猜测它们是某种地图，标记着水源的位置；也有人认为，它们对应着天上的星座，是某种祭祀的图腾。

站在公路边的玛利亚·雷奇观景台上，试着去感受这位女科学家对于纳斯卡地画一生的执着。这个人造铁架是方圆百里观看地画的最佳地点，然而从这个角度也仅能看到一部分"树"和"手"的图案。显然，这些"巨人的涂鸦"并不适合地面上的人类观看。

我不禁陷入了思索，远古的人们费力修建了这些地画，究竟要给谁看呢？或许，正如一些科幻爱好者深信的那样，纳斯卡是地球人与外星文明对话的窗口；又或许，这些地画本身就出自外星人之手。

利马：南美厨房
——刘小可

都说欧洲美食看法意，亚洲美食看中日，到了南美，"吃"就要看秘鲁了。秘鲁美食以多元化著称，我们一路品尝了库斯科的烤豚鼠、马丘比丘的藜麦饼、普诺的鸡丝炖核桃、的的喀喀湖的虹鳟鱼等本土菜之后，终于抵达了首都利马——云集了众多世界顶级餐厅与美味街边小店的"新晋美食之都"。

欢迎光临"Maido"

每次旅行前，我们都会花时间研究当地美食，却从未花心思预订过餐厅，Maido是个例外。在利马生活的朋友 Rodrigo 强烈推荐了这家入选"全球餐厅 Top50"的创意日餐，我们提前半个月发了邮件，仅预订到两个寿司台的位置。

餐厅所在的米拉弗洛雷斯区，既是利马的美食集中地，也是旅行者住宿的热门之选。从我们的酒店步行几分钟，便来到海边悬崖上的大型商业综合体 Larcomar。站在观景台上眺望，利马城坐落在沿着海岸线伸展的峭壁之上，热衷航海的西班牙人放弃了库斯科，选择在海边另立新都。眼前的太平洋阴云笼罩，冷风习习。同为热带海滨，利马与南美洲东岸骄阳似火的里约气候迥异，强哥说这是寒冷的洋流所致。凡事有利有弊，寒流带走了阳光海滩，却造就了天然的渔场，为利马的餐厅供应顶级食材。

Maido，意思是"欢迎"，也有"好久不见、感谢常来"之意，老板兼主厨津春光晴是日裔秘鲁人。餐厅独占一幢三层小楼，服务人员确认了预订信息，指引我们沿着螺旋楼梯前往二楼的普通用餐区，三楼则是豪华包间。餐厅装修并非日系风格，而是在简约现代的设计中融入了秘鲁特色，屋顶悬挂着印加人用于记事的结绳。

坐到寿司台前，服务人员齐声问候"Maido"，随即递上菜单，还赠送了两小份牛肉。这两块牛肉可不一般，它们是 Maido 的招牌之作，传说炖了 50 个小时，入口已经鲜嫩柔软到不需要牙齿，甜度和咸度都恰到好处，配上 Q 弹筋道的日本米饭，唇齿留香，回味悠长。我们当机立断，再加一大份！

颇具特色的握寿司也是必选项，肥腻香滑的鹅肝、鸭肝用急火烤至表面微焦，搭配清新爽口的扇贝柠檬，精致的食材口味互补，各有千秋。抛开这些融入了厨师创意的菜品，产自秘鲁渔场的极品鱼生则是餐厅的"硬货"，三文鱼、金枪鱼、章鱼……

各种生猛海鲜一字排开，寿司台前的我们频频点单，赞不绝口，吃到扶墙而出。

来唐人街"Chifa"

在巴西的时候，每当同事朋友要去利马出差，其他人总会满怀羡慕嫉妒恨地送上一句："多吃中餐！"可见利马在南美华人"吃货"心中的地位。这回，我们终于有机会亲自解馋了。

据说，看一个外国城市的中餐正不正，首先要看它的唐人街规模有多大，而利马就有全南美最大的唐人街。远远地，一座绿色琉璃瓦牌楼进入视野，上面写着"中华坊"三个大字，还挂了几个"四海同春"红灯笼，我们不由自主地加快了脚步。

唐人街人来人往，热闹喧嚣，两旁林立着商行、中药铺、理发店，也有零星的日韩商店，中餐馆当然是这里的主打。我们选中了人气颇旺的华乐酒家，落座之后，服务员端上一壶茶，递来两份菜单，一份是中餐，另一份竟是广式早茶。此时正是上午10点的光景，吃个早茶再合适不过了。我跟强哥驾轻就熟地在菜单上勾选了水晶虾饺、豉汁排骨、干炒牛河、叉烧肠粉……在国内我们可是广州的常客。

味蕾得到充分满足，才有闲暇东张西望，原本以为来店用餐的多是当地侨胞，没想到秘鲁人占了一半，且大多是全家聚餐。这个南美的美食大国，早已深深融入了中餐的基因。

19世纪50年代，秘鲁废除奴隶制后劳动力严重匮乏，一大批华人劳工历尽艰辛来到太平洋彼岸。他们不仅为秘鲁的建设做出了贡献，也让地道的中餐在这里落地开花。彼时，华人厨师总是在开饭时大喊一声"吃饭"，久而久之，"Chifa"就成了中餐的代名词。我们旅途中走过的各个秘鲁城市，都能看到挂着"Chifa"招牌的中餐馆。

不仅如此，一些家常秘鲁菜也有着浓郁的中国味儿。比如最受欢迎的Lomo Saltado，做法是将牛肉切成厚片，加菜椒、洋葱、酱油等配料大火爆炒，配上一碗白米饭，有点儿像中餐的黑椒牛柳或小炒牛肉；又如炒饭或炒面，把鸡丁、虾仁、蔬菜和米饭、面条炒在一起，用酱油调味调色，口味和颜色都比较重。

唐人街就位于老城区，饭后散步即可浏览这座城市的精华。作为西班牙殖民者昔日统治南美的权力中心，利马老城依然保持着帝都的风貌，这里的教堂之华美，宫殿之恢宏，广场之大气，远非其他南美城市所能企及，古代文明的遗迹与工业文明的楼宇点缀其间。这便是今天的利马，古老与现代在这里交融，东西方多元的文化碰撞出火花，而滋味丰富的美食，是它不可替代的标签。

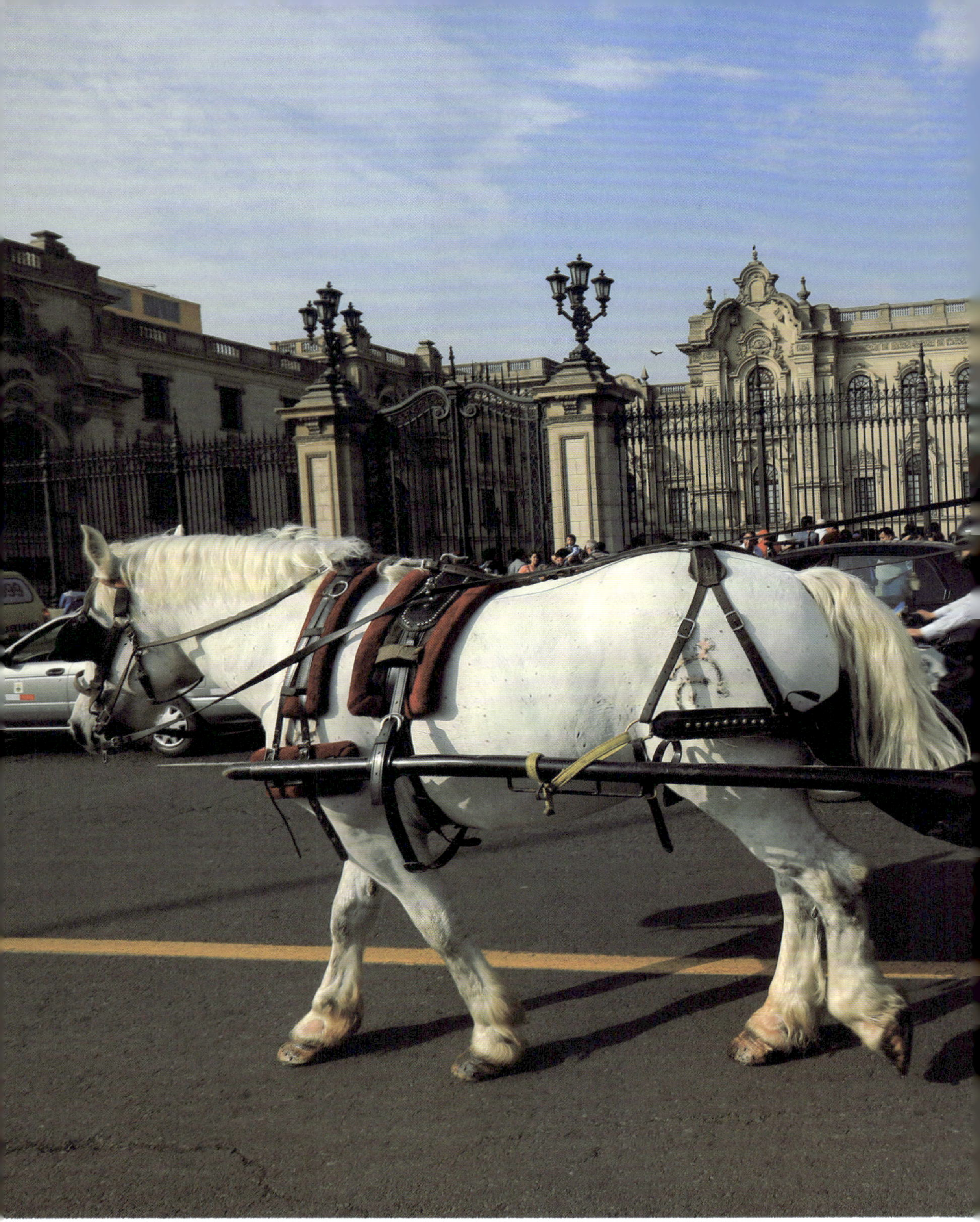

总统府前（利马，秘鲁）

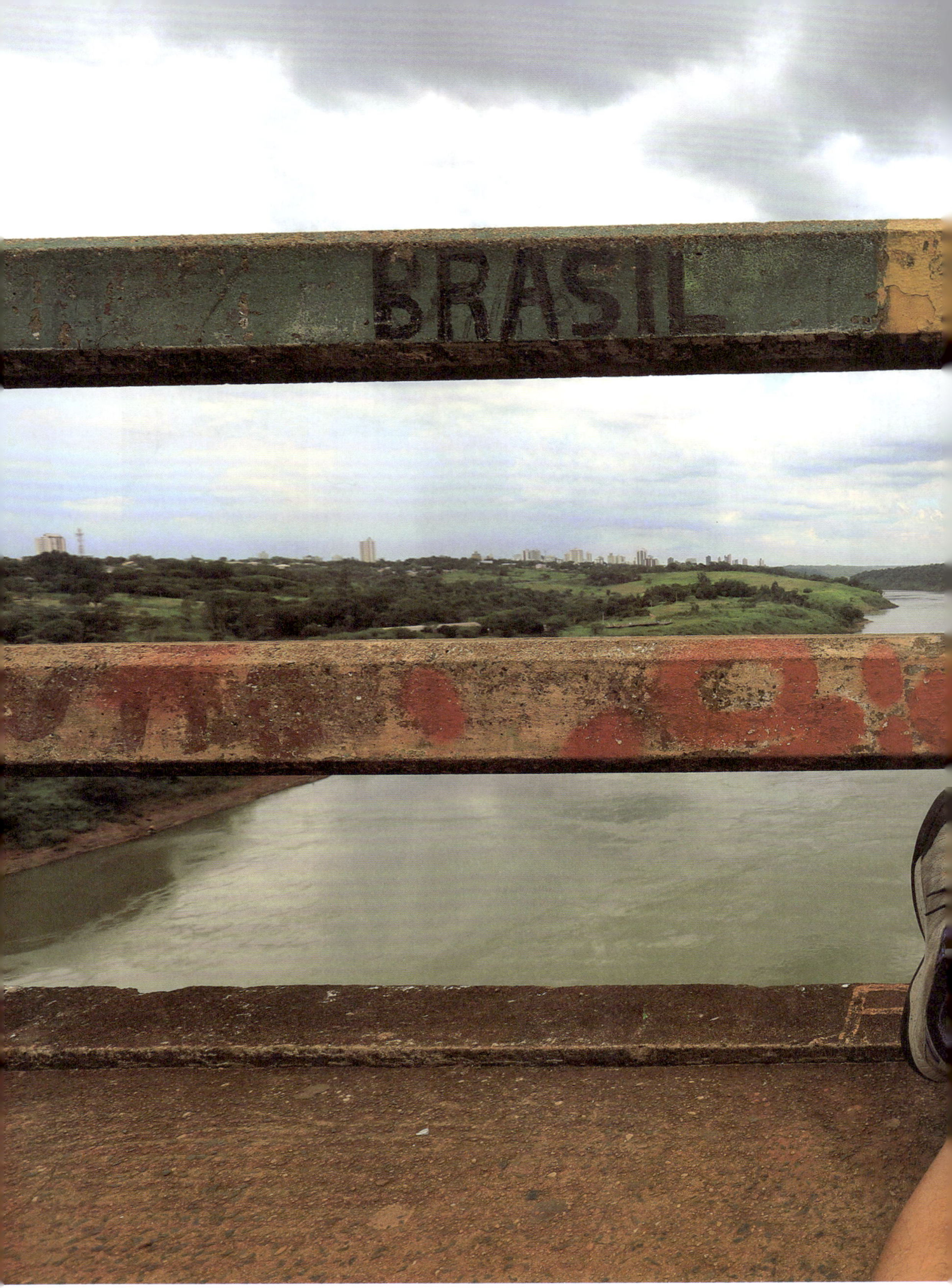
BRASIL

巴拉圭 / Paraguay

一眼望三国
　　——Mario

　　从世界第二大瀑布咆哮而下，是伊瓜苏河最后的呐喊。在不远的前方，它以汇入巴拉那河的方式，走完了自己的旅程。巴拉那河自北向南，伊瓜苏河由东向西，近乎90度的垂直交汇不仅形成了完美的"丁字路口"，还有一个更重要的意义——划定了三国的界线。

　　伊瓜苏河北岸是巴西，南岸是阿根廷，巴拉那河以西是巴拉圭。在这样一个特殊的地理位置，无论你站在哪个国家，都能同时望到其他两国，由此形成了一道有趣的风景——"一眼望三国"。

　　虽然三国呈"鼎立"之势，历史上也确实有过纷争，但如今已然和睦为邻，共同开发边界旅游资源。三个国家分别在河边高地建起了观景台和"国旗色"的纪念碑，巴西的方尖碑涂成黄绿两色，阿根廷则是蓝白蓝，巴拉圭是红白蓝三色，远远望去，各自领土都一目了然。

　　我们站在巴西的观景台上挥手，对面两国的小伙伴也报以友好的回应，仿佛在说："嘿，我在这儿，过来啊！"

　　我再次打定主意，无论多难，也要到近在咫尺的对岸走一趟。

"偷渡"巴拉圭
——Mario

  从巴西的福斯－杜伊瓜苏到阿根廷的伊瓜苏港，没有任何技术障碍，难就难在巴拉圭。这个名不见经传的内陆小国是南美洲唯一一个未与中国建交的国家，入境手续非常难办。各种证明信、邀请函耗时不说，一不小心还会惊动领导。本着"我的旅行我负责，不给公家找麻烦"的原则，经过激烈的思想斗争，我们决定："偷渡"过去。

  Cindy 姐来巴西闯荡多年，长住福斯－杜伊瓜苏，为了方便做生意，她加入了巴拉圭籍。经朋友介绍，我们在福斯见了面，现场请教"偷渡"经验。Cindy 说，巴拉圭边检时松时紧，尺度常有变化，听闻我们要过境，她立刻托朋友打探了那边的最新动态。得到的结果是，从福斯过境到埃斯特城问题不大，但从埃斯特城前往首都亚松森的路上，这段时间会有军警拦车检查，虽然主要目标是毒品，但抽查证件也有很高的"误伤"概率。经过一番探讨，我们放弃了乘坐大巴前往亚松森的计划，目标锁定埃斯特城。

  Cindy 表示愿意同行，这让我们十分欣喜，有"老司机"带路心里更踏实。但她也流露出一丝担忧，毕竟记者身份特殊。我们再三确认，这趟就是私人旅行，绝对不涉及采访，更没有什么不可描述的任务，最终打消了她的顾虑。

  第二天一早，Cindy 的朋友 Ray 老板开车把我们送到靠近巴拉那河的城北主干道，剩下的就看我们的造化了。

  巴巴两国，一水之隔，这水就是巴拉那河。一座 500 多米长的大桥横跨巴拉那河两岸，将巴西与巴拉圭紧密联结在一起，这座 1965 年建成的"大叔级"桥梁得名"友谊桥"。紧随 Cindy 姐之后，我们徒步上桥，开始了一段步步惊心的"偷渡"之旅。

  大清早，友谊桥上便开始拥堵，各种大卡车小汽车排起了见首不见尾的长队，摩托车见缝插针，场面好不热闹。像我们这样步行过桥的人，反而不受影响，三三两两，有说有笑，步履轻松。根据前一天的计划，我们把中国护照留在了酒店，随身只带巴西临时身份证，这样万一遭遇不测，至少护照不会被扣押；另外，兜里还揣了些美元现金，随时准备见机行事，打点过关。

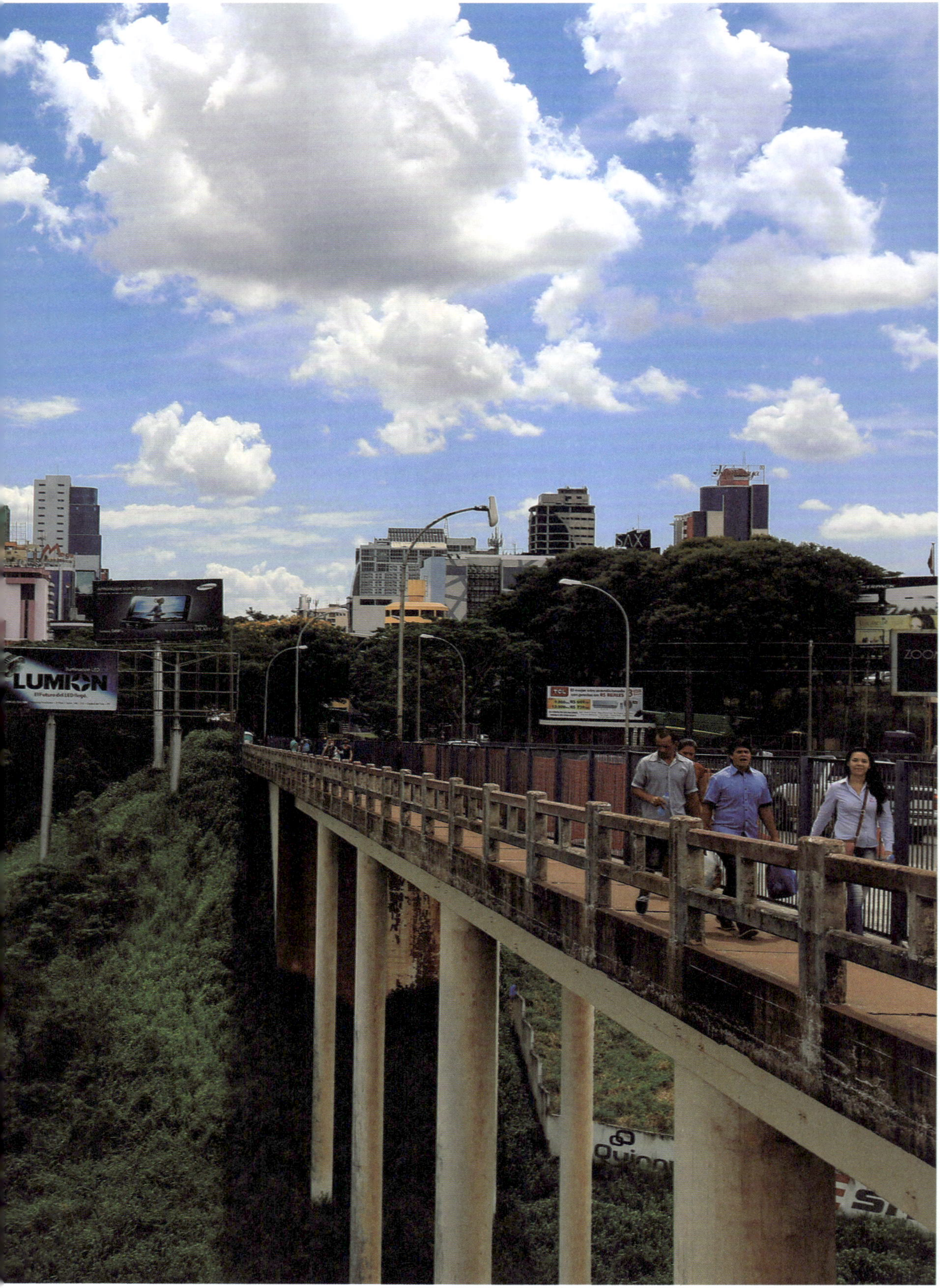

尽管准备充分，我们心里还是没底。

"一会儿只管大胆往前走，不用看军警，也不要东张西望。"Cindy 镇定地说。

此时，我们已行至大桥中段。

巴拉圭河碧波荡漾，缓缓流淌。江心洲上，树木枝繁叶茂。对岸高楼林立的城市在云朵点缀的天幕下向我们发出召唤。

"这条线就是国界。"

大桥正中间，一道黄色的油漆线，从栏杆垂直延伸到桥面。以黄线为界，东西两侧的水泥栏杆分别漆成绿色和红色，再用黑漆写上"BRASIL"和"PARAGUAY"，这就算"划清界限"了。我们强忍内心的激动，装作习以为常的样子，跨过边境线，进入了巴拉圭境内。

身背轻型步枪的巴拉圭军人在桥头的检查站前徘徊。从他们眼前走过时，我尽可能放空大脑，不让紧张的情绪挂在脸上。在目视前方的状态下，偷偷朝旁边瞟了一眼，大兵哥哥们似乎对我们没有兴趣。我们头也不回，假装目标明确地拐下主路，消失在人来人往的闹市之中。

探秘埃斯特城
——Mario

确认走出了哨所的监控范围，我终于舒了口气。

"走吧，跟我吃早茶去，这边的中餐很正。"

紧张了一早上，肚子确实饿了，Cindy姐的邀约来得正是时候。在商业区的巷子里七拐八拐，我们进了一家台湾人开的粤式餐厅。二楼的早茶很是丰盛，客人也是清一色的华裔女士，原来我们赶上了Cindy姐的朋友聚会。

鲜虾肠粉、皮蛋瘦肉粥、豉汁凤爪、榴梿奶黄包……万万没想到，在遥远的巴拉圭能吃到如此正宗的粤式早茶。大饱口福之后，我们和Cindy姐就此作别，她要前往亚松森处理事务，而我们则留在埃斯特城继续探索。

埃斯特城（Ciudad del Este），巴拉圭第二大城市，地处该国东部边境，与巴西、阿根廷隔河相望，又名"东方市"。对于巴拉圭这个身处南美腹地，被巴西、阿根廷、玻利维亚团团包围的内陆国家，埃斯特城的口岸作用就显得尤为重要。当局在此设立了自贸区，低关税的优势让这座边城的商品交易逐渐繁荣起来。

走在埃斯特城街头，仿佛置身于一座巨大的集贸市场。从豪华购物中心到沿街摆卖的地摊儿，从欧美的烟酒、名表到亚洲的电器、小商品，各种档次、各种类型的商家和商品遍布大街小巷。这里的商品较邻国有着明显的价格优势。举例来说，一个中国制造的玩具，在桥这边的售价可能相当于对面巴西价格的三折。而巴西人在埃斯特城购买300美元以下的商品，回国可以免征关税，于是，往返友谊桥的带货车辆经常造成拥堵，也就很好理解了。

虽然高楼大厦盖了不少，但埃斯特城，尤其桥头市场附近还是典型的脏乱差。我们也无意采购，便继续向南探索。圣布拉斯大教堂是这座嘈杂城市里为数不多的优雅所在，绿荫环抱下，它那酷似手风琴的奇特外形让人过目难忘。距离教堂不远处坐落着豪华夜总会和赌场，在这个鱼龙混杂的边境三角地带，各种"灰色"和"黑色"产业也能肆无忌惮地蓬勃生长。

在市政厅对面，我们意外发现了一处略显破败的中式花园。园子不大，里边植物寥寥，但中央的雕塑却引起了我们的兴趣。这尊红铜人像堪称惟妙惟肖、栩栩如生，与众多影视作品中刻画得如出一辙，以至于我们一眼就认出——他是蒋介石。在埃斯特城乃至巴拉圭商界，华人是一股不可忽视的力量，其中有相当一部分来自中国台湾，这尊纪念雕像想必就是他们的作品。同为炎黄子孙，在遥远的异乡见到同胞的雕像，有种莫名的亲切感，"东方之城"的美称也因此变得更加名副其实。

当我们再次跨过友谊桥上的国界线回到巴西，"胜利大逃亡"的喜悦终于可以用肆意拍照来庆祝了。"偷渡"的经历固然刺激，但我更希望有朝一日能光明正大地前往亚松森，到恩卡纳西翁，到查科大草原，好好去看看这个说瓜拉尼语、吃烤肉、喝马黛茶的美丽国度。

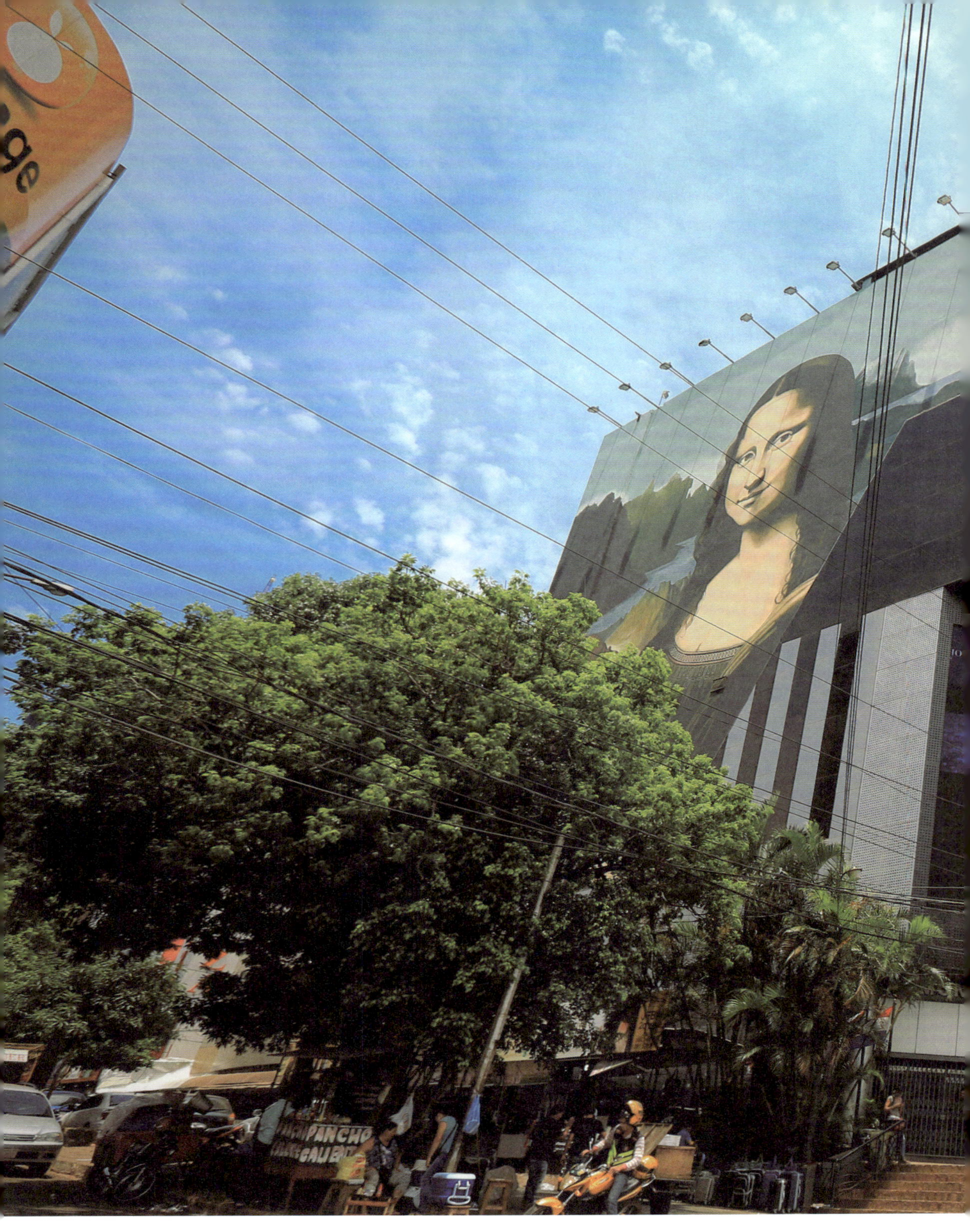

蒙娜丽莎百货（埃斯特城，巴拉圭）

伊泰普的美丽与哀愁
　　——Mario

　　与巴拉圭的第二次亲密接触发生在伊泰普。这座横亘于巴拉那河的超级工程曾是世界上最大的水电站，直到中国的三峡水电站正式落成，并在装机容量和发电量上将其超越。

　　伊泰普大坝位于友谊桥以北 15 公里，从福斯－杜伊瓜苏公交总站乘坐巴士北上至终点，就能看到伊泰普管理区的大门。这片占地广阔的生态园区不仅是巴西与巴拉圭的能量源泉，也是当地著名的旅游景点。在专职向导的带领下，我们乘车进入园区，探寻这项"世纪工程"的前世今生。

　　站在大坝前的观景台上，我才真正感受到这条钢筋混凝土巨龙的震撼。绵延 7744 米的坝身为世界之最，比三峡大坝的三倍还要长，这样的结构完全出乎我的意料。相比之下，196 米的高度看起来并不突出，但同样超过了三峡 185 米的坝高。据说，浇筑这座巨无霸所用掉的混凝土，足以再造一座里约热内卢城。

　　伊泰普大坝于 1975 年 10 月动工兴建，在比之前，巴西与巴拉圭这两个水资源丰富的国家却屡遭缺电困扰。为此，两国决定联合建设一座世界最大的水电站，以解决能源危机。历时十多年，耗资百亿美元，1991 年 5 月，伊泰普水电站全部完工。此后的十多年，它一直是全球发电量最大的水电站，几乎凭一己之力解决了巴拉圭全国和巴西南部地区的用电问题，堪称人类历史上的一项工程奇迹。

　　直到今天，伊泰普仍然稳定承担着巴拉圭近 80% 和巴西近 20% 的用电量。2009 年，一次罕见的故障，令巴拉圭全国断电 15 分钟，里约、圣保罗等巴西城市也由此深刻体会到他们对伊泰普的依赖。

　　戴上安全头盔，我们走进了这只"水泥怪兽"的体内，直径超过 10 米的引水管道令人惊叹，发电机组嗡嗡的轰鸣震颤心灵。高度自动化的总控室里环境舒适，技术人员工作惬意，墙壁中央"伊泰普国际电站"的 Logo 清晰可见。

　　"注意你们的脚下，我们现在要进入巴拉圭了。"

　　跟随向导的指引，我看到地面上一条熟悉的黄线。它从总控室的中心线延伸出来，象征性地将电站一分为二。向导介绍说，伊泰普电站由巴西与巴拉圭共同建造，共同管理，双方各自控股 50%，这条黄线就是两国的边境线。不过在这里，所有的工作人员都通力协作，不分彼此，连我们这些游客也可以随便跨越国界。就这样，我们毫不费力，又一次来到了巴拉圭。

　　登上高速公路般平直的坝顶，1350平方公里的人工湖面烟波浩渺。然而，在这看似平静的水面之下却埋藏着一段鲜为人知的历史。巴拉那河干流原本有着世界最大瀑布群——瓜伊拉瀑布。它由19个子瀑布汇成7条主干流，平均流量超过每秒1.3万立方米，汛期可达每秒5万立方米，是地球上有记载的流量最大的瀑布。今天，伊瓜苏瀑布的峰值流量也不过每秒1.2万立方米，相比之下，瓜伊拉瀑布的震撼可见一斑。然而，这一切都随着伊泰普的蓄水被彻底淹没。

　　军方和环保组织出动船只营救，3万多只野生动物被成功转移，伊泰普公司竭力进行了生态补偿，但巴拉那河水生物种的分布还是不可逆转地发生了巨变。

伊泰普水电站（埃斯特城，巴拉圭）

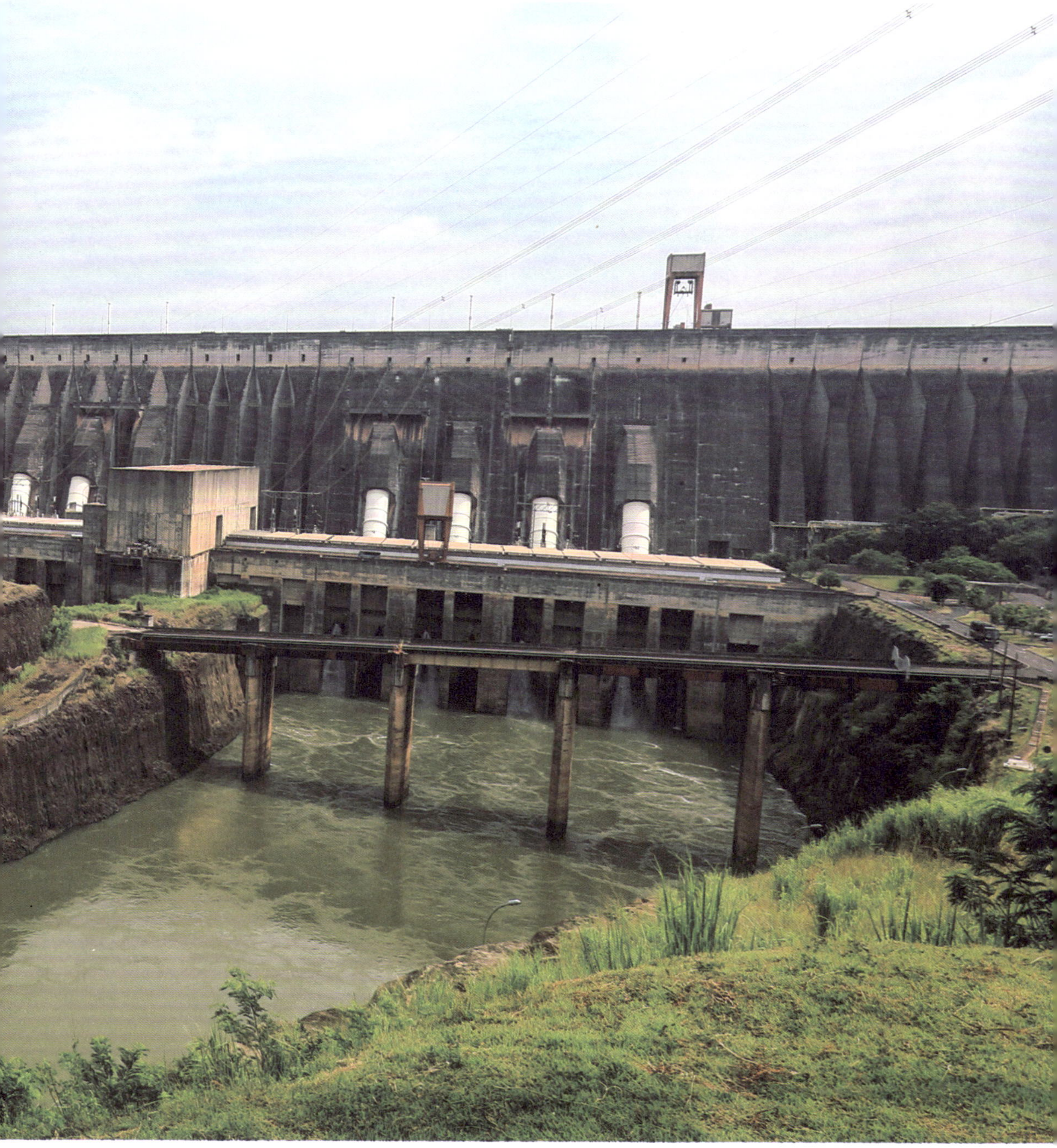

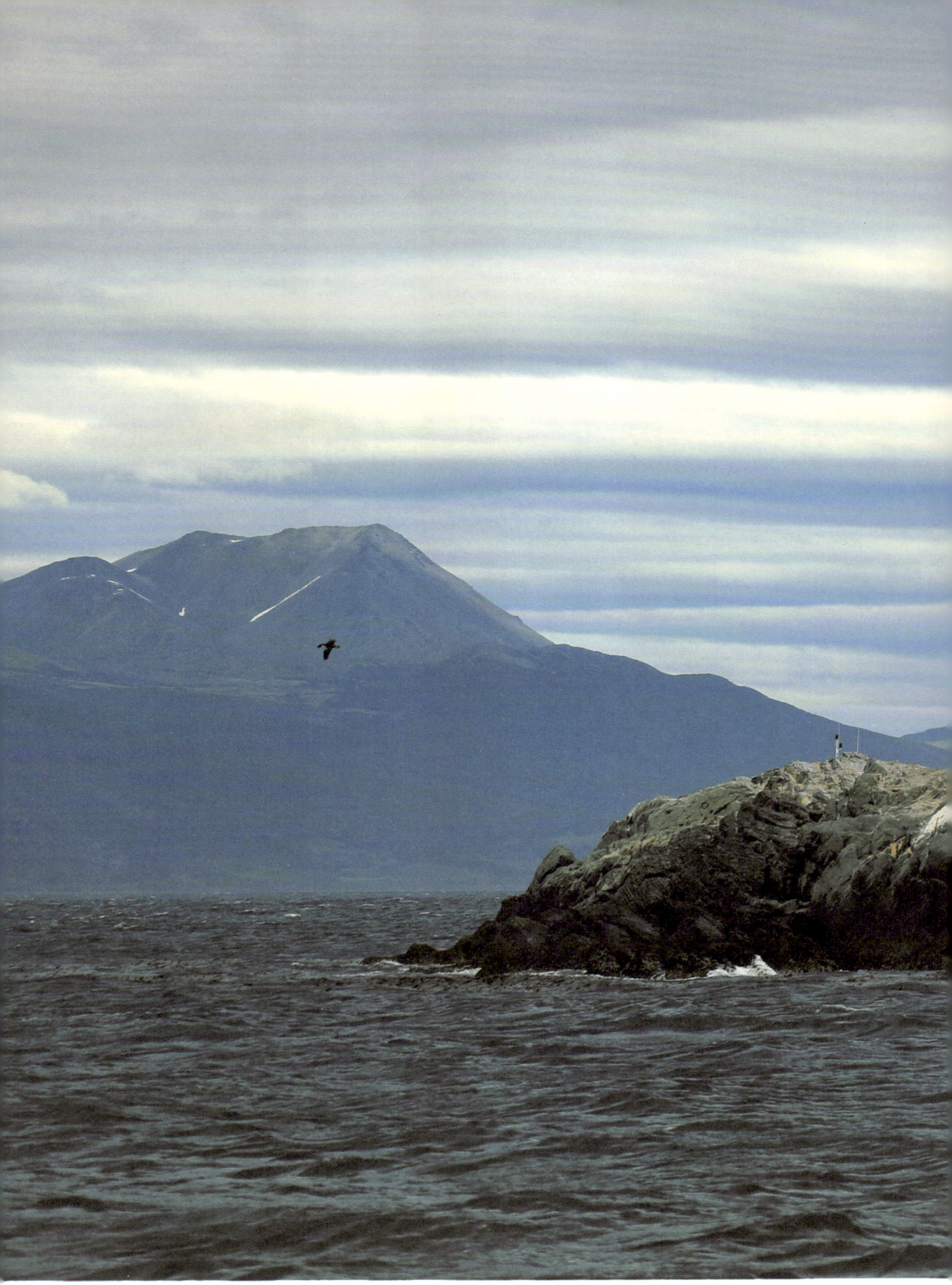

阿根廷
Argentina

用美食治愈换汇之伤
　　——刘小可

"布宜诺斯艾利斯还购物天堂？我看简直是胡说八道！"

"就是，你看那商场里的物价，比里约还贵！"

从佛罗里达大街的太平洋百货出来，我和强哥忍不住一番吐槽。

"哎，你看刚才那个神秘兮兮的人，又来找我们Cambio（换汇）了。"

"要不问问他汇率多少？"

当"1∶13"的答案如晴天霹雳般炸响，我们才意识到自己犯了多么愚蠢的错误。初到阿根廷，在埃塞萨机场换汇，不仅因为工作人员的低效耗费一个多小时，还按照1∶8的官价用美金兑换了不小一笔阿根廷比索。直到发现民间汇率已经高达1∶13，这才恍然大悟，原来购物天堂的"玄机"就隐藏在汇率的差价之中。

我沮丧得如同遭遇了抢劫。

"没有什么是一顿烧烤不能解决的！"强哥说。

出租车载着我们来到El Espanol门口，这家老字号烤肉店果然是布市人民周末聚餐的大热之地，晚上11点还需要等位，恰好给了我们时间欣赏阿根廷烤肉的制作过程。一面巨大的铁箅倾斜放置，下面的木炭熊熊燃烧，大块的牛肉、整片的鸡肉、肥腻的血肠铺得满满，隔着玻璃窗都能闻到香味。烤肉小哥不时用铁钎戳中其中的几块丢进盘子，服务人员立刻端走，我们忍不住咽了咽口水。

终于排到位置了，强哥连菜单都不看，直奔主题问服务生哪块牛肉最棒，我就配合着点了蔬菜沙拉。虽然我们生活在烤肉大国巴西，但早有耳闻南美最好的牛肉产于阿根廷。阿根廷烤肉大多不提前腌制，甚至不添加任何佐料，这样烤出来的牛肉鲜美而细嫩。当服务生把三块厚度超过一厘米的牛肉端上来，传言得到了印证——观之滋滋冒油，食之鲜嫩多汁。美食果然有治愈功效，酒足饭饱之后，换汇的阴霾一扫而光，即将开启的布市旅程让我充满期待。

布宜诺斯，艾利斯
——刘小可

布宜诺斯，Buenos，艾利斯，Aires，连在一起就是"清新的空气"。城如其名，布宜诺斯艾利斯空气清新，气候宜人，阳光普照，绿意盎然。林立的欧式建筑，诸多的广场和纪念碑，三步一间咖啡馆，五步一家老书店，是南美最具欧洲范儿的城市，常被拿来与巴黎相提并论。我们数次到访阿根廷，每次都会留些时间给布市，只为看到这座城市的万种风情——五月广场的荣光，七月九日大道的繁忙，佛罗里达的喧嚣，雷科莱塔的典雅，马德罗的前卫，圣特尔莫的复古，以及那个多姿多彩的博卡。

布市的灵魂

五月广场是阿根廷的政治中心，也是我们探索布市的起点。广场中央的革命纪念碑高13米，呈金字塔造型，一尊女神雕像立于塔尖之上，象征着自由与解放。古罗马风格的主教堂位于广场北侧，是布市最古老的教堂，12根高大的罗马柱支撑着三角形的屋脊。教堂内庄严华丽，穹顶金碧辉煌，马赛克地面历久弥新。阿根廷国父圣马丁的灵柩停放在肃穆的墓室内，身着盛装的马丁军士兵时刻守卫。圣马丁虽立下赫赫战功，却一生淡泊名利，备受阿根廷人爱戴。教堂外墙燃烧着的"阿根廷火焰"象征着他的精神永存。

广场东侧的总统府是一座粉红色的欧式建筑，又名"玫瑰宫"。1873年，萨米恩托总统将其刷成粉色，因为红色代表当时的联邦派，白色代表反对派，二者调和便是粉红，寓意政治派别的团结。与大多数总统府戒备森严不同，玫瑰宫在周末免费对游人开放，平日里严肃枯燥的办公场所，此时化身为一座阿根廷的荣誉殿堂。

这座三层高的建筑，上面两层用于总统日常办公，一层藏有一间博物馆，陈列了离任30年以上总统的雕像及私人物品，解说员如数家珍地讲述着背后的故事。玫瑰宫内的墙上悬挂着阿根廷古往今来各界名人的画像：南美解放者圣马丁，革命家切·格瓦拉，贝隆夫妇，新老"球王"梅西和马拉多纳，四夺NBA总冠军的吉诺比利，以及更多叫不出名字的文学家、艺术家、科学家等。

在一众名人之中，与玫瑰宫关系最紧密的当属贝隆夫人，阿根廷人更喜欢称呼她的名字——艾薇塔。这个出身卑微的女子，走红于交际场所，27岁成为总统夫人，

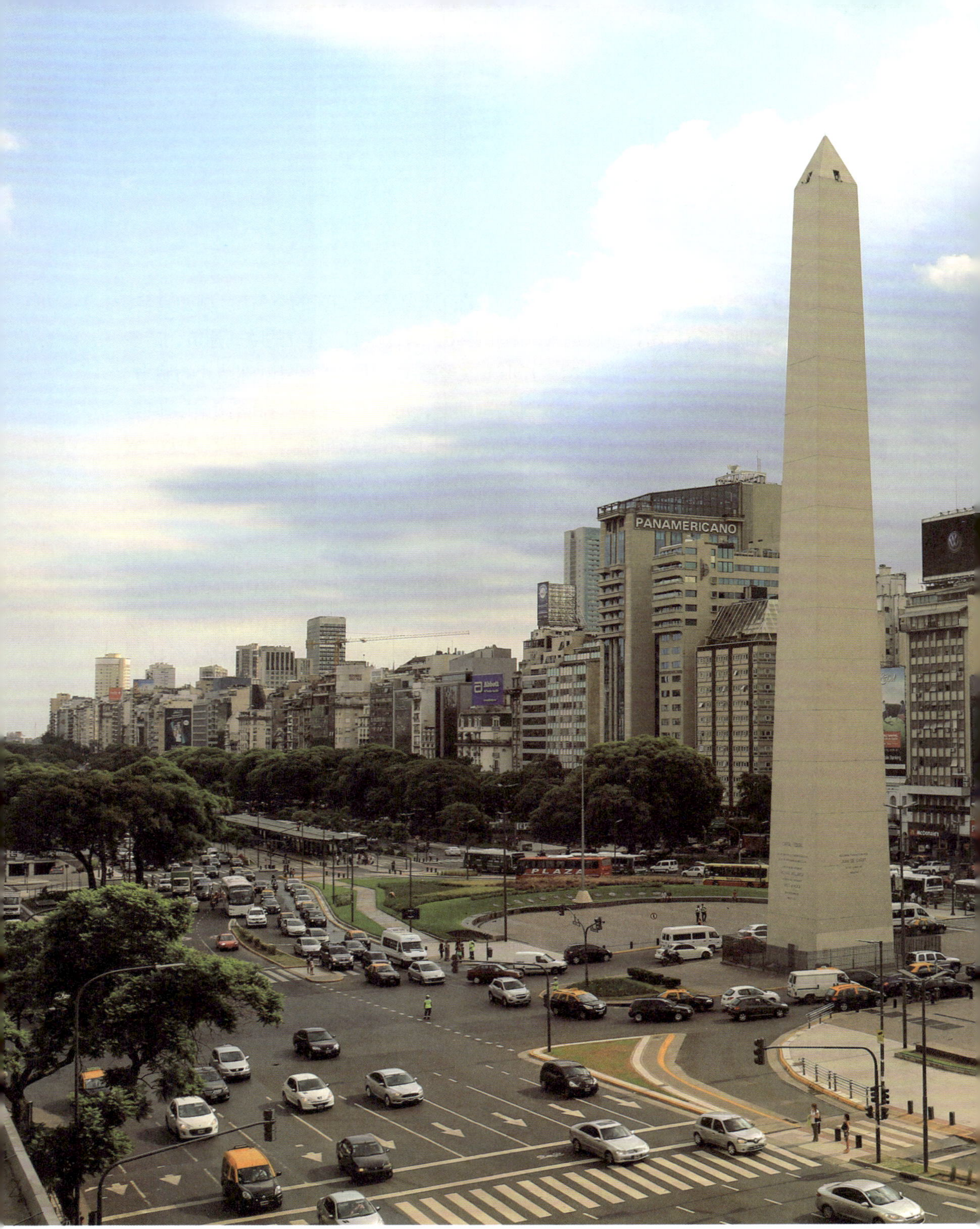
PANAMERICANO

方尖碑（布宜诺斯艾利斯，阿根廷）

33岁即走到了生命的尽头。政坛本是男人厮杀的战场，却因这位"红颜"的加入，呈现出别样的光彩。玫瑰宫的二层，记录着艾薇塔在阿根廷政坛留下的诸多传奇瞬间，露天阳台是她曾经发表演讲的地方。极富煽动性的话语点燃了希望与激情，民众将她视为偶像，穷人将她看作救星。艾薇塔的确为穷人燃烧了自己的生命，但也因滥用权力而饱受争议，令阿根廷人爱恨交织。

贝隆夫人曾说："如果我为阿根廷而死，请记住：阿根廷，别为我哭泣。"然而，当她真正离开，阿根廷的生活戛然而止，来自全国各地痛不欲生的人们涌到首都，含泪为她送别。时至今日，依然有人为了悼念来到布市，徘徊在雷科莱塔公墓，寻觅"艾薇塔"的名字。

从五月广场出发，我们沿着五月大道向西步行，一直走到有着绿色穹顶的国会大厦，途中穿过了世界上最宽的马路——七月九日大道。这条全长4.6公里、拥有18条车道的大马路，贯穿布市南北，车水马龙，川流不息。屹立在大道中央的方尖碑是为纪念布市建城400周年而建，犹如一把利剑直插云霄，气势如虹，成为布市最醒目的地标。世界五大剧院之一的科隆剧院，就在距离方尖碑不远之处。

五月广场东侧，毗邻拉普拉塔河畔，是一片新兴的街区——马德罗港。这里曾是仿照英国利物浦建设的港口，一度弃用荒废，后经翻修，生锈的起重机刷上了亮色，旧仓库变身成时尚公寓及写字楼，餐厅酒吧比比皆是，散发出前卫的艺术气息。我们选了一家阿根廷与西班牙融合风格的餐厅大吃了一顿，继续漫步在女人桥下妖娆的夜色之中。

墓园深深

阿根廷人重视对于死亡的纪念，甚至超过对于出生的庆祝。他们认为，人降生时不过是"一张白纸"，只有在死后才能评价其一生的功过是非，生命的意义才能完整地展现。

位于布市北部的雷科莱塔公墓是一处特别的风景，到访者络绎不绝。公墓周边随处可见富丽堂皇的欧式建筑，以及大片的绿地公园。这里是布市精英与富人生活的区域，而那些往生名流，就"居住"在公墓之中。

墓园占地4万平方米，白色高墙环绕四周，营造出一个典雅静谧的世界。午后的斜阳拉长了影子，斑驳陆离。墓之中，绿树掩映，芳草萋萋。我们放轻脚步，敛声屏息，徜徉在缓缓展开的排排墓地之间，丝毫不敢惊扰安息于此的名门望族：或是前任的总统，或是军队的英雄，或是显赫的政要，或是富有的名人。

生前各有千秋，如今比邻而居，每一块墓地都如同一座微缩版的宅邸，小则几个平米，大则是其数倍，风格因人而异。有些设计简单，只是镌刻了逝者的姓名及数句生平；有些豪华大气，精雕细琢，还为墓主人立了雕像；也有少数墓地疏于打理，略显破败。

抛开那些深谙阿根廷历史的到访者，大多数游人都跟我们一样，是为一睹贝隆夫人的墓地而来。所以只要留心观察哪一处的人群比较集中，就可以找到"艾薇塔"的名字。贝隆夫人的墓地由黑色大理石建造而成，与她家喻户晓的地位相比，墓地的规模和装饰都显得过于低调，但锃亮的铜制头像和新鲜的玫瑰，足以证明前来悼念的人数之多。在很多阿根廷人心目中，艾薇塔始终如玫瑰般盛开，从来不曾凋零。

城南旧事

看过《春光乍泄》的人都知道，热情迷人是布市与众不同的气质，而这一面就隐藏在五月广场以南的区域——圣特尔莫与博卡。从五月广场到圣特尔莫区，仿佛穿越了数百年，步入了布市的旧日时光。弯弯曲曲的鹅卵石街道，年久失修的宅邸，古老的 Dorrego 广场依然是这一区的中心。

早在 18 世纪就有人推车来到 Dorrego 广场贩卖小东小西，逐渐形成了颇具特色的圣特尔莫跳蚤市场。每逢周日，集市上堆满了老旧古董、皮革包包、服装饰品、过期的电影海报和设计感十足的艺术品，还有不少街头音乐家前来助兴。逛集市的人们挑挑拣拣，讨价还价，无论成交与否都会笑着离开。可惜我们到访这天不是周日，没能体验到集市的喧闹，但街道两旁的咖啡厅和琳琅满目的古董店，依然带给我们一段充实的时光。

离开圣特尔莫，我们坐上了开往博卡的 152 路公交车。博卡区坐落在布市的旧港边，Boca 在西班牙语中意为"嘴巴"，象征着里亚丘埃洛河口。19 世纪中期，大批的西班牙和意大利移民定居于此。一贫如洗的他们用船上的旧铁皮和废材料搭建了房子，又用漆船剩下的各色油漆给房子刷上鲜艳的颜色。这些五颜六色的房子似乎在强烈地表达着：贫穷的人生并不灰暗，生活同样可以充满色彩。早期移民的无心之举竟成就了一座艺术殿堂，吸引着众多艺术家来此进行创作，博卡因此举世闻名。

下了公交车，沿着河边步行几分钟就到了 Caminito 小街，我们仿佛走入了一间大画室，赤橙黄绿青蓝紫，饱和度极高，各种撞色，各种混搭，冲击着游人的视觉。小街两旁店铺林立，艺术家们的绘画作品和设计师创作的摆件，大多以此地为主题，都是街景的微缩版本。

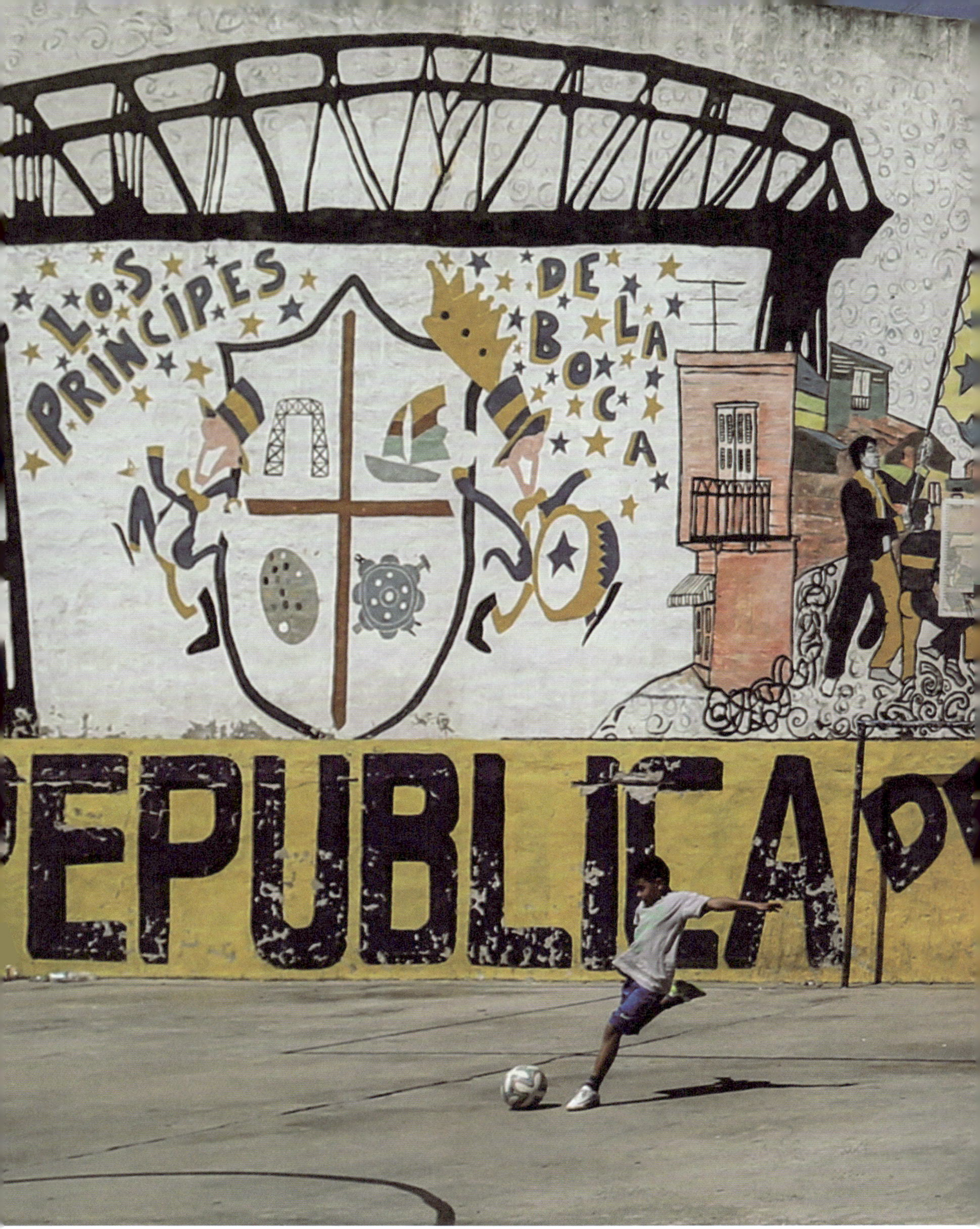
LOS PRINCIPES DE LA BOCA
EPUBLICA

博卡区（布宜诺斯艾利斯，阿根廷）

尽管这里充斥着商业气息，但我们仍然不敢另辟蹊径，移步至闹市之外。据说博卡是布市最危险的街区，鲜有游客涉足的地方可能会遭遇抢劫。

撩人的探戈

布宜诺斯艾利斯是座不夜城，探戈表演随处可见，或是绽放于豪华剧院中的恢宏大气，或是圣特尔莫与博卡街头的即兴起舞，或是隐藏在某个小咖啡馆中的原汁原味。

位于五月大道上的 Tortoni 就是这样一家咖啡馆，有着近两百年的历史，装修风格古色古香，墙上挂着众多阿根廷文学家和艺术家的画像，他们都曾是这里的常客。在 Tortoni 店里，有一座小型的探戈剧场，演出票需要提前预订。每当夜幕降临，探戈小剧场的红色丝绒帷幕徐徐拉开。

我们按照预订时间大约提前 10 分钟来到咖啡馆，已经只有距离舞台最远处的两个空位子，点了地道的 Cortado（加了一点儿牛奶的咖啡）和两只羊角小面包。

在一段西班牙语的问候之后，伴随着深沉哀伤的音乐，一男一女两位舞者登上舞台。男士身着深色礼服打着领结，女士则穿着高开衩的长裙，男性强壮、果敢、坚定，女性深情、顺从、缠绵，两人目光灼热，身体频频接触，时刻回应彼此，感情强烈，情绪交织，舞风性感。就在我们才看出一点儿名堂的时候，一个半小时的演出接近尾声，观众爆发出如潮的掌声，侧面证明我们遇到了一场很棒的演出。

走出 Tortoni，已是深夜时分，我紧了紧外套。此刻的布市呈现出倦怠的一面：龟裂不平的人行道，乱涂乱画的墙壁，流浪街头的拾荒者……居高不下的通胀和持续疲软的经济对阿根廷的影响显而易见。布宜诺斯艾利斯的空气中，弥漫着淡淡的忧伤。

"糖果盒"的正确打开方式
——Mario

五彩斑斓的老街、性感迷人的舞者，不过是博卡区好看的皮囊，要想寻找属于博卡人的狂热灵魂，需要走进这片社区深处，打开那只黄蓝相间的巨型"糖果盒"。

穿过游客云集的餐饮街，继续向前探索，我们在街角的一块足球场停下脚步。这个简陋的水泥场地环绕着铁丝网和布满涂鸦的墙壁，其中一面墙上用深蓝和明黄色的油漆写着巨大的"博卡共和国"字样，球技不俗的少年模仿着马拉多纳的招式，踢得有模有样。这才是我心中的博卡。

"是那里吗？"

顺着刘小可手指的方向，只见一座造型奇特的黄蓝建筑矗立在狭窄的十字街头。

"没错，就是它，糖果盒球场！"

很难想象一座能容纳近5万人的足球场会坐落在如此不起眼的小街上，更何况它还是大名鼎鼎的博卡青年队的主场。体育场的外墙是明黄与深蓝的撞色搭配，极具视觉冲击力，正门外悬挂着博卡青年的队徽。由于占地面积小，看台建得很高，从空中俯瞰，这座长方形球场就像一只装巧克力的盒子，因此得名"La Bombonera"——糖果盒。

尽管名字听起来十分甜美，但在"糖果盒"里看球可不是什么甜蜜的体验。博卡球迷向来以疯狂著称，他们的主场也是举世闻名的"魔鬼主场"。我们买了两张参观票，走进了这座足球圣殿。向导妹子长相酷似年轻时的安吉丽娜·朱莉，散发着野性的美。

1905年，一群意大利移民在布市的港口区创立了博卡青年俱乐部，轮船上常见的黄蓝两色成为球队战袍的主色调。此后一百多年间，这支代表平民阶层的俱乐部在顶级联赛中22次折桂，在南美解放者杯和丰田杯上各有3次夺魁。包括里克尔梅、帕勒莫、特维斯、贝隆等阿根廷足坛名将都曾在此效力，但真正奠定博卡江湖地位的人是马拉多纳。一代球王职业生涯的早期和暮年都曾在"糖果盒"驰骋，他将这里视作永远的精神家园。

听着"朱莉"小妹如数家珍，我们也在俱乐部的星光大道上发现了马拉多纳、里克尔梅等人的雕像，还在荣誉室里与南美解放者杯和丰田杯来了个亲密接触。参观完更衣室和发布厅后，我们迫不及待地踏进了"糖果盒"的内场。

球场中心是一块优质的草坪，环绕四周的看台就像一个大写的英文字母"D"，弧形的三面为普通观众席，另一侧设有媒体间和贵宾席，其中包括球王马拉多纳专属的包厢。看台的陡峭程度超乎想象，尤其是二层和三层，这样的结构能产生更强的拢音效果，但也让人为坐在最顶层的球迷捏一把汗。

"上面没有吃的，没有水，也没有厕所，""朱莉"坏笑着说，"那是客队球迷的专享待遇。"

"想知道我们博卡球迷怎么看球吗？来跟我学吧。"

跟着"朱莉"的脚步，我们来到球门后的一片看台，这里是俱乐部死忠球迷的固定区域，与球场间隔着一排高高的铁丝网。

"成为一名合格的博卡球迷，你们要学会三件事。"

第一件事——跳！

我们学着"朱莉"的样子手舞足蹈，双脚跺在古老的木质看台上发出咚咚的响声。她解释说，博卡人从来不会坐着看球，当几万人同时在看台上蹦跳跺脚的时候，球场上甚至会产生轻微的地震，胆小的客队球员会直接吓到腿软。

这时我才注意到，整片看台居然没有一个座椅。

第二件事——跑！

博卡球迷看球的时候除了要不停地蹦跳，还要时常在看台上做折返跑。当成千上万名球迷呼啸着跑向看台高处，就好像退潮的大海不断积蓄着能量；而当这些狂热分子嘶吼着冲向前排，愤怒的潮水仿佛要将客队集体吞没。

第三件事——爬！

如果冲到了前排还意犹未尽怎么办？那就要解锁博卡球迷的高级技能了。借着看台上冲下来的惯性，一个冲刺爬上场边的铁丝网，像野兽一样继续疯狂咆哮，这是"糖果盒"里独特而又震撼人心的一道风景。

学习了"糖果盒"的正确打开方式，我已经迫不及待要来看一场博卡的比赛了。"朱莉"呵呵一笑："不好意思，我们的球票只对俱乐部会员销售，而且早已售完，你们是买不到的。"

后来我仔细想过这个问题，要想在"糖果盒"里看场比赛，"没吃没喝没厕所"且"吊在半空"的客队看台，或许是唯一的选择。

卡拉法特：登上"活着的冰川"
——刘小可

我们从布宜诺斯艾利斯一路南下，抵达卡拉法特。这是一个舒适的中转站，大多数来到巴塔哥尼亚的旅行者都有途经此地的理由：有人为了一睹壮观的莫雷诺冰川，有人为了自驾40号公路，有人为了前往查尔腾徒步菲茨罗伊峰……而以上这些，都是我们来此的目的。

自由大道是小镇的主街，街上的店铺几乎都跟旅行有关：餐厅、酒吧、旅行社、租车行、户外用品店……教堂和花园夹杂其间。街上遇到的人大多是背包客，有的独自背着大包风尘仆仆，有的三三两两喝着啤酒晒着太阳，各有各的旅行节奏。

如果想在莫雷诺冰川上徒步，除了Hielo & Aventura旅行社，似乎别无他选。即使通过其他旅行社报名，最终也是这家旅行社的大巴承运，莫不如直奔主题。我们刚到主街，毫不费力就发现了这家旅行社，工作人员简单清晰地介绍了经典项目，在BigIce和MiniTrekking之间，我们选择了后者，因为前者已报满。

次日清晨，天还未亮，人还未醒，就被Hielo & Aventura的大巴车载向80公里外的冰川国家公园。进入园区后，陆路转水路。当渡船行驶在银波荡漾的阿根廷湖上，清凛的空气彻底驱散了困意，湖面上浮冰点点，一堵巨大的冰墙浮现于前方的山水之间，在阳光下泛着梦幻的蓝光。

船稳稳地停在了岸边，童话风格的小木屋出现在眼前。稍作休息后，我们小分队十余人跟着向导出发，穿过崎岖的林间小路，抵达冰川脚下。在一块斑驳的木板前，向导指着上面的示意图，给大家普及了一些必备的知识点。

"世界上大多数冰川都在融解和消亡，而莫雷诺冰川非常特别，它不停地生长，是唯一'活着'的冰川……"我听得三心二意，心思全在接下来的徒步环节，到底如何在冰上行走呢？

原来，秘密武器就是——攀冰鞋！这种鞋以金属为底，下面是锋利的冰爪，上面是结实的鞋带。我按照自己的鞋码挑了一双绑在脚上，感觉重得不会走路了。我心里犯嘀咕：这在冰面上岂不是寸步难行？然而，实际情况大大出乎意料。这段冰川平均坡度约30度，表面硬度介于冰和雪之间，刚一踏上去，冰爪立即发挥了作用，轻松戳进冰雪里，一步一步稳稳前行。

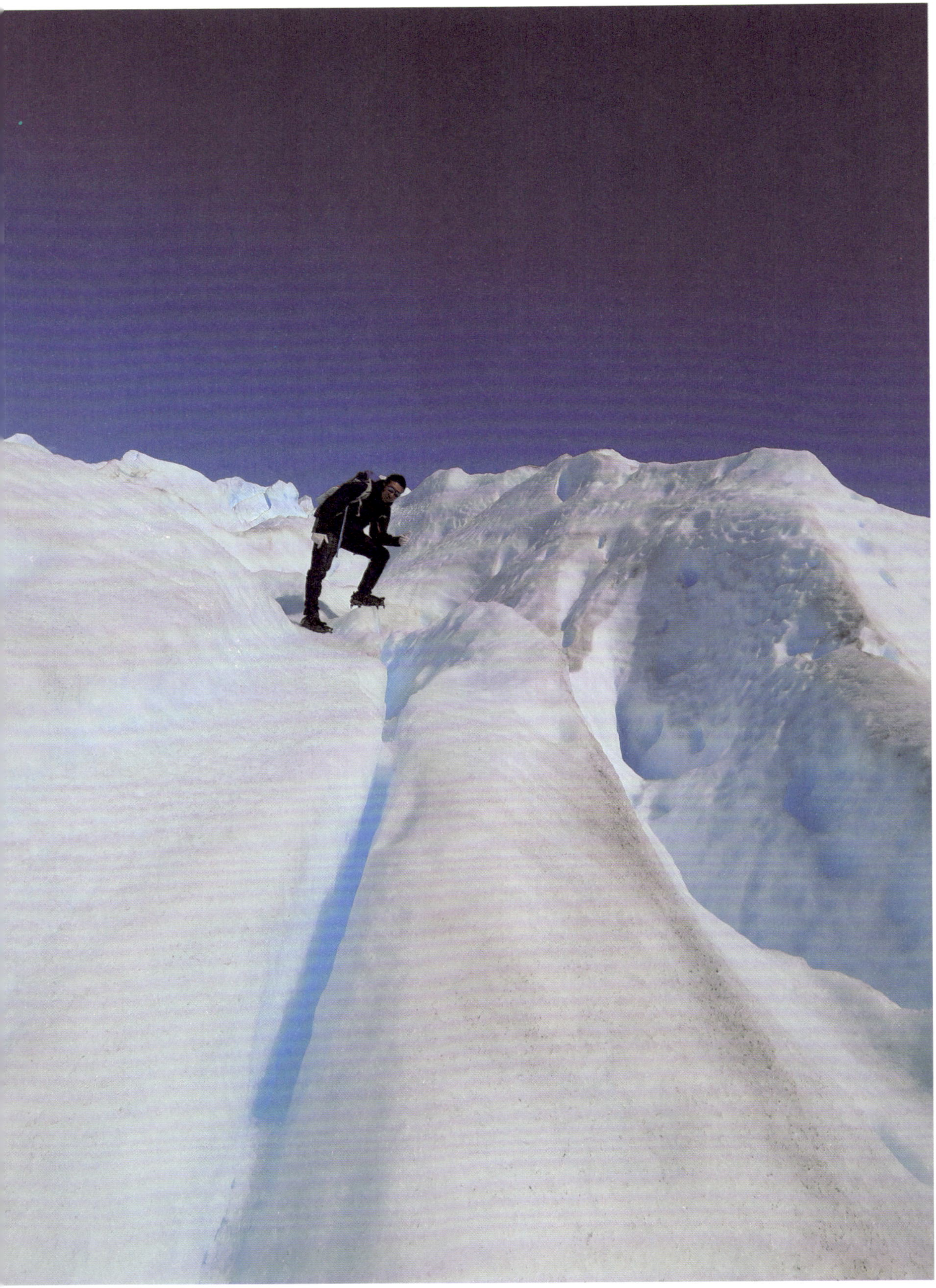

但看似坚固的冰川，实则暗藏危机，一旦掉进冰隙，后果不堪设想。经验丰富的向导拿着冰镐在前方开路，我们跟随其后，依次上行。发现裂缝和塌陷，就要另寻他路，只有禁得住冰镐考验的冰面才可以通行。太阳镜也是必不可少的装备，冰雪对日光的反射率极高，长时间直视冰雪约等于直视太阳，可能造成暂时性失明。

我们在冰上跋涉近一小时，抬头可见冰峰如同利剑，直指苍穹；低头可见冰川沟壑纵横，冰洞遍布其中，仿佛世界只有两种颜色——白色和蓝色。

"就在这里举杯，庆祝我们冰川徒步成功吧！"

冰天雪地之间，不知何时"变"出了一张桌子，桌上摆好了威士忌和若干个玻璃杯。向导得意地为每个人斟上酒，至于冰块，自然是就地取材。当酒精的灼热混合着千年冰川的极寒一口入喉，莫雷诺冰川威士忌的味道——只有尝过才知道！

一个半小时的冰川徒步有些意犹未尽，但留给我们充足的时间去欣赏冰川崩塌的奇景。向导说，阳光充足的午后是冰川最活跃的时间。于是，我们爬上湖边的观景石，耐心等待。冰川最前沿宽约 5 公里，平均高于湖面 70 多米，湖面以下则深达百米。突然，一声闷雷般的巨响打破了平静，数吨重的冰柱轰然倒塌，砸进灰白色的湖面，激起层层巨浪，由远及近，拍打在我们脚下的岩石上。紧接着，第二声、第三声雷鸣……原本宁静的阿根廷湖，瞬间掀起了海啸般的潮涌，此起彼伏，震撼人心。

返回卡拉法特，已是夜幕降临，两个即将饿晕的人热切地期待着晚餐。

"今晚去吃烤羊！"

自从在智利南部尝了巴塔哥尼亚烤羊，强哥便念念不忘。

"还要喝红酒！"

我对没时间去门多萨耿耿于怀。

最终，我们消灭了两人份烤羊和一瓶门多萨红酒，餐后甜点是当地特有的 Calafate 口味冰淇淋。

Calafate，一种多刺灌木结出的小浆果。据说，吃了这种果子的人，一定会回到这里。而我们，吃了 Calafate 做成的冰淇淋，今后也会与这座小镇重逢吧。

重走切·格瓦拉之路
　　——刘小可

　　1951年，23岁的切·格瓦拉，同好友阿尔贝托·格拉纳多一起，骑着一辆名为"大力神二号"的诺顿500摩托车，驶入40号公路，开启了跨越拉丁美洲之旅，并用一本《摩托日记》记录自己的心路历程。

　　正是这场旅行，让切看到了拉美大地的贫瘠、苦难与希望，原本要成为一名医生的他找到了新的人生方向，投身于革命的洪流之中。切为40号公路赋予了自由与解放的精神，感召着很多人来此朝圣。

　　40号公路，贯穿整个阿根廷西部，始于南部的巴塔哥尼亚，沿着安第斯山脉一路向北，止于玻利维亚边界，全长4900公里。在卡拉法特看过冰川之后，我们计划去查尔腾徒步，而衔接两地的恰好是40号公路。强哥说他想重走一段切·格瓦拉之路，我也觉得需要一点儿仪式感来致敬传奇，于是两人一拍即合决定租车。卡拉法特的租车行不少，我们最终敲定了一辆自动挡的雪佛兰七座SUV，豪情万丈地奔向巴塔哥尼亚荒原！

　　Patagonia的名字源自西班牙语"大脚"（Pata）一词。据说西班牙人抵达此地后，看到当地的特维尔切人穿着看起来很大的鹿皮鞋，便随口给这片67万平方公里的荒原起了这个名字。刚刚驶入40号公路时，道路两旁几乎没什么风景，山是秃的，草是枯的，目之所及唯有苍凉的底色和十足的粗粝感。

　　我们在40号公路上奔驰，视线内开始出现碧蓝色的湖泊，远处是终年积雪的山峰；野花在湖水的滋养下顽强地生长着，一丛丛明黄，一簇簇纯白。有些景致的地方会设置一个简易的观景台，我们把车停在路边，专心欣赏湖光山色。突然，一个古灵精怪的家伙从我们身边经过，灰黄色相间的皮毛油光锃亮，细细的眼睛有点儿迷人，嘴巴里叼着一块肉。

　　"快看！小狐狸！"

　　一听有动物，强哥立即把镜头从风景中抽离出来，转而瞄准"活物"。小狐狸径直向前走着，完全不关心来自人类的注视与聚焦。

　　与小狐狸的淡定从容不同，另一群动物见到我们就变成了"惊弓之鸟"。这十几个行动敏捷的家伙飞快地从我们车前横穿马路，完全无视交通法规。

"这里居然有鸵鸟？"我惊呼一声。

"是美洲鸵鸟，又叫三趾鸵鸟，比非洲鸵鸟多一根脚趾。"强哥给我补充了一个知识点。

"美洲鸵鸟被你吓跑了！"

中途，我们拐进一家休息站，这家名为"母狮子"的客栈依湖而建，掩映于绿树之间，嫩黄的墙搭配砖红的屋顶，蓝白色的阿根廷国旗在风中摇曳。院子里停着各种各样的交通工具，摩托车、汽车、巴士……这间荒原上的驿站迎来送往着来自世界各地的探险者。

在 40 号公路，我们遇到了各种各样"在路上"的人。学生模样的年轻人站在路口一脸期待地求搭车；衣衫褴褛的背包客扛着锅碗瓢盆徒步前行；苦行僧式的骑行者顶着大风吃力地蹬着自行车；一身皮衣的彪形大汉骑着威武的哈雷摩托飞驰而过，鲜艳的头巾随风舞动……这是一条有情怀的公路，每个人都用自己的方式在这条路上前行，或多或少带着朝圣的心境，让自己的心灵在这条"精神之路"上获得洗礼。

"我们要拐进 23 号公路了。"

强哥说着，左转离开了 40 号公路，而许多车依然沿着 40 号公路继续前行。正前方，壮美的菲茨罗伊雪峰渐行渐近。大约半小时后，见到了小镇的模样。镇口广场的雕塑颇不寻常——是一个木质的超大登山包——欢迎来到藏于百内背后的小众徒步天堂，查尔腾。

我强烈要求在徒步之前填饱肚子，于是驾车在童话般的小镇上觅食。一块立于路边的广告牌吸引我们停下了车——切·格瓦拉的经典头像，搭配一点儿阿根廷国旗的元素，店名是"Che Empanada"，门口停着一辆超级帅气的摩托车。

这是一家吃大饺子的店，阿根廷的饺子很像新疆的烤包子。店里只有老板一人，一张硬汉脸，也不招呼客人。我们自觉看着菜单点了 6 个饺子，分别是奶酪火腿、牛肉、羊肉、猪肉、鸡肉和蔬菜馅儿，一人配着一听可乐干掉一个大饺子，其余打包作为徒步的干粮。

离开前，我忍不住问了老板一句，"你是不是喜欢 Che？"

"是的，他是我们阿根廷人。"老板终于露出一丝笑容。

查尔腾：巴塔哥尼亚的另一面
——Mario

自从上次在百内一把鼻涕一把泪地走完了"W"线之后，刘小可对徒步有了新的认知。于是，我们开始盘算另一个与之齐名的徒步圣地——查尔腾。

百内到查尔腾，开车也就半天的路程，但一个属于智利，一个在阿根廷。它们像一对双子星，闪耀在南巴塔哥尼亚的冰原上。经历过百内狂风暴雨的洗礼和自虐式暴走的锤炼，我们自认为段位已升级，于是这次在镇上租了帐篷和睡袋，带上"Che"家的大饺子，雄赳赳准备大干一场。

新技能，Get!

事实上，在查尔腾徒步，除了自备食宿也别无选择。百内国家公园在保留了狂野本色的前提下，从酒店、木屋到帐篷营地，一应俱全；而查尔腾这边则要原始得多，除了小镇入口有访客中心负责进山教育和发放地图，山里基本见不到工作人员，更别说吃饭住宿。在如此"纯天然"的地方，一切只能自力更生。

我们背着沉重的行囊，沿主街行至小镇尽头，到了徒步区的入口。此时已是下午5点，虽然太阳还斜挂在半空，但我们必须加快脚步，要赶在天黑前到达露营区。徒步的开始是一段急促的爬升，这段山路不长，但坡度很陡，一阵急行军过后，气喘吁吁的我们来到了山腰之上。远处的查尔腾小镇一览而尽，冰川融水汇成的灰蓝色河流在山脚下蜿蜒流淌。

翻过野花盛开的山坡，进入相对平缓的林间小路，在一处环岛状的路口，我们停了下来。从地图上看，左手边的岔路通往偏僻的Capri湖区营地，右手边的小径通往菲茨罗伊峰观景台，两条路线在前方再度会合。犹豫片刻，我们选择了去往观景台的方向。

正如百内拥有标志性的"三塔"，菲茨罗伊峰就是查尔腾的象征。作为一座山峰，它有着近乎完美的轮廓，据说日照金山的盛景要比百内更加壮观，而我们深山夜宿，目的也正在于此。遮天蔽日的林荫忽然闪出一片开阔，阳光强得刺眼，抬头看，逆光中的菲茨罗伊正笑傲于松柏之上，群峰之巅。视野绝佳的观景台居然就隐藏在密林之中。

8公里的山路，走了两个多小时，我们终于在日落之前抵达了Poincenot露营点。比起百内单日37公里的极限暴走，这点儿距离简直是小儿科。营区里五颜六色的帐篷已经遍地开花，有人支起迷你酒精炉煮上了晚饭，有人借着落日的余晖看起了书。我们没空休息，因为还有一项重要工作——搭帐篷。

对于这项从未实操过的技术活儿，我心里既兴奋又没底，好在出发前临时抱佛脚，看了网上的视频教程。我们找了块平整的空地把帐篷内胆铺开，组装好折叠骨架，交叉穿过内胆对角线上的固定孔。接下来进入关键的一步，我们二人合力将两根骨架插入内胆四角的固定环，顺势一提，帐篷的框架就撑起来了！当然，这样的帐篷肯定不稳，我找来石头，把四角的固定销牢牢钉进地里。最后，将防风防雨的红色外皮套在内胆上，铺好防潮垫和睡袋，大功告成！新技能，Get！

冒烟的山

吃完余温尚存的阿根廷大饺子，夜幕已悄然降临。我们钻进帐篷，抓紧时间小憩。要想近距离见证日照金山的壮丽，必须在黎明破晓前向制高点发起冲击。不过在此之前，我还有另一件事要做。

凌晨3点，闹钟准时响起。拉开帐篷的门帘，清冽的空气瞬间驱走困意。仰望苍穹，星河璀璨，天气完美无比！我叼着手电筒，支起三脚架，调好参数，按下快门，一次次变换构图，终于捕获了期待中的美景——绚烂的银河如瀑布般垂挂在菲茨罗伊峰的上空。

周围的帐篷里陆续有了动静，我叫起刘小可，"准备出发啦！"

"嗯，可是我们该往哪儿走呢？"

"这个……我也不知道，所以咱们得跟着别人走。"

由于我们到达营地最晚，没能在天黑前摸清周围环境，此时黑灯瞎火，很难找到上山的路。心急如焚之际，忽听黑暗中有人对话，好像是日语。在完全看不到对方的情况下，我们循着声音凑过去，一脸尴笑地打招呼。当然，对方也看不到我们，这场景，相当滑稽。

简单交流后得知，这四个年轻人来自日本，其中一个男生已是第三次徒步查尔腾。我们像抓住了救命稻草，赶紧求"老司机"带路。事实证明，如果没有"老司机"，即便在白天，也得费一番工夫，因为这条路实在太过隐蔽。我们跟着"日本队"穿过漆黑的丛林，下到河滩上，在湍急的流水声中，颤巍巍地走过两段独木桥，终于找到了登山的小路。

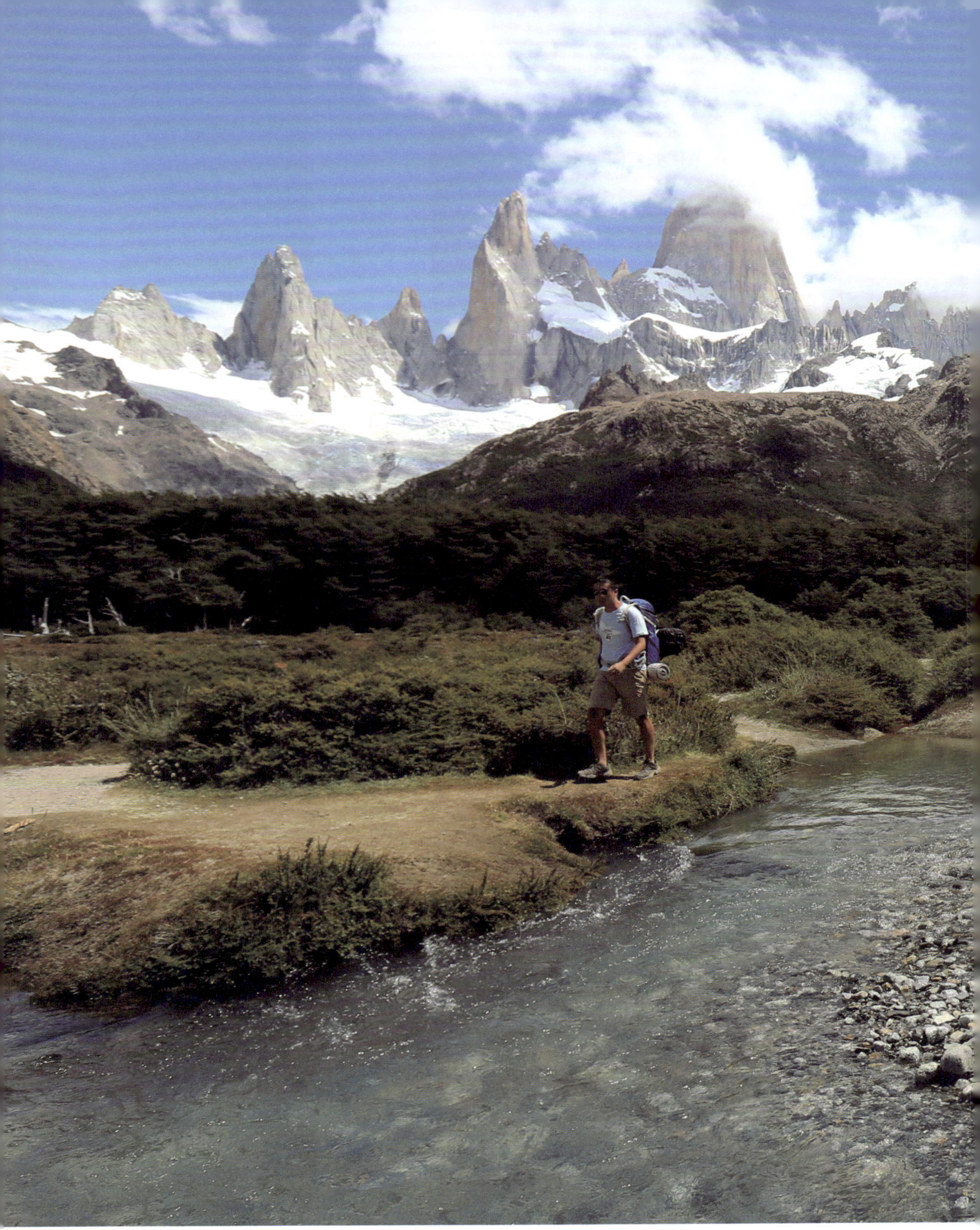

徒步（查尔腾，阿根廷）

这条步道通往 Laguna de los Tres，俗称"小三湖"。那是菲茨罗伊脚下的一块高山湖泊，由冰雪融水汇成，是距离菲茨罗伊峰最近、视角最好的观察点。从 Poincenot 营地到"小三湖"，有两公里陡峭难行的山路，如同百内三塔前的"绝命乱石滩"，都是对徒步者最后的考验。"日本队"体能充沛，走在前边，我背着沉重的摄影器材紧追不舍，刘小可拖在最后。茫茫荒野，夜色寂静，只留下点点头灯和沙沙的脚步声。

随着海拔逐渐升高，溪流和丛林已被甩在脚下，周围寒风渐起，植被荒芜，乱石遍布，一派高山景象。东方的天际线悄悄染上了一抹金色，我们不敢有片刻喘息，要跟时间赛跑。翻过最后一座山坡，在体能接近极限的时候，菲茨罗伊的绝壁、山脊间的冰川、冰川脚下宁静如蓝宝石的湖泊，终于近在眼前。我们在日出前如期抵达了"小三湖"，接下来要做的就是在寒冷中等待。

菲茨罗伊峰海拔 3359 米，形如一把匕首，直刺云霄。山顶终年积雪，周围有群峰相伴，蔚为壮观。因主峰常年云雾笼罩，当地人称它为 El Chaltén，意思是"冒烟的山"，山脚下的村庄因此得名。

不知从哪一秒开始，突兀的主峰变成了橘红色，像烧红的烙铁，越发明亮、炽烈。紧随其后，是旁边几座次高峰，红色如熔岩般扩散开来，不断侵蚀、融化着周围的冷色系。当火红的朝阳跃出天际线，万丈霞光将群峰、冰川、湖面和我们的脸，统统染成红色，再到金色，唯有山峰背后的天空格外湛蓝。

"这就是传说中的日照金山啊……"

"果然是不可描述的人间奇景……"

"这是我见过的最壮丽的日出，没有之一……"

震撼的景象，让我们语无伦次。

说来也怪，明明是万里无云的大晴天，却有那么一团如烟似雾的东西，不偏不倚地缠绕在菲茨罗伊的山尖上，始终不肯消散，远远望去，就像山峰在吞云吐雾。"冒烟的山"，当真名不虚传。

查尔腾的夏天

阳光驱走夜的寒冷，也为疲惫的身体注入能量。"小三湖"的水，冰冷刺骨，捧一把在脸上，人立刻清醒。我们在宁静的山顶晒够了日光浴，便挥别菲茨罗伊峰，返程下山。

再次回到 Poincenot 营地，已是上午 10 点，营区里送走了一些旧客，又迎来了

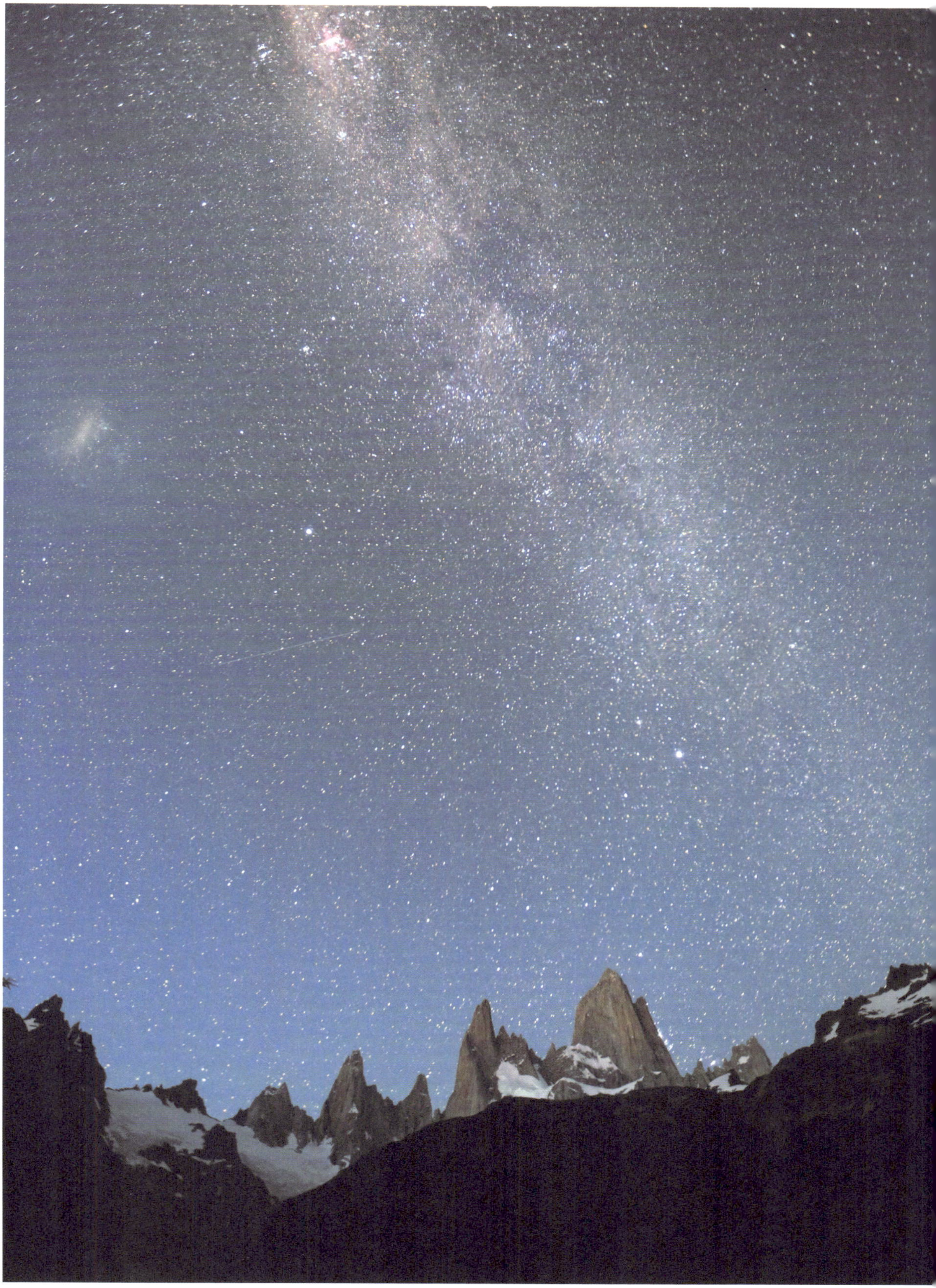

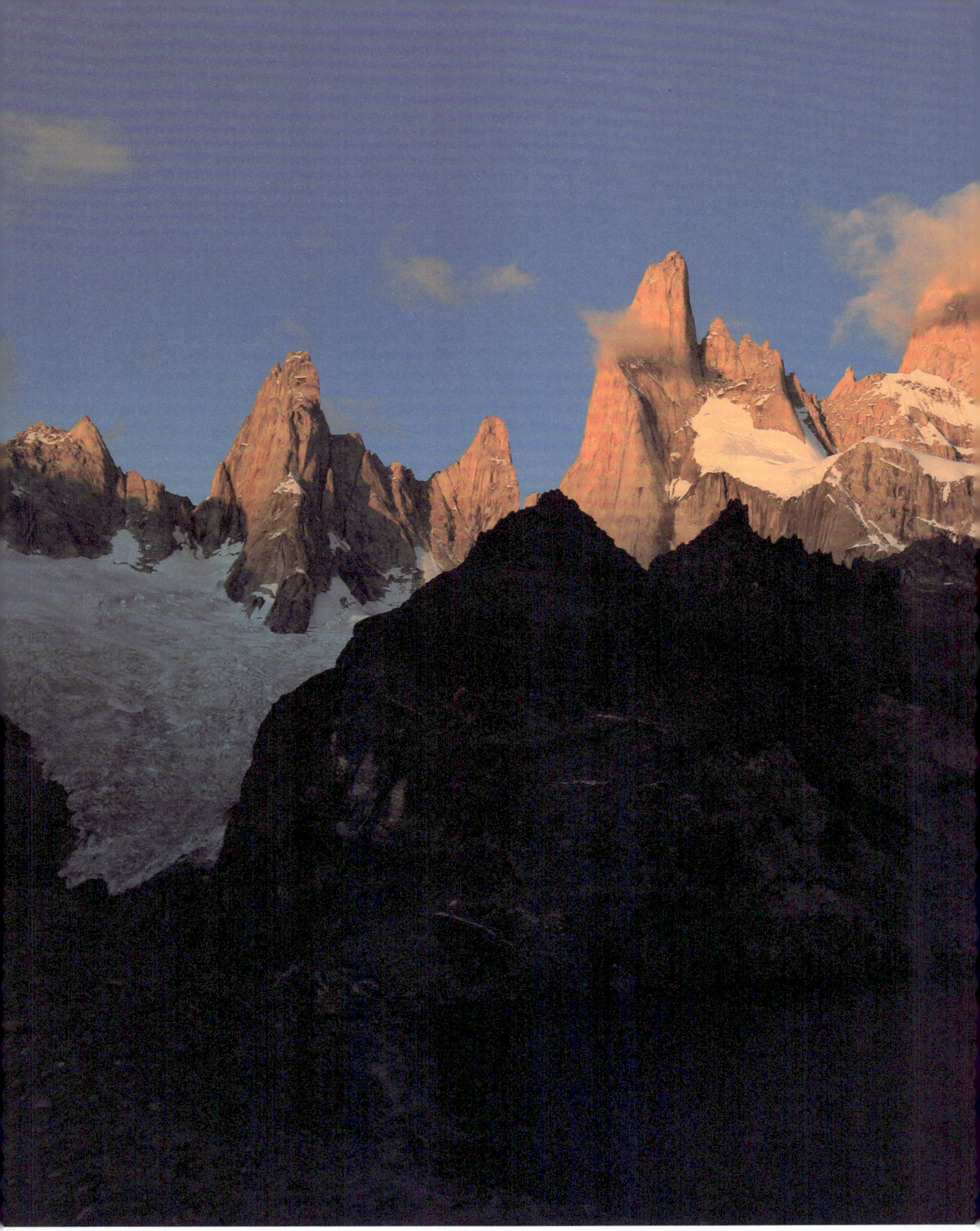

日照金山（菲茨罗伊峰，阿根廷）

几拨新人。两个身材瘦削的中年男子尤为醒目，他们浑身专业装备，带着绳索和冰镐。一打听才知道，这对西班牙搭档是专为攀登菲茨罗伊峰而来。见我瞪大了双眼，他们拿出防水地图，给我讲解攀登路线，以及如何在峭壁上扎营。对于大多数徒步者来说，"小三湖"已是终点，对面那些高不可攀的绝壁只能用来仰视，而对于这些勇敢的技术型登山者，我们的终点，才是他们的起点。没的说，只能送上大写的"服"！

收好帐篷，换上短裤，我们再度负重启程，去探索前一天匆匆路过的风景。查尔腾的盛夏，绿树成荫，山花烂漫，草长莺飞，溪水潺潺，如同《指环王》里纯净的中土世界。我们不再疲于赶路，肆意流连于山水之间。渴了，去激流中灌一瓶"菲茨罗伊冰泉"；饿了，从路边采一把野生小蓝莓；累了，在河边巨岩上坐下来，看天高云淡；热了，到 Capri 湖中洗把脸、泡个脚。比起百内的狂风大作和暴雨倾盆，这次全程和风煦日，人品好到爆棚，这才是徒步的理想状态。

脱下汗湿的 T 恤，铺在草地上晒干，我俩坐在 Capri 营区的树荫下乘凉。忽然，有东西滴落在手臂上，黏黏的，晶莹剔透，像是松油。我忍不住用舌尖舔了一下，甜的！不知是果糖还是花蜜，正如这查尔腾夏天的味道。

乌斯怀亚：是终点，亦是起点
——刘小可

"1997年1月，我终于来到世界尽头，这里是美洲大陆南面最后一个灯塔，再过去就是南极，突然之间我很想回家。"张震在《春光乍泄》中有过这样一段独白，他所说的世界尽头就是乌斯怀亚。

那是南美的终点，亦是南极的起点。有人至此结束旅行，有人开启新的征程，而我们，将何去何从？

最南的城市

飞机在火地岛上空盘旋，我透过舷窗望向这片与世隔绝的土地——苦寒，荒凉，孤寂。乌斯怀亚，就在火地岛的南端。人类城市向南拓展的脚步，到此为止。

雪山环抱，面朝大海，乌斯怀亚依山坡而建，童话感十足的彩色房子点缀在山水之间。我们预订的民宿是一幢精致的红色Loft。仲夏时节，院子里百花齐放，天气却乍暖还寒，换上冬装出门，毫无违和感。

顺着陡峭的台阶下行，来到圣马丁大街，这里是城市的繁华所在。本以为乌斯怀亚是地广人稀、萧条寡淡的画风，可现实却完全出乎意料。道路两旁商铺林立，拥挤的街上人来车往，有人气十足的餐厅、大牌云集的卖场、琳琅满目的纪念品店，还有免税店和赌场。强哥说，这条街上的高级相机比我们之前在全南美见到的总和还多。

当然，最多的还是旅行社，攀冰、滑雪、徒步、钓鱼、潜水、看企鹅……来到乌斯怀亚，每一分钟都不会无聊。我们用了一小时把未来三天的行程安排得满满当当。

漫步在这座商业味儿十足的现代化城市，谁又能把它和昔日的流放地联系在一起呢？想了解乌斯怀亚的历史，还要继续顺势而下，走到海边的Maipu大街，这里的世界尽头博物馆和Yamana博物馆都值得一看。

Yamana人是这片极寒之地上的原住民，靠捕鱼为生，欧洲殖民者的入侵令他们遭受了灭顶之灾。1893年，乌斯怀亚建城，成为重刑犯的流放地，直到贝隆总统下令关闭了监狱。1982年，英阿"马岛战争"爆发，乌斯怀亚作为军港发挥了作用，可惜阿根廷战败，失去了对马尔维纳斯群岛的管辖权。沿着Maipu大街向西，走到马岛广场，可以看到铭刻着这段历史的战争纪念碑。直到今天，阿根廷仍未放弃对马岛的主权要求。

转回圣马丁大街已是傍晚，小城变得更加喧闹，烟火气十足。正如在巴塔哥尼亚草原不能错过烤全羊，来到海边的乌斯怀亚至少得暴撮一顿帝王蟹。这里吃蟹的餐厅遍布大街小巷，橱窗里的螃蟹们挥舞着诱人的大长腿，令过往食客垂涎。我们选了一家名叫 La Cantina 的餐厅，推门而入，人气爆棚。古朴的餐桌上铺着格子桌布，服务人员黑衣黑裤，散发着上世纪初的气息。

强哥指着蟹缸里一只横行霸道的大块头。

"就要它了！"

大叔二话不说，捞出来称重，又贴心地满足了我们拎着螃蟹拍照的要求。

"芝士还是原味？"

"原味！"我们不约而同。

一个多小时后，在一把剪刀的辅助下，这只鲜甜肥美的帝王蟹变成了两个吃货的腹中餐。

世界的尽头

> 海浪不停，整夜吟唱，
> 孤独陪着我守望。
> 忐忑徘徊，执着等待，
> 我要穿越过这海……
> ——梁芒《灯塔》

世界尽头的灯塔

在乌斯怀亚以南，比格尔海峡中间，屹立着一座孤独的灯塔，它是世界尽头最负盛名的地标。来到乌斯怀亚的人，唯有仰望过灯塔，才算真正到达过世界尽头。

我们乘坐小艇，从港口出发前往灯塔，人类最南的城市渐行渐远。比格尔海峡晴空万里，景色壮阔，海中的岛礁上栖居着密密麻麻的海鸟和海狮。这条连通大西洋和太平洋的狭窄水道，是合恩角海域风浪最小、最安全的航道，因此成为过往船只的首选。但因水浅礁多、海藻茂盛，需要在危险处设立警示，提醒船只注意安全，灯塔的意义就在于此。

经过一个多小时的航行，船速渐缓。我们来到船头甲板，远远地望见那座红白相间的灯塔孤零零矗立在海中央,成为灰蓝冷调包围之中唯一的一抹亮色。小艇逐渐靠近,灯塔愈发清晰,砖石砌成的塔身高十余米,由上而下分别为红色－白色－红色,海风和岁月的洗礼留下斑驳的痕迹,海浪一如既往,无情地拍打在长满苔藓的岛礁上。

向导拿出一本破旧的书,是法国作家儒勒·凡尔纳的小说,名为《世界尽头的灯塔》。故事讲述了灯塔看守人与海盗团伙斗智斗勇,最终正义战胜邪恶,灯塔再次被点亮。尽管小说情节纯属虚构,但书中灯塔的原型此刻就在眼前。

小艇环绕灯塔一周,掉头返航。我们回望着灯塔,久久不愿离开。

"听说那儿有个灯塔,失恋的人都喜欢去,说把不开心的东西留下。"

《春光乍泄》里的对白,再次在耳边回响。

其实,无论在情感世界里,还是在现实中,灯塔都是象征着光明和希望的存在,于暗夜苦海之中伟岸挺立,为迷航的人指明方向。

> 灯塔的光,划破浓雾,
> 屹立不变的爱。
> 忽然领悟,铭心刻骨,
> 勇敢放肆的痛哭。
> ……
> 那是最后的救赎,
> 那是最后的归宿。

世界尽头的小火车

从乌斯怀亚出发,沿着著名的 3 号公路向西行驶数公里,便来到"世界尽头的火车站"。跟世界上大多数车站一样,这里从早上开始便熙熙攘攘,所有人来此都是为了乘坐同一班列车——开往火地岛国家公园的"世界尽头的小火车"。

与世界尽头应有的粗犷气质不符,车站里的一切都充满童话色彩。矮矮的售票厅和候车室由木材搭建而成,整体看上去小了一号。候车室里暖风拂面,咖啡飘香,钢琴师现场弹奏着欢快的曲子。屋顶挂满五颜六色的国旗,我们从中发现了五星红旗。

小火车早已在月台等候多时,第一眼见它,我着实吃了一惊。卡通感十足的蒸汽机车头,装饰复古的绿皮车身,仿佛是从哈利·波特系列电影中穿越而来。最难以置信的是它超级迷你的体型,乍一看比游乐场里的玩具火车大不到哪儿去,又细又窄的铁轨蜿蜒向前。

这真是当年运输木材和囚犯、如今即将搭载我们的列车吗？直到汽笛呜呜响起，冒着白烟的小火车魔幻般地奔驰在青山绿水间，我才相信它是货真价实的。古老的车厢里只有一条窄窄的过道，两边各一排单人座椅，置身其中，仿佛回到了 18 世纪末。当时的火车并无车厢，囚犯们在天寒地冻的日子里，穿着囚衣，戴着脚镣，两脚悬空地坐着露天火车进山伐木。

追寻着囚犯们劳作的足迹，小火车在森林里停留了几站，不知不觉便抵达终点——火地岛国家公园。

世界尽头的邮局

火地岛国家公园拥有原始的自然景观，雪山、湖泊、森林、草地相互映衬，勾勒出世界尽头的安宁与静谧。在这人迹罕至的天涯海角，竟然藏有一家邮局，从这里寄张明信片，绝对超有仪式感。

邮局建在湖畔的栈桥上，是一间可爱的彩色小木屋，门口立着"阿根廷邮政"的红色邮筒。推门而入，原木色系的墙壁和灯光让人备感温暖，紧凑的空间里摆满了各式各样的邮票和明信片，价格从 10 比索到 150 比索不等。

邮局里唯一的工作人员是一位戴着黑框眼镜、蓄着花白胡须的老爷爷，帅气的制服，和蔼的微笑，自带圣诞老人般的亲切感。他在这里工作多年，迎来送往世界各地的游客，识别度极高的形象已成为这家邮局最好的代言。

我们选了几张明信片，郑重地写下"直到世界尽头"的宣言，老爷爷为我们盖上了专属印章，又与我们合影留念。

世界尽头的邮局，心愿达成！

南极的起点

寂静的海湾，数不清的麦哲伦企鹅慵懒地趴在岸边。一只高大的王企鹅突兀地站在它们中间，眺望着远方，脖颈处的橙色羽毛格外显眼。

它若有所思，彷徨不安……它，要去向哪里？

站在乌斯怀亚港口，面对着比格尔海峡，我胡乱回想着刚刚在企鹅湾看到的一幕。天色阴沉，海鸥在空中翱翔，一艘南极邮轮安静地停靠在港湾之中。

"你说，刚刚那只王企鹅是不是也想去南极？"

强哥一句话直戳要害。

来到乌斯怀亚的人，大多有个南极梦。有钱的一掷千金，提前买好南极船票，到了直接登船；没钱的大多抱着碰运气的心态而来，期待"最后一分钟船票"幸运降临，就像《泰坦尼克号》里靠赌牌赢来船票的杰克。我们，显然不是有钱人。

所谓"最后一分钟船票"，就是当邮轮临近出发前，如果船上还有空余位置，或者有乘客因故取消行程，邮轮公司会以超低价格抛售余票，购票人需具备说走就走的一切条件。这个"最后一分钟"可能是出发前几天，或者几小时，但为此等待的时间却是未知。而我们，并没有无限的假期。

正值南极旅游的超级旺季，圣马丁大街上的广告铺天盖地。我们从大街最西端一路向东逛过去，见到橱窗上贴着南极信息的旅行社就进去打听。然而，船票价格都在万元美金上下，我们一次次失望而归。

直到遇到 Lorena，一个漂亮且极有耐心的阿根廷姑娘。她没有急于兜售高价船票，而是在她的店里跟我们分享自己前往南极的故事和照片，总结起来就一句话——绝对是终生难忘的旅程。Lorena 说，如果有"最后一分钟船票"，她会发邮件通知我们。

乌斯怀亚街头的指示牌不断提醒着到访者：这里距布宜诺斯艾利斯 3000 公里，但距南极仅有 1000 公里。看似一步之遥，我们却望尘莫及。

离开乌斯怀亚前，我们去了趟南极办事处，默默地在护照上敲了南极主题的纪念章。这或许就是我们与南极最近的距离。

然而，回到里约一周后，邮箱里收到了一封来自 Lorena 的邮件，"最后一分钟船票"就这样来了！

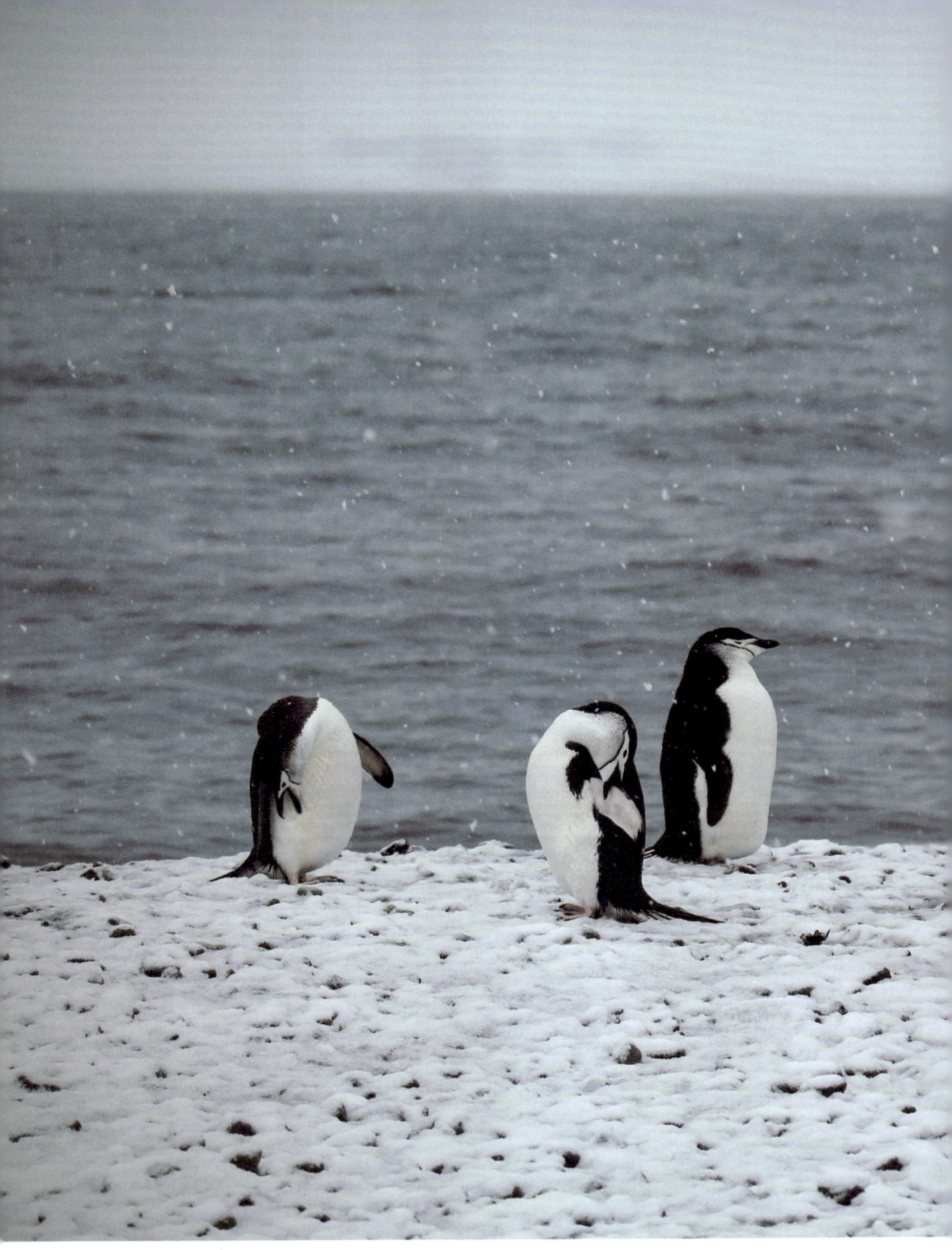

南极日志
Antarctica

最后一分钟船票
　　——刘小可

　　Lorena 在邮件中说，"最后一分钟船票"出现了，大约一周后出发，Quark Expedition 公司的 Sea Adventurer 号，去程在阿根廷的乌斯怀亚登船，返程从南极洲的乔治王岛飞回智利的蓬塔阿雷纳斯，9 天 8 晚，三人间，每人 5990 美刀。

　　我翻出数日之前 Lorena 给我的报价单，上面清楚地写着同款产品需要 11395 美刀！含飞行的行程价格通常较贵，因为少了一次穿越德雷克海峡的痛苦，还能节约两天时间。5990 美元相当于原价的一半，恰逢南极最好的季节，又是 Quark 公司的船，可以拿到我们心心念念的"大黄衣"（Quark 专属的防寒服）。一切都完美……

　　曾经遥不可及的南极之旅如今就摆在眼前，去还是不去？我的心脏狂跳不止，肾上腺素瞬间飙升……

　　Now or Never！冲动轻而易举地战胜了理智，内心的小恶魔驱使着我们乖乖地上交了信用卡号。11980 美金的扣款通知如期而至，我跟强哥面面相觑，心情五味杂陈——大概是 25% 的兴奋，混合着 25% 的罪恶，还有 25% 的梦想成真，以及 25% 的不知所措……真的是一笔巨款啊！真的要去南极了吗？

　　临近登船的一周，又发生了许多波折。但我们始终坚信，南极是南美旅行生涯最完美的终点，是我们人生旅途中逃不掉的宿命。既然已经拿下了船票，无论如何，出发吧！

2月6日，乌斯怀亚，晴

Sea Adventurer 号启航
——刘小可

2月6日是登船日，我们再次来到乌斯怀亚，时隔不到一个月，天气和心情却是天壤之别。彼时阴云笼罩，寒意袭人，南极咫尺天涯；此刻阳光明媚，盛夏芳菲，梦想即将成真。

"这是你们的票和行程资料，尽情享受这终生难忘的旅程吧！"

我从Lorena手里接过写有我们名字的船票，转手递给强哥。

"今年的生日礼物！"这一天恰好是他生日，没有比这更棒的礼物了。

按照资料上的指示，把行李送到码头附近称重，交付给工作人员，我们一身轻松地在城里游荡，远远望见即将载着我们驶向南极的Sea Adventurer号，停泊在蓝天大海之间。

终于等到了登船时刻，百余人排着队有序地走上舷梯，工作人员递上了冰爽清甜的迎宾鸡尾酒。船舱由下至上大概有六层：普通客房集中在下面两层，豪华客房分布在三四层，第三层设有前台、多功能会议厅、餐厅和商店，船长驾驶室及一个小型图书馆位于四层。

毫无悬念，我跟强哥的房间在最底层，是两间挨着的三人舱，也是全船最经济的舱位。房间有一个圆形的小窗，洗手间虽小但设施齐全，下铺的床位已被瓜分，我的床是上铺，之前交运的行李已经先人一步抵达。

"Hello！"三个女生打过招呼，简单互换了个人信息。金发碧眼的凯特来自澳大利亚，"民族风"的蔡蔡来自中国。这个坠着大耳环的"高冷"妹子生在北京，现居云南，经营自己的饰品店，有大把时间满世界旅行，洒脱的生活方式令我备感好奇。

确认了房间，全员集中至多功能厅。这里是船上最主要的公共活动区域，咖啡果汁无限畅饮，小食茶点随时供应。这里也是船上唯一可以上网的地方，当然前提是花上不菲的价格购买流量套餐。

汽笛一声长鸣，大家纷纷涌上甲板，Sea Adventurer号缓缓启航！山水之间的乌斯怀亚仿若一张明信片，渐行渐远。曾经以为乌斯怀亚是南美之旅的终点，而此时此刻，它成为我们南极征途的起点。

2月7日，德雷克海峡，多云

生活在船上
——Mario

昨天是我生日。一觉醒来，枕边多了一张小小的贺卡，上面有探险队全体成员的亲笔签名和祝福，虽然我还不能逐一对上他们的面孔，但已经感受到了来自这支专业团队的细心与友善。

经过一夜的航行，Sea Adventurer 号通过了比格尔海峡的狭窄水道，一路向南驶离合恩角，进入了浩瀚无际的南大西洋。距离南极洲还有两天多的航程，探险队员利用这段时间宣讲《南极公约》，对乘客的随身衣物进行安全处理，杜绝一切外来物种入侵南极的可能性，各种影片和讲座让漫长的旅途不再枯燥。

Sea Adventurer 号 1976 年建造于前南斯拉夫，后经升级改造，投入极地商业探险，成为该领域的一颗明星。船上搭载了来自世界各地的 117 名乘客和 84 名工作人员。以船长为首的驾驶团队来自俄罗斯，负责日常航行与轮船维护；后勤团队来自菲律宾，负责全船的饮食起居；14 人组成的探险团队来自美国 Quark 公司，从行程设计到带队登陆的核心工作都由他们负责。三支团队配合默契。

哈德利队长率领探险队员集体亮相，这个英国硬汉拥有丰富的极地探险经验。

其他成员包括：

阿莱克斯——来自加拿大的探险向导，与哈德利长得像一对孪生兄弟。

戴夫——项目协调人，宾州大学毕业，拥有传奇般人生经历的美国人。

艾莉森——历史学家，热情的澳洲姑娘，会讲一些中文。

丽兹——海洋生物学家，年轻漂亮的澳洲女孩，追鲸识海豹是她的特长。

圣地亚哥——鸟类学家，来自阿根廷，说话让人昏昏欲睡，但对企鹅深有研究。

威尔——地理学家，来自澳洲的阳光大男孩。

由纪惠——团队中唯一的东方面孔，日本女孩，专业向导。

珍妮与麦克——资深的南极科学家和向导，即将功成身退。

米歇尔与索兰——皮划艇教练，活泼搞怪的二人组。

婕米与芭芭拉——加拿大美女，前者打理纪念品店兼任向导，后者是专职医生。

转眼又到了午饭时间，作为一个吃货，我必须承认，船上的伙食真是不错。一日三餐有鱼有肉,各国风味轮番品尝,甜点饮品随时供应。于是,船上的日常就是喝喝咖啡上上网,听听讲座读读书,看看电影聊聊天,如此舒服的时光,在我们的旅行中实属罕见。

虽然天气不错,但室外温度下降明显,我们穿着刚发到手的"大黄衣"来到甲板上,呼吸着来自南极的冷空气,望着翩翩翱翔的信天翁,在惊涛骇浪到来之前,抓紧时间留下美好的影像。

相逢即是缘
——Mario

茫茫人海,相逢是缘,更何况还是搭乘同一艘船去南极。很快,我们便在旅途中结识了一群新朋友。

罗斯大叔——我的室友,来自苏格兰,性格随和,脸上常挂着微笑,言语间流露着英国绅士的幽默。

达米安——我的另一位室友,来自法国的帅哥,身为一个牙医,他每天要刷好几次牙,性格略腼腆,但同样真诚友善。

他们俩都是独自来南极旅行。在我进门之前,两人便已瓜分了下铺,刚好把我喜欢的上铺留了出来。

虽然 Sea Adventurer 号是个温暖的大家庭,但语言和文化的强大"磁场"还是让人们更习惯向自己的同胞靠拢。于是,117 名乘客自然而然地结成了若干个小团体,包括我们在内的 16 个中国人也很快熟悉了彼此。

蔡蔡——刘小可的室友,不走寻常路的北京女孩。她说不喜欢人多的地方,于是大学毕业一个人跑去拉萨生活,现居云南某古镇,经营一家小店,售卖她从世界各地淘来的稀罕玩意儿。蔡蔡有着小麦色的皮肤,喜欢户外徒步,说一口流利的英语和西班牙语。旺季卖货赚钱,淡季周游世界,顺便采购进货,日子过得跟小说一样。

乐乐——新加坡工作的金融女,江苏人,平时忙碌,偶尔旅行。她有个"网红"

未婚夫，是国内互联网界小有名气的青年才俊，可谓才子配佳人。每当说起这个话题，她总会幸福的脸红。

詹妮弗——乐乐的室友，同样来自江苏，不甘平凡的她，独自求学美利坚。詹妮弗喜欢一个人旅行，利用假期周游世界，去过不少很酷的地方。她总是说，生活就该有无限可能。

罗密欧与小月——新婚燕尔的小夫妻，热爱户外运动，学生时代携手征服过海拔6000多米的高山，他们的蜜月旅行选择了南极，还计划在船上干一件"大事"。

栋哥——北京的大龄单身理工男，辞掉了稳定的工作，准备来一场轰轰烈烈的环球旅行，再跟朋友合伙创业。南极是他漫长旅途的第一站。

Puma 大叔与三位阿姨——他们都是来自四川的退休教师，自助游世界，令人钦佩。老当益壮的 Puma 是一位潜水高手，拍照摆 pose 的技能也是一绝。

"神雕侠侣"——这对神秘的年轻男女总是独来独往，几乎与外界绝缘。他们很少讲话，仿佛心有灵犀，他们十指相扣，始终形影不离。偶尔，两人还会各背一个奇怪的竹篓，像极了武侠小说中仗剑走天涯的"江湖侠侣"。我们也识趣地不去打扰，假装自己就是空气。

建国大叔——当然，并不是所有人都那么招人喜欢，比如来自魔都的建国大叔。莫名的优越感加上"迷之自信"，让大家对他们夫妇敬而远之。这倒也无妨，人家本身就很享受游走于各国阵营的乐趣。

2月8日，德雷克海峡，阴

魔鬼西风带
——Mario

船上的夜，静悄悄，
海浪把乘客摇啊摇，
上铺的我，头枕着波涛，
睡梦中露出傻傻的微笑……

半梦半醒间，我无聊地改编了这首老歌。随着 Sea Adventurer 号渐渐驶向德雷克海峡中心，这种有节奏的摇摆，幅度越来越大。我还蛮享受这种睡在摇篮里的感觉，但对于大多数乘客，最煎熬的日子开始了。

德雷克海峡位于南美洲合恩角与南极洲南设得兰群岛之间，宽约 900 公里，平均水深 3400 米，是世界上最危险的航道之一。由于同纬度地区没有大陆阻隔，狂暴的西风常年肆虐，频繁的气旋与急速的洋流掀起滔天巨浪，对过往船只造成极大威胁，"魔鬼西风带"因此得名。

早餐时间，餐厅里明显冷清了许多，大部分乘客都出现了不同程度的晕船症状，根本没有胃口。我的法国室友昨天就感到身体不适，今天更是直接卧倒在床。苏格兰大叔勉强吃了些东西，不过几分钟后，就连咖啡带早餐直接吐在了大厅的桌子上。

中国小伙伴们也没好到哪儿去，一个个面露菜色，与恶心呕吐做着激烈的斗争……走廊里的呕吐袋变得越来越抢手，美女医生芭芭拉成了船上最忙碌的人，她不停地给有需要的人发放药品，还在某些旅客的耳朵后面贴了两个药贴，貌似有缓解晕船的神奇功效。

我是个例外，因为出发前节外生枝，惹了一摊工作要收拾，只能到处抱着电脑，焦头烂额地赶稿子，根本顾不上晕船这回事儿。餐厅的小黑哥难得见到一个胃口正常的人，格外热情地为我服务，很快我们就混熟了。小哥说，现在我们看到的是德雷克海峡的温柔一面，当她发起脾气来，盘碗刀叉都会被掀到地上，人也会摔得东倒西歪。我并不吃惊，因为那才是我预期中的德雷克海峡。

船上的讲座还在继续，我有一搭无一搭地听着虎鲸与座头鲸的习性、马可罗尼

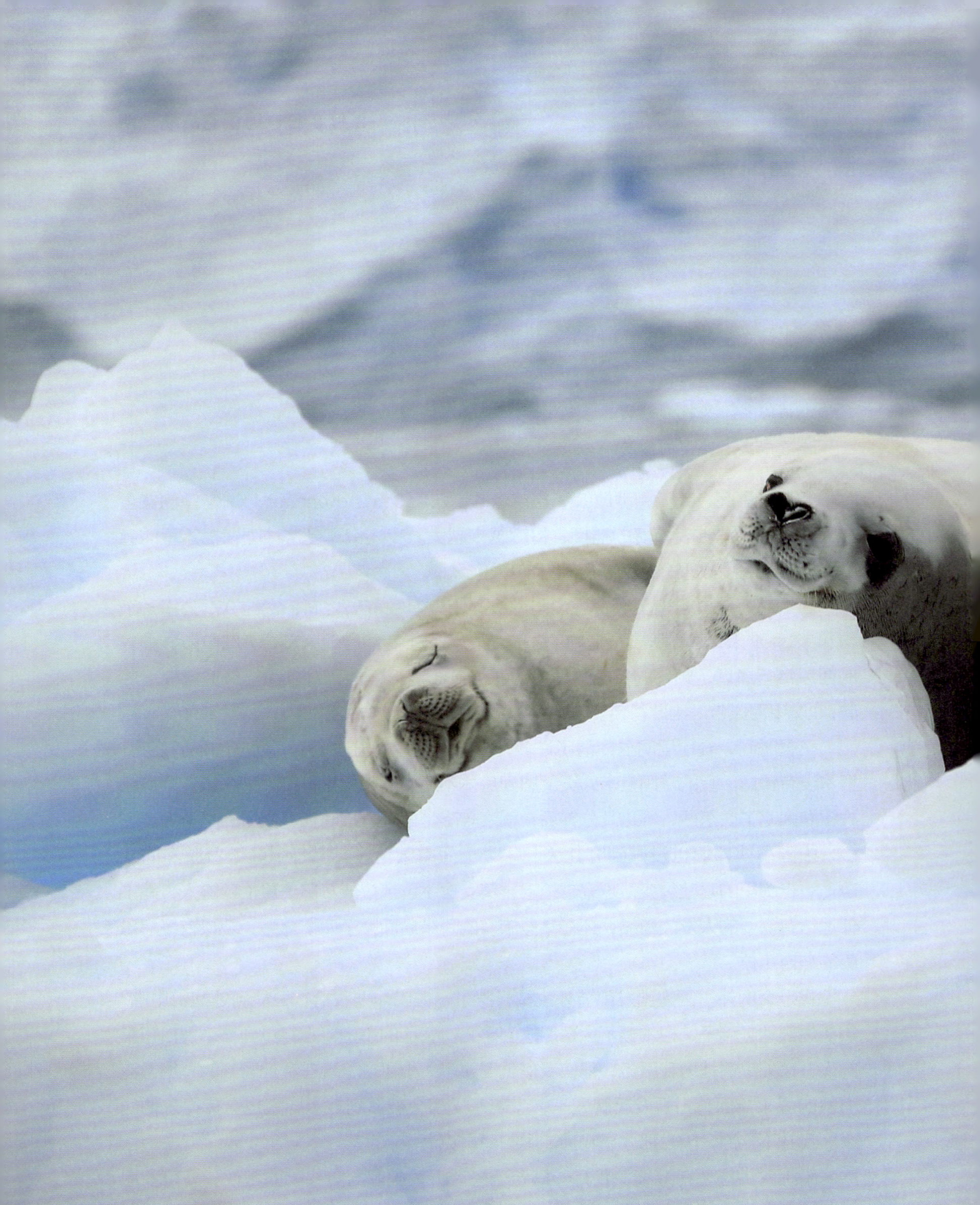

食蟹海豹（南极半岛，南极）

企鹅与帽带企鹅的特征,以及如何辨别一头食蟹海豹与一头豹斑海豹……窗外阴云密布,黑色的海浪一波波翻滚着袭来,水花击打到四层楼高的甲板上,发出猛烈的声响,Sea Adventurer 号如一叶扁舟在浪里漂荡。

第一座冰山
——Mario

我们躲在船舱里,随着海浪摇晃,去厕所的路上要抓稳扶手,以防摔伤。直到傍晚时分,海面渐渐平稳,天空有些放亮。

"女士们、先生们,留意我们的左前方。"广播里传来了船长的声音。我赶紧带着相机冲上甲板,只见海面上浓雾笼罩,弥漫着阴森诡谲的气氛。在那深不可测的迷雾背后,似乎隐藏着某种恐怖的存在。

"是冰山!"

随着围观人群的阵阵惊呼,一座幽灵般的巨型冰山在不远的海面上悄然显现。我们调整航向,与冰山擦肩而过,在这个短暂的过程中,浓雾再起,幽蓝色的冰山如海市蜃楼般消失得无影无踪。《泰坦尼克号》的场景一幕幕在眼前浮现,深入骨髓的寒意将我们团团包围。

第一座冰山过后,海面上小块的浮冰频频出现,我们离南极越来越近了。

晚餐后的吹风会上,哈德利宣布,Sea Adventurer 号幸运地躲过了两个风暴的夹击,即将驶出德雷克海峡。如果一切顺利,我们将在明天一早到达南极。

掌声与欢呼声响彻了大厅。

2月9日，南极半岛，雪转晴

登陆南极洲
——刘小可

清晨6点，我在探险队长哈德利富有磁性的广播声中醒来，前两日的颠簸摇摆已然不再，Sea Adventurer 号进入了相对平静的南极海域，真是一个激动人心的消息！

6点45分，餐厅里恢复了热闹的景象，人人脸上都流露出兴奋与期待，终于可以安稳地吃上一顿早餐，不用再跟摇晃和晕船做斗争。更重要的是，大约一小时后，我们将首次登陆南极。

为保护南极的生态环境，登陆前的准备工作十分严格。防寒服、救生衣、靴子、水袋均为统一配发；自备的防水裤、手套、帽子、背包已做过清洁处理；乘坐橡皮艇前，登陆靴需要专门进行洗刷消毒。

除去极少数年老体弱者留在船上，其余乘客被分为6个小组，分别以"阿蒙森""斯科特""沙克尔顿"等极地英雄命名，探险队员兵分多路，驾驶橡皮艇，率领各自小组向着登陆地——南设得兰群岛的半月岛进发。

灰蒙蒙的天空飘着雪花，寒风萧萧。坐在冰冷的橡皮艇上，屁股仿佛也结了冰。黑漆漆的海水，远处岛上黑漆漆的礁石……初见南极，与想象中那个晶莹剔透的冰雪世界相差甚远。

橡皮艇在岸边搁浅，我们转身跳下，蹚水登陆，这就是传说中的"Wet landing"。就在我们身边，几只刚刚出浴的企鹅，正用力地抖掉身上的海水，黑白相间的羽毛光滑洁净，白色脸蛋的下方有一道明显的黑线，酷似军官的帽带。没错，这就是帽带企鹅本尊了。

对于陌生人的到访，企鹅们毫不在意，趾高气扬地向内陆走去，颇有几分军官的气场。但湿滑的礁石滩对于它们粉嫩的小脚是个不小的挑战，摔跤在所难免，好在身上脂肪厚，爬起来摇摇晃晃接着走，憨态可掬的样子叫人忍俊不禁。

不远处的海滩上，几只脏兮兮的海狗正在龇牙咧嘴地打架，与可爱的企鹅相比，这些凶猛丑陋的家伙实在不怎么招人待见。我们跟着企鹅的脚步，深入岛屿内部。

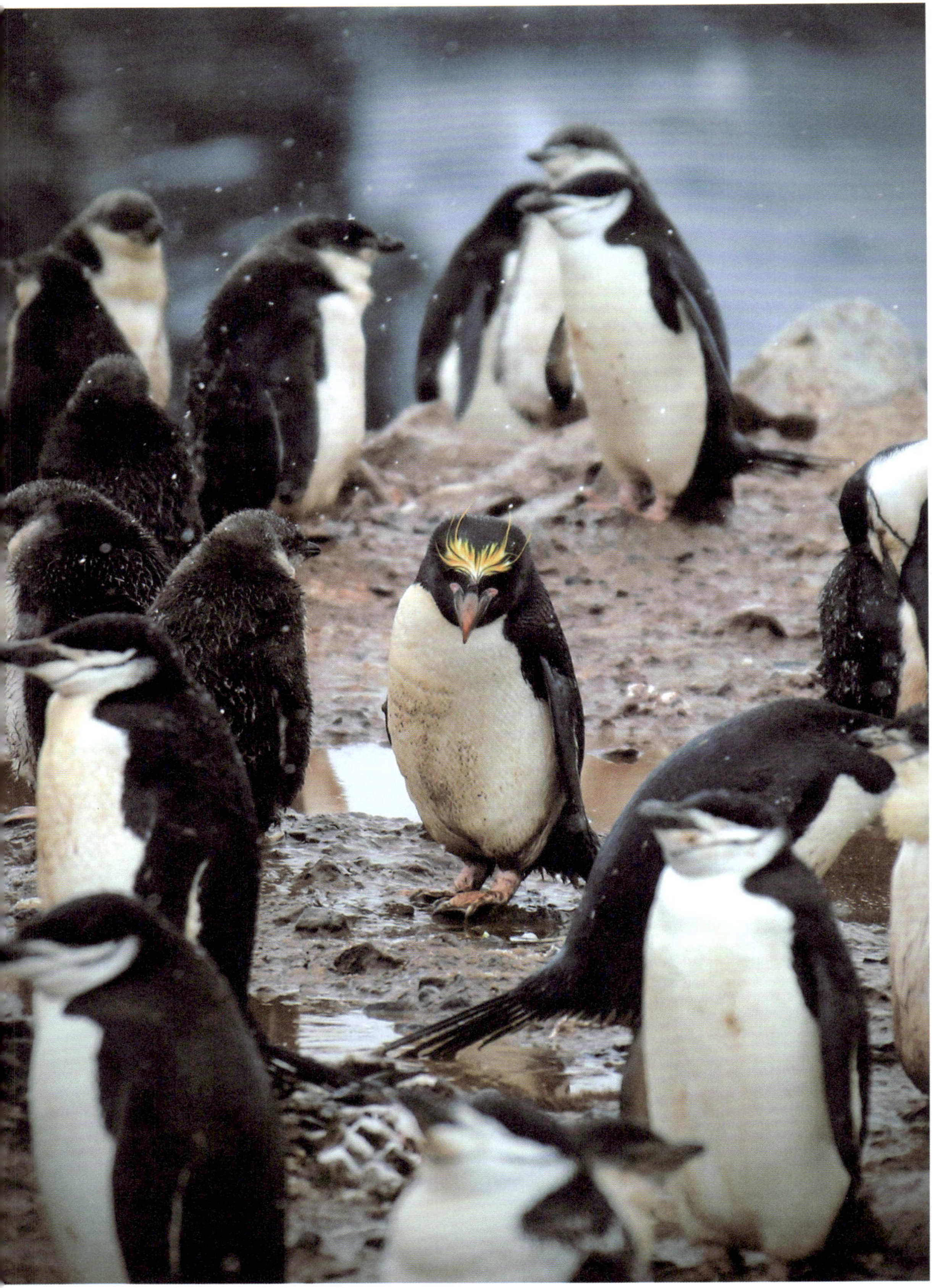

孤独的马可罗尼
　　——刘小可

　　雪越下越大,我们顶风前行,翻过一座小山之后,不由自主地停下了脚步,目光不知该落向何处。漫山遍野都是企鹅,有的歪着脑袋梳理羽毛,有的在岩石上笨拙地上蹿下跳,有的在雪地里追逐打闹。

　　探险队员指引我们来到位于山坡上的"企鹅社区",鸟类学家圣地亚哥已在此等候多时。这里聚集着数百只帽带企鹅,你拥我挤,吵吵闹闹,其中不乏毛茸茸的企鹅宝宝,画面壮观而温馨,只是气味一言难尽。

　　在这"千鹅一面"的世界里,只有一个家伙显得格格不入——全黑的脸庞,粉色的尖嘴,最特别的是额头上飞扬着金黄色的羽毛,呈"中分"发型,看起来相当浮夸。它就是大名鼎鼎的马可罗尼企鹅!

　　圣地亚哥说,这种企鹅头上顶着一撮金毛,神似油头粉面的花花公子,因此便有了这个"花花公子"的名字——马可罗尼。半月岛上栖息着大量的帽带企鹅,而马可罗尼企鹅仅此一只,至于它为何孤身来到这里,科学家们也不得而知。

　　正所谓物以稀为贵,"花花公子"吸引了大部分到访者的目光,它似乎也感受到了观众的注视,始终保持着偶像姿势,眉宇间的金色羽毛尽显不凡气质。

揭秘欺骗岛
　　——刘小可

　　下午的登陆地点是欺骗岛,这是一座由火山喷发形成的小岛,海滩上遍布黑色的火山沙。半埋于黑沙中的炼油设备和小木屋的断壁残垣,记录着捕鲸时代的血腥历史。

上世纪初，鲸油的暴利驱使着多个西方国家在南极海域大肆捕鲸，炼出的鲸油销往欧洲，作为润滑油使用，欺骗岛便是当时颇具规模的捕鲸站。后来随着工业润滑油的出现，鲸油价格暴跌，各国捕鲸者纷纷离开。

　　沿着崎岖的土路艰难跋涉，我们登上了小岛的最高点。站在这里俯瞰，可见整个岛屿就是一座环形的火山口，陡峭的悬崖让人心生寒意。

　　从欺骗岛归来，船长先生的欢迎酒会在多功能厅隆重举行。这是每次旅程的保留节目，庆祝大家真正来到南极。

　　干杯！我们举起手中的鸡尾酒，一饮而尽。

2月10日，南极半岛，多云转晴

追鲸记

——Mario

早上 7 点，我们在格雷厄姆海峡旖旎的风光中享用早餐。

忽然，广播里警报响起：左舷 45 度发现虎鲸！

我二话不说，抓起相机冲上甲板，可惜慢了半步，扑了个空，但也由此拉开了我们疯狂追鲸的序幕。

南极旅行有两种基本玩法：一种是直接登陆，以便近距离"挑逗"企鹅；另一种是海上泛舟，去"调戏"冰上的海豹，或者追鲸。经历了前一天的两次登陆，我们想换一种玩法。于是上午分组时，我和刘小可积极加入了"鲸鱼女孩"丽兹带领的小分队，相信凭她的专业技能，一定会有收获。

橡皮艇在漂满碎冰的海面上小心前行。首先迎接我们的是三只圆滚滚的海豹，它们挤在一大块浮冰上，睐着雪白的肚皮，慵懒地打着哈欠，嘴角似乎还残留着早餐的印迹。

"这些家伙体长超过两米，重达二三百公斤，是南极地区最常见的大型动物——食蟹海豹。实际上，它们并不怎么吃蟹，虾才是真爱。"

丽兹一边介绍，一边熟练操控着橡皮艇，以便我们从各个角度观察海豹。

"别以为躺在冰上就绝对安全，聪明的虎鲸懂得搅动海水把浮冰打翻，或直接冲上冰面，咬住海豹。"

话音刚落，宁静的海面骤起波澜，一个巨大的黑色脊背忽然闪现，又潜入水中。

"是虎鲸？！"小艇上一阵惊呼。

"嘘……"丽兹比了个手势，随即将发动机熄火，海湾里顿时鸦雀无声。

"那应该是头小须鲸，鲸类里体型较小的一种，有七八米长。"

"鲸鱼女孩"果然厉害，我们的运气也不赖。几分钟后，顽皮的小须鲸又从另一个方向探出水面，这次我用相机拍到了它尖尖的背鳍。与小须鲸的捉迷藏游戏持续到中午，至少有三头鲸在这片海域屡次现身，直到我们意犹未尽地返回邮轮。

Sea Adventurer 号缓缓驶向下一个目的地库佛维尔岛。午餐过后，我们来到甲板上晒太阳。忽然间，一道水柱从海面冲天而起——是座头鲸！这种海中巨兽体长是

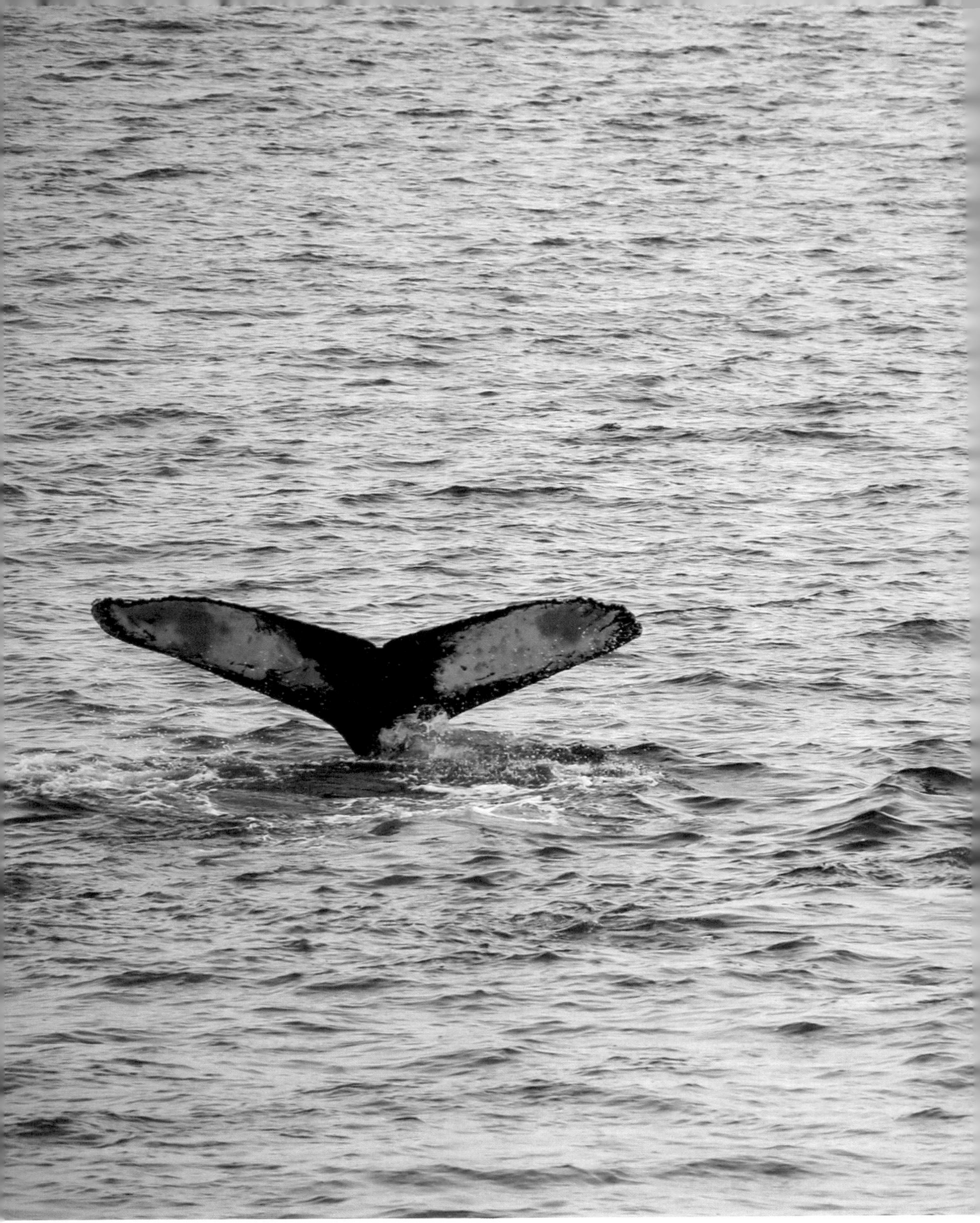

座头鲸（南极半岛，南极）

小须鲸的两倍，体重可达 40 吨。它们是鲸类中表现欲最强的一种，有时甚至会跃出水面，展示自己的大块头。

我紧紧注视着海面的动静。没过多久，水柱再起，这次是两头鲸同时出现！它们先是探头换气，宽厚的脊背浮出水面，紧接着一个下潜，月牙形的尾鳍顺势高高翘起，带出瀑布般的水花。两头鲸的动作出奇一致，仿佛在用尾巴跟我们打招呼。更让人惊喜的是，Sea Adventurer 号前后左右陆续都出现了座头鲸的身影，它们时而喷出水柱，时而翻身甩尾，此起彼伏，数目可观的鲸群将我们团团包围。

近距离接触这种庞然大物，让我感到前所未有的震撼。于是，下午的活动时间，我们放弃了登岛"调戏"巴布亚企鹅，在静谧的峡湾中三度邂逅了座头鲸。最近时，它距离我们的橡皮艇不到 10 米远。

你永远无法预测这些神秘的水下巨兽将在何时何地现身，但或许下一秒，它就会猝不及防地冒出水面，出现在你眼前。这种极度刺激的未知，正是追鲸最大的乐趣。

南极婚礼
——刘小可

关于南极婚礼的故事听过不少，但从未想过能够亲眼见证，更没想到还能亲身参与其中。

"这对儿一看就是新婚小夫妻，大手拉小手，形影不离。"

即使到了天涯海角，我也改不了八卦体质。

"嗯，不像咱俩，为了省钱都可以分开住。"

强哥给我来了个兄弟般的勾肩搭背。

婚礼的主角来自北京，男生叫"罗密欧"，因为名字恰好谐音，女生叫"小月"。他们将蜜月之旅选在南极，甚至专门背来了婚纱，希望能在这个特别的地点举办一场难忘的婚礼。美好的愿望得到了探险队的大力支持，于是一场多国协作的南极婚礼热热闹闹地筹备起来。

傍晚时分，Sea Adventurer 号缓缓停靠在南极半岛的尼科湾，我们的旅程迎来了重要的里程碑时刻——登上南极洲大陆（此前都是岛屿）。罗密欧与小月的婚礼被安排在这片冰天雪地上举行，这远远超出了他们的预期，两人最初的想法只是能在船上举行一个简单的仪式。

探险队不仅为婚礼选择了最棒的场地，还临时组建了一个半专业的婚庆团队。艾莉森担任婚礼总策划；强哥的室友罗斯大叔在苏格兰是一名非宗教婚礼司仪，主持人的角色非他莫属；证婚人当然是由最权威的船长大人亲自担任；强哥和栋哥分别担任摄影师和摄像师；我和詹妮弗负责新娘的化妆工作。

当身披婚纱的小月和西装革履的罗密欧在圣洁的冰雪世界中凝望着彼此，众人纷纷围拢过来，就连四周的企鹅也想凑个热闹。

"尊敬的女士们，先生们，企鹅们……"

罗斯大叔的开场白逗乐了全场观众，婚礼正式开始。

罗密欧在严寒中宣读了一封亲笔告白信，小月的睫毛上闪烁着幸福的泪光，二人交换婚戒，共饮喜酒，深情拥吻，现场的各国来宾共同见证了这场浪漫而难忘的南极婚礼。

婚礼结束已是夜幕降临，作为一枚地理坐标控，强哥赖在南极大陆上久久不肯离开，直到最后一艘橡皮艇即将启动，我们才一步三回头地踏上归途。

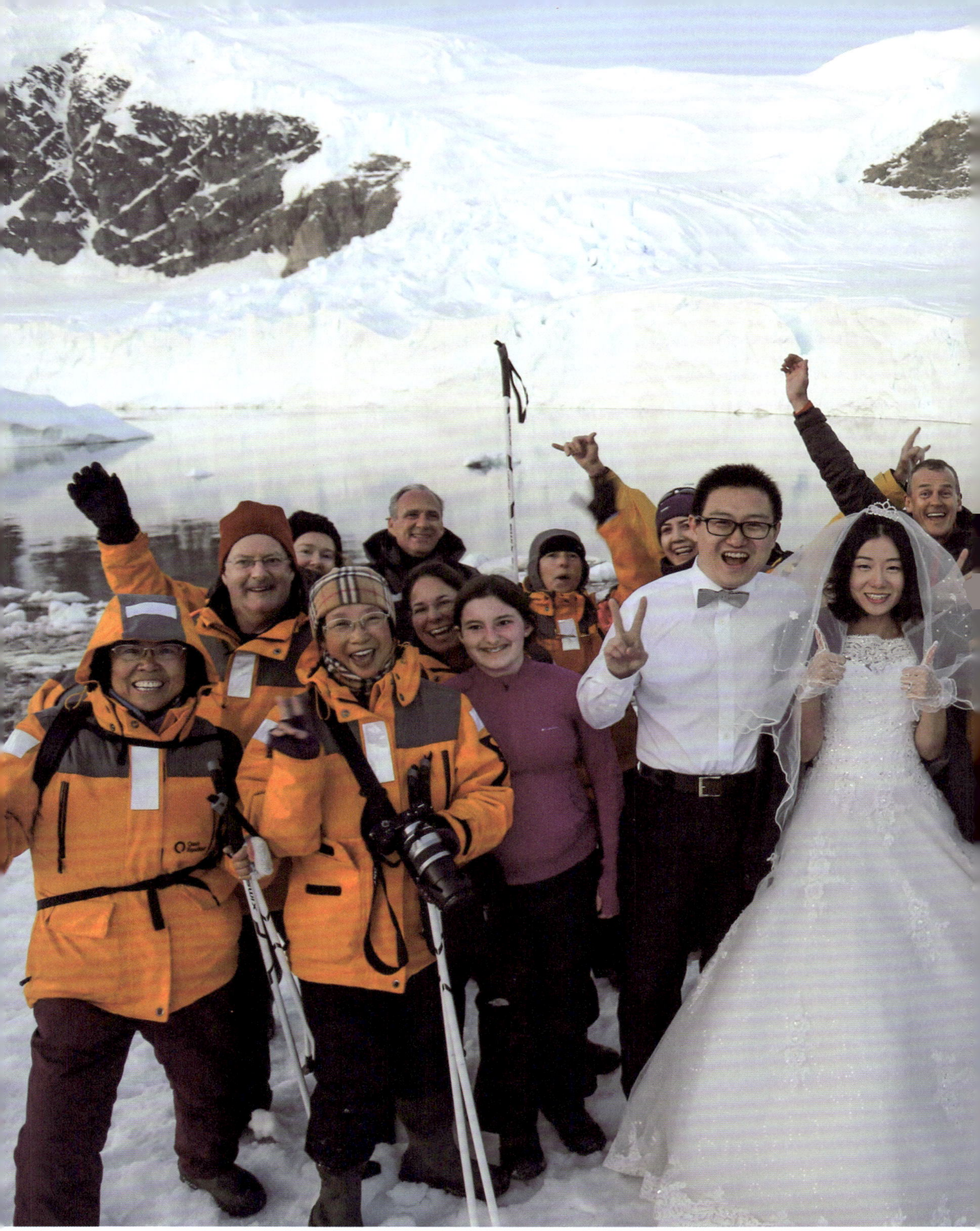

南极婚礼（南极半岛，南极）

An Adventure in South America and Antarctica

2月11日，南极半岛，多云转雪

发自南极的明信片
——刘小可

"终于要在洛克罗伊港登陆了！明信片寄到中国要多少钱呢？再贵也得寄一张……不行，寄两张……"坐在橡皮艇上，我掰着手指盘算起来。

"欢迎来到南极第61号纪念碑，英国A基地，洛克罗伊港。"一块简易的牌子立在岸边，上面书写着关于小岛历史的关键词。这是我们南极行程中唯一一个设有邮局的登陆点。

环顾四周，白雪皑皑，几只巴布亚企鹅正悠闲地散步。一面英国国旗飘扬在小岛上空，旗杆下有几座黑房子，屋檐和窗框漆成红色。这里曾是英国的海军基地，如今是精心修复的布兰斯菲尔德博物馆。每年夏天，博物馆开门迎客，里边的商店和邮局便忙碌起来。为了保护环境，洛克罗伊港规定：每天最多接待350人，每批登陆不超过60人。也就是说，我们是今天这幸运的"2/350"。

走进博物馆，一切都是几十年前的样子：士兵的制服平铺在床上，锈迹斑斑的厨具和罐头整齐地码放着，古老的电台藏着昔日的机密，墙上玛丽莲·梦露的性感海报大抵是极地驻军生活中的唯一亮色……

商店里摆放着各种南极周边产品，有明信片、纪念币、地图册、钥匙扣、毛绒玩具等。我向工作人员咨询了邮资，得到的答案是全世界统一价——2美金。这价格便宜得出乎意料，我立刻豪气地买下了10张明信片，结果写到手抽筋。强哥不知从哪儿找来一枚印章，上面精确标记了洛克罗伊港的地理坐标——南纬64度49分，西经63度30分。"咔嚓咔嚓"手起章落，我们小心翼翼地将10张珍贵的明信片放进博物馆入口处的"企鹅邮局"信箱里，期待着这些发自南极的祝福漂洋过海，顺利到达朋友们手中。

探险队员催促我们登船返航，理由居然是"甲板上已经备好了丰盛的Barbecue"，两个吃货匆匆登上橡皮艇。

中午的烤肉大餐在船尾露天平台上举行。在冰天雪地的南极洲吃户外烧烤，那真是别有一番"风"味儿，但每个人都吃得酣畅淋漓。唯一的挑战是必须快点儿吃完，不然这些滋滋冒油的美味就会在寒风中迅速冷掉。

企鹅，企鹅！
——Mario

本以为在南极烧烤是一种逼格满满的玩法，但很快我就发现了更会玩的。当 Sea Adventurer 号抵达托格森岛时，大家惊讶地发现，岛上帕默站的工作人员居然正在露天浴缸里泡澡！外边天寒地冻，浴缸里热气腾腾，两男一女穿着泳衣，泡得面色红润，频频向我们挥手致意。原来在南极工作也可以如此享受！美国佬，真会玩儿！

来到托格森岛显然不是为了看别人泡澡，我们的目标是寻找一种尚未谋面的企鹅。橡皮艇刚一靠岸，这些身材娇小的宝贝儿就主动找上门来。它们是清一色的小黑脸，细细的"白眼圈儿"中间，贼溜溜的小黑眼珠不停地东张西望。没错，就是它——阿德利企鹅。

上午在洛克罗伊港附近的朱格拉角，我们见到了成群的巴布亚企鹅，它们是企鹅家族中的游泳冠军，鲜红色的小嘴非常容易辨认。虽然繁殖季节已接近尾声，但许多小企鹅身上茸毛未褪，活生生的毛绒玩具，萌翻众人。算上之前在半月岛见过的帽带企鹅和马可罗尼企鹅，我们在南极已经见过了三种企鹅。

帽带企鹅一副正人君子模样，巴布亚企鹅自带贵族气质，马可罗尼企鹅如花花公子般风流倜傥。与它们相比，眼前的阿德利企鹅就显得有些猥琐了。身材矮小，其貌不扬，鬼鬼祟祟的小眼神儿看上去就像个戏精，颇具喜感。在这座遍布着锋利岩石的小岛上，目之所及就有数百只阿德利企鹅，其中不少是身披褐色茸毛的雏鸟。

突如其来的一阵骚动吸引了我们的注意，原来是一只南极贼鸥试图偷袭小企鹅。危急关头，一只成年阿德利企鹅挺身而出勇斗贼鸥，将宝宝们牢牢护在身后。更多的成年企鹅闻讯赶来，群起而攻之，贼鸥寡不敌众，落荒而逃。这场现实版的"老鹰捉小鸡"以企鹅队获胜告终。

至此，南极常见的四种企鹅都已经打过了招呼，加上此前在智利见到的麦哲伦企鹅，在阿根廷见到的王企鹅，在秘鲁见到的洪堡企鹅，以及厄瓜多尔的加拉帕戈斯企鹅，混迹南半球的日子里，我们见到了八种不同的企鹅。至于大名鼎鼎的帝企鹅，期待未来有机会深入南极内陆去拜访。

南极跳水
——Mario

阴沉的天空再次飘起了雪花，几头皮糙肉厚的象海豹趴在满是碎冰的岸边打着瞌睡，夸张的大鼻子随着呼吸微微抖动。

幽黑的海水与巨型冰山之间漂荡着令人毛骨悚然的寂静和寒意。我们缩在橡皮艇上瑟瑟发抖，Sea Adventurer 号上的热巧克力和黄油曲奇在脑海中发出诱人的召唤。

这是来到南极后最冷的一天。然而，当我们回到船上，哈德利却宣布了一个匪夷所思的决定。

"想尝试极地跳水的小伙伴，你们唯一的机会来了！"

极地跳水，南极旅行的"经典保留节目"。在摄氏零下的低温环境和围观群众鄙夷的目光中，近乎赤裸地跳入冰冷的南极海洋。这一免费自选项目深受广大脑残青年喜爱。而我，就是其中之一。

上船第二天，我问过哈德利，什么时候可以跳水。他说，会找个风和日丽的好天气满足我及和我一样的"二货"们的心愿。没想到等来等去，居然选了个最糟糕的天气，莫非这家伙是故意的？

这条爆炸性的通知立刻引发了船舱里的骚动。跳吧？天气太冷。不跳吧？可能是一生一次的机会就这样错过了。跳还是不跳？真是个闹心问题。

短暂的考虑期限过后，决定拼死一跳的勇士们脱到只剩背心裤衩，在通往跳台的走廊里排起了长队。更多选择不跳的聪明人则幸灾乐祸地爬上了高层甲板，端起拍摄鲸鱼海豹用的长枪短炮，准备记录惨案现场，这种行为俗称"看热闹"。

第一个自告奋勇的是一位年近七旬的美国胖大妈，她说今天是她的生日，所以一定要跳。于是，助跑，起跳，反身翻腾 720 度……这些都是不存在的。现实是，站在一米高的铁架子上往前一蹦，扑通一声……一切都结束了。

看台上爆发出雷鸣般的掌声、口哨声与欢笑声。从海里爬上来的大妈身上冒着"白汽"，工作人员立刻递上浴巾和一杯烈性威士忌，大妈举杯一饮而尽，豪迈的气概激励着其他人前赴后继。

"携手殉情"的情侣、"慷慨赴死"的兄弟、"深水炸弹"般的大胖子……五花八门的跳海秀一个接一个上演，老外们的狂欢一浪高过一浪。

终于，跳台上出现了第一个中国人的身影，是 Puma 大叔！泳裤、泳镜、红头巾，他显然早有准备。飞身入水、蝶泳、蛙泳、自由泳，一波操作猛如虎。要不是腰上的保险绳被工作人员拽着，大叔非得游个百八十米不可，真给中国人长脸！

说了半天我在干嘛？当然是排队呀！从走廊到跳台这短短几十米才是最痛苦的过程，呼啸的寒风从门口灌入，只穿着泳裤是何等酸爽！看着跳完回来的一个个龇牙咧嘴从面前走过，简直是身体和精神的双重煎熬！

好不容易轮到我的室友达米安，法国小哥展示了一身腱子肉，他身后是罗斯大叔，然后是我。我们三个好室友也算对得起这来之不易的缘分。

当我迈出船舱那一刻，铺天盖地的寒冷冻得大脑一片空白。我记得风中飘着雪，记得黑色的海水翻滚着白色的漩涡，记得冰冷的铁楼梯特别硌脚。踏着阶梯走上跳台，向楼上的观众招手致意，隐约看见刘小可正拿单反冲我狂按快门，旁边好像还有蔡蔡、乐乐、栋哥的影子。我转过身，全力纵身跃起，在空中的一秒钟大约是摆出了个"大"字的造型，然后……扑通！

整个世界都安静了。浑身上下有种针刺般的酥麻感，这种感觉让我瞬间清醒，在眼前的一片黑绿色里奋力扑腾，直到浮出水面……

"什么感觉？"刘小可坏笑着问。

"还行，也没那么冷，还想再来一次！"我呷着威士忌，擦着头发上的海水。

紧随我的脚步，罗密欧也跳了下去。后来，还有"神雕侠侣"。船上的中国人，只有我们几个干了这事儿。

第二天早餐过后，我的床头多了一张精致的证书，上面写道：

兹证明，某二货于 2016 年 2 月 11 日跳入南纬 64 度 46 分，西经 64 度 05 分，南极海域 1.1 摄氏度的冰水中，这无疑是一种极度勇敢（同时也是无比愚蠢）的行为……欢迎加入南极跳水俱乐部。

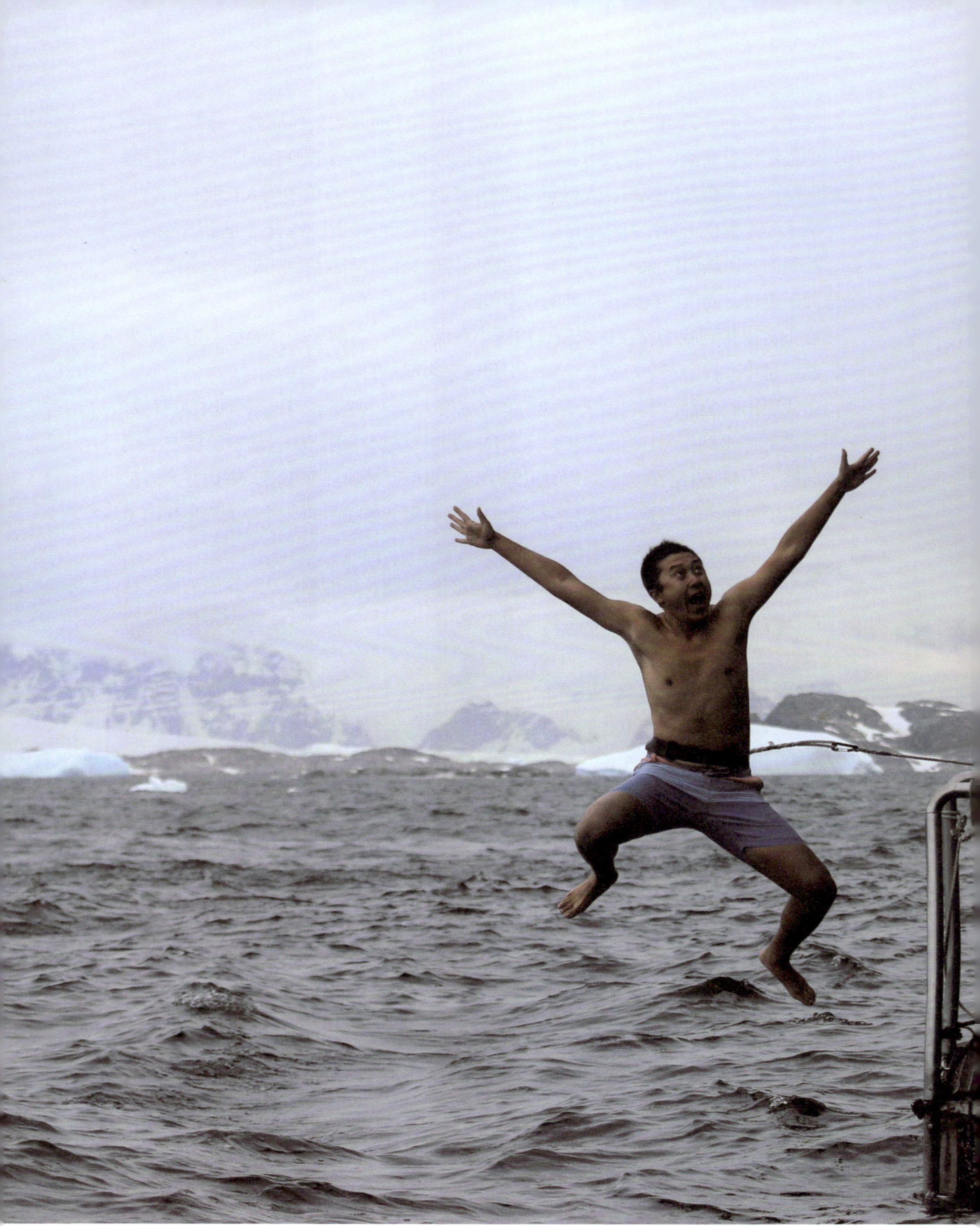

南极跳水（南极半岛海域，南极）

An Adventure in South America and Antarctica

2月12日，南极半岛，晴

一场南极一场梦
——刘小可

在南极，阴云密布是常见的天气，而今天却是晴空万里。根据探险队的计划，今天上下午均不安排登陆，而是乘坐橡皮艇在海上撒欢儿。

对，就是撒欢儿！探险队员大声跟我们确认是否坐稳，随即发动马达冲了出去。橡皮艇在海上劈波斩浪，船尾溅起白色的浪花，大家都情不自禁地欢呼起来。仰望，天空湛蓝；俯视，海水澄澈；远眺，冰山嶙峋，形状各异；近看，浮冰遍布，姿态万千。

我的思维渐渐放空，眼睛一眨不眨地看着由冰、雪、海构成的南极。跟鲜活生动的企鹅、海豹和鲸鱼相比，这种冷酷仙境更符合我心目中对南极的想象，它纯粹、安宁、如梦如幻。

当我们返回船上，Sea Adventurer 号停在了一座巨大的"冰立方"前，如同影院的 IMAX 巨幕一般。广播通知全员到甲板集合，一百余人很快聚集起来，原来这座冰山是为大合影而特别选择的背景。一声声"Cheese"飘荡在天海之间，一张张笑脸定格在冰山前。

这一天，我们一直不舍得离开甲板，索性等待一场南极日落。蛋黄般的落日把天空染成了金色，把冰山映成了剪影，直到最后一抹余晖渐渐消失在天际。

晚饭后，再次见到盛装出席的船长、探险团队和后勤团队，我终于可以把每张面孔认清楚，却到了即将分别的时刻。

一场南极一场梦，而明天，就是梦醒时分。

2月13日,乔治王岛,雪

重返文明世界
——Mario

在南极,漫长的白昼恍若放慢了时光的脚步,然而离别却不会因此姗姗来迟。

灰色的天空飘着小雪,Sea Adventurer 号停靠在静谧的海湾,与一周前抵达时那个清晨如出一辙。远处白雪覆盖的陆地上,房屋和教堂这些人类文明的标志依稀可见,那是乔治王岛——南极洲的门户。

橡皮艇缓缓放下,每个人的脸上都写满离愁。我与餐厅的小黑哥拥抱道别,依依不舍地离船登艇。工作人员忙着迎来送往,对于我们来说,可能是"一生一次"的南极之旅结束了,但对于他们来说,这只是又一个工作日的开始。送走我们的小艇,会载着下一拨乘客归来,开启一段新的旅程。

乔治王岛像个小联合国,各国的科考站在此扎堆儿,中国的长城站就建在岛上。我们的登陆点位于俄罗斯站与智利站之间,站在岸边回望海上的 Sea Adventurer 号,莫名有种预感,总有一天还会与它重逢。

没时间伤感,我们必须徒步穿过一片荒原,才能到达机场,而有点儿麻烦的是,暴风雪要来了。千奇百怪的科研设施散落在岛上的各个角落,像外星人的基地,神秘莫测。一架粗壮的运输机从头顶呼啸而过,属于智利的机场就在前方。石头碴子铺成的跑道刷新了我的认知,原来飞机可以这么抗造。

雪越下越大,能见度下降得厉害。在引擎的轰鸣和剧烈的颠簸中,我们腾云驾雾,一飞冲天,赶在狂风暴雪降临之前成功逃离。窗外的冰天雪地已成记忆,温暖舒适的机舱带我们重返文明世界。

大约两个半小时之后,飞机稳稳降落在智利蓬塔阿雷纳斯机场。德雷克海峡间两天的艰苦航程,化作两小时的云淡风轻。

南极,在我的概念里曾经只是个特殊的地理坐标,打过卡便不会再有念想。但只需一次短暂的亲密接触,它便彻底改变了我的认知,让我深深鄙视自己当初的肤浅。正如混迹南美两年多的经历,带给我的对于这片大陆、对旅行、对生活的理解和感悟。

后记
——Mario

在蓬塔阿雷纳斯机场，大家领了行李，就地解散，小伙伴们各奔东西。临别前，蔡蔡提议："我们回去计划一下，争取两年之内一起去北极。"

罗密欧与小月结束了短暂而精彩的蜜月之旅，飞回北京上班。我相信南极的美好记忆会伴随他们一生一世。

栋哥和詹妮弗分头北上，继续着他们或长或短的拉美旅程。乐乐与我们一起暴撮了一顿日料，当晚返回新加坡。

后来，在一个大雨滂沱的夜晚，我们在里约见到了詹妮弗。在一家只有当地人才知道的小店里，纯正巴西北部风味的阿萨伊令她颇感惊艳。

再后来，詹妮弗回到美国继续学业，又利用假期独自去了印度、中东等地。如她自己所说，人生就该有无限可能。

乐乐辞掉了新加坡的工作，在北京开始了新生活，与心爱的人长相厮守。

蔡蔡依旧是那个满世界旅行淘货的小店主。写下这段文字的时候，她又在朋友圈晒了一组北极的照片，蓬塔阿雷纳斯机场许下的心愿已经成为现实。

最牛的要属栋哥，他一路北上，周游南美列国，自导自拍的纪录片被电视台采用，播出反响很好。于是，他选择将创业计划暂时搁置，原本为期一年的"Gap Year"变成了五年，从南美到中美，再到北美，独自行走、拍摄、记录，环游世界的脚步仍在继续。

我们结束了驻外任期，告别了无比留恋的南美，回到北京，先后换了工作。刘小可去了一家出版社，做起了图书编辑，那是当年读研时她热衷的研究方向。我去了另一家媒体，专做体育。确切地说，是专做足球，爱好终于变成了工作。

休假的日子，我们大多用来旅行，相继踏足了东非、日本、东南亚等地。2018年夏天，我们分别以记者和球迷的身份解锁了俄罗斯这块巨大的新版图。时隔四年，从马拉卡纳到卢日尼基，梦想成真，感慨万千。

时至今日，每当回想起这段南美岁月，我总会心怀感激，感谢这片神奇大陆赐予我的一切经历，感谢在这里遇到的每一个有趣的灵魂。

从此以后，如果有人再对我说"生活就该是眼前的苟且"，我会用这些真实的故事告诉他：即便平凡如你我，也能把生活过成梦想的样子——只要你足够勇敢。

（全文完）